人間花木

周瘦鵑 著

王稼句 編

九州出版社
JIUZHOUPRESS

图书在版编目（CIP）数据

人间花木 / 周瘦鹃著. -- 北京 ：九州出版社，
2017.7

ISBN 978-7-5108-5644-0

Ⅰ．①人… Ⅱ．①周… Ⅲ．①散文集－中国－当代
Ⅳ．①I267

中国版本图书馆CIP数据核字（2017）第172491号

人间花木

作　　者	周瘦鹃	
编　　者	王稼句	
责任编辑	李黎明	
出版发行	九州出版社	
地　　址	北京市西城区阜外大街甲 35 号（100037）	
发行电话	（010）68992190/3/5/6	
网　　址	www.jiuzhoupress.com	
电子信箱	jiuzhou@jiuzhoupress.com	
印　　刷	三河市东方印刷有限公司	
开　　本	880 毫米 ×1230 毫米　32 开	
印　　张	12.5	
字　　数	310 千字	
版　　次	2017 年 9 月第 1 版	
印　　次	2017 年 9 月第 1 次印刷	
书　　号	ISBN 978-7-5108-5644-0	
定　　价	68.00 元	

目录

第一辑

1

第二辑

第三辑

第四辑

第五辑

前　言

王稼句

　　周瘦鹃先生，名祖福，字国贤，祖籍安徽，一八九五年生于上海，因祖母是苏州人，祖父置周氏坟茔于苏州近郊七子山，故其早年就以吴县为籍里。

　　一九一一年，周瘦鹃十七岁，在《妇女时报》创刊号发表短篇小说《落花怨》，在商务印书馆《小说月报》连载八幕改良新剧《爱之花》，从此开始职业笔墨生涯，自称"文字劳工"。先后编辑《礼拜六》、《申报·自由谈》、《游戏世界》、《半月》、《紫兰花片》、《上海画报》、《紫葡萄画报》、《良友》、《紫罗兰》、《新家庭》、《申报·春秋》等报刊。他是以翻译起家的，代表作有《欧美名家短篇小说丛刻》，一九一七年受到教育部通俗教育研究会褒奖，周树人、作人兄弟在合拟的评语中说："当此淫佚文字充斥坊肆时，得此一书，俾读者知所谓哀情惨情之外，尚有更纯洁之作，则固亦昏夜之微光，鸡群之鸣鹤矣。"他的言情小说在市民中具有广泛影响，被称为"哀情巨子"，代表作有《亡国奴之日记》、《留声机片》、《十年守寡》、《南京之围》、《祖国之徽》、《对邻的小楼》、《新秋海棠》等。他还写了大量的散文和诗词。有人认为，他的散文成就远高于小说，其中尤以花木小品、山水游记、民俗掌故为"三绝"。

一九二〇年代后期，周瘦鹃对花木栽培产生浓郁兴趣，一发而不可收。一九三一年买宅苏州王长河头，翌年移家苏州，沉浸花木丛中，制作盆栽、盆景，参加上海中西莳花会展出评比年会，获得两次总锦标杯，一次特种锦标杯。一九四一年，他在上海王家厍静安寺路口创设香雪园，展销自己的盆栽、盆景作品。一九四九年后，周瘦鹃受到礼遇，高车驷马，门庭若市。他除参加社会活动外，将时间和精力主要放在盆栽、盆景的研究和制作上，参加各地的展览和研讨，被公认为这方面的专家，还拍摄了彩色纪录片《盆景》。他原本以为可以在花光树影中安度晚年，想不到"文革"发动的第三年，急风暴雨席卷了宁静安逸的家园，他万念俱灰，惟有一死了之，遂于一九六八年八月十二日深夜投身园中水井，时年七十四岁。

　　周瘦鹃的花木小品，大都写于一九五〇年代中期至一九六〇年代前期。他的自编文集，有《花前琐记》，北京通俗文艺出版社一九五五年六月初版，上海文化出版社一九五六年十二月新一版；《花花草草》，上海文化出版社一九五六年九月初版；《花前续记》，江苏人民出版社一九五六年十二月初版；《花前新记》，江苏人民出版社一九五八年一月初版；《行云集》，江苏人民出版社一九六二年十一月初版；《花弄影集》，香港上海书局一九六四年三月初版。一九六二年，周瘦鹃应上海文化出版社之约，在《花前琐记》诸集及近年新作中选编一集，题名《拈花集》，自撰前言，请田汉写了序诗，由于"山雨欲来风满楼"，交稿以后，未曾出版，直到一九八三年六月，上海文化出版社才将此书印出。一九六二年至一九六六年，周瘦鹃在香港《文汇报》开辟"姑苏书简"专栏，凡五十九篇，后经其小女周全整理，即名《姑苏书简》，一九九五年五月由新华出版社出版。

这本《人间花木》，选辑周瘦鹃的花木小品，分八辑。第一辑二十篇，选自《花前琐记》；第二辑二十四篇，选自《花花草草》；第三辑十六篇，选自《花前续记》；第四辑十六篇，选自《花前新记》；第五辑四十六篇，选自《花弄影集》；第六辑十四篇，选自《拈花集》；第七辑十六篇，选自《姑苏书简》。副册《盆栽趣味》，周瘦鹃、周铮父子合著，上海文化出版社一九五七年六月初版。

　　明年是周瘦鹃先生弃世五十周年，作为晚生后学，就以这本《人间花木》来纪念这位既让人敬重又让人惋惜的乡前辈。

二〇一七年六月十日

第一辑

好女儿花

　　好女儿花这花名很为美妙，可是你翻遍了植物学大字典，断断找不到的，因为宋光宗的李后讳凤，宫中妃嫔和侍从等为了避讳之故，都称凤仙为好女儿花。凤仙的别名很多，有海蒳、旱珍珠、小桃红、羽客、菊婢诸称，不知所本。花茎有红白二色，高至一二尺，粗的好似大拇指，中空而脆；花于枝桠间开放，形如飞凤，有头有尾，有翅有足，因此又名金凤花。叶尖而长，有锯齿，很像桃叶，因此又有夹竹桃之称，可是未免与真的夹竹桃相混了。凤仙有各种颜色，如深红、浅红、纯白、浅绿、青莲、玫瑰紫等，色色都备，并有花瓣上洒细红点的，称为喷砂。有一茎而开五色的，更为娇艳。花瓣有单有复，更有鹤顶一种，与白花而绿心的，最为名贵。

　　往时没有蔻丹，女儿家爱好天然，将红色的凤仙花瓣，剔除了白络，加上一些明矾，把它捣烂，染在十个指甲上，用绢包裹，隔了一夜，每一指甲上便染成猩红一点了。因此之故，又有指甲花的别称。元代杨维桢句云："有时谩托香腮想，疑是胭脂点玉颜。"又女词人陆琇卿《醉花阴》词云："曲阑凤子花开后。捣入金盆瘦。银甲暂教除，染上春纤，一夜深红透。　绛点轻濡笼翠袖。数颗相思豆。晓起试新妆，画到眉弯，红雨春山逗。"这些诗词，都是咏凤仙而牵及染指甲这回事的。明代李笠翁，反对女子用凤仙花染指甲，他说："纤纤玉指，妙在无瑕，一染猩红，便称俗物。"所言自有见地。

凤仙虽是一种平凡的草花，而历史很悠久，晋代即已有之。传说谢长裕见凤仙花，对侍儿说："我爱它名称，且来变一变它的颜色。"因命侍儿去取了一种汜叶公金膏来，用麈尾蘸了膏，向花瓣上洒去，折了一朵，插在倒影三山的旁边。明年，此花金色不去，都成了斑点，粗细不同，俨如洒上去的一样，即名此花为倒影花。

古今来咏凤仙的诗词很多，而以宋代晏殊的"九苞颜色春霞萃，丹穴威仪秀气攒"两句最为华贵，足以抬高凤仙身价。我因亡妻胡氏名凤君，所以也偏爱凤仙，她去世后，为了纪念她的缘故，尽力搜罗了各色种子，种满在凤来仪室外，每年秋季，陆陆续续地开放起来，足有三个月之久，并且掘了小株，用小型的细磁盆分种了好多盆，供在亡妻遗像之前。

凤仙以密植为妙，倘能特辟一圃，全种凤仙，每一畦种一色，必有可观。前数年访书画大收藏家庞莱臣前辈于其苏州寓所，见他那个很大的前庭，从石板缝隙中长出无数株的凤仙花来，五色斑斓，蔚为大观，至今还留着深刻的印象。因忆清代嘉道年间的词章家姚梅伯，他也是爱好密植的凤仙花的，他说："秋日见庭前金凤花百本，向晓尽开，蝶侣蜂群，飞宿上下，仿佛具南田翁画意，因宠之以词，调寄《清平乐》云：'嫣红欲绝。瘦朵藏低叶。鬟袖不知风露湿。犙向晓凉时节。　蝶蜂栩栩仙仙。泥人半晌缠绵。画箔秋灯儿女，夜来若个深怜。'"

岁朝清供

春节例有点缀，或以花木盆景，或以丹青墨妙，统称之为岁朝清供。我以花木盆景作岁朝清供，行之已久，就是在"八一三"国难临头避寇皖南时，索居山村中，一无所有，然而也多方设法，不废岁朝清供。那时我在寄居的园子里，找到了一只长方形的紫砂浅盆，向邻家借了一株绿萼梅，再向山中掘得稚松小竹各一，合栽一盆，结成了岁寒三友，儿子铮助我布置，居然绰有画意。我欣赏之馀，以长短句宠之，调寄《谒金门》云："苔砌左。翠竹青松低亸。借得绿梅枝矮婠。一盆栽正妥。　旧友相依差可。梅蕊弄春无那。计数只开花十朵。瘦寒应似我。"原来这一株绿梅，先天不足，后天失调，一共只开了十朵花，这乱离中的岁朝清供，真是够可怜的了！

今年的岁朝清供，我是在大除夕准备起来的，以梅兰竹菊四小盆，合为一组。供在爱莲堂中央的方桌上，与松柏等盆栽分庭抗礼。梅一株，种在一只梅花形的紫砂盆中，含蕊未放，花虽稀而枝亦疏，干虽小而中已枯，朋友们见了，都说它是少年老成。兰一丛，着花五六朵，已半开，风来时幽香微度。竹是早就种好了的，高低疏密，恰到好处，这一次严寒袭来，虽经冰冻，却还青翠可爱。菊是小型的黄色文菊，插在一只明代瓯瓷的长方形浅盆中，灌以清水，伴以蒲石，虽曾结冰三天，依然无恙，它不但傲霜，并且傲冰了。此外有天竹蜡梅各三四枝，用水养在一只长方形的大石盆中，庋以红木高几，落地安放。蜡梅之下，放着一

4

块横峰大层岩石，更有紫竹一小株，从石后斜出，倒映水中。这一盆本是早就制成庆祝一九五五年元旦的，那时蜡梅大半含蕊，现在却已全放，正可作春节的点缀了。在这大石盆前，着地放着一个蜡梅盆栽，老干虬枝，足有五六十年的树龄，今年着花不多，已在陆续开放，色香都妙，我曾有绝句一首咏之："蜡梅老树非凡品，檀色素心作靓妆。纵有冬心橡样笔，能描花骨不描香。"

古画中曾有岁朝清供这个专题，名家作品很多，都是专供春节张挂的。我也藏有清代计儋石、张猗兰等好几幅，所绘花果中，都含有善颂善祷之意。最难得的，有苏州的十六位画师给我合作的一幅大中堂，由邹荆盦作胆瓶天竹水仙，陈负苍作松枝山茶，余彤甫作石，周幼鸿作菖蒲，朱竹云作书卷，张星阶作老梅，蔡震渊作紫砂盆，张晋作柏枝万年青，朱犀园作竹，柳君然作百合柿子如意，程小青作荸荠橄榄，韩天眷作蜡梅，谢孝思作宝珠山茶，乌叔养作橘，蒋乐山作菱，卢善群作盂，命名为岁朝集锦，由范烟桥题记云："丁亥之秋，集于紫罗兰盦，琴樽馀韵，逸兴遄飞，以素楮为岁朝图，迓新禧也。"我每逢春节，总得张挂此画，并以陈曼生所书"每行吉祥事，常生欢喜心"一联为配，联用珊瑚笺，朱色烂然，很适合于点缀春节的。

岁寒二友

昔人称松、竹、梅为岁寒三友，松竹原是终年常备，而岁寒时节，梅花尚未开放，似乎还不能结为三友。倒是蜡梅花恰在岁尾冲寒盛开，而天竹早就结好了红子等待着，于是倾盖相交，真可称为岁寒二友。

吾家凤来仪室西窗外，有素心蜡梅三干鼎立，姿态入画，已有四十馀年的树龄，年年着花累累，香满一庭。旁侧有天竹一大丛，共数十枝，霜降以后，子就猩红照眼。看它们相偎相依，恰像两个好朋友相视而笑，莫逆于心一般。此外我又有一个蜡梅盆栽，枯干虬枝，粗逾小儿臂，开花素心，作磬口形，自是此中佳种。又有一个天竹盆栽，共七八枝，有枯干，有新枝，有高有低，有疏有密，每年也有二三枝结子的。我把这两盆放在一处，自觉得相得益彰。

蜡梅原名黄梅，宋代熙宁年间，王安国尚有咏黄梅诗。到了元祐年间，苏东坡黄山谷改名为蜡梅，因其花黄似蜡之故。明代李笠翁有言："蜡梅者，梅之别种，殆亦共姓而通谱者欤？然而有此令德，亦乐与联宗。"此说很为隽妙。花有虽已盛开而仍然半含，状如磬口的，名磬口梅，出河南；花有形似荷花，瓣作微尖的，名荷花梅，出松江；花有开最早，而色作深黄，香气浓郁的，名檀香梅，现已少见；有花小香淡而红心，未经接种的，名狗蝇梅，有人讹作九英，这是蜡梅下品。

宋代王直方父家养有侍儿很多，中有一女名素儿，姿容最美，王曾以折枝蜡梅花送诗人晁无咎,晁赋诗答谢,有"芳菲意浅姿容淡,忆得素儿如此梅"之句,一时传为佳话,因此蜡梅又有素儿别称。据旧籍中载,蜡梅又号寒客、久客,料因它耐寒耐久之故。

古今来诗人词客咏蜡梅花的,并不很多,我最爱韩子苍一绝云:"路入君家百步香,隔帘初试汉宫妆。只疑梦到昭阳殿,一簇轻红簌澹黄。"又断句如范成大云:"金雀钗头金蛱蝶,春风传得旧官妆。"耶律楚材云:"枝横碧玉天然瘦,蕊破黄金分外香。"都很贴切。词如顾贞观《蜡梅花底感旧,调寄小重山》云:"春到愁魔待厌禳。试东风第一、道家妆。蜡丸偷寄紫琼霜。檀心展、凭付与檀郎。 金磬敛花房。相逢应只在、水仙旁。色香空尽转难忘。人何处、沉痛觅姚黄。"看了"金磬敛花房"一句,可知他所咏的是磬口梅了。

天竹常见于江苏、湖北诸地,又名南天竺,或南天烛,是灌木性而终年常绿的。枝高二三尺五六尺不等,叶与楝树叶相像,较小,初夏开五瓣小白花,后结一簇簇的绿子,经了霜渐渐变红,十分鲜艳。子的结法各有不同,子大而密的一种,名油球;子疏而向上高簇的,名满天星;子结得很多而向下低垂的,名狐尾。这三种,以狐尾为最有风致。此外有结子作鹅黄色的,名黄天竹,比红天竹为难得;更有结蓝子的蓝天竹,最为名贵,可说绝无仅有,听说拙政园中却有一枝,我未之见,容去访寻一下。

我于"八一三"日寇陷苏时,避地皖南黟县的南屏山村中,岁时苦无点缀,邻女以蜡梅天竹各一枝相赠,喜出望外,因赋小令《好事近》二阕为谢,录其一云:"傍榻列陶瓶,天竹殷殷红透。好与寒梅作伴,喜两相竞秀。 梦回夜半忽闻香,冉冉袭罗袂。晓起检看衣带,又一花黏袖。"此词确是写实。因为陶瓶安放得离卧榻太近,所以蜡梅花掉在榻上,竟黏住在衣袖间了。

橘的天下

记得去年秋间，曾见报载，我国四川省所产的橘输出国外，每一吨可换回钢材十多吨。看了这消息，很为兴奋，心想我们尽可不吃橘子，尽量向国外去换回钢材来，那么对于重工业和国防建设，贡献实在太大了，因咏之以诗："建国还须建国防，取材海外有良方。何妨不食千头橘，尽换铮铮百炼钢。"事实上我国各地橘的产量特大，所以入冬以来，大小城镇中的鲜果铺里和鲜果摊上的橘，满坑满谷，到处可见，仍然是橘的天下。

橘又名木奴，是常绿灌木，树身高丈馀，茎间多刺，叶两头皆尖，夏初开小白花，清香可喜，入秋结实，初作绿色，经霜渐泛朱红色，那就成熟了。橘的名色很多，有塌橘、包橘、沙橘、绵橘、冻橘、油橘、乳橘、荔枝橘、穿心橘、自然橘等等，都闻所未闻，现在怕已断种。还有一种绿橘，作绀碧色，不等到霜降之后，色味都好，冬间采下来时，还是新鲜可爱，这在苏州也是从未见过的。我们现在所能吃到的，就只有福橘、洞庭红、汕头蜜橘、厦门蜜橘、黄岩蜜橘、暹罗蜜橘、天台蜜橘，以及娇小玲珑而没有核的南丰贡橘了。

橘的产区最广，真的遍及天下，如苏州、台州、温州、漳州、福州、荆州以及四川、广东等省。而古书中所载，地区更多，如《吕氏春秋》说，果之美者，有江浦之橘。《述异记》说，勾漏县有绿橘青柑。又说，条阳山中有白橘花，色翠而实白，大如瓜，香闻数里。《武夷山志》说，峰山有仙橘，小者如弹丸，其皮可食，大者如鸡卵，味尤甘。《广州记》说，罗浮山有橘，夏熟，实大如李。此外如长沙的善化县有橘洲，产橘极多；又常德也有橘洲，长二十里，是吴李衡种橘的所在。又巴县在刘先主时，设有橘官，这种官大概都是搜刮了好橘进贡皇家的，不用说都是扰民的了。看了古今来产橘地区之广，称为橘的天下，谁曰不宜？

关于橘的文献，也是在文学史上极有价值的，如我们的爱国大诗人屈原，就有一篇《橘颂》，不妨转录于此："后皇嘉树，橘徕服兮。受命不迁，生南国兮。深固难徙，更壹志兮。绿叶素荣，纷其可喜兮。曾枝剡棘，圆果抟兮。青黄杂糅，文章烂兮。精色内白，类任道兮。纷缊宜修，姱而不丑兮。嗟尔幼志，有以异兮。独立不迁，岂不可喜兮。深固难徙，廓其无求兮。苏世独立，横而不流兮。闭心自慎，终不失过兮。秉德无私，参天地兮。愿岁并谢，与长友兮。淑离不淫，梗其有理兮。年岁虽少，可师长兮。行比伯夷，置以为像兮。"他如魏曹植、晋潘岳、梁吴均、宋谢惠连等都有《橘赋》，可见橘是如何的见重于骚人墨客了。

得水能仙天与奇

　　"得水能仙天与奇"，这七个字中嵌着水仙二字，原是宋代诗人刘邦直咏水仙花的，以下三句是："……寒香寂寞动冰肌，仙风道骨今谁有，淡扫蛾眉篸一枝。"这首诗确是贴切水仙，移咏他花不得。

　　水仙是多年生草，生在湿地，茎干中空如大葱，而根如蒜头，出在厦门的，往往三四个排在一起；出在崇明的，只是单独的一个。叶与萱草很相像，可是较萱叶为厚，春初有茎从叶中抽出，渐抽渐长，梢头有薄膜包着花蕊数朵，开放时花作白色，圆瓣黄心，有似一盏，因此有金盏银台的别称。此花清姿幽香，自是俊物。花有复瓣与单瓣二种，复瓣的名玉玲珑，花瓣摺皱，下部青黄而上部淡白，称为真水仙。据说还有开花作红色的，却从未见过。我偏爱单瓣，以为可以入画，几位画友，也深以为然。六朝人称水仙为雅蒜，我前年曾从骨董铺中买到一个不等边形的汉砖所琢成的水仙盆，上刻"雅蒜"二字，署名"之谦"，岁首供崇明水仙十馀株，伴以荆州红石子，饶有画意。

　　水仙也有神话，据说华阴人汤夷，服水仙八石为水仙，即名河伯。谢公梦一仙女赠与水仙一束，次日生一女，长而聪慧工诗。姚姥住长离桥，寒夜梦见观星落地，化作水仙一丛，又美又香，就吃了下去，醒来生下一女，稍长，聪明能文，因名观星，观星即是天柱下的女史星，所以水仙一名女史花，又名姚女花。

　　宋代杨仲囷从萧山买到水仙花一二百本，种在两个古铜洗中，十分茂美，因学《洛神赋》体，作《水仙花赋》。此外如高似孙有《水仙花前赋》、《后赋》，洋洋千馀言，的是杰作。元代任士林，明代姚绶，也各有《水仙花赋》，都以洛浦神女相比拟。清代龚定盦，十三岁作《水仙花赋》，有"有一仙子兮其居何处？是幻非真兮降于水涯；鬈翠为裾，天然妆束；将黄染额，不事铅华"之句，也是比作水中仙女的。

诗词中咏水仙花的，佳作很多，如明王毂祥云："仙卉发璃英，娟娟不染尘。月明江上望，疑是弄珠人。"元陈旅云："莫信陈王赋洛神，凌波那得更生尘。水香露影空清处，留得当年解珮人。"袁士元云："醉阑月落金杯侧，舞倦风翻翠袖长。相对了无尘俗态，麻姑曾约过浔阳。"丁鹤年云："影娥池上晓凉多，罗袜生尘水不波。一夜碧云凝作梦，醒来无奈月明何。"明文徵明云："罗带无风翠白流，晚寒微颤玉搔头。九疑不见苍梧远，怜取湘江一片愁。"清金逸云："枯杨池馆响栖鸦，招得姮娥做一家。绿绮携来横膝上，夜凉弹醒水仙花。"这些诗句，都是雅韵欲流，足为水仙生色。

苏州的宝树

旧时诗人词客，在他们所作的诗词中形容名贵的花草树木，往往用上琪花、瑶草、玉树、琼枝等字句，实则大都是过甚其词，未必名符其实。据我看来，苏州倒的确有几株出类拔萃的古树，称之为树中之宝，可以当之无愧。

最最宝贵的，无过于光福司徒庙中的几株古柏，庙门上有"柏因社"三字，就是因柏而名的。柏原有八株，后死其二，现存六株，其中最大最古的四株，据说清帝乾隆曾以清、奇、古、怪称之，树龄都在千馀年以上，就是无名的两株，也并无逊色。今年初秋，曾偕同园林修整委员会诸委员并园林管理处同人，察勘香雪海的梅花亭，顺道往看古柏，见清、奇、古、怪四株，依然是清奇古怪，各有千秋，我虽已和它们阔别了十多年，竟浓翠欲滴，矫健如常；就是其他二株，好像在旁作陪似的，也一无变动，我想给它们题上两个尊号，一时竟想不出得当的字来。

清代诗人施绍书曾以长歌宠之："一柏直上海螺旋，一柏拏攫枝柯相胁骈，二柏天刑雷中空，伛者毒蛇卧者秃尾龙，上有蓊蔚万年不落之青铜。疑是商山皓，须髯戟张面重枣。或类金刚舞，睅眙杰晕目眦努。可惜陪贰四柏颓厥一，佛顶大鹏衔之掷过崭岩逸。否则八骏腾骧八龙叱，何异秃眇跛瘘蹀躞游戏齐廷出。安得巨灵擘山，巫阳掌梦，召之归来，虬干错互掩映双徘徊。吁嗟乎！一柏走僵七柏植，欲噙精英月华皀，夜深月黑灯光荧，非琴非筑声清冷。天风飕飕，仙乎旧游，万籁灭息，远闻鹓鹲。此言谁所述，我闻如

12

是僧人成果说。"诗颇奇崛，恰与古柏相称。而吴大澂清卿的《七柏行》，对于这七株古柏一一写照，更有颊上添毫之妙，如："司徒庙中古柏林，百世相传名到今，我来图画古柏状，日暮聊为古柏吟。一柏亭亭最清绝，斜结绳文寒欲裂，九华芝盖撑长空，几千百年不可折。一柏如桥卧彩虹，霜皮剥落摧寒风，霹雳一声天半落，残枝满地惊飞蓬。一柏僵立挺霄汉，虬枝蟠结影零乱，冰雪曾经太古前，炼此千寻坚铁干。一柏夭娇如游龙，蒙头酣卧云重重，满身鳞甲忽飞舞，掷地化作仙人筇。中有二柏亦奇特，清阴下覆高柯直，纵横寒翠相纷拏，如副三槐参九棘。墙根一柏等附庸，侧身伏地甘疏慵，昂头横出一奇干，千枝万叶犹葱茏。（下略）"

读了此诗，就可以想象到这些古柏的姿态了。我以为它们不但是苏州的宝树，实在足以代表全国。

另一株宝树，就是沧浪亭东邻结草庵里的古栝，俗称白皮松，在全苏州所有的老栝中，这是最大最古老的一株，干大数围，是南方所希有的。明代大画家沈石田曾说庵中有古栝十寻，数百年物，即指此而言。自明代至今，又加上了四百多岁，那么这古栝的年龄定在一千岁以上了。番禺叶誉虎前辈寓苏时，常去观赏，并一再赋诗咏叹，如《赠栝》一首云："消得僧房一亩阴，弥天髯甲自萧森。拏云讵尽平生志，映月空悬永夜心。吟罢风雷供叱咤，梦馀陵谷感平沈。破山老桂司徒柏，把臂应期共入林。"沧浪亭对邻可园中荷花池畔，有一株胭脂梅，据说还是宋代所植，有人称之为江南第一梅。据我看来，树干并不苍古，也许老干早已枯死，这是根上另行挺生的孙枝了。每年春初花开如锦，艳若胭脂，我园梅丘上的一株，就是此梅接本，我曾宠之以词，调寄《忆真妃》云："翠条风搦烟拕。影婆娑。疑是灵猿蜕化、作虬柯。　春晖暖。琼英坠。艳如何。错道太真娇醉、玉颜酡。"梅花单是色彩娇艳，还算不得极品，一定要有水光，才是十全十美。这株胭脂梅，就是好在有水光，普通的梅花和它相比，不免要自惭形秽了。

花光一片紫云堆

我对紫藤花，有一种特殊的爱好。每逢暮春时节，立在紫藤棚下，紫光照眼，缨络缤纷，还闻到一阵阵的清香，真觉得可爱煞人！

我记到了苏州的几株宝树，怎么会忘却拙政园中那株天矫蟠曲如虬如龙的老紫藤呢？这紫藤的主干又枯又粗，可供二人合抱，姿态古媚已极，据说是明代诗书画三绝的文徵明所手植，五六百年来饱阅风霜，老而弥健，只因曲曲弯弯地蟠将上去，不比其他古树的挺身而立，所以下面支以铁柱，上而枝叶伸展开去，仿佛给满庭张了一个绿油油的天幕。壁间有不知何人所题"蒙茸一架自成林"七字，并于地上立一碑，大书"文衡山先生手植藤"八字。解放后苏南文物管理委员会来整修拙政园，对于这株古藤非常重视，特地装置了一排朱红漆的栏杆保护它，要使这株宝树延长寿命，长供公众的欣赏，这措施实在是必要的。每年开花时节，我总得专诚前去，痴痴地靠着红栏杆，饱领它的色香，有时为那虬龙一般的枯干所陶醉，恨不得把它照样缩小了，种到我的那只明代铁砂的古盆中去，尊之为盆栽之王。

此外南显子巷惠荫园中的水假山上，也有一株老藤，是清康熙年间名儒韩菼所手植，所以藤下立有"韩慕庐先生手植藤"一碑。主干也有一抱多，粗粗的枝条，好像千手观音的手一般伸展开去，一枝枝腾拏向上，有好几枝直挂到墙外去，蔚为奇观。暮春时敷荫很广，绿叶纷披中，一串串的像流苏般挂满了紫色的花，实在是足与文衡山的老藤争妍斗艳的。此外更有一株老紫藤，在木渎山塘青石桥附近，沿塘有一株老榆树，粗逾两抱，却交缠着一株又粗又大的老藤，估计它的高寿，也足足有一百多岁了。这一榆一藤交缠在一起，仿佛是两个力大无朋的大汉，在那里打架角力一般，模样儿很觉好玩。曾由张仲仁先生给它们起了一个雅号，叫作"古榆络藤"，现在不知依然无恙否？

我家园子里，也有一株老藤，主干已枯，古拙可喜，难能可贵的是，它的花是复瓣的，作深紫色，外间从未见过，据说是日本种，朋友们纷纷称美，我曾以七绝一首宠之："繁条交纠如相搏，屈曲蛇蟠擘不开。好是春宵邀月到，花光一片紫云堆。"架上另有一株，年龄稍小，花作浅红色，也很别致，可惜地盘都给前一株占去了，着花不多，似乎有些屈居人下的苦痛。除此以外，我又有盆栽紫藤多株，以沧浪亭可园移来的一株为甲观，主干只剩半片，而年年开花数十串，生命力仍很充沛。另有两株是日本种的九尺藤，花串下垂特长，可是九尺之称，实在是夸大的。其他山藤多株，都不见开花，据一位老园艺家说，倘把盆子埋在地下，使根须透出盆底的小孔，就会开花，今春我已如法一试，不知明年究能如愿否？紫藤花有清香，倘蘸了面粉的糊，和以白糖，入油锅炸熟，甘香可口，好奇者不妨一尝试之。

插　花

好花生在树上，只可远赏，而供之案头，便可近玩。于是我们就从树上摘了下来，插在瓶子里，以作案头清供，虽只二三天的时间，也尽够作眼皮儿供养了。说起瓶子，正如今人所谓丰富多采，各各不同，质地有磁铜玉石砖陶之分，式样有方圆大小高矮之别。这还不过是大纲而已，若论细则，那非写一部专书不可。单以磁瓶而论，就有甚么官窑、哥窑、柴窑、钧窑、郎窑、定窑等等名目，式样之五花八门，更不用说；铜器又有甚么觚、尊、罍、觯等等名目，就是依着它们的式样而定名的。其他玉石砖陶用处较少，也可偶而一用。比较起来还是用陶质的坛或韩瓶等等插花最为相宜，坛口大，可插多枝或多种的花；如果是三五枝花，那么用小口的韩瓶就得了。安吉名画家吴昌硕先生每画折枝花，喜画陶坛和韩瓶，瞧上去自觉古雅。

插花虽小道，而对于器具却不可随便乱用，明代袁中郎的《瓶史》中曾说："养花瓶亦须精良，譬如玉环飞燕，不可置之茅茨；又如稽阮贺李，不可请之酒食店中。尝见江南人家所藏旧觚，青翠入骨，砂斑垤起，可谓花之金屋。其次官哥象定等窑，细媚滋润，皆花神之精舍也。"据他的看法，大概插花还是以铜瓶为上，所以有"青翠入骨，砂班垤起"之说，而磁瓶次之，即使是名窑，也不得不屈居其下。但我以为也不可一概而论，譬如粗枝大叶的花，分量较重，插在磁瓶中易于翻倒，自以铜瓶为妥善。记得去秋苏州怡园开幕时，我举行盆栽瓶供个人展览会，曾用一个古铜

16

瓶插一枝悬崖的枇杷花，枝干很粗，主体一枝，另一枝斜下作悬崖形，而叶子十多片，每片好似小儿的手掌般大，倘用磁瓶或陶瓶来插，定然不胜负担，因此不得不借重铜瓶了。今年元宵节，我从梅丘的一株铁骨红梅树上，折了一枝粗干下来，也插在一个古铜瓶中，不但是觉得举重若轻，而且色彩也很调和，红艳艳的梅花，衬托着黑黝黝的瓶身，自有相得益彰之妙。这一夜供在爱莲堂中，与灯光月色相映，真的赏心悦目，美不可言。

铜瓶蓄水插花，可免严冬冻裂之弊，据说出土的古铜瓶，因年深月久地受了土气，插花更好。花光鲜艳，如在枝头一样，并且开得快而谢得慢，延长了寿命；结果子的花枝，还能在瓶里结出果子来，可是我没有亲见，不敢轻信。磁瓶插花，自比铜瓶漂亮，但是严冬容易冰碎，未免美中不足，必须特制锡胆，或则利用竹管，更是惠而不费，否则在水中放些硫磺，也可免冻。

插花不可太多，以三枝或五枝最为得当，并且不可太齐，应当有高有低，也应当有疏有密。瓶口小的，自是容易插好，要是瓶口太大，那么李笠翁《闲情偶寄》中发明"撒"之一物，说是以坚木为之，大小其形，不拘一格，其中或扁或方，或为三角，但须圆形其外，以便合瓶。我以为此法还是太费，不如剪一根树枝，横拴在瓶口以内，或多用一根，作十字形，那么插了花可以稳定，不会动摇了。

再谈插花

　　袁宏道中郎，是明代小品文大家，世称公安派，颇为有名，他平日喜以瓶养花，对于瓶花的热爱，常在诗歌和文章中无意流露出来。他所作的《瓶史》，就是专谈此道的，他的小引中说："……幸而身居隐现之间，世间可趋可争者既不到，余遂欲欹笠高岩，濯缨流水，又为卑官所绊，仅有栽花莳竹一事，可以自乐。而邸居湫隘，迁徙无常，不得已乃以胆瓶贮花，随时插换。京师人家所有名卉，一旦遂为余案头物，无扦剔浇顿之苦，而有味赏之乐，取者不贪，遇者不争，是可述也。"他那插瓶花的旨趣是如此。

　　《瓶史》全文不过三千多字，分作十二节，一为花目，二为品第，三为器具，四为择水，五为宜称，六为屏俗，七为花祟，八为洗沐，九为使令，十为好事，十一为清赏，十二为监戒。我先后读了两遍，觉得他似乎在卖弄笔墨，切合实际的地方实在不多。譬如洗沐一节，就是在花上喷水，这是很简单的一回事，甚么人都干得了的，而他老人家偏偏郑重其事，还指定甚么花要甚么人去给它洗浴，他这样地写着："浴之之法，用泉甘而清者细微浇注，如微雨解醒，清露润甲。不可以手触花，及指尖折剔，亦不可付之之庸奴猥婢。浴梅宜隐士，浴海棠宜韵致客，浴牡丹芍药宜靓妆妙女，浴榴宜艳色婢，浴木犀宜清慧儿，浴莲宜娇媚妾，浴菊宜好古而奇者，浴蜡梅宜清瘦僧。"试想喷一枝瓶子里的花，要这样地严于人选，岂不是太费事了么？又如使令一节："花之有使

18

令，犹中宫之有嫔御，闺房之有妾媵也。夫山花草卉，妖艳实多，弄烟惹雨，亦是便嬖，恶可少哉？梅花以迎春瑞香山茶为婢，海棠以蘋婆林檎丁香为婢，牡丹以玫瑰蔷薇木香为婢，芍药以莺粟蜀葵为婢，石榴以紫薇大红千叶木槿为婢，莲花以山矾玉簪为婢，木犀以芙蓉为婢，菊以黄白山茶秋海棠为婢，蜡梅以水仙为婢。"同是一枝花，偏要给它们分出谁主谁婢，实在是一种封建思想在作怪，不知道他是用甚么看法分出来的？那些被派为婢子的花，如果是有知觉的话，也许要对他提出抗议来吧？

中国古籍中关于插花的，似乎只有《瓶史》一种，自是难能可贵，其中如品第、器具、择水、宜称、好事诸节，自有见地，所以此书传到日本，日本人对于插花向有研究，就当作教科书读，甚至别创一派，名"宏道流"，表示推重之意。中郎品第花枝，十分严格，非名花不插，如牡丹必须黄楼子、绿蝴蝶、舞青猊；芍药必须冠群芳、御衣黄、宝妆成；梅花必须重叶绿萼、玉蝶、百叶缃梅。我以为插花不比盆栽，选择无妨从宽，一年四季，甚么花都可采用，或重其色，或重其香，或则有色有香，当然更好。不过器具却要选择得当，色彩也要互相衬托，对于枝叶的修剪，花朵的安排，必须特别注意，如果插得好，那么即使是闲花凡卉，也一样是足供欣赏的。

插花的器具，不一定单用铜磁陶等瓶樽，就是安放水石的盘子或失了盖的紫砂旧茶壶等，也大可利用。我曾在一个乾隆白建窑的浅水盘中，放了一只铅质的花插，插上一枝半悬崖的硃砂红梅，旁置灵壁拳石一块，书带草一丛（用以掩蔽花插），自饶画意。又曾在一只陈曼生的旧砂壶中，插一枝黄菊花，花只三朵，姿态自然，再加上一小串猩红的枸杞子，作为陪衬，有一位老画师见了，就说："这分明是一幅活色生香的徐青藤的画啊！"

19

不依时节乱开花

今年的天气十分奇怪，春夏二季兀自多雨，人人盼望天晴，总是失望，晴了一二天，又下雨了；到了秋季，兀自天晴，差不多连晴了两个月，难得下一些小雨，园林里已觉苦旱，田中农作物恐怕也在渴望甘霖了。瞧来天公也在闹别扭，你要晴，它偏偏下雨；你要雨，它偏偏放晴，倒像故意跟人开玩笑似的。因了这天气的不正常，有些花木也一反常态，竟不依时节乱开花了。莲花本来在夏季开的，而过了农历六月二十四日所谓莲花生日，还是不见开花，直到牛女双星渡河之后，才陆陆续续地开起来。桂花总在中秋左右开的，而今年却宣告延期，直到重阳节边，才让人看到了垂垂金粟，闻到了拂拂浓香。菊有黄花，向来总在重阳节边，而今年也延迟了一月，期待着持螯赏菊的朋友们，真有望穿秋水之感了。

最奇怪的，我园子里有一株盆栽的小梅树，忽在重阳前二天开了一朵花，开始时先见六片圆形绿叶组成的一个萼，中间拥一点红心，过了三天，红心渐渐放大，绿萼渐渐翻向后面，再过二天，红心更大了，现出花瓣的模样来，色彩很为鲜艳，有些像硃砂红。到了明天，五片花瓣完全开好，色彩也渐渐淡下去，足足开了两天，居然有色有香，旁枝上还有一个小小的花蕊，只因在爱莲堂中连供了七天，等不及开花就脱落了。本来古人诗中有"十月先开岭上梅"之句，这岭是指的大庾岭，地在南方，并且是种在山上的，当然是易于开花，而现在还在农历九月，又是盆栽的

20

一株小梅树，竟抢先地开了花，而其馀的几十盆却一动都不动，真是可怪了。

然而这种奇迹，古已有之，如清代康熙年间词人陈其年，曾见一株老梅树枯而复活，并且秋天就开了花，叠萼重台，生气勃勃，一时有瑞梅之称，其年赋《沁园春》一阕宠之："一种江梅，偏向君家，出奇无穷（树在友人汤皆山家）。看千年复活，乔柯蚴蟉，重台并蘥，冷蕊空濛。人云奇哉，梅曰未也，要为先生夺化工。休惊诧，请诸君安坐，洗眼秋风。　须臾露灟梧桐。忽逗出罗浮别样红。正朦胧一夜，银河影里，稀疏数点，玉笛声中。只恐东篱，有人斜睨，菊秀梅娇妒入宫。当筵上，倩渊明和靖，劝取和同。"词意很有风趣，而结尾因恐菊梅争宠，请陶渊明林和靖劝它们和平共处，真是想入非非。不但如此，其年家中有杏树一株，也在暮秋开花，竟与春间一般娇艳，其年也咏之以词，调寄《解连环》云："碧秋澄澈。把江南染遍，是他黄叶。忽一朵半朵春红，也浅晕明妆，薄融酥颊。簌雨笼晴，笑依旧、茜裙微摺。只夜凉难禁，露重谁忔，哽语凄咽。　回思好春时节。正桃将露绶，兰渐成缬。楼上人醉花天，有画鼓银罂，宝马翠塎。事去慈恩，枉立尽、西风闲说。伴空濛、驿桥一帽，苇花战雪。"除此之外，又有八月闻莺海棠重开的奇事，词人李分虎以《花犯》一阕记之："卷筠帘，金梭忽溜，青林已非昔。倚阑干立。讶老桂黄边，犹露春色。几丝带雨蔫红湿。莺穿亦爱惜。为载酒、向曾听处，相逢如旧识。　巡檐觑花太零星，翻疑狼藉后，东风留得。记前度，寻芳事、梦中游历。又谁料、数声似诉，重唤起、秋窗拈赋笔。便杜老、断无吟句，也应题醉墨。"

有一天，苏州市园林管理处汪星伯兄过访，看了我盆梅着花，便说今年怪事真多，拙政园中端阳节边开过的石榴花，忽在重阳节边又大开起来；而有的园子里，也秋行春令，竟开起樱花来了。不依时节乱开花，花也在捉弄人啊！

21

闻木犀香

每年中秋节边，苏州市的大街小巷中，到处可闻木犀香，原来人家的庭园里，往往栽有木犀的。今年因春夏二季多雨，天气反常，所以木犀也迟开了一月，直到重阳节，才闻到木犀香咧。木犀是桂的俗称，因丛生于岩岭之间，故名岩桂。花有深黄色的，称金桂；淡黄色的，称银桂；深黄而泛作红色的，称丹桂。现在所见的，以金桂为多，银桂次之，丹桂很少。花有只开一季的，也有四季开的，称四季桂，月月开的，称月桂，可是一季开的着花最繁，并且先后可开二次，香也最浓，四季桂和月桂着花稀少，香也较淡，不过每到秋季，也一样是花繁香浓的。台州天竺所产桂，名天竺桂，是桂中异种，逐月开花，只在叶底枝头，点缀着寥寥数点。天竺的僧人们称之为月桂，好在花能结实，大小与式样，与莲子很相像，那就是所谓桂子了。

我于去冬得老桂一本，干粗如成人的臂膀，强劲有力，也是月月开花，并且是结实的，大概就是天竺桂。今秋着花累累，初作淡黄色，后泛深黄，我把密叶剪去，花朵齐露于外，如金粟万点，十分悦目。所难得的这老桂是个盆栽，栽在一只长方的白砂古盆里，高不满二尺，开花时陈列在爱莲堂中，一连三天，香满一堂。朋友们见了，都赞不绝口，这也可算是吾家盆栽中的一宝了。

记得二十年前，我曾从邓尉山下花农那里买到枯干的老桂三本，都是百馀年物，分栽在三只紫砂大圆盆里，每逢中秋节边，看花闻香，悦目怡情，曾咏之以诗："小山丛桂林林立，移入古盆取次栽。铁骨金英枝碧玉，天香云外自飘来。"可惜在对日抗战时期，我避寇出走，三桂乏人照顾，已先后枯死，幸而最近得了这株天竺桂，虽然不是枯干，而姿态之古媚，却胜于三桂，我也可以自慰了。

向例桂花开放时，总在中秋前后，天气突然热起来，竟像夏季一样，苏人称之为"木犀蒸"，桂花一经蒸郁，就烂烂漫漫地盛开了。我觉得这"木犀蒸"三字很可入诗，因戏成一绝："中秋准拟换吴绫，偏是天时未可凭。踏月归来香汗湿，红闺无奈木犀蒸。"

江浙各处，老桂很多，杭州西湖上满觉垅一带，满坑满谷的都是老桂，花时满山都香，连栗树上所结的栗子，也带了桂花香味，所以满觉垅的桂花栗子，也是遐迩驰名的。听说，嘉兴有台桂，还是明代以前物，花枝一层层的成了台形，敷荫绝大，花开时香闻远近村落，诗人墨客，纷纷赋诗称颂，不知现仍无恙否？常熟兴福寺中有唐桂，一根分出好几株来，亭亭直立，去秋我曾冒雨往观，每株树身并不很粗，不过碗口模样，据我看来，至多是明桂，倘说是唐代，那么原树定已枯死，这是几代以下的孙枝了。鲁迅先生绍兴故宅的院落中，有一株四季桂，据说饱阅风霜，已有二百馀年之久，从主干上生出三株六枝来，像是三树合抱而成的一株大树，荫蔽了半个院落，先生童年时，常常坐在这桂树下听他母亲讲故事的。

我家园子里也有三株桂树，一大二小，都不过三四十年的树龄，今秋花虽开得较迟，而也不输于往年的繁盛。我因桂花也可窨茶，运往苏联和其他民主国家，可换机器，因此自己享受了一二天的鼻福，摘下了几枝作瓶供，就让邻人们勒下花朵来，以每斤六千元的代价，卖与虎邱茶花合作社了（据说窨茶以银桂为佳，所以代价也比金桂高一倍）。苏州市的几个园林中，都有很多的桂树，而以怡园留园为最，各在桂树丛中造了一座亭子，以资坐息欣赏，怡园的亭子里有"云外筑婆娑"一额，留园的亭子里有"闻木犀香"一额，我这一篇小文，就借以为名，写到这里，仿佛闻到一阵阵的木犀香，透纸背而出。

养金鱼

　　往时一般在名利场中打滚的人，整天的忙忙碌碌，无非是为名为利，差不多为了忙于争名夺利，把真性情也汩没了。大都市中，有的人以为嫖赌吃喝，可以寄托身心，然而这是糜烂生活的一环，虽可麻醉一时，未免取法乎下了。

　　现在新社会中，大家忙于工作，不再是为名为利，大都是为国为民。然而忙得过度，未免影响健康，总得忙里偷闲，想个调剂精神的方法，享受一些悠闲的情趣，我以为玩一些花鸟虫鱼，倒是怪有意思的。说起花鸟虫鱼，也正浩如烟海，要样样玩得神而明之，谈何容易。单以蓄养金鱼而论，此中就大有学问，决不是粗心浮气的人，所能得其奥秘的。

　　我在对日抗战以前，曾经死心塌地地做过金鱼的恋人，到处搜求稀有的品种，精致的器皿，并精研蓄养与繁殖的法门，更在家园里用水泥建造了两方分成格子的图案式池子，以供新生的小鱼成长之用，可谓不惜工本了。当时所得南北佳种，不下二十馀品，又为了原名太俗，因此借用词牌曲牌做它们的代名词，如朝天龙之"喜朝天"，水泡眼之"眼儿媚"，翻鳃之"珠帘卷"，堆肉之"玲珑玉"，珍珠之"一斛珠"，银蛋之"瑶台月"，红蛋之"小桃红"，红龙之"水龙吟"，紫龙之"紫玉箫"，乌龙之"乌夜啼"，青龙之"青玉案"，绒球之"抛球乐"，红头之"一尊红"，燕尾之"燕归梁"，五色小兰花之"多丽"，五色绒球之"五彩结同心"等，那时上海文庙公园的金鱼部和其他养金鱼的人们都纷纷采用，我也沾沾自喜，以为我道不孤。

　　古人以文会友，我却以鱼会友，因金鱼而结识了好多专家，内中有一位号称金鱼博士的吴吉人兄，尤其是我的高等顾问，我那陈列金鱼的专室"鱼乐国"中，常有他的踪迹。他助我搜罗了不少名种，又随时指示我养鱼的经验，使我寝馈于此，乐而忘倦。明代名士孙谦德氏作《硃砂鱼谱》，其小序中有云："余性冲澹，无他嗜好，独喜汲清泉，养硃砂鱼，时时观其出没之趣，每至会心处，竟日忘倦，惠施得庄周非鱼不知鱼之乐，岂知言哉！"我那时的旨趣，正与孙氏一般无二，虽只周旋于二十四缸金鱼之间，而也深得濠上之乐的。

　　不道"八一三"日寇进犯，苏州沦陷，我那二十四缸中的五百尾金鱼，全都做了他们的盘中餐，好多年的心血结晶，荡然无存。第二年回来一看，触目惊心，曾以一绝句志痛云："书剑飘零付劫灰，池鱼殃及亦堪哀。他年稗史传奇节，五百文鳞殉国来。"虽说以五百金鱼之死，此之殉国，未免夸大，然而它们都膏了北海道蛮子的馋吻，却是铁一般的事实。胜利以后，因名种搜罗不易，未能恢复旧观，而我也为了连遭国难家忧，百念灰冷，只因蜗居爱莲堂前的檐下挂着一块"养鱼种竹之庐"的旧额，不得不置备了五缸金鱼，略事点缀，可是佳种寥寥，无多可观，我也听其自生自灭，再也不像先前的热恋了。

再谈养金鱼

　　我在皖南避寇，足足有三个多月，天天苦念故乡，苦念故园，苦念故园中的花木。先还没有想到金鱼，有一天忽然想到了，就做了十首绝句：

　　"吟诗喜押六鱼韵，鱼鲁常讹雁足书。苦念家园花木好，愧无一语到金鱼。"

　　"五百锦鳞多俊物，词牌移借作名标。翻鳃绝似珠帘卷，紫种宛然紫玉箫。"

　　"杨柳风中鱼诞子，终朝历碌换缸来。鱼人邪许担新水，玉虎牵丝汲井回。（母鱼生子时，因水味腥秽，必须常换新水。）"

　　"盆盎纷陈鱼乐国，琳琅四壁画金鱼。难忘菊绽花如海，抗礼分庭独让渠。（小园中陈列金鱼的一屋，名鱼乐国，四壁都张挂着名家所画的金鱼。每年秋季，苏州公园中举行鱼菊展览会，金鱼与菊花并列。）"

　　"五色文鱼多绝丽，云蒸霞蔚似丝缫。登场鲍老堪相拟，簇锦团花着绣袍。"

　　"珠鱼原是珠江种，遍体莹莹珠缀肤。妙绝珠帘朱日下，一泓碧水散珍珠。"

　　"珍鱼矫矫生幽燕，紫贝银鳞玉一团。媲美仙葩差不愧，嘉名肇锡紫罗兰。（北方有一种身有紫斑的金鱼，俗称紫兰花，我爱花中的紫罗兰，因以为名。）"

　　"沙缸廿四肩差立，碧藻绯鱼映日鲜。绝忆花晨临渌水，闲看

27

鱼乐小游仙。"

"朝朝饲食常临视，为爱清漪剔绿苔。却喜文鳞俱识我，落花水面唼喁来。（缸边易生绿苔，积得厚了，必须剔去。）"

"铁蹄踏破纷华梦，车驾仓皇出古吴。未识城门失火后，可曾殃及到池鱼。"

不料后来回到故园探望时，金鱼果然殃及，只索望缸兴叹。并且连我最爱的一个捷克制的玻璃金鱼缸也给毁了。这缸是作四方形的，下面有一个镂花的铜盘，两旁有两个瓜棱形的火黄色的玻璃管，当中可以通电放光，柱顶各立一个裸体女子，全身涂金，张开了两臂，相对作跳下水去的模样。我曾两次陈列在公园里的鱼菊展览会中，养着两尾五色的珍珠鱼，映着电光，分外的美丽，参观的群众，都啧啧赞美，至今我还忘不了它。

前人对于养金鱼的器具，原有很讲究的。像元代的燕帖木耳，在私邸中造一座水晶的亭子，四面以水晶作壁，珊瑚作栏杆，装了清水进去，养着许多五色鱼，再将绿藻红荷白蘋等作点缀，真的光怪陆离，美观极了。清代的宰相和珅，有一只琥珀雕成的书案，方广二尺，嵌以水晶，下面有一抽屉，也是水晶的，约高三寸，装了水养金鱼，配着碧绿的水藻，自觉尽态极妍。对日抗战以前，我曾在阔街头巷的网师园中，瞧见一只杨妃榻上的炕几，四周用紫檀精雕作边框，嵌着很厚的玻璃，四面和底层是磁质的，画着无数的金鱼和绿藻，据说是乾隆时代的制作，也是作养金鱼之用的。前人对于玩好方面，真是穷奢极欲，现在可没有这一套了。

养金鱼的风气，宋代即已有之，苏老泉诗中曾有"朱鬣金鳞漫如染"之句，可作一证。不过他们大半是养在池塘里的。到了清代，就有把金鱼养在瓶里的了，如陈其年咏金鱼的《鱼游春水》一词中，有"浅贮空明翡翠瓶，小喋瀺灂桃花水，蹙锦裁斑，将霞漾绮"之句。又龚蘅圃有《过龙门》一词："脂粉旧香塘，影蘸丝杨。花纹不数紫鸳鸯。一种藻鳞金色嫩，三尾拖凉。　蔽日有青房。翠网休张。池星密处惯迷藏。雨过满衣真个似，濯锦秋江。"这又是咏池塘中的金鱼了。我也有一阕《行香子》词，咏池中金鱼，词云："浅浅春池。藻绿鱼绯。看翩翩倩影参差。银鳞鳃展，朱鬛鳍歧。是瑶台月，珠帘卷，燕双飞（银蛋翻鳃燕尾为三种金鱼的别名）。　碧眹流媚，彩衣轩举，衬清漪各逞娇姿。香温茶熟，晴日芳时。好听鱼喁，观鱼跃，逗鱼吹。"我的金鱼本来都是养在黄沙缸里的，只因春间生子太多，就分了一部分到梅丘下的荷花池中去，所以池中也做了金鱼的殖民地了。今春为了给各地来宾增加兴趣起见，特地在原有的五缸外，添了三缸，排成一朵带柄的梅花的式样，养了八种金鱼，中如五色的蛋种和五色的珍珠鱼，最为富丽。可惜今年多雨，红虫难觅，每天只吃些浮萍绿子，所以不能繁殖了。

展览会

展览会为一种群众性的活动，无论是属于文学的，艺术的，历史文物的，科学技术的，都足以供欣赏而资观摩，达到见多识广的境界。解放以来，苏州市的各种展览会，风起云涌，连续不断，如太平天国起义一百周年纪念展览会，总路线展览会，以及最近的五年来成就展览会，吸引了千千万万的观众，好像给大家上了几次活生生的大课，教育意义是十分重大的。我前前后后也参加了不少展览会，大都是属于艺术和园艺方面的。

对日抗战以前，我经常参加苏州公园的莳花展览会，金鱼菊花展览会，梅花展览会等。抗战期间，我在上海又参加了几次国际性的中西莳花展览会，以我们中国的盆栽盆景与西方人的园艺相竞赛，居然压倒了他们，连得了三次总锦标杯。当时自以为我的园艺取得了国际间崇高的地位，得意忘形，先后做了八首绝句，其中二首，就是对外而言的：

"奇葩烂漫出苏州，冠冕群芳第一流。合让黄花居首席，纷红骇绿尽低头。"

"占得鳌头一笑呵，吴宫花草自娥娥。要他海外虬髯客，刮目相看郭橐驼。"

我以为对外而言，不妨自豪。胜利以后，回到苏州，又曾参加了一次莳花展览会，一次菊花展览会，记得有一盆"陶渊明赏菊东篱"，别出心裁，曾博得了不少好评。

解放后的一九五〇年，参加苏州市文物展览于青年会，特辟一室，布置了三个桌子，一桌是文玩小品，一桌是盆景盆栽，一桌是北瓜与蔬果，都是家园产品，揭橥曰"秋之收获"，请老友蒋吟秋兄用白粉写在一片柿叶上，红绿斑驳，很为别致。四壁张挂着明清两代周氏的书画，如周天球周东邨周之冕周芷岩等，全是姓周的名家的手笔。

这一次的展览，引起了当地首长们的注意，从此我的紫兰小筑的小小园地，就经常的东西南北有人来了。以后拙政园开幕，苏南文管会又邀我去展览园艺作品，独占了"南轩"一室，又布置了三个桌子，除盆景盆栽北瓜蔬果外，加上了一桌子的水石盆供，借用毛主席的《沁园春》词名句，揭橥曰"江山如此多娇"，为之增光不少，中如仿宋代范宽的《长江万里图》一角，仿元代倪云林的《江岸望山图》，《富春江严子陵钓台》等，计六七点，在我以前的展览品中，这总算是别开生面的。

怡园开幕，又在荷花厅的树根古几案上布置了盆景盆栽与瓶菊，秋菊有佳色，自能引人入胜。中有一件，以乾隆白磁浅水盆，插棕榈叶五枝，单瓣红山茶一枝，配以拳石，别有意趣。有一位参观的朋友，在意见簿上写着："这一盆棕榈山茶美极了，可作和平的象征。"可惜这是插在水中的，只能维持三四天。

以后又如拙政园开幕周年纪念的菊花展览会，怡园的月季花展览会，也都有我的盆栽盆景和瓶供的菊花月季花等参加，因为我已好似药方中的甘草，凡是展览会，几乎都有我的份儿了。而最可纪念的，有一次为了欢迎朝鲜人民军和中国人民志愿军代表，在人民文化宫中举行了一个文物展览会，邀我把各种梅花的盆栽盆景拿去参加，布置了三个桌子两个花几，那位五十多岁的朝鲜代表见了大为叹赏，问长问短之后，都在手册上记了下去。一九五三年春节，苏州市文物保管委员会展览历代书画文物于人民文化宫，在大会堂的四壁挂满了书画，而主席台上由我布置了好多盆栽盆景与瓶供石供等，在毛主席造像前供着三大盆的松竹梅，吸住了好多观众。在我历次参加的展览会中，以这一次的位置居高临下，最为满意，抬头望去，极庄严华贵之致，甚至有几位爱好花木的解放军战士，竟找到我家里来了。最近的一次，就是一九五四年春节，民间艺术展览会举行于拙政园，搜罗了许多苏州市的民间艺术品，蔚为大观，那展览书画的部分，又邀我将梅花的盆栽盆景去点缀一下。中如故名画家顾鹤逸先生手植的那株绿萼老梅，由我培养了三年，着花很多，树形仿佛一头起舞的仙鹤，我给题上了"鹤舞"二字，观众啧啧称美。此列盆景如"孤山一角"、"梅花林"等盆景，也是我煞费苦心的创作。这一个展览会举行了半个月，真有万人空巷的盛况。

准备工作

我一次次地参加各种展览会，虽获得了一次次的好评，享受了一时间的荣誉，然而也付出了心力上的相当的代价，不是轻易得来的。当我接受了邀请参加的时候，须得做多则一星期少则三四天的准备工作，先要动动脑筋，想定拿哪些东西去参加，于是从那几百盆的盆栽盆景中去挑选出来。初选之后，还要复选，将枝叶不茂精神稍差的重行换过。然后整理盆面，或加些新的细泥，或补些细的青苔，再带上一些细叶的杂草，一面做整姿的工作，枝叶要修剪的一一修剪，要删去的一一删去，要扎缚的就得用棕丝来扎缚。有的盆栽必须加上一块英石或一条石笋，盆景中一块不够，还须加三四块五六块，石的大小高低，必须选择得当，安放的位置必须避免对称和呆板，以合乎诗情画意为上乘。除此之外，再得安放一二个广东制作的小型人物，以及亭塔茅屋船只或鹤鹿牛马等等，大小远近又须和主体的树身作比例，太大太小都是不合条件的。这整个的盆栽盆景整理完毕之后，又须照盆子的类型，配上一个合适的座子，或是红木制的，或是紫檀制的，或是黄杨的树根制的，以壮观瞻。这些座子，又须上蜡拂拭，瞧上去才觉焕然一新。做完了这几种工作，又得动脑筋题上一个含有诗意的名字，再准备了各色虎皮笺或洒金笺等请名家书写，或正或草，或隶或篆，蒋吟秋林伯希二位老友，是经常替我效劳的。

就是瓜果和瓶花，也一样的要做准备工作。每一个北瓜，必须看它的颜色，配上一个色调相称的盆子，或方或圆或长方或椭圆，不必固定，然后铺以石粉，如有馀地，再用葫芦灵芝或拳石作陪衬。瓶花除了用各种磁瓶陶罇外，也可用磁质或石质的水盘，色彩必须与花的颜色相和谐，花以三朵五朵为宜，避免双数，高低疏密必须注意，再配上绿叶一二枝，位置也须适当。水盘插花，日本人最为擅长，必须利用铅质或铜质的花插，使花枝固定不致动摇，然后用拳石或书带草等掩蔽，勿露痕迹。花枝多少不论，种类则不宜太多，二三种已足，更须注意到疏密与高低，万不可杂乱无章。这许多东西逐一准备妥帖之后，便在几案或橱架上先行陈列起来，看了盆子的高低大小，作适当的安放，总须费好一番手脚，方始决定。然后照样画了草图，以供会场上陈列时对照之用。看了这种种准备工作，就可知道我参加展览的煞费苦心了。

至于我的家里，更好似一年到头天天不断地在举行展览会，爱莲堂、紫罗兰盦、寒香阁、且住等四间屋以及一个曲尺形的廊下，一共陈列着几十盆大小不等的盆栽和盆景，再加以瓶花，经常地更换，以新眼界。每天傍晚，必须逐一移放到庭前去，好吸收一夜露水，使它们的精神饱满起来。倘在菊花和梅花时节，花正开得好好的，夜半如下大雨刮大风，我还得起床搬移，使花朵不受风雨摧残。每天黎明即起，第一个工作就是将这几十件盆供瓶供一一搬回屋内和廊下，安放在原来的位置上。这一天两次的刻板工作，正如古时陶侃运甓一般，也足以活动肢体，不必再打太极拳作广播体操了。为了我这一年不断的展览会，就弄得一年不断的门庭如市，北至哈尔滨松江省，西至新疆四川，南至广西广东，东至福建山东，中部如湖南湖北和河南，都有贵宾光降，甚至朝鲜前线来的志愿军首长，也做了我的座上客，真使我受宠若惊咧。

一年无事为花忙

园中的花树果树，按时按节乖乖地开花结果，除了果树根上一年施肥一次外，并不需要多大的照顾。我的最大的包袱，却是那五六百盆大型中型小型最小型的盆景盆栽，一年无事为花忙，倒也罢了，可是即使有事，也得分身为它忙着。春季忙于翻盆，夏季忙于浇水，秋季忙于修剪，冬季忙于埋藏，这是指其荦荦大者。至于施肥和其他零星工作，可没有一定，像我这样的花迷花痴，没有事也得找些事出来，天天总想创作一二个盆景，以供大众欣赏，那更忙得喘不过气来了。

至于上面所说的四季的工作，也不是固定的。譬如春季翻盆，秋季冬季也可翻盆，不过我却是在春季格外忙一些，因为有好几十盆大大小小的梅桩，在开过了花之后，必须一一剪去枝条，由磁盆或紫砂细盆中翻入瓦盆培养，换上新泥，施以肥料，忙得不可开交。记得解放以前曾有过四首七绝咏其事：

"不事公卿不辱身，翛然物外葆天真。长年甘作花奴隶，先为梅花忙一春。"

"或像螭蟠或虎蹲，陆离光怪古梅根。华堂经月尊彝供，返璞还真老瓦盆。"

"删却枝条随换土，瓦盆培养莫相轻。残英沾袖馀香在，似有依依惜别情。"

"养花辛苦有谁知，雨雨风风要护持。但愿来春春意足，瑶花重见缀琼枝。"

这四首诗，确是实录。此外还有别的许多盆树，倘见有不健康的模样，也须逐一翻盆，所以春季翻盆工作是够忙的了。浇水原不限于夏季，春秋以至冬季都须浇水，只因夏季赤日当空，盆土容易晒干，尤以浅盆为甚，甚至一天浇一次还嫌不够，要浇二次三次之多。试想浇五六百盆要汲多少水？要费多少手脚？所以夏季浇水，实在是主要的工作，而也是最繁重最累人的工作。若是春秋二季，阳光较弱，不一定天天要浇，冬季更为省力，只须挑盆面发白的浇一下好了。

修剪工作以春秋二季最为相宜，我却于暮秋叶落之际，忙于修剪，或则延至来春萌芽之前动手，亦无不可，但我生性急躁，总是当年就跃跃欲试了。到了冬季，花木大都入于睡眠状态，似乎不须再忙，但是第一要着，得赶快做保卫工作，以防寒流的突然袭来，抵抗力较弱的盆树，一经冰冻，就有致命的危险。

记得一九五二年初冬，有一天寒流忽如飞将军之从天而降，单单在一夜之间，田间菜蔬全都冻坏，我也没有防到初冬会这样的寒冷，所有盆树全未埋藏，以致损失了好几十盆。中如枯干的绣球，老本的丁香，都是只此一家，并无分出的，不幸都作了惨烈的牺牲。甚至抵抗力素称强大的枸杞、迎春、石榴等等，以及生长山野中从不畏寒的山枫老干，也有好多本被寒流杀死了。

我痛定思痛，至今还惋惜着这无可弥补的损失。所以去冬绸缪未雨，一过立冬，就忙着把较小的盆树尽先收藏到面南的小屋中去，然后将大型的盆树，连盆埋在地下，以免寒流袭来时措手不及。这一个赶做埋藏工作的时期，也是够忙的，并且我家缺少劳动力，中型小型的盆树，我自己还可亲自动手移放，而大型的盆树有重至一二百斤的，那就非请人家帮忙不可了。可是我这一年四季的忙，也不是白忙的，忙里所得的报酬，是好花时餍饱眼，嘉果常快朵颐，并且博得了近悦远来的宾客们的赞誉。

36

花木之癖

我热爱花木，竟成了痼癖，人家数十年的鸦片烟癖，尚能戒除，而我这花木之癖，深入骨髓，始终戒除不掉。早年在上海居住时，往往在狭小的庭心放上一二十盆花，作眼皮供养。到得"九一八"日寇进犯沈阳以后，凑了二十馀年卖文所得的馀蓄，买宅苏州，有了一片四亩大的园地，空气阳光与露水都很充足，对于栽种花木很为合适，于是大张旗鼓地来搞园艺了。园地上原有多株挺大的花树、果树、长绿树、落叶树，如梅、杏、李、桃、柿、枣、樱花、樱桃、枇杷、玉兰、石榴、木犀、碧桃、紫荆、紫藤、红薇、白薇等，此外松、柏、杉、枫、槐、柳、女贞、白杨等，也应有尽有。而最可人意的，是在一株素心蜡梅老树之下，种有一丛丛紫罗兰，好像旧主人知道我生平偏爱此花，而预先安排好了似的。我之不惜以多年心血换来的钱，出了高价买下此园，也就是为的被这些紫罗兰把我吸引住了。

以后好几年，我惨淡经营地把这园子整理得小有可观，又买下了南邻的五分地，叠石为山，掘地为池。在山上造梅屋，在池前搭荷轩，山上山下种了不少梅树，池里缸里种了许多荷花，又栽了好多株松、柏、竹子、鸟不宿等常绿树作为陪衬。到了梅花时节，这一带红梅、绿梅、白梅、胭脂梅、硃砂梅、送春梅一齐开放，有色有香，朋友们称为小香雪海，称为吾园中的花事最高潮。这确是一年间最可观赏的季节，《牡丹亭》传奇中"良辰美景奈何天"之句，正可移咏于此啊。此外各处，我又添种了好多种原来所没有的树，如绣球、丁香、红豆、肉桂、辛夷、垂丝海棠、西府海棠和"洞庭红"橘子等，这样一来，一年四季，差不多不断地有花可看，有果可吃了。

记义士梅

　　我记了明代为反对魏忠贤的暴政而壮烈牺牲的颜马沈杨周五位义士，就不由得使我想起当年十分宝爱的那株义士梅来。因为这株梅花是长在五人墓畔的，所以特地给它上了个尊号，称之为义士梅。我和义士梅的一段因缘，前后达十年之久，是不可以无记。

　　我于"九一八"那年举家从上海迁到故乡苏州以后，从事园艺，就搜罗了不少盆栽，作为点缀；又因自己与林和靖有同癖，对于盆梅更为爱好，每有所见，非设法买回来不可。有一天见护龙街（即今之人民路）的自在庐骨董铺中，陈列着好几盆老梅，内中有一株，铁干虬枝，更见苍古，似是百年以外物，那时正开着一朵朵单瓣的白梅花，很饶画意。我一见倾心，亟欲据为己有。谁知一问代价，竟在百金以上，心想平日卖文为活，哪有闲钱买这不急之物，只得知难而退。后来结识了主人赵君培德，相见恨晚，常去观赏骨董，说古论今。有一次偶然谈及那株老梅，据说是从山塘五人墓畔得来的，培养已好几年了，好似义士们的英魂凭依其上，老而弥健。他见我对于这老梅关注有加，愿意割爱相赠，我因赵君和我一样的有和靖之癖，不愿夺人所好，因此婉言辞谢。过了两年，赵君因病去世，而老梅却矫健如常，由一位花丁周耕受培养着，每逢梅花时节，我还是要去观赏一下。不料"八一三"日寇陷苏，周的园圃遭劫，他也郁郁而死。这老梅辗转落入上海花贩陈某之手，那年年终，和其他盆梅陈列在南京路慈淑大楼之下，将待善价而沽。我得了消息，忙去问价，竟要索一百二十金，这时我恰好给人做了一篇寿序，得润笔百金，就加上了二十金，把它买了回来。十年心赏之物，终归我有，有如藏娇金屋，欢喜无量，因赋绝句十首以宠之："铁干虬枝绣古苔，群芳谱里百花魁。托根曾在五人墓，尊号应封义士梅。""嵌空刻骨老弥坚，花寿绵绵不计年。却笑孤山无此本，鲰生差可傲逋仙。""幸有廉泉润砚田，笔耕墨耨小丰年。梅花元比黄金好，哪惜长门卖赋钱。""十栽倾心终属我，良缘未乖慰平生。何当痛饮千锺酒，醉傍梅根卧月明。""玉洁冰清绝点埃，风饕雪虐冒寒开。年年历尽尘尘劫，傲骨嶙峋是此梅。""晴日和风春意足，南枝花发自纷纷。闺人元识花光好，佯说枝头满白云。""丛丛香雪白皑皑，照夜还疑玉一堆。骨相高寒常近月，缟衣仙子在瑶台。""傲雪傲霜节自坚，花开总在百花先。珊珊玉骨凌波子，离合神光照大千。""无风无雪一冬晴，冷蕊疏枝入眼明。丽日烘花花骨暖，海红帘角暗香生。""萍飘蓬泊在天涯，春到江南总忆家。梅屋来年容小隐，何妨化鹤守寒花。"读了这十首诗，便可想见我的踌躇满志了。

义士梅归我三年，年年春初开满了花，足餍馋眼。我也往往于花时举行茶会，招邀画友诗友同来欣赏。他们于赞叹之下，或为写生，或加品题，更使此梅生色。写生的有郑午昌、许徵白、王师子、马公愚诸画师。题诗的也不少，如叶誉虎前辈二绝云："气得江山助，心还铁石同。堪嗟桃与李，开落任春风。""托根五人墓上，传芳香雪园边。美人风度翩若，义士须眉俨然。"还有古风律诗多首，不能毕录。可惜第四年上，它不知怎的竟在寄存的黄园中死去了，我如失至宝，哭之以文。抗战胜利后重返苏州故园时，好似千金市骏骨一般，把它的枯干带了回来，至今还宝藏着。

一盏清泉养水仙

去冬大寒，气温曾降至摄氏零下十度；今年立春后，寒流袭来，又两度下雪，花事因之延迟，不但梅花含蕊未放，连水仙也挨到最近才陆续开放起来。我于除夕向花店中买了崇明水仙三十头，每逢晴日，放在阳光下曝晒，入夜移入室内避寒，这样忙了好多天，才开放了三分之一，真的望眼欲穿了。

水仙最宜盆养，盆有陶质的，瓷质的，石质的，砖质的，或圆形，或方形，或椭圆形，或长方形，或不等边形。我却偏爱不等边形的石盆砖盆，以为最是古雅，恰与高洁冷艳的水仙相称。我年来置办的水仙盆虽多，却独爱一只四角而不等边形的白石盆，正面刻有"凌波微步"四字，把水仙十一头排列其中，伴以雨花台各色大小石子，自觉妍静可爱，足供欣赏。

砖盆必须将晋砖汉砖凿成的，方见古朴。安吉吴昌硕老画师以砖砚供水仙，别开生面，他宠之以诗，系以序云："缶庐藏汉魏古甓数事，琢砚供书画，苦寒水冻，笔胶不能下，儿童戏供水仙于其上，天然画稿也。拥炉写图，题小诗补空：'缶庐长物惟砖砚，古隶分明宜子孙。卖字年来生计拙，商量改作水仙盆。'"这首诗也是很有风趣的。

瓷有哥窑、汝窑、钧窑等种种，作水仙盆自是不恶，清代词人陈其年以哥窑瓶供水仙，咏以《蝶恋花》云："小小哥窑凉似雪。插一瓶烟，不辨花和叶。碧晕檀痕姿态别。东风悄把琼酥捻。 潋滟空濛天水接。千顷烟波，罗袜行来怯。昨夜洞庭初上月。含情独对垣蛾说。"他不用盆而用瓶，那一定是除去球根，剪了花和叶作供了。

记得十一年前，先慈在沪去世，时在农历十一月间，五七时，我买了三头崇明水仙，养在一只宣德紫瓷的椭圆盆中，伴以英石，颇饶画意。因先慈生前很爱水仙，而那时花也恰好开了，我就把它供在灵几之上，记以诗云："跼蹐淞滨忽七年，俗尘万斛淬心田。出山泉水终嫌浊，那有清泉养水仙。""翠带玉盘盛古盎，凌波仙子自娟妍。移将阿母灵前供，要把清芬送九泉。"可是这不过是我的一片痴心，九泉之下的老母，再也闻不到水仙花香了。

唐元宗以红水仙十二盆赐与虢国夫人，盆都用金玉七宝制成，华贵非常。夫人每夜采花一柱，将裙襦覆盖其上，第二天穿上了进见元宗，元宗称之为肉身水仙。以金玉七宝制水仙盆，已觉其俗，再加上了甚么肉身水仙，真是俗之又俗了。唐代有红水仙，闻所未闻，大约那花实在是火黄色的，以致误传为红色吧？

市上花店中有所谓洋水仙的，叶片攒簇，花从中央挺生，一朵朵如倒挂的钩子，作盆供风致较差；有红白紫诸色，香较浓郁。故梁溪词人王西神偏爱此种，一一锡以佳名，紫色的称紫云囊，红色的称红砂钵，白色而微绿的称绿萼仙。此外有乔种的，又加以鸳鸯锦、西施舌、翠镶玉诸称，我以为这洋水仙比了国产水仙，总有雅俗之分。

问梅花消息

"月之某日，偕同人问梅于我南邻紫兰小筑，时正红萼含馨，碧簪初绽。"这是杨千里前辈在我《嘉宾题名录》上所写的几句话。他们一行九人，是专诚来问梅花消息的。今春因春寒甚厉，加以有了一个闰三月，节令延迟，所以梅花迟迟未放。我天天望着园子里二十多株梅树和四十多盆梅桩，焦急不耐，而梅蕊为春寒所勒，老是不肯开放，真如清代尤展成《清平乐·咏梅蕊》一词所谓："烟姿玉骨。淡淡东风色。勾引春光一半出。犹带几分羞涩。　陇头倚雪眠霜。寒肌密抱疏香。待得罗浮梦破，美人打点新妆。"在它们犹带几分羞涩，而我却望穿秋水了。

今年立春以后，又连下了两次春雪，雪又相当大，因此梅花也受了影响，欲开又止。宋代范成大有《梅为雪所禁》一诗云："冻蕊黏枝瘦欲干，新年犹未有春看。雪花只欲欺红紫，不道梅花也怕寒。"我也以梅花怕寒为虑，真欲向东皇请命，快把温暖的春风来嘘拂它们啊。

这一个月来，每逢亲友，总是向我问梅花消息，倒像唐代王摩诘的那首诗；"君自故乡来，应知故乡事。来日绮窗前，寒梅着花未。"我对于这样的问讯，答不胜答，只得以尚有十天半月来安慰他们。直到农历二月初，才见爱莲堂和紫罗兰盦中陈列着的十多盆大小梅桩，陆续开放起来。我忙向亲友们报了喜讯，于是临门如市，都来看"美人打点新妆"了。

梅花不肯早放，确是一件憾事！古时有所谓羯鼓催花的，恨不得也催它们一催呢。宋代诗人对于梅花晚开的遗憾，也有形之吟咏的，如朱熹《探梅得句》云："迎霜破雪是寒梅，何事今年独晚开。应为花神无意管，故烦我辈着诗催。繁英未怕随清角，疏影谁怜蘸绿杯。珍重南邻诸酒伴，又寻江路探香来。"又尤袤《入春半月未有梅花》云："枯树扶疏水满池，攀翻未见玉团枝。应羞无雪教谁伴，未肯先春独探支。几度杖藜贪看早，一年芳信恨开迟。留连东阁空愁绝，只误何郎作好诗。"

我园梅丘、梅屋一带，因坐南面北，梅花开得更迟，除红梅渐有开放外，白梅绿萼梅还是含苞，而有几位种花的朋友，却赶来看这含苞的梅花，说开足了反没有意思。这倒与清代诗人宋琬所见略同，他曾有小简约友看梅，云："永兴寺老梅，花中之鲁灵光也，仆亟欲一往，而门下以花信尚早为辞。不知花之佳处，正在含苞蓄蕊，辛稼轩所谓'十三女儿学绣时'也，及至离披烂漫，则风韵都减。故虽怪风疾雨，亦当携卧具以行，仆已借得葛生蹇驴，期门下于西谿桥下矣。"此君的话自有见地，尤以浅红梅含苞为美，一开足反而减色了。

第二辑

迎春花

　　迎春花又名金腰带，是一种小型灌木，往往数株丛生，也有独本而露根，伸张如龙爪的，姿态最美。干高一二尺三四尺不等，可作盆栽，要是种在地上，可达一丈以上。茎作方形，上端纤细而延长，因有金腰带之称。茎上对节生小枝，一枝有三叶，叶厚，作深绿色，与小椒叶很相像而没有锯齿。春前开鹅黄色小花，六瓣，略似瑞香，不会结实，又有开花作两叠的，自是异种，也许来自日本。花后剪其枝条，插在肥土中即活，二三月中用拇牲水浇灌，来春花必繁茂。

　　迎春虽恨平凡，而开在梅花之先，并且性不畏寒，花时很长，与梅花仿佛。我曾有句云："不耐严冬寒彻骨，如何迎得好春来。"顾名思义，自是花中可儿。然而虽说它并不畏寒，可是前二年初冬时，寒流突然袭来，也竟抵抗不得，我旧有的几株老干迎春，都是断送在这一次寒流之下的，只有一株悬崖形的至今无恙，如鲁灵光之巍然独存。旧籍中称迎春为僭客，又有品为六品四命和七品三命的，不知何所取义。迎春枝条多长而纤细，婀娜多姿，种在深盆中，作悬崖形，使它的柔条纷披下垂，最为美观。

　　迎春花倒也是古已有之的，唐宋时代，就见之于诗人笔下了。如白香山《玩迎春花赠杨郎中》云："金英翠萼带春寒，黄色花中有几般。凭君语向游人道，莫作蔓菁花眼看。"韩琦《中书东厅迎春》云："覆阑纤弱绿条长，带雪冲寒折嫩黄。迎得春来非自足，百花千卉共芬芳。"刘敞《阁前迎春花》云："沈沈华省锁红尘，忽地花枝觉岁新。为问名园最深处，不知迎得几多春。"断句如晏殊《咏迎春》云："浅艳侔莺羽，纤条结兔丝。偏凌早春发，应诮众芳迟。"以花色比作黄莺的羽毛，以枝条比作纤柔的兔丝，更以花之早开为当然，而诮他花之迟放，寥寥二十字，已将迎春花的特点写尽了。

词中咏迎春的较少，宋人赵师侠曾有《清平乐》一阕云："纤秾娇小。也解争春早。占得中央颜色好。装点枝枝新巧。　东皇初到江城。殷勤先去迎春。乞与黄金腰带，压持红紫纷纷。"将迎春和金腰带两个名称，全都带上了。

今年立春较迟，迎春花也开得迟了一些，可是我有一盆老本的，在一个月以前已疏疏落落地开了。此外如悬崖形的一本和其他小型的三本，都还含苞未放，大概真要挨到了立春节方肯迎春吧？

梅花时节

　　梅花延迟了一个月，终于在农历二月下旬，烂烂漫漫地开起来。可是已使人等得有些儿不耐烦了。梅开在百花之先，所以在花谱中总是居第一位，而它的品格，在百花中也确有居第一位的可能。古人曾说："水陆草木之花，香而可爱者甚众，梅独先天下而春，故首及之。"先天下而春，就是梅花的可爱与可贵处。

　　古时梅花种类很多，有重叶梅、官城梅，同心梅、照水梅、台阁梅、九英梅，丽枝梅、品字梅、百叶缃梅、消梅，时梅、墨梅、侯梅、紫梅诸种，现在大半断种。我园子里所有的，有绿萼梅、玉蝶梅、硃砂红梅、胭脂红梅、铁骨红梅、江梅、淡红梅、送春梅，以及日本种的鹿儿岛梅、乙女梅、花条梅、单瓣红梅等。这各种梅花，有的种在地上，有的栽在盆里，内中也有老干枯干，这要算是梅花中的瑰宝了。

　　我对梅花有特殊的爱好，寒香阁中，平日本来陈列着磁、铜、木、石、陶等梅花古玩，四壁又张挂着香雪海、梅花书屋、探梅图、梅花诗等旧书画。到了梅花时节，更少不了要供着活色生香的梅花，盆梅和瓶梅，全都上场了。还有梅丘上的那间梅屋，本来窗上门上都有梅花图案，并挂着用银杏木刻就的宋代杨补之和元代王元章的画梅，而雄据中央的，还有一只浮雕梅花的六角几。今年，我在东角和西角的矮几上，分陈着两盆老干的绿萼梅，所谓疏影横斜，暗香浮动，那是当之无愧的。那六角几上的一只古陶坛中，插着一枝铁骨红梅；而一只树根几上安放着的唐代大诗

48

人白香山手植桧的一段枯木中，插上一枝胭脂红梅，于是这梅花时节的梅屋，也就楚楚可观了。

此外如爱莲堂和紫罗兰盒中的案上几上，更陈列着二十多盆大型、小型的梅桩，而以苏州故名画师顾鹤逸先生手植的那株绿萼老梅为甲观，枯干苍古入画，好像一头鹤鼓翼而舞，我因名之曰"鹤舞"。这一株老梅，寿在百龄以上，顾氏后人移赠于我，已历三年，我珍如拱璧，苦心培养，今年的成绩，更胜于前二年，这是我所沾沾自喜的。

农历二月二十五日起，梅屋、梅丘一带的十多株梅树，全都盛开，就中以全白而单瓣的江梅为多。宋代范成大所谓疏瘦有韵，得荒寒清绝之趣。此外如绿萼梅、淡红梅、硃砂红梅、胭脂红梅和日本种的鹿儿岛梅、乙女梅等，点缀其间，蔚为大观。从梅屋门前向下一望，自成丽瞩，朋友们称之为"小香雪海"，我说不敢称海，还是称之为"香雪溪"吧。我所作歌颂梅花的诗词不少，现在把我口头常在吟哦着的几首梅屋诗写在这里："冷艳幽香入梦闲，红苞绿萼簇回环。此间亦有巢居阁，不羡逋仙一角山。""屋小屏深膝可容，隔帘花影一重重。日长无事偏多梦，梦到罗浮四百峰。""合让幽人住此中，敲诗写韵对梅丛。南枝日暖花如锦，掩映湘帘一桁红。""闻香常自掩重扃，折得梅花插玉瓶。昨夜东风今夜月，冰魂依约上银屏。"这梅花时节的梅屋，确是可以流连一下的。

邓尉梅花锦作堆

"邓尉梅花锦作堆，千枝万朵满山隈。几时修得山中住，朝夕吹香嚼蕊来。"这是我往年在梅花时节为了怀念邓尉山梅花而作。邓尉在吴县西五十里的光福乡，因汉代有邓尉隐居于此，故以为名。宋代淳祐年间，高士查莘在山坞大种梅树，后来山中人就都以种梅为业。梅花时节，满山香雪重重，皑皑一白，绿萼红英，也错杂其间，数十里幽香不断。清代诗人金恭，曾有小记云："小雪初晴，馀寒送腊，具鹤氅浩然巾，入邓尉山，看红梅绿萼，十步一坐，坐浮一大白，花香枝影，迎送数十里。"往年邓尉梅花之盛而美，可以想见。附近如玄墓、弹山、青芝、西碛、铜井、马驾诸山，也都有千树万树的梅花，而以邓尉为代表，因此古今来文人墨客所作的文章诗词，都在歌颂邓尉的梅花了。

玄墓在邓尉东南六里，两地实在是一山相连的。看梅人一路从邓尉到玄墓，所谓"花外见晴雪，花里闻香风"，真的使眼鼻受用不尽。清代李福有《玄墓探梅歌》云："雪花如掌重云障，一丝春向寒中酿。春信微茫何处寻，昨宵吹到梅梢上。太湖之滨小邓林，千株空作横斜状。铜坑寥寂悄无踪，石壁嵯峨冷相向。踏残明月锁香痕，翠羽啾啾共惆怅。报道前村消息真，冲寒那顾攀层嶂。玉貌惊看试半妆，霜华喜见裁新样。酹酒临风各有情，小别经年道无恙。此花与我宿缘多，冰雪满衿抱微尚。相逢差慰一春心，空山不负骑驴访。"我在抗战胜利后一年春初，也曾探梅玄墓，见梅树已大遭摧残，圣恩寺前，几已荡然无存，后面真假山那里倒还有好多株老梅，尚可一看。还元阁中旧藏的《一蒲团外万梅花》长卷，前年早已失去，只剩胡三桥一画和现代人所题跋的诗词了。

马驾山在铜井山东，山并不高，清初遍山都种有梅树。花时丛丛香雪，有如一片香海，康熙年间巡抚宋荦在崖壁上题了"香雪海"三字。康熙、乾隆二帝也曾到此一游。我在二十馀年前来此探梅时，不但见本山上全是梅花，就是望到远处也一片雪白，真不愧为香雪海了。汪琬游记中也说："列坐其地，俯窥旁瞩，蒙然曷然，曳若长练，凝若积雪，绵谷跨岭，无一非梅者。"可是去秋我与苏州市园林管理处同人为了要整修山顶上的梅花亭，前去察看，见山上连一株梅树都没有了。梅花亭也残破，香雪海一碑尚在山麓。我家藏有清代吴大澂所画《香雪海》横幅，挂在寒香阁中，梅花时节，朝夕观赏，也就聊当卧游了。

今秋，"香雪海"上的梅花亭和亭下斜坡上的轩，都已修好了，自觉楚楚可观。可是山上、山下和山的四周，还要种上千百株的梅树，那么开花时香雪丛丛，才不负"香雪海"这一个美好的名称。

百花生日

百花生日又称花朝，日期倒有三个，宋时洛阳风俗以二月二日为花朝节，又为挑菜节；东京以二月十二日为花朝，作扑蝶会；成都以二月十五日为花朝，也有扑蝶会。昔人以挑菜扑蝶点缀花朝，事实上这时期蝴蝶绝无仅有，不知怎样作扑蝶会的。挑菜倒大有可为，如荠菜、马兰头等，都可挑来做菜，鲜嫩可口，不过现在早已没有挑菜节这个名目了。总之，花朝在二月，是肯定的，正如汉张衡《归田赋》所谓"仲春令月，时和气清，原隰郁茂，百草滋荣"。百草既已滋荣，百花也萌芽起来，称花朝为百花生日，也是很恰当的。

苏州风俗，一向以农历二月十二日为花朝。女郎们剪了五色彩缯黏花枝上，称为赏红；现在可简化了，不用彩缯而用红纸，又做了三角形的小红旗插在花盆里，为花祝寿。从前虎邱花神庙中，还要献牲击乐，以祝花诞。清代蔡云《吴歈》所谓"百花生日是良辰，未到花朝一半春。红紫万千披锦绣，尚劳点缀贺花神"。此诗就是专咏这回事的。虎邱花神庙有一联很为工妙："一百八记钟声，唤起万家春梦；二十四番风信，吹香七里山塘。"不知是何人手笔。

唐代武则天于花朝日游园，令宫女采了百花，和米捣碎，蒸成了糕，赐与从臣。宋代制度，花朝日守土官必须到郊外去察看农事。明代宣德二年，御制花朝诗，赐尚书裴本。这些故事，都可作花朝谈助。

我于每年花朝前后梅花怒放时，例必邀知友八九人作酒会或茶会，一面赏梅，一面也算为百花祝寿，总是兴高采烈的。只记得当年日寇侵入苏州后的第二年，我局促地住在上海一角小楼中。花朝日恰逢大雨，而心境又很恶劣，曾以一绝句寄慨云："夭桃沐雨如沾泪，弱柳梳风带恨飘；燕子不来帘箔静，百无聊赖是今朝。"那年节令较早，所以花朝日桃花已开放了。

任何人逢到自己的生日，总是希望这一天是日暖风和的，花朝是百花的生日，更非日暖风和不可，下了雨，可就把花盆里的红纸旗都打坏了。清末诗人樊樊山有《花朝喜晴》一诗云："准备芳辰荐寿杯，南山佳气入楼台。鹊如漆吏荒唐语，花为三郎烂漫开。甚欲挽留佳日住，都曾经历苦寒来。晚霞幽草皆颜色，天意分明莫浪猜。"第五、六句很有意义。

词中咏花朝的，我最爱清代画家兼词人改七芗有一阕《菩萨蛮》云："晓寒如水莺如织。苔香软印沙棠屐。幡影小红阑。销魂似去年。　春人开笑口。低祝花同寿。花语记分明。百花同日生。"又董舜民《蝶恋花·花朝和内》云："屈指春光将过半。又是花朝，花信春莺唤。情绪繁花花影乱。护花花下将花看。　拈花笑倩如花伴。细读花间，花也应肠断。花落花开花事换。编成花史山妻管。"词中共有十五个花字，用以歌咏百花生日，确是很适合的。

53

桃花琐话

"桃之夭夭，灼灼其华"，这是《诗经》中的名句。每逢阳春三月，见了那烂烂漫漫的一树红霞，就不由得要想起这八个字来，花枝的强劲，花朵的茂美，就活现在眼前了。桃，到处都有，真是广大群众的朋友，博得普遍的喜爱。

桃的种类不少，大致可分单瓣、复瓣二大类。单瓣的能结实，有一种十月桃，迟至十月才结实，产地不详。复瓣的有碧桃，分白色、红色、红白相间、白地红点与粉红诸色，而以粉红色为最名贵。他如鸳鸯桃、寿星桃、日月桃、瑞仙桃、美人桃（即人面桃）等，也大都是复瓣的。

我有一株盆栽的老桃树，至少有三四十年的树龄，在吾家也已十多年了，枯干槎丫，好像是一块皱瘦透漏的怪石。桃干最易枯朽，难以持久，而这一株却很坚实，可说是得天独厚。每年着花很多，并能结实，去年就结了十多个桃子，摘去了大半，剩下六个，虽不很大，而也有甜味。我吃了最后的一个，算是劳动的报酬，胜利的果实。我又有一株安徽产的碧桃，也是数十年物，干身粗如人臂，屈曲下垂，作悬崖形。花为复瓣，大似银圆，作粉红色，很为难得，每年着花累累，鲜艳可爱。这两株桃花，同时艳发，朋友们都称之为吾家盆栽中的二宝。

晋代陶渊明作《桃花源记》，原是寓言八九，并非真有其地，而后世读者，都向往于这个世外桃源，也足见其文字之魅力了。我藏有明代周东邨所作《桃花源图》大幅，上有嘉靖某某年字样，笔酣墨饱，精力弥满，经吾友吴湖帆兄鉴定，疑是他的高足仇十洲的代笔。我受了此画的影响，因于前二年制一大型水石盆景，有山，有水，有洞，有屋舍，有田野，有船，有渔人，有桃花林，有种田的农民，俨然是一幅桃花源图，自以为平生得意之作。可是桃花并不是真的，我将天竹剪成短枝，除去红子，就有一个个小颗粒，抹上了红漆，居然活像是具体而微的桃花了。

桃花必须密植成林，花时云蒸霞蔚，如火如荼，才觉得分外好看。据《武夷杂记》载，春山霁时，满鼻皆新绿香，访鼓楼坑十里桃花，策杖独行，随流折步，春意尤闲。又宁波府城东，相传汉代刘晨、阮肇二人曾在此采药，春月桃花万树，俨然是桃源模样。茅山乾元观，前有道士姜麻子，从扬州乞得烂桃核好几石，在空山月明中下种，后来长出无数桃树，长达五里馀。西湖包家山，宋时有"蒸霞"匾额，因山上独多桃花之故，二三月间，游人纷纷来看桃花，称之为小桃源。又栖霞岭满山满谷都是桃花，仿佛红霞积聚，因以为名。古田县黄檗山桃树密集，山下有桃坞、桃湖、桃洲、桃溪诸胜，简直到处都是桃花了。又溆浦一名华盖山，从前曾有人种下了千树桃花，至今有桃花圃之称。上海龙华一带，旧有桃树极盛，每逢春光好时，游人趋之若鹜，而后来却逐渐减少。现在龙华塔已修复了，我以为还该种植桃树千百株，才可恢复旧观。苏州市园林管理处今春在城东动物园对面的城墙上，种了桃树几百株，将来开了花，红霞照眼，真如一面大锦屏了。

苏州城内西北隅，有桃花坞，现在虽只是一条长街，大概古时是有很多桃花的。明代大画家唐寅（伯虎）晚年曾卜宅于此，卖画为活，其居处名桃花庵，后来改为准提庵了。

唐明皇御苑中，有千叶桃花，每逢桃花盛开时，与杨贵妃天天宴饮树下，他说："不独萱草忘忧，此花亦能销恨。"他又亲自折了一枝，插在贵妃的宝冠上，端详着笑道："此花尤能助娇态也。"所谓千叶桃花，就是碧桃，因为它是复瓣之故，比了单瓣的更见娇艳。我的园子里，旧有碧桃四株，三株是深红色的，一株是红白相间的，树干高三丈馀，盛开时真如一片赤城霞，十分鲜艳，园外也可望见，在万绿丛中，特别动目。花落时猩红满地，好似铺上了一条红地毯。可惜因树龄都在二十年以上，先后枯死了，这是一个不可弥补的损失！词中咏碧桃的不多见，曾见宋代秦观有《虞美人》一阕云："碧桃天上栽和露。不是凡花数。乱山深处水漆回，可惜一枝如画向谁开。　轻寒细雨情何限。不道春难管。为君沉醉一何妨，只怕酒醒时候断人肠。"他说"不是凡花数"，这是给与碧桃花的一个很高的评价。

山茶花开春未归

　　"山茶花开春未归，春归正值花盛时"，这是宋代曾巩咏山茶花句，将山茶开花的时期说得很明白。其实一冬在温室中培养的，那么不待春来，早就开花了。今年春初，春寒料峭，并在下雪的时光，我却在南京玄武湖公园的莳花展览会中，看到了好几十盆在温室中催开的山茶。我最爱一种花鹤顶，花瓣并不整齐，色作深红，有几瓣洒大白斑，十分别致。又有倚阑娇一种，白瓣中洒红点红丝，红妆素裹一种，白瓣洒红斑，这两种花如其名，都很可爱。花瓣全白，花朵特大的，名无瑕玉，又有满月与睡鹤二种，也是全白大花，与无瑕玉是大同小异的。桃红色的有合欢娇、粉妆楼、醉杨妃等三种，正与花名同样的娇艳。这时我家园子里的十多盆山茶，还是像睡熟似的，毫无动静，不料在南京却看到了这许多烂烂漫漫的山茶花，自庆眼福不浅！真如宋代俞国宝诗所谓"归来不负西游眼，曾识人间未见花"了。

　　山茶一称玉茗，又名曼陀罗。苏州拙政园有十八曼陀罗花馆，就因为往年前庭有十八株山茶花之故。树身高的达一丈以外，低的约二三尺，可作盆栽，叶厚而硬，有棱，作深绿色，终年不凋。惜树干不易长大，老干枯干绝少。抗日战争以前，我有一株悬崖形老干的银红色山茶，直径在六寸以外，入春开花百馀朵，鲜艳欲滴。又有一株半悬崖形的纯白色山茶，名雪塔。干已半枯，苍老可喜。可惜这两株已先后病死。幸喜前年又得了一株老干的雪塔，高约丈许，亭亭如盖，种在一只圆形古砂盆中，去春着花百馀，一白如雪。只因去冬严寒，立春后还含苞未放，有的花蕊已僵化了。

山茶以云南产为最，有滇茶之称。据《滇中茶花记》说："茶花最甲海内，种类七十有二，冬末春初盛开，大于牡丹，一望若火齐云锦，烁日蒸霞。南城邓直指有茶花百韵诗，言茶有数绝：寿经三四百年，尚如新植；枝干高竦四五丈，大可合抱；肤纹苍润，黯若古云气樽罍；枝条虬纠，状如麈尾龙形；蟠根轮囷离奇，可凭而几，可借而枕；丰叶深沈如幄；性耐霜雪，四时常青；次第开放，历二三月；水养瓶中，十馀日颜色不变。"山茶花的耐久，我们大家知道。至于寿经三四百年，高竦四五丈，大可合抱，并且蟠根轮囷离奇的，却从未见过，真使人神往于昆明池边了。又据闻云南会城的沐氏西园中，有楼名簇锦，四面种着几十株二丈高的山茶，花簇其上，数以万计，紫的，红的，白的，洒金的，色色都有，灿若云锦，曾有人宠之以诗，有"十丈锦屏开绿野，两行红粉拥朱楼"之句，看了这数以万计的各色茶花，真觉得洋洋大观，大可过瘾了。

山茶续话

　　旧时山茶品种既繁，名色亦多。作浅红色的有真珠茶、串珠茶、正宫粉、赛宫粉、杨妃茶诸品，深红色的有照殿红、一捻红、千叶红诸品，纯白色的有茉莉茶、千叶白诸品。最难得的有一种焦萼白宝珠，花蕊纯白，形如宝珠，有清香，九月间即开放。又有一种玛瑙茶，产于温州，兼红、黄二色，深红为盘，白粉作心，确是此中异种。又有一种鹤顶茶，产于云南，大如莲花，猩红如血，中心塞满，好似鹤顶。又有一种像山踯躅般开小花的，名踯躅茶。又有一种结实如梨子的，名南山茶，产于广州。此外如云茶、宝珠茶、磬口茶、石榴茶、海榴茶、菜榴茶等，都以形态胜。更有黄色的山茶，为生平所未见。最奇怪的，明代正德年间，有人在青山的僧寺中见到一种鹦鹉山茶，花形活像一头鹦鹉，左右两花瓣互掩，似是双翼，中间另有两花瓣合成腹部，两花须下垂如足，花蒂横生如头，两面更有黑点各一，似是双目。这真是闻所未闻的怪种了。

　　近年来苏州所见的山茶，大都来自金华，如粉红色洒红条的名槟榔，而园圃中卖花人却称之为抓破脸，其实抓破脸是白色洒红条的，宛如白脸被人抓破而出血一样，现在已看不到了。此外如一干而开数色花的，名十八学士，可说绝无仅有，就是开花一红、一白的二乔，也少见了。常见的有洒金、六角大红、六角大白、小桃红、雪塔、东方亮等。至于松波、狩衣、荒狮子等，那都是日本种。

苏州拙政园旧有宝珠山茶三四株，交柯连理，得势争高，每花时钜丽鲜妍，纷披照曜，为江南所仅见。明末吴梅村曾作长歌咏之，有"拙政园内山茶花，一株两株枝交加。艳如天孙织云锦，赪如姹女烧丹砂。吐如珊瑚缀火齐，映如蟷螂凌朝霞"诸句，妍丽可以想见。这一首诗曾由南皮张枢写就，刻在香洲的屏门上，字作金色，二十年前我曾亲自见过，经过了抗日战争，这屏门早已被毁，现在却换上一面大镜子了。

　　明代袁中郎《瓶史》，品题山茶有云，山茶鲜妍，"石氏之翾风，羊家之净琬也"；"黄白山茶韵胜其姿，郭冠军之春风也"。以花比人，自很隽妙。杨妃山茶也是以花比人的，清代词人董舜民曾填《好时光》一词宠之云："一捻指痕轻染，千片汗，色微销。乍醒沉香亭上梦，芳魂带叶飘。　照耀临池处，恍上马、映多娇。疑向三郎语，时作舞纤腰。"

　　宋代爱国诗人陆放翁爱山茶，一再赋诗咏叹，如"雪里开花到春晚，世间耐久孰如君。凭阑叹息无人会，三十年前宴海云"。又见山茶一树，自冬直至清明后，着花不已，宠以诗云："东园三日雨兼风，桃李飘零扫地空。惟有山茶偏耐久，绿丛又放数枝红。"花中能耐久的，确以山茶为最，一花开了半月，还是鲜艳如故，不过它喜阴恶阳，种花者不可不知。

国色天香说牡丹

宋代欧阳修《牡丹记》，说洛阳以谷雨为牡丹开候；吴中也有"谷雨三朝看牡丹"之谚，所以每年谷雨节一到，牡丹也烂烂漫漫地开放了。今年农历三月二十九日，是谷雨节，而吾家爱莲堂前牡丹台上粉霞色的玉楼春，已开放了三天，真是玉笑珠香，娇艳欲滴，开得恰到好处。因为去冬严寒，今春着花较少，白牡丹与二乔都没有花，紫牡丹含苞僵化，还有名种"紫绢"，也后期开放，瓣薄如绢，色作紫红，自是此中俊物。我徘徊花前，饱餐秀色，真的是可以忘饥了。

牡丹有鼠姑、鹿韭、百两金等别名，都不雅；又因花似芍药而本干如木，又名木芍药。古时种类极多，据说多至三百七十馀种，以姚黄魏紫为最著，他如玛瑙盘、御衣黄、七宝冠、殿春芳、海天霞、鞓红、醉杨妃、醉西施、无瑕玉、万卷书、檀心玉凤、紫罗袍、鹿胎、萼绿华等种种名色，实在不胜枚举，可是大半已断了种。

唐开元中，明皇与杨妃在沉香亭前赏牡丹，梨园弟子李龟年捧檀板率众乐前去，将歌唱，明皇不喜旧乐，因命翰林学士李白进《清平调》辞三章。我最爱他咏白牡丹的一章："云想衣裳花想容，春风拂槛露华浓。若非群玉山头见，会向瑶台月下逢。"还有咏红牡丹的一章，也写得很好。又太和开成中，有中书舍人李正封咏牡丹诗，有"国色朝酣酒，天香夜染衣"之句，当时皇帝听了，大加称赏，一面带笑对他的妃子说道："你只要在妆台镜前，喝一紫金盏酒，那就可以切合正封的诗句了。"

宋代张功甫镃，爱好花木，曾有《梅品》一作，文字也很娴雅。他于牡丹花开放时，招邀友好，举行牡丹会。宾客齐集后，堂中寂无所有，一会儿他问："香已发了没有？"左右回说发了。于是吩咐卷帘，立时有异香自内发出，一座皆香。当有歌姬多人或捧酒肴，或携丝竹，姗姗而来；另有白衣美人十位，所有首饰衣领全是牡丹，头戴照殿红，一姬拍檀板歌唱侑觞，歌罢乐作，才退下去。随后帘又下垂，宾客谈笑自若。不久香又发出，重又卷帘，另有十姬换了衣服和牡丹款步而至，大抵戴白花的穿紫衣，戴紫花的穿鹅黄衣，戴黄花的穿红衣，如此饮酒十杯，衣服和牡丹也要换十次。所歌唱的都是前辈的牡丹名词。酒阑席散，姬人和歌唱者列行送客，烛光香雾中，歌吹杂作，宾客们恍恍惚惚，好似登仙一样。这一个赏牡丹的故事，充分反映了官僚地主阶级极尽奢侈腐化的享乐生活。

牡丹时节最怕下雨，牡丹一着了雨，就会低下头来，分外的楚楚可怜。明代文人王百毅《答任圆甫书》云："佳什见投，与名花并艳，贫里生色矣。得近况于张山人所，甚悉，姚魏千畦，不减石家金谷，颇憾雨师无赖，击碎十尺红珊瑚耳。"牡丹花开放之后，一经风雨就败，因此风伯和雨师倒变成了牡丹的大敌。

清代乾隆年间，东台举人徐述夔，作紫牡丹诗，有"夺朱非正色，异种亦称王"一联。借紫牡丹来指斥清朝统治者，的是有心人。其坟墓在石湖磨盘山上，墓碑上大书"紫牡丹诗人徐述夔先生之墓"。如此诗人，才不愧诗人之称。

绰约婪尾春

婪尾春，是芍药的别名，创始于唐宋两代的文人，婪尾是最后之杯，芍药殿春而放，因有此称。《本草》说芍药谐音绰约，是美好的意思，但看芍药的花容，确是美好可爱的。此外又有将离、馀容、没骨花诸名称，都富有诗意。芍药是草本花，种下之后，宿根留在土中，每年农历十月生芽，春初丛丛挺出，作嫩红色，很为鲜艳。长成后高达二尺许，每茎一枝三叶，叶与牡丹很相像，可是狭长一些。春末开花，有紫色的，红色的，白色的，浅红色的，而以黄色为最名贵。据说扬州芍药，冠于天下，多至三十馀种。紫色的有宝妆成、叠香英、宿妆殷诸品，红色的有冠群芳、醉娇红、点妆红、试浓妆诸品，白色的有晓妆新、玉逍遥、试梅妆诸品，浅红色的有醉西施、怨春红、浅妆匀诸品，黄色的有金带围、道妆成、御衣黄诸品。顾名思义，可见芍药之美好，不亚于牡丹，昔人称为娇客，自可当之无愧。

芍药以扬州为最，宋人诗词中都曾加以歌颂，如苏东坡《题赵昌芍药》云："倚竹佳人翠袖长，天寒犹着薄罗裳。扬州近日红千叶，自是风流时世妆。"黄山谷《广陵早春》云："春风十里珠帘卷，仿佛三生杜牧之。红药梢头初茧栗，扬州风物鬓成丝。"韩元吉《浪淘沙》云："鸊鹕怨花残。谁道春阑。多情红药待君看。浓淡晓妆新意态，独占西园。　风叶万枝繁。犹记平山。五云楼映玉成盘。二十四桥明月下，谁凭朱阑。"东坡曾说，扬州芍药为天下冠，蔡繁卿守扬州时，举行万花会，搜集芍药千万枝，人家园圃中都被搜一空，手下吏役，又趁火打劫，无恶不作，人民敢怒不敢言。东坡一到，问起民间疾苦，都说以此事扰民为最，从此万花会就不再举行了。庆历年间，韩魏公以资政殿学士帅淮南，有一天见后园中有芍药一本，分作四歧，每歧各出一花，上下都作红色，而中间却间以黄蕊，那时扬州并无此种，原来这是异种金缠腰。韩欣赏之下，特地置酒高会。

　　苏州城内网师园中，有堂名殿春簃，庭前全种芍药，竟如种菜一般。旧友张善子张大千二画师寄寓园中时，我曾往观赏，真有美不胜收之感，不知今尚无恙否？今年吾园芍药大开，有红、白、浅红三色，色香不让牡丹，剪了几枝插胆瓶中，供之爱莲堂中，香满一堂。白色的五枝，用雍正黄磁瓶插供，更觉娟净可喜，因忆清代满族诗人塞尔赫有《咏白芍药》诗云："珠帘入夜卷琼钩，谢女怀香倚玉楼。风暖月明娇欲堕，依稀残梦在扬州。"在花前三复诵之，觉此花此诗，堪称双绝，真的是花不负诗，诗不负花了。

蔷薇开殿春风

"春雨。春雨。染出春花无数。蔷薇开殿春风。满架花光艳浓。浓艳。浓艳。疏密浅深相间。"这是清代词人叶申芗咏蔷薇的《转应曲》。所谓"蔷薇开殿春风",就是说蔷薇是开在春末的最后的花了。蔷薇是落叶灌木,青茎多刺,因有刺红、山棘诸称,花型有大有小,花瓣有单有复,有红、白、黄、深紫、粉红诸色。化有香的,有不香的,而以单瓣的野蔷薇为最香,可以浸酒窨茶。因它不须栽种,丛生郊野间,所以别号野客。宋代姜特立有《野蔷薇》一诗云:"拟花无品格,在野有光辉。香薄当初夏,阴浓蔽夕晖。篱根堆素锦,树杪挂明玑。万物生天地,时来无细微。"足为此花张目。

蔷薇又名买笑花,源出汉代,现在几乎没有人知道了。汉武帝与妃子丽娟在园中看花,那时蔷薇刚开放,好似含笑向人,武帝说:"此花绝胜佳人笑也。"丽娟戏问道:"笑可以买么?"武帝回说:"可以的。"于是丽娟就取出黄金百斤,作为买笑钱,让武帝尽一日之欢。因此之故,蔷薇就得了一个买笑的别名。

英国大诗人彭斯(R. Burns)有著名的诗篇《一朵红红的蔷薇》,为赠别他的恋人而作,即以红蔷薇比作恋人。苏曼殊曾把它译成中文,以"颖颖赤墙靡"为题,诗云:"颖颖赤墙靡,首夏初发苞。恻恻清商曲,眇音何远姚。""予美谅天绍,幽情申自持。沧海会流枯,相爱无绝期。""沧海会流枯,顽石烂炎熹。微命属如缕,相爱无绝期。""掺袂别予美,离隔在须臾。阿阳早日归,万里莫踟蹰。"

中国国药店有野蔷薇露，饮之清火辟暑。唐代柳宗元得韩愈所寄诗，先以蔷薇露洗了手，方始开读。寿皇时禁中供御酒，名蔷薇露，大概也是用蔷薇花制成的。宋代大食国爪哇国等出蔷薇露，洒在衣上，其香经年不退，大约就是现代的上品香水了。

蔷薇蔓生，枝条极长，或攀在墙上，或搭在架上，或结成屏风，开花时几百朵团簇一起，自觉灿烂可观。如果铺在地上，那就好像是一堆锦被了。彭州的蔷薇，俗称锦被堆花，宋代徐积曾有《锦被堆》一诗云："春风萧索为谁张，日暖仍熏百和香。遮处好将罗作帐，衬来堪用玉为床。风吹乱展文君宅，月下还铺宋玉墙。好向谢家池上种，绿波深处盖鸳鸯。"句句说花，却句句贴切锦被，自是一首加工的好诗。吾家紫罗兰盦南窗外，曾于八年前种了一株黄蔷薇，现在已攀满了一堵南墙，真如锦屏一样。春暮着花好几百朵，妙香四溢，含蕊时作鹅黄色，最为美观，可惜开足后就淡下来了。明代张新有诗咏黄蔷薇云："并占东风一种香，为嫌脂粉学姚黄。饶他姊妹多相妒，总是输君浅淡妆。"

杜鹃花发映山红

杜鹃花一名映山红，农历三四月间杜鹃啼血时，此花便烂烂漫漫地开放起来，映得满山都红，因之有这两个名称。此外又有踯躅、红踯躅、山踯躅、谢豹花、山石榴诸名，而日本却称之为皐月，不知所本。花枝低则一二尺，高则四五尺，听说黄山和天目山中，有高达一丈外的。一枝着花三数，有红、紫、黄、白、浅红诸色，有单瓣、双瓣、复瓣之别。春季开放的称为春鹃，夏季开放的称为夏鹃。春鹃多单瓣与双瓣，杜鹃夏开，却为复瓣，并且不止一色，有作桃红色的，也有白地而加红线条的。四川、云南二省都以产杜鹃花名闻天下，多为双瓣。国外则推荷兰所产为最，复瓣而边缘有褶绉，状如荷叶边。日本人取其种，将花粉交配，异种特多，著名的有王冠、天女舞、四海波、寒牡丹、残月、晓山诸种。二十馀年前，我搜罗了几十种，可惜在抗日战争期间，避地他乡，失于培养，先后枯死了。

清初陈维岳有《杜鹃花小记》云："杜鹃产蜀中，素有名，宜兴善权洞杜鹃，生石壁间，花硕大，瓣有泪点，最为佳本，不亚蜀中也。杜鹃以花鸟并名，昔少陵幽愁拜鸟，今是花亦可吊矣。"善权洞产生瓣有泪点的杜鹃花，倒是闻所未闻，不知今仍有之否？

昔人诗中咏杜鹃花的，多牵连到鸟中的杜鹃，甚至说是杜鹃啼血染成红色的。唐代李白《宣城见杜鹃花》云："蜀国曾闻子规鸟，宣城还见杜鹃花。一叫一回肠一断，三春三月忆三巴。"韩偓《净兴寺杜鹃花》云："一园红艳醉坡陀，自地连梢簇蒨罗。蜀魄未归长滴血，只应偏滴此丛多。"杨万里《杜鹃花》云："泣露啼红作么生，开时偏值杜鹃声。杜鹃口血能多少，恐是征人滴泪成。"杨巽斋《杜鹃花》云："鲜红滴滴映霞明，尽是冤禽血染成。羁客有家归未得，对花无语两含情。"红杜鹃花如果说是杜鹃啼血所染，其他紫、白、黄诸色的杜鹃花，那又该怎么说呢？可见这种说法是不科学的。

我于抗日战争以前，曾以重价买得盆栽杜鹃花一本，似为百年外物，苍古不凡。枯干粗如人臂，下部一根斜出，衬以苔石，活像一头老猿蹲在那里，花作深红色，鲜艳异常，我曾宠之以诗："杜鹃古木上盆栽，绝肖孤猿踞碧苔。花到三春红绰约，明珰翠羽入帘来。"抗战期间我不在家，根须受了蚁害，竟以致命。幸而前年又得了紫杜鹃花一大盆，盆也古旧，四周满绘山水，似是清初大画家王鉴所画的崇山峻岭，曲涧长河。这是清代潘祖荫的遗物，当作传家之宝。这盆花原为五干，入范氏手，枯死其二，范氏去世，归于我有。今年盛开紫红色花数百朵，密密层层，有如锦绣堆一般，来宾们观赏之下，莫不欢喜赞叹。

凌霄百尺英

花中凌霄直上，愈攀愈高，可以高达百尺以上，烂漫着花的，只有一种，就是凌霄，真的是名副其实。凌霄别名陵苕，又名紫葳。《本草》说，俗称色彩中红艳的，叫做紫葳，凌霄花也是红而艳的，因有此名。还有一个怪名叫鬼目，用意不明。凌霄为藤本，山野间到处都有，蔓长二三尺时，只须旁有高大的树木，就会攀缘而上，树有多高，它也攀得多高，蔓生细须，牢牢地着在树身上，虽有大风雨也不会刮落下来。春初枝条生长极快，叶尖长对生，像紫藤而较小，色也较深。农历六月间，每枝着花十馀朵，也是对生的，花头浅裂作五瓣，初作火黄色，分批开放，入秋红艳可爱。不过花与萼附着不牢，一遇风雨，就纷纷脱落，这是唯一的憾事！唐代大诗人白乐天的一首《有木诗》，写凌霄个性，入木三分，诗云："有木名凌霄，擢秀非孤标。偶依一株树，遂抽百尺条。托根附树身，开花寄树梢。自谓得其势，无因有动摇。一旦树摧倒，独立暂飘摇。疾风从东起，吹折不终朝。朝为拂云花，暮为委地樵。寄言立身者，勿学柔弱苗。"通篇劝人重自立，戒依赖，富有教育意义。

凌霄花虽说善于依附，一定要靠别的树攀缘而上，然而也有挺然独立的。宋代富郑公所住洛阳的园圃里，有一株凌霄，竟无所依附而夭矫直上，高四丈，围三尺馀，花开时，其大如杯，有人加以颂赞，竟称之为花木中的豪杰。苏州名画师赵子云前辈的庭园中，也有一株独立的凌霄，高不过丈馀，枝条四张，亭亭如盖，可是去年已枯朽了一半，今春赵翁去世，不知此树得延残喘否？

宋代西湖藏春坞门前，有古松二株，都有凌霄花攀附其上，诗僧清顺，惯常在松下作午睡。那时苏东坡正作郡守，有一天屏去骑从，单身来访，恰好松风谡谡，吹落了不少花朵，清顺就指着落花索句，东坡为作《木兰花》词云："双龙对起。白甲苍髯烟雨里。疏影微香。下有幽人画梦长。　湖风清软。双鹊飞来争噪晚。翠飐红轻。时堕凌霄百尺英。"

古人诗赋中，对于凌霄花的依赖性都有微词，有人更讥之为势客，就是说它仗势而向上爬。可是清代李笠翁却偏偏相反，他说："藤花之可敬者，莫若凌霄，然望之如天际真人，卒急不能招致，是可敬亦可恨也！欲得此花，必先蓄奇石古木以待，不则无所依附而不生，生亦不大。"他对于依附不以为意，反以其高高在上为可敬，真的是别有见地。

我有盆栽凌霄花一株，作悬崖形，每年着花累累；枝条纷披，越见得婀娜有致。此本为故名画师邹荆盦前辈所爱培，他逝世后，由其夫人移赠于我，以作纪念。我见花如见故人，不胜凄感！我的园子里，有大杨树二株，高三四丈，十馀年前我在树根上种了两株凌霄，现在干粗如壮夫之臂，攀附已达树梢，入夏着花无数，给碧绿的杨叶衬托着，分外妍丽。我于梅丘的高峰下也种了一株，枝条交纠攀缘而上，早已直上峰巅。因忆宋代范成大寿栎堂前的小山峰上凌霄花盛开，葱蒨如画，因名之曰凌霄峰，并咏以诗云："天风摇曳宝花垂，花下仙人住翠微。一夜新枝香焙暖，旋薰金缕绿罗衣。""山容花意各翔空，题作凌霄第一峰。门外轮蹄尘扑地，呼来借与一枝筇。"峰名凌霄，恰好与花媲美，那么我的一峰也可称为凌霄峰了。

蕊珠如火一时开

春光老去，花事阑珊，庭园中万绿成荫，几乎连一朵花都没有，只有仗着那红若火齐的石榴花来点缀风光，正如元代诗人马祖常所谓"只待绿阴芳树合，蕊珠如火一时开"了。

石榴一名丹若，一名沃丹，一名金罂，又名安石榴。据说汉代张骞出使西域时，从涂林安石国得了种子带回来的，所以唐代元稹诗，有"何年安石国，万里贡榴花。逦递河源道，因依汉使槎"之句。树高一二丈不等，叶狭长，农历五月间开花，作鲜红色，也有黄白浅红诸色，也有红花白边和白花红边的，较为名贵。花有单瓣复瓣之别，单瓣结实，复瓣不结实；又有一种中心花瓣突起如楼台的，叫做重台石榴。有经常开花的，名四季石榴；另有一种小本细叶开花猩红如火焰的，名火石榴，高只一尺许，栽在盆内，可作案头清供。

据旧籍中记载，石榴有两个神话。其一，闽县东山有榴花洞，唐代永泰年间，有樵夫蓝超遇白鹿一头，一路追赶，渡水进石门，先窄后宽，内有鸡犬人家，一老叟对他说："我是避秦人，您能不能留在这里？"蓝回说且回去诀别了家人再来，由老叟给了他一枝石榴花，兴辞而出，好似梦境一样；后来再去，竟不知所在。其二，唐代天宝年间，有处士崔元徽，春夜遇见女伴十馀人，一穿绿衣的自称姓杨，又指一个穿红衣的是石家阿措。当时又有封家十八姨来，诸女伴进酒歌唱。十八姨举动轻佻，举杯时泼翻了酒，污阿措衣，阿措作色而起，原来她就是安石榴，而十八姨就是风神。

梁代以《别赋》著名的江淹，有《石榴颂》云："美木艳树，谁望谁待。缥叶翠萼，红华绛采。焰烈泉石，芬披山海。奇丽不移，霜雪空改。"写得与石榴花一般的华艳，更增高了它的身价。词中咏石榴花的，我最爱元代刘铉《乌夜啼》云："垂杨影里残红。甚匆匆。只有榴花全不、怨东风。　暮雨急。晓霞湿。绿玲珑。比似茜裙初染、一般同。"清代陈其年《江城子》云："茜裙提出锦箱中。向花丛。斗娇容。裙影花光、都到十分浓。记得夜凉低压鬓，偏爱把，绿云笼。　如今朱实画檐东。乱薰风。缀晴空。极望累累、高下绽房栊。欲摘又怜多子甚，相对笑，瓠犀红。"两词都以妇女的红裙与石榴花相比，自是美妙。

吾园弄月池畔，有石榴一大株，高丈馀。年年着花数百朵，真如火焰烧枝。此外盆栽多株，都是老干，中有一本为百馀年物，已岌岌欲危。另有一小株，高只三四寸，先后开花四朵，而一次只开一花，有一位诗友见了，微吟王荆公句云："万绿丛中红一点，动人春色不须多。"

谈谈莲花

宋代周濂溪作《爱莲说》，对于出淤泥而不染的莲花，给与最高的评价，自是莲花知己。所以后人推定一年十二个月的花神，就推濂溪先生为六月莲花之神。我生平淡泊自甘，从不作攀龙附凤之想，而对于花木事，却乐于攀附。只因生来姓的是周，而世世相传的堂名，恰好又是"爱莲"二字，因此对这君子之花却要攀附一下，称之为"吾家花"。

莲花的别名最多，曰芙蕖，曰芙蓉，曰水芝，曰藕花，曰水芸，曰水旦，曰水华，曰泽芝，曰玉环，而最普通的是荷花。现在大家通称莲花或荷花，而不及其他了。莲花的种类也特别多，有并头莲、四面莲、一品莲、千叶莲、重台莲等等，还有其他光怪陆离的异种，早就绝无而仅有，无法罗致。

正仪镇附近有一个古莲池，至今还开着天竺种的千叶莲花。据叶退庵前辈考证，这些莲花还是元代名流顾阿瑛所手植的，因此会同几位好古之士，在池旁盖了几间屋子，雇人守护这座莲池。抗日战争前，我曾往观光，看到了一朵娇红的千叶莲花，油然而生思古之情，回来做了一首诗，有"莲花千叶香如旧，苦忆当年顾阿瑛"之句。这些年来，听说池中莲仍然无恙。据闻顾阿瑛下种时，都用石板压住，后来莲花就从石缝中挺生出来，人家要去掘取，也不容易，所以直到如今，这千叶莲花还是"只此一家，并无分出"。可是吾园邻近的倪氏金鱼园中，有一个小方塘，也种着千叶莲花，不知是哪里得来的种子？每年开花时，总得采几朵来给我作瓶供，花作桃红色，很为鲜艳，花型特大，花瓣多得数不清。今秋天旱水浅，已由花工张锦前去挖了几株藕来，安放在两个缸中，明夏我也就有两缸千叶莲花可作清供了。最近园林管理处已向倪氏买下了他全塘的种藕，明春就得移种在狮子林的莲塘中，以供群众观赏，比了关闭在那金鱼园中孤芳自赏，实在有意义得多。

凡是美的花，谁都愿它留在枝头，自开自落，而莲却可采。古今来的诗人词客，多有加以咏叹的。就是古乐府中也有《采莲曲》，是梁武帝所作，曲和云："采莲渚，窈窕舞佳人。"因此就以采莲名其曲。又《乐府集》载："羊侃性豪侈，善音律，有舞人张静婉者，容色绝世，时人咸推其能为掌上舞。侃尝自造采莲、棹歌两曲，甚为新致，乐府谓之《张静婉采莲曲》。"至于唐代的几位大诗人，几乎每人都有一首采莲曲，真是美不胜收，现在且将清代诗人的两首古诗录在这里。如马铨四言古云："南湖之南，东津之东。摇摇桂楫，采采芙蓉。左右流水，真香满空。眷此良夜，月华露浓。秋红老矣，零落从风。美人玉面，隔岁如逢。褰裳欲涉，不知所终。"徐倬七言古云："溪女盈盈朝浣纱，单衫玉腕荡舟斜。含情含怨折荷华。折荷华，遗所思。望不来，吹参差。"词如毛大可《点绛唇》云："南浦风微，画桡已到深深处。蘋花遮住。不许穿花去。　隔藕丛丛，似有人言语。难寻溯，乱红无主，一望斜阳暮。"王锡振《浣溪纱》云："隔浦闻歌记采莲。采莲花好阿谁边。乱红遥指白鸥前。　日暮暂回金勒辔。柳阴闲系木兰船。被风吹去宿花间。"吴锡麒《虞美人》云："寻莲觅藕风波里。本是同根蒂。因缘只赖一丝牵，但愿郎心如藕妾如莲。　带头绾个成双结。莫与闲鸥说。将家来住水云乡，为道买邻难得遇鸳鸯。"孙汝兰《百尺楼》云："郎去采莲花，侬去收莲子。莲子同心共一房，侬可如莲子。　侬去采莲花，郎去收莲子。莲子同房各一心，郎莫如莲子。"这几首诗词都雅韵欲流，行墨间似乎带着莲花香。

前年农历六月二十四日，就是所谓莲花的生日，曾与老友程小青、陶冷月二兄雇了一艘船，同往黄天荡观莲，虽没有深入荡中，却也看到了不少亭亭玉立的白莲花，瞧上去不染纤尘，一白如雪，煞是可爱！关于白莲花的故事，有足供谈助的，如唐代开元天宝间，太液池千叶白莲开，唐明皇与杨贵妃同去观赏，皇指妃对左右说："何如此解语花？"他的意思，就是以为白莲不解语，不如他的爱人了。又元和中，苏昌远居吴下，遇一女郎，素衣红脸，他把一个玉环赠与她。有一天见槛前白莲花开，花蕊中有一物，却就是他的玉环，于是忙将这白莲花折断了。这一段故事，简直把白莲瞧作花妖，当然是不可凭信的。

昔人赞美白莲花的诗，我最爱唐代陆龟蒙七言绝句云："素花多蒙别艳欺，此花真合在瑶池。还应有恨无人觉，月晓风清欲堕时。"宋代杨亿五言绝句云："昨夜三更里，嫦娥堕玉簪。冯夷不敢受，捧出碧波心。"清代徐灼七言绝句云："凉云簇簇水泠泠，一段幽香唤未醒。忽忆花间人拜月，素妆娇倚水晶屏。"又清末革命先烈秋瑾七律云："莫是仙娥坠玉珰，宵来幻出水云乡。朦胧池畔讶堆雪，淡泊风前有异香。国色由来夸素面，佳人原不借浓妆。东皇为恐红尘涴，亲赐寒潢明月裳。"这四首诗，可算是赞美白莲花的代表作。

苏州公园去吾家不远，园中有两个莲塘，一大一小，种的都是红莲花，鲜艳可爱。入夏我常去观赏，瞧着那一丛丛的翠盖红裳，流连忘返。至于吾家梅丘下的莲塘中，虽有白色浅红色两种，今年曾开了好几十朵，不过占地太小，同时也只开二三朵，不足以餍馋眼。旧有四面观音，已在沦陷期间断了种，去春曾向公园中移植红莲数枝，发了叶，并未开花，那只得再等明年了。乡前辈潘季儒先生，擅种缸莲，有层台、洒金、镶边玉钵盂、绿荷、粉千叶等名种，叹为观止。三年前分根见赐，喜不自胜，年年都是开得好好的。

老友卢彬士先生，是吴中培植碗莲的惟一能手，能在小小一个碗里，开出一朵朵红莲花来。今年开花时节，以一碗相赠，作爱莲堂案头清供。据说这种藕是从安徽一个和尚那里得来的。可惜室内不能供得太久，怕别的菡萏开不出来，供了半小时，就要急急地移出去了。

枇杷树树香

苏州市的水果铺里，自从柑橘落市以后，就略显寂寞。直到初夏枇杷上市，才又热闹起来，到处是金丸累累，可说是枇杷的天下了。枇杷树高一二丈，粗枝大叶，浓阴如幄，好在四时常绿，经冬不凋，因有枇杷晚翠之称。花型很小，在风雪中开放，白色五瓣，微有香气，唐代诗人杜甫，因有"枇杷树树香"之句。昔人称颂枇杷，说它秋萌冬花，春实夏熟，备四时之气，其他果树，没有一种可以比得上的。它有两个别名，卢橘与炎果。又因其色黄似蜡，称为蜡兄；大叶粗枝，称为粗客。它于农历三四月间结实，皮色有深黄有淡黄，肉色有红有白，红的称红沙，又名大红袍，白的称白沙，甜美胜于红沙。苏州洞庭东西山，都是枇杷著名的产地，尤以东山湾里所产的红沙，槎湾所产的白沙为最美。每年槎湾白沙枇杷上市时，我总要一快朵颐，大的如胡桃，小的如荸荠，因称荸荠种，肉细而甜，核少而汁多，确是此中俊物，可惜产量较少，一会儿就没有了。

枇杷色作金黄，因此诗人们都以金丸作比。如宋代刘子翚句云："万颗金丸缀树稠，遗根汉苑识风流。"明代高启诗云："落叶空林忽有香，疏花吹雪过东墙。居僧记取南风后，留个金丸待我尝。"近代吴昌硕诗云："五月天气换葛衣，山中卢橘黄且肥。鸟疑金弹不敢啄，忍饥空向林间飞。"其实这是诗人的想象，并非事实，像吾家园子里的三株枇杷，一到黄熟时，就有不少是给鸟类抢先尝新的。

明代大画家沈石田，有友人送枇杷给他，信上误写了琵琶，沈戏答云：“承惠琵琶，开奁骇甚，听之无声，食之有味，乃知古来司马泪于浔阳，明妃怨于塞上，皆为一啖之需耳。今后觅之，当于杨柳晓风、梧桐秋雨之际也。”石田此信原很隽妙，但据辞书载，琵琶一作枇杷，可是不知枇杷能不能也通融一下，写作琵琶呢？

清代朱竹垞，有《明月棹孤舟》一词咏枇杷云：“几阵疏疏梅子雨。也催得嫩黄如许。笑逐金丸，看携素手，犹带晓来纤露。　寒叶青青香树树。记东溪、旧曾游处。日影堂阴，雪晴花下，长见那人窥户。”又宋代周必大《咏枇杷诗》有句云：“昭阳睡起人如玉，妆台对罢双蛾绿。琉璃叶底黄金簇，纤手拈来嗅清馥。可人风味少人知，把尽春风夏作熟。”这一词一诗虽咏枇杷，而此中有人，呼之欲出，自觉风致嫣然。

苏州东北街拙政园中，有个枇杷院，旧时种有枇杷树多株，因以为名。中有一轩，额曰玉壶冰，现在是供游人啜茗的所在。我以为那边仍可多种几株枇杷，那么终年绿阴罨画，婆娑可爱，就将玉壶冰改为晚翠轩，也无不可。

夏果摘杨梅

"冬花采卢橘，夏果摘杨梅"，这是唐代宋之问的诗句。卢橘就是枇杷，冬季开花，春季结实而夏季成熟，到得枇杷落市之后，那么就要让杨梅奄有天下了。杨梅木本，叶常绿，初春开花结实，肉如粒粒红粟，并无皮壳包裹；生的时候作白色，五月间成熟之后，就泛作红紫二色。也有白色的，产量较少，甜味也在红紫二种之下，并不足贵。杨梅品种，据说以会稽为第一，吴兴的弁山，宁波的舟山，苏州的光福也不差。而我们现在所吃到的，全是洞庭东西山的产品。

杨梅一名朹子，生僻得很，别号君家果。据《世说新语》载，梁国杨氏子，九岁就很聪明。有一天，孔君平来访他的父亲，恰不在家，因呼他出见。孔指盘中所盛杨梅道："这是君家果。"他应声道："却未闻孔雀是夫子家禽。"这个孩子心地的灵敏，于此可见。而杨梅也就因此而得了个君家果的别号。

解放前一年杨梅熟时，洞庭西山包山寺诗僧闻达上人邀我和范烟桥、程小青二兄同去一游。那时满山杨梅全已成熟，朱实离离，鲜艳悦目。山民于清早采摘，万绿丛中常闻笑语声，摘满了一筐，各自肩着回去。我曾咏之以诗，有"摘得杨梅还带露，一肩红紫映朝晖"之句。当时情景，依稀还在眼前。清代陈其年有《一丛花》词，也是咏洞庭西山的杨梅的。词云："江城初泊洞庭船。颗颗贩匀圆。朱樱素柰都相逊，家乡在、消夏湾前。两崦蒙茸，半湖幂羃，笼重一帆偏。……"

苏州光福与横山、安山等处，往时都产杨梅，并且有白杨梅，而我却从未染指，不知风味如何？扬州人称白杨梅为圣僧，莫名其妙。明代瞿佑有诗云："乃祖杨朱族最奇，诸孙清白又分枝。炎风不解消冰骨，寒粟偏能上玉肌。异味每烦山客赠，灵根犹是圣僧栘。水晶盘荐华筵上，酪粉盐花两不知。"

杨梅甜中带酸，多吃伤齿，然而也有人以为带些酸倒是好的，如宋代方岳诗云："筠笼带雨摘初残，粟粟生寒鹤顶殷。众口但便甜似蜜，宁知奇处是微酸。"我们每吃杨梅，总得用盐渍过，目的是在杀菌，其实不如过锰酸钾来得有效。但是也有人以为渍了盐，可以减去酸味，此法唐代即已有之，如李太白《梁园吟》，有"玉盘杨梅为君设，吴盐如花皎白雪"之句。陆放翁批评他，说杨梅酸的才用盐渍，好的杨梅就不必用了。吾家吃杨梅，一向用盐，杀菌减酸，一举两得，并且也觉得别有风味。

年来处处食西瓜

"碧蔓凌霜卧软沙，年来处处食西瓜"，这是宋代范成大《咏西瓜园》诗中句。的确，年来每入炎夏，就处处食西瓜，而在果品中，它是庞然大物，可以当得上领袖之称。西瓜并非中国种，据说五代时胡峤入契丹，吃到了西瓜，而契丹是由于破了回纥得来的种子，以牛粪覆棚而种，瓜大如斗，味甜如蜜。后由胡峤带回国来，因其来自西土，故名西瓜，性寒，可解暑热，因此又名寒瓜。

西瓜瓤有白、黄、红三色，皮有白、绿二色，形有浑圆的，有如枕头的。上海浦东西林塘产三白瓜，因其皮白、瓤白、子白之故，作浑圆形，味极鲜甜。浙江平湖产枕头瓜，绿皮黄瓤，鲜甜不让三白。北方以德州西瓜最负盛名，而品质之美，确是名下无虚。一九五〇年秋初，我因嫁女从北京回苏州，在德州、兖州、固镇三处火车站上，买了三个大西瓜带回来，都是白皮，作枕头形，一尝之下，自以德州瓜为第一，真的是甜如崖蜜，美不可言。

诗人们歌颂西瓜的不多，宋代贺方回《秋热》诗，有"西瓜足解渴，割裂青瑶肤"之句。元代方夔《食西瓜》诗，有"缕缕花衫沾唾碧，痕痕丹血掐肤红。香浮笑语牙生水，凉入衣襟骨有风"诸句。金代王予可句云："一片冷裁潭底月，六湾斜卷陇头云。"也是为咏西瓜而作。据说宋代大忠臣文文山曾作《西瓜吟》，足为西瓜生色，惜未之见。

往年我在上海时，曾见过人家做西瓜灯，倒是一个很有趣的玩意。先把瓜蒂切去，挖掉了全部瓜瓤，在皮上精刻着人物花鸟，中间拴以粗铅丝和钉子，插上一支小蜡烛，入夜点上了火，花样顿时明显，很可欣赏。这玩意在清代乾嘉年间也就有了，词人冯柳东曾有《辘轳金井》一阕咏之云："冰园雨黑。映玲珑、逗出一痕秋影。制就团圆，满琼壶红晕。清辉四迸。正藓井、寒浆消尽。字破分明，光浮细碎，半丸凉凝。　茅庵一星远近。趁豆棚闲挂，相对商茗。蜡泪抛残，怕华楼夜冷。西风细认，愿双照、秋期须准。梦醒青门，重挑夜话，月斜烟暝。"

闲话荔枝

古今来文人墨客，对于果品中的荔枝，都给与最高的评价。诗词义章，纷纷歌颂，比之为花中的牡丹。牡丹既被称为花王，那么荔枝该尊为果王了。唐代白乐天《荔枝图序》有云："荔枝生巴峡间，树影团团如帷盖。叶如桂，冬青；华如橘，春荣；实如丹，夏熟。朵如葡萄，核如枇杷，壳如红缯，膜如紫绡，瓤肉莹白如冰雪，浆液甘酸如醴酪。大略如彼，其实过之。若离本枝，一日而色变，二日而香变，三日而味变，四五日外，色香味尽去矣。"这一段话，已说明了荔枝的一切，真的明白如画。

荔枝不只产于巴蜀，闽、粤两省也有大量的生产。它又名离枝、丹荔，而最特别的，却又叫做钉坐真人。树身高达数丈，粗可合抱，较小的直径尺许，农历二三月间开花，五六月间成熟。宋神宗诗因有"五月荔枝天"之句。据古代荔枝谱中所载，种类繁多，有陈紫、周家红、一品红、钗头颗、十八娘、丁香、红绣鞋、满林香、绿衣郎等数十种，大多是闽产，不知现在还有几种？至于粤中所产，则现有三月红、玉荷包、黑叶、桂味、糯米糍等，都是我们所可吃到的。至于命名最艳的，有妃子笑一种；产量最少的，有增城的挂绿一种。

闽产的荔枝中，有一种名十八娘，果型细长，色作深红，闽人比作少女。俗传闽中王氏有弱妹十八娘，一说是女儿行十八，喜吃这一种荔枝，因此得名。又有一说：闽中凡称物之美而少的，为十八娘，就足见这是美而少的名种了。明代黄履康作《十八娘传》，他说："十八娘者，开元帝侍儿也，姓支名绛玉，字曰丽华，行十八。"文人狡狯，借此弄巧，竟把珍果当作美人般给它作传。宋代蔡君谟作《荔枝谱》，称之为绛衣仙子，那更比之为仙子了。诗中咏及的，如元代柳应芳云："白玉明肌裹绛囊，中含仙露压琼浆。城南多少青丝笼，竞取王家十八娘。"明代邱惟直诗云："棣萼楼头风露凉，闽娘清晓竞红妆。朱唇玉齿桃花脸，遍着天孙云锦裳。"词如苏东坡《减字木兰花》云："闽溪珍献。过海云帆来似箭。玉座金盘。不贡奇葩四百年。　轻红软白。雅称佳人纤手擘。骨细肌香。恰似当年十八娘。"十八娘之为荔枝珍品，于此可见，但不知现在闽中仍有之否？

　　广州有荔枝湾，是珠江的一湾，夹岸都是荔枝树，绿阴丹荔，蔚为大观。据说这里本是南汉昌华旧苑，有人咏之以诗，曾有"寥落故宫三十六，夕阳明灭荔枝红"之句。清代陶稚云《珠江词》，都咏珠江艳事，中有一首："青青杨柳被郎攀，一叶兰舟日往还。知道荔枝郎爱食，妾家移住荔枝湾。"从前，每年初夏荔枝熟时，荔枝湾游艇云集，都是为了吃荔枝去的。

秋菊有佳色

"秋菊有佳色"，是陶渊明对于秋天的菊花的评价。秋天实在少不了菊花，有了菊花，就把这秋的世界装点得分外的清丽起来。我于花木原是无所不爱的，而于菊花又有一种偏爱。在抗日战争以前，年年作大规模的栽植，因为花工张锦擅长种菊，成绩不坏，因此搜罗名种，不遗馀力。只为自己的园地里树木太多，阳光都被掩蔽，种菊不很适宜，于是租下了对门的一片空地，专供种菊之用，每年总得种上一千多本，种子多至一百馀种。管、钩、带、须、匙、托冠、武瓣，无所不有，常熟人所认为最名贵的小狮黄，扬州人所认为最名贵的虎须和翡翠林，也一应俱全，而以一九三七年为全盛时期，又添上了许多新的名种。

却不料未到菊花时节，日寇大举进犯，恬静安闲的苏州城中，也吃到了铁鸟所下的蛋。我扶老携幼地跟着朋友们避到了南浔去，一住就是一个多月，虽曾回去探望故园，问菊花开未，可是总没有瞧到。到了重阳节边，公路上的长途汽车中断，没法回苏。张锦虽挑出了几十盆最好的名菊，安放在荷轩中，等候我回去欣赏，无奈我不能插着翅膀飞回，只索梦寐系之而已。后来一连七年，我羁身海上，三径就荒，菊花也断了种。胜利后回到故园，因突遭悼亡之痛，百念灰冷，无心再玩花木，所以也不曾搜求菊种。到了秋天，就连一朵平凡的菊花都没有，这没有菊花的秋天，实在过得太寂寞，太无聊了。

菊花的品种和名称，多至不可胜数，并且掺杂了日本的乔种，那些充满日本气息的名称，与我国的菊种混在一起，搞不清楚，往往有一种花而有好几个名称的。考之旧时菊谱，黄色的有都胜、金芍药、黄鹤翎、报君知、御袍黄、侧金盏、金孔雀、莺羽黄诸品，白色的有月下白、玉牡丹、玉宝相、玉玲珑、一团雪、白西施、白褒姒、太液莲诸品，紫色的有碧江霞、双飞燕、佛座莲、蒻霞绡、紫玉莲、紫霞杯、玛瑙盘、紫罗伞诸品，红色的有美人红、海云红、醉杨妃、绣芙蓉、胭脂菊、鹤顶红、锦荔枝诸品，淡红色的有佛见笑、红粉团、桃花菊、醉西施、红傅粉、胜绯桃、玉楼春诸品。可是诸家菊谱中，似乎没有绿菊。吾园旧有碧玉如意、春水绿波诸品，花品很高，都作绿色，苏州早已断种，现在所看到的只有绿牡丹和水绿金带罢了。

晋代陶渊明是一位爱菊花的专家，后来民间奉他为九月花神，就为了他爱菊之故。据说他所爱赏的一种菊花，名九华菊，他曾说秋菊盈园，而诗集中仅存九华之一名。此菊越中呼之为"大笑"，白瓣黄心，花头极大，有阔及二寸四五分的，枝叶疏散，香也清胜，九月半开放，在白菊中推为第一。有一次，渊明因九月九日没有酒赏重阳，只枯坐在宅边菊花丛中，采了一大把，望见白衣人到，乃是江州刺史王弘送酒来了，即便欣然就酌，而以菊花为下酒物，也足见他的闲情逸致了。记得一九五一年秋间公园开菊展，我也有盆菊和盆景参加。就中有一个盆景，以渊明为题材，用含蕊的黄色满天星，种在一只椭圆形的紫砂浅盆里，东面一角用细紫竹做成方眼的矮篱，安放一个广窑的老叟坐像，把卷看菊，作为陶渊明，标名"赏菊东篱"。一九五三年秋间，我又参加拙政园的菊展，在一个种着两棵小松的盆栽里，再种了一株含苞未放的小黄菊，松下也安放了一个老叟的坐像，标名"松菊犹存"。这两个盆景，都博得了观众的好评。

我藏有一张上海故名画家王一亭所画的册页，画中有黄菊盆栽，高高地供在竹架上，一老者坐在矮几旁，持螯饮酒，意态很为悠闲，其是一幅绝妙的持螯赏菊图。原来菊花开放时，正是秋高蟹肥的季节，旧时一般文人，往往要邀一二知友，边看菊边吃蟹的。昔人小简中，如明代王伯毂《寄孙汝师》云："江上黄花灿若金，蟹匡大于斗，山气日夕佳，树如沐，翠色满裙，顾安得与足下箕踞拍浮乎？"张孟雨《与友乞菊》云："空斋如水，不点缀东篱秋色，彭泽笑人。乞移一二种，微香披座，落英可餐，当拉柴桑君持螯赏之也。"

古今来歌颂菊花的诗文词赋实在太多了，举不胜举。我却单单欣赏宋末爱国者郑所南《铁函心史》中两首诗，真的是诗如其人，不同凡俗。一首是《菊花歌》，中有句云："万木摇落百草死，正色与秋争光明。背时独立抱寂寞，心香贞烈透寥廓。"一首是《餐菊花歌》，有"道人四时花为粮，骨生灵气身吐香。闻到菊花大欢喜，拍手笑歌频颠狂。……尘尘劫劫黄金身，永救婆娑众生苦"等句，意义深长，浑不辨是咏菊花还是咏他自己。晚节黄花，得了这位铁骨嶙峋的爱国者一唱三叹，更觉生色不少。

生平看菊花展览会看得多了，而规模最大最出色的，要算一九五四年十一月上海市人民公园的菊展，真使人目迷神往，叹为观止！单就布置来说，有直径十二公尺高四公尺的大菊花山，有用无数盆白菊花排列而成的和平鸽图案，有好多种用各色菊花精心扎成的花字标语，有一座北京白塔似的菊花塔，三座菊花亭，三条菊花桥，更有仿西湖"三潭印月"矗立在水中的三个菊花潭，而最触目的，还有一座用菊花扎成的"世界人民大团结万岁"九字的菊花大屏风，加以下面七道喷水泉，不断地飞珠跳玉般的喷着水，更觉得美不可言！菊花的数量，共六万盆，有二百十七朵白菊花整齐地排成的圆形大立菊，有在假山地区沿山密布的无数盆悬崖菊，五光十色，如同锦绣。品种多至四百馀，从北方搜到南方，真达到了丰富多采的地步。品种展览廊中，全是各地出品的各色各样菊花。而名种展览廊中，更有用瓷盆砂盆翻种好了的特别精彩的菊花，多年不见的扬州名种"柳线"，和我生平最爱的"云中娇凤"，也在这里看到了。我连去参观了两次，把几个富有诗意的花名抄录了下来：画罗裙、霓裳舞、懒梳妆、鸳鸯带、紫双凤、金雀屏、玉手调脂、秋水芙蓉、赤龙腾辉、十分春色、淡扫蛾眉、柳浪闻莺、云想衣裳、杏花春雨、帘卷西风、乳莺出谷、明月照积雪。看了这些花名，就能想见花的美妙了。

仲秋的花与果

　　仲秋的花与果，是桂花与柿，金黄色与朱红色，把秋令点缀得很灿烂。在上海，除了在花店与花担上可以瞧到折枝的桂花外，难得见整株的桂树，而在苏州，人家的庭园中往往种着桂树，所以经过巷曲，总有一阵阵的桂花香，随着习习秋风飘散开来，飘进鼻官，沁人心脾。我的园子里也有三株桂树，一大二小，大的那株着花很繁，整日闻到它的甜香。我摘了最先开的一枝，供在亡妇凤君遗像之前，因为她生前也是爱好桂花的。到得花已开足，就采下来，浸了一瓶酒，以供秋深持螯之用；又渍了一小瓶糖，随时可加在甜点心的羹汤内，如汤山芋、糖芋艿、栗子、白果羹中，是非此不可的。

　　在抗日战争以前，我还有三株光福山中的桂花老树盆栽，都是百年以上物，苍老可喜，开花时尤其美妙。我曾以小诗宠之："小山丛桂林林立，移入盐中取次栽。铁骨金英枝碧玉，天香云外自飘来。"只因苏州沦陷后，我羁身海上不回家，园丁疏于培养，已先后枯死了，真是可惜之至！

　　柿，大概各地都有，而上市迟早不同，有大小两种，大的称铜盆，小的称金钵盂。杭州有一种方柿，质地生硬，可削了皮吃。我园有一株大柿树，每年都是丰收，累累数百颗，趁它略泛红色时，就随时摘下来，用楝树叶铺盖，放在一只木桶里，过了十天到十五天，柿就软熟可以吃了。味儿很甜，初拿出来，颗颗发热，像在太阳下晒过一般。

古书中说，柿有七绝，一、树多寿，二、叶多荫，三、无鸟巢，四、少虫蠹，五、霜叶可玩，六、佳实可啖，七、落叶肥大，可以临书。这七绝确是实情，并不夸张。所说落叶肥大可以临书，有一段故事可以作证。唐代郑虔任广文博士时，穷苦得很，学书苦无纸张，知慈恩寺有大柿树，布荫达数间屋，他就借住僧房，天天取霜打的红柿叶作书，一年间全都写满。后来他又在叶上写诗作画，合成一卷进呈，唐玄宗见了大为赞许，在卷尾亲笔批道"郑虔三绝"。

柿初红时，也可作瓶供。今秋我曾从树上摘下一长一短两大枝，上有柿十馀只，只因太重了，插在古铜瓶中，方能稳定。我整理了它的姿态，供在爱莲堂中央的方桌上，到现在快将一月，柿还没有大熟，却已红艳可爱。可惜叶片易于干枯，索性全都剪去，另行摘了带叶的大枝插在中间，随时更换，红柿绿叶，可以经久观赏。

枸 杞

　　枸杞的别名很多，有天精、地仙、却老、却暑、仙人杖、西王母杖等十多个。枸杞原是两种植物的名称，因其棘如枸之刺，茎如杞之条，所以并作一名。叶与石榴叶很相像，稍薄而小，可供食用。干高二三尺，丛生如灌木。夏季开浅紫色小花，花落结实，入秋作猩红，艳如红玛瑙。实有浑圆的，有椭圆的。椭圆的出陕甘一带，较为名贵，既可欣赏，又可入药。不论是花、叶、根、实，都可作药用。据说有坚筋骨，悦颜色，明目安神，轻身却老之功。它之所以别名西王母杖和仙人杖，料想就为了它有这些功效之故。

　　枸杞的实落在地上，入了土，就可生根，所以我的园子里几乎遍地皆是。春秋两季，采了它的嫩叶做菜吃，清隽有味。老干不易得，友人叶寄深兄，曾得一老干的枸杞，居中有一段已枯，更见古朴，大约是百年以外物，每秋结实累累，红艳欲滴。他为了重视这株枸杞之王，特请江寒汀画师写生，并题其书室为杞寿轩，可是去年已割爱让与庐山管理局了。我也有一株盆栽的老枸杞，作悬崖形，原出南京雨花台，已有好几十岁的年龄了，最奇怪的，干已大半枯朽，只剩一根筋还活着，我把一根粗铅丝络住了下悬的梢头，又在中部用细铅丝络住，看上去岌岌欲危，不知能活到几时。哪里知道三年来它的生命力还是很强，年年开花结实，如火如荼。去年近根处又发了一根新条，今秋枝叶四布，结实很多，来春打算删去大半，以便保持下悬的梢头部分。我曾记之以诗，有"离离朱实莹如玉，好与闺人缀玉钗"之句。各地来宾，见了这一株老枸杞，没一个不啧啧称怪的。

枸杞的老干老根多作狗形。据说宋徽宗时，顺州筑城，在土中掘得一株枸杞，活像是一头挺大的狗，当时认为至宝，就献到皇宫中去。旧籍中载，"此乃仙家所谓千岁枸杞，其形如犬者也"。在宋代以前，这种狗形的枸杞，也屡有发现。唐代白乐天诗中，就有"不知灵药根成狗，怪得时闻夜吠声"之句。刘禹锡诗也有"枝繁本是仙人杖，根老新成瑞犬形"之句。宋代史子玉《枸杞赋》有句云："仙杖飞空，仿佛骖鸾。寿干通灵，时闻吠厖。"也说它的干形像狗的。此外如朱熹诗"雨馀芽甲翠光匀，杞菊成蹊亦自春"；陆游诗"雪霁茆堂钟磬清，晨斋枸杞一杯羹"；而苏东坡、黄山谷也各有长诗咏叹，尊之为仙苗仙草。枸杞在一般人看来，虽很平凡，而古时却有这许多人加以揄扬，推其原因，恐是一来它的干根生得怪异，二来可作药用，在文人们的笔下，就不免附会地加上种种神秘的描写了。

蓼花和木芙蓉花

蓼花和木芙蓉花，是秋季宜乎种在水边的两种娇艳的花。说也奇怪，我的园子里所种的这两种花，有种在墙角的，有种在篱边的，似乎都不及种在池边的好，足见它们是与水有缘，而非种在水边不可了。

《楚辞芳草谱》说："蓼生水泽。"唐人诗中，也有"红蓼花开水国秋"之句。元代朱德润《沙湖晚归》诗云："山野低回落雁斜，炊烟茅屋起平沙。橹声归去浪痕浅，摇动一滩红蓼花。"这些诗句，都足以证明它是宜乎水的。蓼花种类不一，有青蓼、紫蓼、香蓼、马蓼、水蓼、木蓼之别。更有白蓼，我曾得其种，栽在莲池旁边，好像美人淡妆，别饶丰致，可惜第二年就断了种。

红蓼最为普遍，干高三四尺五六尺不等。今年我有一株，竟高达一丈以外，叶薄而尖狭，着花作穗状，长二三寸，纷披如缨络，临风摇曳，分外妩媚。蓼花别有水葓的名称，梅尧臣咏以诗云："灼灼有芳艳，本生江汉滨。临风轻笑久，隔浦淡妆新。白露烟中客，红葓水上邻。无香结珠穗，秋露浥罗巾。"又叶申芗《秋波媚》词云："小园奚似壮秋容。烟穗簇芳丛。萧疏画意，柳衰让碧，芦淡输红。　水天忽忆江南梦。落日放孤篷。影迷初雁，香留残蝶，点缀西风。"这一诗一词，把蓼花的美，全都描写出来了。

木芙蓉，又名木莲，又名拒霜，又名华木，又名地芙蓉，为落叶灌木，干高六七尺，叶如手掌，作浅裂，柄长互生，农历十

93

月开花，有大红千瓣、白千瓣、半白半桃红千瓣诸种，并有作黄色者，最为难得。又有所谓三醉芙蓉者，一日间换三色，朝白，午桃红，晚大红，是此中佳种。我园莲池畔有之，映着池水，更觉美艳。据说此种产于瓯江、温州一带，因此瓯江别名芙蓉江，竟以花而得名。又邛州有弄色木芙蓉，一日白，二日浅红，三日黄，四日深红，花落时，又变为紫色，人称义官花，这比三醉芙蓉更为名贵了。

芙蓉于霜降时节开花，傲气足以拒霜，因有拒霜花之称。清代袁树有《渔女》一诗云："短篷轻楫自为家，羞上胭脂渚畔槎。莫讶风鬟吹不乱，芙蓉原是拒霜花。"可作左证。

古人对于芙蓉有很高的评价，说它清姿雅质，独殿众芳，秋江寂寞，不怨东风，可称俟命的君子。花的气味辛平无毒，据明代大药物家李时珍说，可以清肺凉血，解毒散热，有医疗上的功效，不只是供人欣赏而已。清代高士奇《北墅抱瓮录》云："木芙蓉潇洒无俗姿，性本宜水，特于水际植之，缘溪傍渚，密比若林，杂以红蓼，映以翠葰，花光入波，上下摇漾，犹朝霞散绮，绚烂非常。见宋孝宗书刁光允木芙蓉画幅云：'托根不与菊为双，历尽风霜未肯降。本是无心岂有怨，年年清艳照秋江。'善为此花写照矣。"其实此诗不特善为此花写照，并写出了此花高傲的品质，正不在东篱秋菊之下。

木芙蓉花无毒，所以可入食谱。宋代林山人洪，曾采芙蓉花煮豆腐，红白交错，恍如雪霁之霞，名雪霁羹。孟蜀后主，以此花染缯作帐，名芙蓉帐。又于成都城上遍种芙蓉，每年秋深，四十里高下如锦如绣，因有锦城之称。这是芙蓉佳话，可作谈助。

卖花声

　　花是人人爱好的。家有花园的，当然四季都有花看，不论是盆花啊，瓶花啊，可以经常作屋中点缀，案头供养，朝夕相对着，自觉心旷神怡。要是家里没有花园的，那就不得不求之市上卖花人之手。买了盆花，可多供几天，倘买折枝花插瓶，也有二三天可供观赏，而一室之内，顿觉生气勃勃了。

　　市声种种不一，而以卖花声最为动听。诗人词客，往往用作吟咏的题材；词牌中就有"卖花声"一调，足见词客爱好之甚了。清代彭羡仁有《霜天晓角》咏卖花声云："睡起煎茶。听低声卖花。留住卖花人间，红杏下、是谁家。　儿家。花肯赊。却怜花瘦些。花瘦关卿何事，且插朵、玉钗斜。"黄仲则有《即席分赋得卖花声》七律二首云："何处来行有脚春，一声声唤最圆匀。也经古巷何妨陋，亦上荆钗不厌贫。过早惯惊眠雨客，听多偏是惜花人。绝怜儿女深闺事，轻放犀梳侧耳频。""摘向筠篮露未收，唤来深巷去还留。一堤杏雨寒初减，万枕梨云梦忽流。临镜不妨来更早，惜花无奈听成愁。怜他齿颊生香处，不在枝头在担头。"这两首诗把卖花人的唤，买花人的听，全都淋漓尽致地写了出来。

　　吴侬软语，原已历历可听，而"一声声唤最圆匀"，那无过于唤卖白兰花的苏州女儿了。这班卖花女，大多数是从虎邱来的。因为虎邱一带，培养白兰花的花农最多。初夏白兰含蕊时，就摘下来卖与茶花生产合作社去窨花。那些过剩而已半开的花，那就不得不叫女儿们到市上去唤卖了。我曾有小令《浣溪纱》咏卖花女云："生小吴娃脸似霞。莺声嘹呖破喧哗。长街唤卖白兰花。借问儿家何处是，虎邱山脚水之涯。回眸一笑髻鬟斜。"除了白兰花外，也有唤卖含笑花（俗呼香蕉花，因它含有香蕉的香气）、玫瑰花、玳玳花的，到了端午节后，茉莉花也可上市了。

南宋时，会稽城南上原陈翁，以卖花为业，得了钱全去买酒喝，又不喜独酌，往往拉了朋友们同醉。有一天，诗人陆放翁偶过他家访问，见败屋一间，妻子正饥寒交迫，而陈翁已烂醉如泥了。放翁咏以诗云："君不见会稽城南卖花翁，以花为粮如蜜蜂。朝卖一枝紫，暮卖一枝红。屋破见青天，盎中米常空。卖花得钱送酒家，取酒尽时还卖花。春春花开岂有极，日日我醉终无涯。亦不知天子殿前宣白麻，亦不知相公门前筑堤沙。客来与语不能答，但见醉发覆面垂鬖鬖。"明代刘伯温题其后云："君不见会稽山阴卖花叟，卖花得钱即买酒。东方日出照紫陌，此叟已作醉乡客。破屋含星席作门，湿萤生灶花满园。五更风颠雨声恶，不忧屋倒忧花落。卖花叟，但愿四海无尘沙，有人卖酒仍卖花。"此翁在陆、刘笔下，写成一位高士模样，可是他卖了花只管自己买酒喝，不顾妻子饥寒，虽能生产，而不知节约，实在是不足为训的。

农历四月十四日，据民间传说，是所谓八仙之一吕纯阳的生日，苏州市阊门内福济观，前后三天，庙前的东中市一带有花市，城内和四乡的花贩花农都来赶集，花草树木，夹道陈列求售。爱花的男女老少，趋之若鹜。

花雨缤纷春去了

春光好时，百花齐放，经过了二十四番花信，那么花事已了，春也去了。据说每年从小寒到谷雨，合八气，得四个月，每气管十五天，每五天一候，八气计共二十四候，每候以一花的风信应之。小寒一候梅花，二候山茶，三候水仙；大寒一候瑞香，二候菊花，三候山矾；立春一候迎春，二候樱桃，三候望春；雨水一候菜花，二候杏花，三候李花；惊蛰一候桃花，二候棣棠，三候蔷薇；春分一候海棠，二候梨花，三候木兰；清明一候桐花，二候麦花，三候柳花；谷雨一候牡丹，二候酴醾，三候楝花。这二十四番花信，很为准确，你只要一见楝树上开满了花，那就知道春要向你告别了。

每逢梅花烂漫地开放的时节，春就悄悄地到了人间，使人顿觉周身有了生气。可是春很无赖，来去飘忽，活像是偷儿的行径，不上几时，就在我们不知不觉间偷偷地走了。我曾胡诌了一阕《蝶恋花》词谴责它："正是缃梅初绽候。骀荡春光，便向人间透。十雨五风频挑逗。江城处处花如绣。　恨杀春光留不久。来也偷来，走也偷偷走。绿渐肥时红渐瘦。防它一去难追究。"但是尽你恨恨地谴责它，或苦苦地挽留它，它还是悄没声儿地溜走了。

古人对于春之去，也有不胜其依恋而含着怨恨的。词中的代表作，如宋代黄山谷《清平乐》云："春归何处。寂寞无行路。若有人知春去处，唤取归来同住。　春无踪迹谁知。除非问取黄鹂。百啭无人能解，因风吹过蔷薇。"辛稼轩《祝英台令》云："宝钗分，桃叶渡。烟柳暗南浦。怕上层楼，十日九风雨。断肠片片飞红，都无人管，倩谁唤、流莺声住。　鬓边觑。试把花卜归期，才簪又重数。罗帐灯昏，呜咽梦中语。是他春带愁来，春归何处。却不解带将愁去。"又释子如晦句云："有意送春归，无计留春住。毕竟年年用着来，何似休归去。"连这心无挂碍的和尚，也想留住春光，劝它不要归去了。然而想得开的人也未尝没有，如秦观云："节物相催各自新，痴心儿女挽留春。芳菲歇去何须恨，夏木阴阴正可人。"杨万里云："只馀三日便清和，尽放春归莫恨他。落尽千花飞尽絮，留春肯住欲如何。"末一语问得好，怕谁也回不出话来。清代俞曲园曾以"花落春长在"一句擅名，因以"春在"名其堂，花落了，春去了，只当它长在，这倒也是一种阿Q式的自慰。

　　春既挽留不住，那么还是送它走吧。明代唐伯虎与社友们携酒桃花坞园中送春，酒酣赋诗，曾有"三月尽头刚立夏，一杯新酒送残春"，"夜与琴心争密烛，酒和香篆送花神"等句。此外清代骚人墨客，也有柬约知友作送春之会的，如李铣柬云："春色三分，一分流水，二分尘土矣。零落如许，可不至郊外一游乎？纵不能留春，亦当送春，春未必待我于枝头叶底也。"又徐菊如柬云："洛阳事了，花雨缤纷，欲携斗酒，为春作祖饯，公有意听黄鹂乎？长干一片绿，是我两人醉锦茵矣。"这二人以乐观的态度去送春，是合理的。好在今年送去了春，明年此时，春还是要来的啊。

第三辑

杏花春雨江南

　　每逢杏花开放时，江南一带，往往春雨绵绵，老是不肯放晴。记不得从前是哪一位词人，曾有"杏花春雨江南"之句，这三个名词拆开来十分平凡，而连在一起，顿觉隽妙可喜，不再厌恶春雨之杀风景了。又宋代诗人陈简斋句云："客子光阴诗卷里，杏花消息雨声中。"足证雨与杏花，竟结了不解之缘，彼此是分不开的。我的园子里有一株大杏树，高二丈外，结实很大，作火黄色；另一株高一丈馀，结实较小，色也较淡，而味儿都很甘美。所可惜的，每逢含苞未放时，就遭到了绵绵春雨，落英缤纷，我自恨护花无术，徒唤奈何而已！

　　去年初夏，我于西隅凤来仪室上起了一座小楼，名花延年阁，凭窗东望，可见那大杏树烂漫着花。今春多雨，我常在楼头听雨，因此记起我们的爱国诗人陆放翁，曾有"小楼一夜听春雨，深巷明朝卖杏花"之句，自有佳致。可是苏州卖花人，只有卖玫瑰花、白兰花、茉莉花的，卖杏花的却绝对没有。

　　唐明皇游别殿，见柳杏含苞欲吐，叹息道："对此景物，不可不与判断。"因命高力士取了羯鼓来，临轩敲击，并奏一曲，名《春光好》，回头一看，柳杏都放了。他得意地说道："只此一事，我能不能唤作天公啊？"开元中叶，扬州太平园中，有杏树数十株，每逢盛开时，太守大张筵席，召娼妓数十人，站在每一株杏树旁，立一馆，名曰争春，宴罢夜阑，有人听得杏花有叹息之声。又宋祁咏杏，有"红杏枝头春意闹"之句，一"闹"字下得好，传诵一时，人们便称之为红杏尚书。

咏杏的诗颇多佳作，如王禹偁云："长愁风雨暗离披，醉绕吟看得几时。只有流莺偏趁意，夜来偷宿最繁枝。"元好问云："杏花墙外一枝横，半面宫妆出晓晴。看尽春风不回首，宝儿元是太憨生。"黄蛟起云："烟波影里画船轻，尺五斜辉拥树明。马上销魂禁不得，杏花山店一声莺。"此外如"借问酒家何处有，牧童遥指杏花村"，"金勒马嘶芳草地，玉楼人醉杏花天"，"春色满园关不住，一枝红杏出墙来"等，都是有关杏花的名句，传诵至今，杏花真是花国中的幸运儿了。

清初李笠翁的《闲情偶寄》中说杏云："种杏不实者，以处子常系之裙系树上，便结了累累。予初不信，而试之果然。是树性喜淫者，莫过于杏，予尝名为风流树。噫！树木何取于人，人何亲于树木，而契爱若此，动乎情也，情能动物，况于人乎？其必宜于处子之裙者，以情贵乎专；已字人者，情有所分而不聚也。予谓此法既验于杏，亦可推而广之，凡树木之不实者，皆当系以美女之裳，即男子之不能诞育者，亦当衣以佳人之裤。盖世间慕女色而爱处子，可以情感而使之动者，岂止一杏而已哉。"这一番怪论，可说是荒谬绝伦，是唯心论的代表作。笠翁自作聪明，才会有这种不科学的论调，真的要笑倒米丘林了。

杭州西湖的西泠桥附近，旧有一家酒食店，名"杏花村"，门前挑出一个蓝色的小布幡，临风飘拂，很有画意，可惜早已歇业了。

易开易谢的樱花

樱花是落叶亚乔木，叶作尖形，与樱桃叶一模一样，花五瓣，也与樱桃花相同，不过樱桃花结实，而樱花是不会结实的。花有单瓣，有复瓣，色有白、绿与浅红三种，易开易谢，一经风雨，就落英满地了。我们的邻国日本，不知怎的，竟挑上了这樱花作为他们的国花，三岛上到处都种着，花开的时节，称为樱花节，士女们都得到花下去狂欢一下，高歌纵酒，不醉无归，连全国的学校也放了樱花假，让学生们及时行乐，真的是举国若狂了。自从上一次大战惨败之后，国运衰微，民生憔悴，美国占领军又盘踞不去，到处横行，每年虽逢到了樱花时节，也许没有这闲情逸致了吧。

我的园子里，本有两株樱花，那株浅红色花的早就死了，还有一株白的，却已高出屋檐。今年春光好时，着花无数，我本来爱花若命，对于花几乎无所不爱，可是经了"八一三"创钜痛深，对樱花也并没好感，记得往年曾有这么一首诗："芳菲满眼占春足，紫姹红嫣绕屋遮。花癖还须分国界，樱花不爱爱梅花。"某一天早上见树头已疏疏落落地开了几枝花，与一树红杏相掩映，我只略略看了一眼，并不在意。谁知到了午后，竟完全开放，望过去恰如白云一大片，令人有"其兴也勃焉"之感，雨风一来，就纷纷辞枝而下，这正可象征日本国运的兴得快也败得快呢。

故词人况蕙风，对于樱花似乎特殊的爱好，既以"餐樱庑"名其斋，而词集中咏叹樱花的作品，也有十馀阕之多。兹录其《浣溪纱》九之五云："不分群劳首尽低。海棠文杏也肩齐。东风万一尚能西。　见说墨江江上路，绿云红雪绣双堤。梅儿冢畔惜香泥。""何止神州无此花。西方为问美人家。也应惆怅望云涯。　风味似闻樱饭好，天台容易恋胡麻。一春香梦逐浮槎。""画省三休伫玉珂。峨冠宝带惹香多。锦云仙路簇青娥。　似此春华能爱惜，有人芳节付蹉跎。隔花犹唱定风波。""何处楼台罨画中。瑶林琼树绚春空。但论香国亦仙蓬。　未必移根成惆怅，只今顾影越妍浓。怕无芳意与人同。""且驻寻春油壁车。东风薄劣不关花。当花莫惜醉流霞。　总为情深翻怨极，残阳偏近蒨云斜。啼鹃说与各天涯。"词固隽丽，足为樱花生色，可是樱花实在不足以当之。

前南社社友邓尔雅有《樱花》诗五言一首："昨日雪如花，明日花如雪。山樱如美人，红颜易销歇。"这也是说樱花的易开易谢，任它开放时如何的美，总觉美中不足。

樱花中白色的和浅红色的都不稀罕，只有绿色而复瓣的较为名贵，但也与吾国梅花中的绿萼梅相似，含苞时绿得可爱，开足后也就变淡，好像是白的了。上海江湾路附近，旧有日本人的六三园，中有绿樱花数十株，种在一起，成了一片樱花林，开花时总得邀请中外诗人画家们前去观赏，故杭州词人徐仲可曾与无锡王西神同去一看，宠之以词，各填《瑶华》一阕，徐词已佚，王词云："玲珑梅雪。葱蒨梨云，试鸾绡红浣。亭亭小立，妆竟也、一角水晶帘卷。露寒仙袂，好淡扫、华清娇面。似那时、珠箔银屏，唤题九华人懒。　丝丝绿茧低垂，伴姹紫嫣红，不胜清怨。移根何处，只怅望、三岛蓬莱春远。明光旧曲，早换了、看花心眼。对玉窗，凤髻重簪，吟入郑家魂断。"樱花树身易于虫蛀，不能经久，自日本战败以后，园主他去，三径荒芜，这数十株绿樱花，怕也荡然无存了。

一生低首紫罗兰

　　"幽葩叶底常遮掩，不逞芳姿俗眼看。我爱此花最孤洁，一生低首紫罗兰。""艳阳三月齐舒蕊，吐馥含芬却胜檀。我爱此花香静远，一生低首紫罗兰。""开残篱菊秋将老，独殿群芳密密攒。我爱此花能耐冷，一生低首紫罗兰。"这三首诗，是我为歌颂紫罗兰而作的，那"一生低首紫罗兰"句，出于老友秦伯未兄之手，他赠我的诗中曾有这么一句，我因此借以为题。

　　紫罗兰产于欧美各国，是草本，叶圆而尖其端，很像是一颗心。花五瓣，黄心绿萼，花瓣的下端，透出萼外，构造与他花不同。花有幽香，欧美人用作香料，制皂与香水，娘儿们当作恩物。此花虽是草本，而叶却经冬不凋，并且春秋两季，都会开花，今年也并不像他花那么延迟时日，三月下旬就照常地盛开了。

　　考希腊神话，司爱司美的女神维纳斯 Venus，因爱人远行，分别时泪滴泥土，来春发芽开花，就是紫罗兰。我曾咏之以诗："娟娟一圃紫罗兰，神女当年血泪斑。百卉凋零霜雪里，好花偏自耐孤寒。"我之与紫罗兰，不用讳言，自有一段影事，刻骨倾心，达四十馀年之久，还是忘不了。因为伊人的西名是紫罗兰，我就把紫罗兰作为伊人的象征，于是我往年所编的杂志，就定名为《紫罗兰》、《紫兰花片》，我的小品集定名为《紫兰芽》、《紫兰小谱》，我的苏州园居定名为"紫兰小筑"，我的书室定名为"紫罗兰盦"，更在园子的一角叠石为台，定名为"紫兰台"，每当春秋佳日紫罗兰盛开时，我往往痴坐花前，细细领略它的色香，而四十年来牢嵌在心头眼底的那个亭亭倩影，仿佛从花丛中冉冉地涌现出来，给我以无穷的安慰。故王西神前辈，曾采取我的影事作长诗《紫罗兰曲》，兹录其首段云："飞琼姓氏漏人间，天风环佩来姗姗。千红谢馥嫣红俗，化作琪葩九畹兰。芳兰本自生空谷，白石清泉寄幽躅。韵事尽教传玉台，秾姿未肯藏金屋。移根远道来欧洲，瑶草呼龙种碧畴。耕同仙李供香国，咒傍夭桃俪粉侯。"诗太长了，只录其花与人双关的一段，以下从略。

我往年所有的作品中，不论是散文、小说或诗词，几乎有一半儿都嵌着紫罗兰的影子。故徐又铮将军当年曾赋诗见赠云："持鳌天后落人寰，历劫情肠不可寒。多少文章供涕泪，一齐吹上紫罗兰。"真是知我者的话。可是宣传太广，就被人家利用了。往年广东有女舞蹈家，艺名紫罗兰，杭州有紫罗兰商店，上海与苏州有紫罗兰理发店，其实都是与我不相干的。我的《红鹃词》中，有几阕小令，都咏及紫罗兰，如《花非花》云："花非花，露非露。去莫留，留难住。当年沉醉紫兰宫，此日低徊杨柳渡。"《转应曲》云："难耐。难耐。泼眼春光如缋。万花婀娜争开。付与贪蜂去来。来去。来去。魂㳿紫兰香处。"又《如梦令》云："一阵紫兰香过。似出伊人襟左。恐被蝶儿知，不许春风远播。无那。无那。兜入罗衾同卧。"日来闲坐花前，抚今思昔，不禁回肠荡气了。

金鱼中有一种从北方来的，叫作紫兰花，银鳞紫斑，雅丽可喜，旧时我曾蓄有二十尾，分作二缸，与紫罗兰花并列一起，堪称双璧。

姉妹花枝

文章中有小品，往往短小精悍，以少许胜。花中也有小品，玲珑娇小，别有韵致，如蔷薇类中的七姊妹十姊妹，实是当得上这八个字的考语的。花与蔷薇很相像，可是比蔷薇为小，花为复瓣，状如磬口。一蓓而有七朵花的，名七姊妹，一蓓而生十朵花的，名十姊妹，花朵儿相偎相依，活像是同气连枝的姊姊妹妹一样。花色以深红浅红为多，白色与紫色较少，而以深红色的一种最为娇艳。每年倘于农历正月间移种，八月间扦插，没有不活的。此花因系蔓性，可以攀在墙上，一年年地向上爬。往年我住在上海愚园路田庄时，在庭前木栅旁种了一株浅红色的十姊妹，最初攀在木栅顶上，后用绳子绊在墙上，不到三年，竟爬到了三层楼的窗外，暮春繁花齐放，好似红瀑下泻，美妙悦目。清代吴蓉齐有《咏十姊妹》一诗云："袅袅亭亭倚粉墙，花花叶叶映斜阳。谁家姊妹天生就，嫁得东风一样妆。"移咏我这一株倚着粉墙攀缘直上的十姊妹，也是十分确当的。

明代小品文作家张大复，有《梅花草堂笔谈》之作，中有一则谈十姊妹云："十姊妹，花之小品，而貌特媚，嫣红古白，袅袅欲笑，如双环邂逅，娇痴篱落间，故是蔷薇别种。伯宗云：'折取柔枝，插梅雨中，一岁便可敷花。'故知其性流艳，不必及瓜时发也。"以人喻花，自很隽妙。又李笠翁《闲情偶寄》中有记姊妹花一文云："花之命名，莫善于此，一蓓七花者曰七姊妹，一蓓十花者曰十姊妹，观其浅深红白，确有兄长娣幼之分，殆杨家姊妹现

106

身乎？予极喜此花，二种并植，汇其名为十七姊妹。但怪其蔓延太甚，溢出屏外，虽日刈月除，其势犹不可遏。岂党与过多，酿成不戢之势欤？此无他，皆同心不妒之过也，妒则必无是患矣。故善御女戎者，妙在使之能妒。"以唐明皇所宠爱的杨家姊妹相喻，更觉妙语如环。

以杨家姊妹为喻的，更有清代词人两阕词，如董舜民《画堂春》云："天然一色绮罗丛。妆成并倚东风。秦姨总与虢姨同。玉质烟笼。　馥馥幽香密蕊，姗姗淡白轻红。相携竞入翠薇宫。不妒芳容。"又吴枚庵《满庭芳》云："桃雨飘脂，梨云坠粉，闲庭春事都阑。窗纱斜拓，墙角碎红攒。露重愁含秀靥，娇酣甚不耐朝寒。珊珊态，惯双头并蕊，叶接枝骈。　昭阳台殿冷，银灯拥髻，说尽悲欢。又杨家秦虢，翠钿偷安。一样芳心浑不妒，垂珠珞、浅笑风前。双蝴蝶，花阴梦醒，飞过曲阑边。"大抵因花中姊妹而说到人中姊妹，就不知不觉地要想到杨家秦虢了。

我苏州的园子里，现有深红的七姊妹三株，与浅红的十姊妹一株，而以"亭亭"半廊旁边的一株为最，据说是德国种，色作深红，一蓓七花，花型特大，这当然是一株出色的七姊妹了。记得明代杨基有《咏七姊妹花》一诗云："红罗斗结同心小，七蕊参差弄春晓。尽是东风女儿魂，蛾眉一样青螺扫。三姊娉婷四妹娇，绿窗虚度可怜宵。八姨秦虢休相妒，肠断江东大小乔。"因姊妹花而牵引出杨家双鬟、江东二乔来，几乎浑不辨所说的是人是花了。

清芬六出水栀子

"清芬六出水栀子"，这是宋代陆放翁咏栀子花的诗句，因为栀子六瓣，而又可以养在水中的。栀与卮通，卮是酒器，只因花形像卮之故，古时称为卮子，现在却统称栀子了。栀子有木丹、越桃、鲜支等别名，宋代谢灵运称之为林兰，其所作《山居赋》中，曾有"林兰近雪而扬猗"之句，据说是一种花叶较大的栀子。佛经中又称之为薝蔔，相传它的种子是从天竺来的，明代陈淳句云："薝蔔含妙香，来自天竺国。"因它来自佛地，与佛有缘，所以有人称它为禅客，为禅友，如宋代王十朋诗云："禅友何时到，远从毗舍园。妙香通鼻观，应悟佛根源。"

栀子以盆植为多，高不过一二尺，而山栀子长在山野中的，可高至七八尺。叶片很厚，色作深绿而有光泽，形如兔子的耳朵。六月开花，初白后黄，花都是六瓣，有复瓣有单瓣，山栀子就是单瓣的，花香浓郁，却还可爱。古人甚至歌颂它可以代替焚香的，如宋代蒋梅边诗云："清净法身如雪莹，肯来林下现孤芳。对花六月无炎暑，省爇铜匜几炷香。"

我在对日抗战以前，曾从山中觅得老干的山栀，硕大无朋，苍古可喜，入夏着花累累，一白如雪。苏州沦陷后，我避寇他乡，万念俱灰，借重佛经来安慰自己，想起了这一株老干的山栀，咏之以诗，曾有"堪怜劫里耽禅定，入梦犹闻薝蔔香"之句。到得胜利后回到故园，却已枯死，为之惋惜不止！去年在农历四月十四日所谓吕纯阳生辰的花市中，买得小型的山栀两株，都是老干，一作欹斜态，一作悬崖形，苦心培养了一年，今夏已先后着花，单瓣六出，瓣瓣整齐，好像是图案画一样。今夏又从花市中买得干粗如酒杯的复瓣栀子两株，姿态一正一斜，合种在一只紫砂的椭圆形浅盆中，加以剪裁与扎缚，楚楚有致，自端阳节起，陆续开花，花瓣重重，花型特大，大概就是谢灵运所称的林兰了。

栀子花总是白色的，而古代却有红色的栀子花，并且在深秋开放的，是异种。据古籍中载称，蜀孟昶十月宴芳林园，赏红栀子花，其花六出而红，清香如梅。蜀主很爱重它，或令图写于团扇，或绣在衣服上，或用绢素鹅毛仿制首饰。花落结实，用以染素，成赭红色，妍丽异常。可是自蜀以后，就不听得有红栀子花了。

栀子入诗，齐梁即已有之，其后如宋代女诗词家朱淑真诗云："一根曾寄小峰峦，苍葡香清水影寒。玉质自然无暑意，更宜移就月中看。"明代大画家兼诗人沈石田诗云："雪魄冰花凉气清，曲阑深处艳精神。一钩新月风牵影，暗送娇香入画庭。"词如宋代吴文英《清平乐·咏栀子画扇》云："柔柯剪翠。蝴蝶双飞起。谁堕玉钿花径里。香带熏风临水。　露红滴下秋枝。金泥不染禅衣。结得同心成了，任教春去多时。"又清代陈其年《二十字令·咏团扇上栀子花》云："纨扇上，谁添栀子花。搓酥滴粉做成他。凝禅纱。天斜。"栀子花在近代被人贱视，以为是花中下品，而这些诗词，却是足以抬高它的身价的。

上海有一位被称为活吕布的昆剧专家徐凌云先生，他也是培养水栀子的专家。十馀年前，我曾见他用四五十只各色各样的瓷碗瓷盘，满盛清水，养着四五十株从杭州山中觅来的山栀子，浓绿的叶片，和雪白的根须，相为妩媚。据说也可以使它们开花，大概需要施用一种特殊的肥料了。

茉莉开时香满枝

茉莉原出波斯国，移植南海，闽粤一带独多。因系西来之种，名取译音，并无正字，梵语称末利，此外又有没利、抹厉、末丽、抹丽诸称，都是大同小异的。花有草本木本之分，茎弱而枝繁，叶圆而带尖，很像茶叶，夏秋之间开小白花，一花十馀瓣，作清香，很为可爱！有复瓣更多的称宝珠小荷花，出蜀中，最名贵。据说别有红茉莉，色艳而无香，作浅红色的，称朱茉莉，雷州琼州有绿茉莉与黄茉莉，我们从未见过。

佛书中称茉莉为鬘华，因为往往给娘儿们装饰髻鬘的。苏东坡谪儋耳时，见黎族女子头上竞簪茉莉，因拈笔戏书几间，有"暗麝着人簪茉莉"之句。关于茉莉簪鬓的事，诗人词客都曾咏及，如明代皇甫汸云："萼密聊承叶，藤轻易绕枝。素华堪饰鬘，争趁晚妆时。"宋代许棐云："荔枝乡里玲珑雪，来助长安一夏凉。情味于人最浓处，梦回犹觉鬓边香。"清代王士禄云："冰雪为容玉作胎，柔情合傍琐窗隈。香从清梦回时觉，花向美人头上开。"徐灼云："酒阑娇惰抱琵琶，茉莉新堆两鬓鸦。消受香风在凉夜，枕边俱是助情花。"恽格云："醉里频呼龙井茶，黄星靥乱鬓边鸦。移灯笑换葡萄锦，倚枕斜簪茉莉花。"词如徐钒《清平乐》云："清芬飘荡。偏与黄昏傍。浴罢玉奴心荡漾。小缀乌云鬓上。　定瓷渍水初开。春纤朵朵分来。半晌双鬓撩乱，不教贴上银钗。"黄清《减兰》云："芳心点点。细朵惺忪娇素艳。碎月筛廊。凉约烟鬟称晚妆。　玲珑小玉。窄袖轻衫初试浴。香已销魂。况在秋罗扇底闻。"看了这些诗词，便知茉莉与女子鬓发似乎是分不开的。

把茉莉花蒸熟，取其液，可以代替蔷薇露，也可作面脂，泽发润肌，香留不去。吾家常取茉莉花去蒂，浸横泾白酒中，和以细砂白糖，一个月后取饮，清芬沁脾。至于用茉莉花窨茶叶，更是司空见惯的事，北方爱好的香片，就是茉莉窨成的。近年来苏州花农争种茉莉，夏花秋花，先后可开三四次，而灌水施肥摘花等工作，都在烈日炎炎下施行，实在是非常辛苦的。听说茉莉所窨的茶叶，不但广销于北方，并且装运出国，换回重工业建设所需要的机械，不道这些小小花朵，也负着如此重大的使命，真可留芳百世了。

茉莉除了簪鬓外，也有用铅丝拴成了球，挂在衣钮上；或盛在麦柴精编的小花囊中，佩在身上；更有特别加工，扎成了精巧玲珑的花篮，挂在床帐中的，因为它的阵阵清香，太可人意了。茉莉球宋代已有之，戴复古诗中曾有"香熏茉莉球"之句。又范成大诗云："忆曾把酒泛湘漓，茉莉球边擘荔枝。一笑相逢双玉树，花香如梦鬓如丝。"茉莉花囊见于清人诗中的，如平素娴《闺中杂咏》之一云："一棱琥珀映香肩，茉莉囊悬翠髻边。贪看纱橱凉月影，语郎今夜且分眠。"清代吴毅人《有正味斋词集》中，曾有《瑶华》一阕咏茉莉花篮云："浓香解媚。清艳含娇，簇盈盈凉露。金丝细绾，讶琼壶、冷浸清冰如许。玲珑四映，问怎得、相思盛住。已赢他、织翠裁筠，消受美人怜取。 几回荡着轻舠，听吴语呼时，争傍篷户。拎来素手，爱袖底、犹带采香风趣。斜阳渐晚，看挂向、粉舆归去。到夜阑、斗帐横陈，梦醒蝶魂无据。"末二句就归纳到床帐中去了。

荷花的生日

人有生日，是当然的，不道花也有生日，真是奇闻！农历二月十二日，俗传是百花生日。而荷花却又有它个别的生日，据说是农历六月二十四日。在前清时，每逢此日，画船箫鼓，纷纷集合于苏州葑门外二里许的荷花荡，给荷花上寿。为了夏季多雷雨，游人往往被淋得像落汤鸡一般，甚至赤脚而归，因此俗有"赤脚荷花荡"之谣，足见其狼狈相了。

其实所谓荷花生日，并无根据。据旧籍中说，这一天是观莲节，昔晁采与其夫，各以莲子互相馈送。曾有人扶乩叩问，乩降坛赋诗云："酒坛花气满吟笺，瓜果纷罗翰墨筵。闻说芙蕖初度日，不知降种自何年。"连这无稽的神话，也以荷花生日为无稽，而加以讽刺了。

不管是不是荷花的生日，而苏州旧俗，红男绿女总得挑上这一天去逛荷花荡，酒食征逐，热闹一番，再买些荷花或莲蓬回去。其见之诗词的，如邵长蘅《冶游》云："六月荷花荡，轻桡泛兰塘。花娇映红玉，语笑熏风香。"舒铁云《六月二十四日荷花荡泛舟作》云："吴门桥外荡轻舻，流管清丝泛玉凫。应是花神避生日，万人如海一花无。"高高兴兴地趁热闹去看荷花，而偏偏不见一花，真是大杀风景，那只得以花神避寿解嘲了。词如沈朝初《忆江南》云："苏州好，廿四赏荷花。黄石彩桥停画鹢，水晶冰窨劈西瓜。痛饮对流霞。"张远《南歌子》云："六月今将尽。荷花分外清。说将故事与郎听。道是荷花生日，要行行。　粉腻乌云浸。珠匀

112

细葛轻。手遮西日听弹筝。买得残花归去、笑盈盈。"记得二十馀年前，我与亡妻凤君也曾逛过荷花荡，扁舟一叶，在万柄荷叶荷花中迤逦而过，真有"花为四壁船为家"的况味。凤君买了几只莲蓬，剥莲子给我尝新，此情此最，历历在目，可惜此乐不可复再了！

　　清代大画家罗两峰的姬人方婉仪，号白莲居士，能画梅竹兰石，两峰称其有出尘之想。方以六月二十四日生，因有《生日偶作》一诗云："冰簟疏帘小阁明，池边风景最关情。淤泥不染清清水，我与荷花同日生。"诗人好事，又有作荷花生日词的，如计先炘一绝云："翠盖亭亭好护持，一枝艳影照清漪。鸳鸯家在烟波里，曾见田田最小时。"徐阆斋两绝云："荷花风前暑气收，荷花荡口碧波流。荷花今日是生日，郎与妾船开并头。""金坛段郎官长清，临风清唱不胜情。怪郎面似荷花好，郎是荷花生日生。"荷花生日虽说无稽，然而比了什么神仙的生日还是风雅得多，以我作为《爱莲说》作者周濂溪先生的后人来说，倒也并不反对这个生日的。

一枝珍重见昙花

任何物象，在一霎时间消逝的，文人笔下往往譬之为昙花一现。这些年来，我在苏州园圃里所见到的昙花，是一种像仙人掌模样的植物，就从这手掌般的带刺的茎上开出花来，开花的季节，是在农历六七月间，开花的时期，是在晚上七八时间。花作白色，状如喇叭，发出浓烈的香气；花愈开愈大，香气也愈发愈浓，从七八时开起，到明晨二三时才萎缩，花却并不掉落。它产在热带地区，所以入冬怕冷，非在温室中过冬不可。吾园也有盆栽昙花好多株，内一株高四尺许，去夏先后开了九朵花，花白如雪，香满一堂，可是去冬严寒，它和其馀的几株全都冻死了。

我对于这一种昙花，始终怀疑着，以为它是属于仙人掌一类的多肉植物，并非昙花，因为我另有一大盆仙人球，去夏也开了一朵花，花形花色花香以及开放的时期，竟和所谓昙花一模一样。记得二十馀年前，我在上海新新公司见过几株昙花，似乎是作浅灰色的，由开放到萎缩，不过二十分钟，这才与昙花一现之说，较为接近。而现在所见的却能延长到七八小时之久，怎能说是昙花一现呢？

昙花一现之说，源出佛经，《法华经》云："佛告舍利弗，如是妙法，如优昙钵华，时一现耳。"优昙钵华亦称优昙花，据说是属于无花果类，喜马拉雅山麓和德干高原锡兰等处都有出产，树身高达丈馀，叶尖，长四五寸，叶有两种，有的粗糙，有的平滑。花隐蔽在凹陷的花托中，雌花与雄花不同，花托大如拳，或如拇指，十馀指聚在一起。至于花作何色，有无香气，却未见记载。又据夏旦《药圃同春》载："昙花，色红，子堪串珠，微香。"看了这些记载，就足见我们现在所见的昙花，是仙人掌花而不是昙花了。

《群芳谱》中虽罗列着万紫千红，而于昙花却不着一字。古人的诗文中，我也没有见过歌咏或描写昙花的。偶于清初钱尚濠《买愁集》中见有一则："吉水东山修禅师，讲义精邃，一日有逊秀才来谒，玄谈雪娓，题咏轩轾，盖山猿听讲，日久得悟者也。"下有逊秀才诗十首，中《赠僧》一首云："一瓶一钵一袈裟，几卷楞严到处家。坐稳蒲团忘出定，满身香雪坠昙华。"这所谓昙华，分明与梅花相似，而不是现在所见的昙花了。叶誉虎前辈《遐庵诗集》中，有《赵叔雍家昙花开以一枝见赠》云："黄泉碧落人何在，玉宇琼楼梦已遐。谁分画帘微雨际，一枝珍重见昙花。"又《昙花再开感赋》云："刹那几度见开残，光景旋销足咏叹。谁信春回容汝惜，一生醒眼过邯郸。"这两首诗中所咏的昙花，不知又作何状？

紫薇长放半年花

"似痴如醉弱还佳，露压风欺分外斜。谁道花无红百日，紫薇长放半年花。"这是宋代杨万里咏紫薇花的诗，因它从农历五月间开始着花，持续到九月，约有半年之久，所以它又有一个百日红的别名。

紫薇是落叶亚乔木，高一二丈，也有达三四丈的。树干光滑无皮，北方人称之为猴刺脱树，就是说猴子也爬不上的。要是用指爪去搔树身时，树叶会微微颤动，好像也有感觉而怕痒似的，所以它又有怕痒树之称。叶片对生，绿色而有光泽，每一枝着花数颖，每一颖开花七八朵或十馀朵不等。花未放时，苞如青豆，花瓣的构造很特别，多襞皱，每朵好似一个小小的轮子，作紫色；另有红白二色，称红薇白薇；又有紫中带浅蓝色的，名翠薇，不常见。

《广群芳谱》对紫薇评价很高，说它"一枝数颖，一颖数花，每微风至，夭矫颤动，舞燕惊鸿，未足为喻。唐时省中多植此花，取其耐久，且烂漫可爱也"。唐开元元年，改中书省为紫薇省，中书令为紫薇令，就为的省中都种有紫薇花之故。于是诗人们又得了诗料，往往把花与官结合起来，如白乐天云："丝纶阁下文章静，钟鼓楼中刻漏长。独坐黄昏谁是伴，紫薇花对紫薇郎。"杨万里云："晴霞艳艳复檐牙，绛雪霏霏点砌沙。莫管身非香案吏，也移床对紫薇花。"陆放翁云："钟鼓楼前官样花，谁令流落到天涯。少年妄想今除尽，但爱清樽浸晚霞。"官样花三字含有讽刺之意，紫薇不幸，竟戴上了个官的头衔，就觉得它俗而不韵了。

紫薇花因为常被人把它和官牵扯在一起，所以好诗好词绝少，我只爱明代程俱五古一首云："晚花如寒女，不识时世妆。幽然草间秀，红紫相低昂。荣木事已休，重阴閟深苍。尚有紫薇花，亭亭表秋芳。扶疏缀繁柔，无复粉艳光。空庭一飘委，已觉巾裾凉。手中蒲葵箑，虽复未可忘。仰视白日永，凄其感冰霜。"清代陈其年《定风波》词云："一树瞳眬照画梁。莲衣相映斗红妆。才试麻姑纤鸟爪，袅袅，无风娇影自轻扬。　谁凭玉阑干细语，尔汝，檀郎原是紫薇郎。闻道花无红百日，难得，笑他团扇怕秋凉。"上半阕还不差，而下半阕来了个紫薇郎，就感得减色，不如程诗之通体不着一个官字来得好了。

　　唐代大诗人杜牧之曾作中书省舍人，因被称为紫薇舍人杜紫薇，他曾有《紫薇花》诗一绝："晓迎秋露一枝新，不占园中最上春。桃李无言又何在，向风偏笑艳阳人。"作紫薇郎而诗中一字不提，自不失其为好诗。

　　紫薇花有大年有小年，去年恰逢大年，我园的一株红薇一株白薇，和七八个老本盆栽，都烂漫着花，如火如荼，朝夕观赏，眼福不浅。盆栽中有红薇一株，枯干作船形，虬枝四张，满开着红花，古媚可爱，我把一个小型的达摩立像放在干上，取达摩渡江之意，别饶奇趣。又有紫薇大本一株，枯干好似顽石，上生青苔，如画师用大青绿设色，更多画意，着花数百朵，全作紫色，真是道地的紫薇了。

轻红擘荔枝

荔枝色香味三者兼备，人人爱吃，而闺房乐事，擘荔枝似乎也是一个节目。清代龚定盦有《菩萨蛮》词集前人句云："云鬟堆枕钗横凤。青春酒压杨花梦。翠被夜徒熏。娇郎痴若云。　波痕空映袜。艳净如笼月。明月上春期。轻红擘荔枝。"又苏曼殊《东居杂诗》之一云："兰蕙芬芳总负伊，并肩携手纳凉时。旧厢风月重相忆，十指纤纤擘荔枝。"读了这一词一诗，使我回忆到二十馀年前亡妻凤君健在时，一见荔枝上市，总得买了来亲手剥开给我尝新的。那时我有一位文友罗五洲兄，服务香岛邮局，每年仲夏总得寄赠佳种糯米糍一大筐，成为常年老例，我和凤君大快朵颐，而儿女们也都能饱啖一下。对日抗战以后，与罗兄失去联系，久已吃不到糯米糍。今年春暮，我曾吃过二十多枚荔枝，那是早种的三月红，玉荷包之类，并不高妙，更使我苦念糯米糍不置！而送荔枝的好友与擘荔枝的亡妻，更憧憧心头不能去了。

古人吃荔枝，对于天时、环境、人事，都有研究，并不是随随便便的。据宋珏《荔枝谱》所载，有所谓清福三十三事，如开花雨时，结实风时，次第熟，雨初过，挹露摘，护持无偷摘，同好至，晚凉，新月，浴罢，簪茉莉，拈重碧，微醉，科头，箕踞，佳人剥，乳泉浸，蜜浆解，临流，对鹤，楼头，联骑出观名品，尝遍检谱，辨核，贮白瓷盆，悬青筠笼，着白苎，挂帐中，壳堆苔上，膜浮水面，色香味全，隔竹闻香，土人忽送。与清福相反的不如意事，称为黑业，也有暴雨、妒风、偷儿先尝等三十三事。

118

吃荔枝而已，偏偏有这许多花样，也足见文人好事了。

　　古人吃荔枝，兴高采烈，不但独吃，并有集会结社而吃的。五代刘铱每年于荔枝熟时，设红云宴，大会宾客。明代徐𤊺，约友好作餐荔会，定名红云社，订有社约，善啖者许入，只限七八人，太多则语喧，荔约二千颗，太少则不饱，会设清酒白饭苦茗，和看核数器而已。谢肇淛有红云续约，在初出市时即举行餐荔会，到将罢市时为止，社友都须搜罗名种，与众共之。后来宋珏又结荔社，其社约中有云："夫以希奇灵异之物，而能珍惜之留护之，结以同趣，集以嘉辰，幕以浓阴，浴以冷泉，披以快风，照以凉月，和以重碧，解以寒浆，征以往牒，纪以新词。虽迹混尘壤，而景界仙都，身坐火城，而神游冰谷。"读了这一段文字，可见他们的兴会淋漓，真是荔枝的知己。

　　关于荔枝的文献，上自齐梁，下至明清，凡诗词歌赋以及谱牒、书翰、散文、杂记等等，无不应有尽有，不知呕却文人多少心血。其以少许胜者，如明马森五言绝云："不逐青阳艳，偏妍朱夏时。摘来红玛瑙，擘破白琉璃。"宋曾幾六言绝云："红皱解罗襦处，清香开玉肌时。绣岭堪怜妃子，苎萝不数西施。"明邓元岳七言绝云："金波潋滟碧波妍，一道霞光照眼鲜。何似婕妤初赐浴，玉肌三尺浸寒泉。"宋李芸子《捣练子》词云："红粉里，绛金裳。一卮仙酒艳晨妆。醉温柔，别有乡。　清暑殿，偶风凉。鸡头擘破误君王。泣梨花，春梦长。"

吾家的灵芝

古人诗文中对于灵芝的描写，往往带些神仙气，也瞧作一种了不得的东西，但看《说文》说："芝，神草也。"《尔雅》说："芝，一岁三华，瑞草。"又云："圣人休祥，有五色神芝，含秀而吐荣。"宋代大诗人陆放翁有《玉隆得丹芝》绝句云："何用金丹九转成，手持芝草己身轻。祥云平地拥笙鹤，便自西山朝玉京。"又《丹芝行》云："剑山峨峨插穹苍，千林万谷蟠其阳。大丹九转古所藏，灵芝三秀夜吐光。如火非火森有芒，朝阳欲升尚煌煌。何中劚取换肝肠，往驾素虬朝紫皇。"写得何等堂皇，可知芝之为芝，决不能与闲花野草等量齐观的了。

芝的品种繁多，《神农经》所传五芝，据说红的如珊瑚，白的如截肪，黑的如泽漆，青的如翠羽，黄的如紫金，这就是所谓五色神芝。其他如龙仙芝、青灵芝、金兰芝三种，据说吃了之后，可以寿至千岁；月精芝、萤火芝、万年芝三种，吃了之后，可以寿至万岁。我终觉得古人故神其说，并不可靠，大家姑妄听之好了。

十馀年前，之江大学的一位教授，在杭州山里掘得一株灵芝草，认为希世之珍，特地送到上海去公开展览，并且拍了照片，在报纸尽力宣传，曾标价五千万元义卖助学（似是当时的所谓金圆券，尚在比较稳定的时期），其名贵可想。我生平对于花花草草，本有特殊的癖好，难得现在有这神草瑞草展览于海上，合该不远千里而来，观赏一下。可是一则因岁首触拨了悼亡之痛，鼓不起兴致来；二则吾家也有灵芝，正如报端所说质地坚硬，光亮而面有云纹，不过是死的，死的与活的没有多大分别，不看也罢。

吾家灵芝，大大小小一共有好几株，有朋友送的，也有往年在骨董铺里买来的。大的插在古铜瓶里，小的供在石盆子里，既不会坏，又十分古雅，确当得上"案头清供"之称。最好的一株，是十年前苏州一位盆栽专家徐明之先生所珍藏而割爱见赠的，三只灵芝连在一起，而在左角上方，更缀上三只较小的，姿式非常美妙，却是天生而并非人为的。这六个灵芝都面有云纹，作紫红色，背白而光，柄作黑色，好像上过漆一样，其实是天生的，质地极坚，历久不坏。对日抗战期间，我曾带着它一同逃难，后来在上海跑马厅中西莳花会中与其他盆栽并列，曾引起中西士女们的赞赏。平日间我只当它是木菌，并不十分珍视，作为一件普通的陈设，直至看了之江大学那枝灵芝的照片，才知它也是灵芝，所不同的，就是活的与死的罢了。

今夏我又得了一株灵芝，据说是一个竹工在玄墓山上工作时掘来的。五芝连结在一起，两芝最大，过于手掌，三芝不整齐地贴在后面，大小不等，五芝都坚硬如石，作紫色，沿边有两条线，色较浅淡，柄黑如漆，有光泽，的是此中俊物。我把它插在一只白端石的双叠形的长方盆里，铺以白砂，配上了一个葫芦，一块横峰的英石，供在紫罗兰盦中，自觉古色古香，非同凡品，朋友们都来欣赏，恋恋不忍去。我不知道这是甚么芝？如果吃了下去，能不能长寿？我倒也不想活到千岁万岁，老而不死，寿比南山，只要活到了一百岁，也就福如东海，心满意足了。呵呵！

然而，我却没有勇气吃下这一株五位一体的灵芝。

杨贵妃吃荔枝

唐代开元年间，四海承平，明皇在位，便以声色自娱，贵妃杨玉环最得他的宠爱，白香山《长恨歌》所谓"后宫佳丽三千人，三千宠爱在一身"。因此她要甚么，就依她甚么，真的是百依百顺。贵妃生于蜀中，爱吃荔枝，一定要新鲜的，于是下旨取涪州荔枝，从子午谷路进入，飞骑传送，历程数千里，到达京师时，色香味都还未变，可知一路传送的速度。

关于杨贵妃所吃的荔枝的来源，言人人殊。《杨妃外传》说贡自南海，杜诗中也说是南海与炎方，而张君房以为贡自忠州，苏东坡却说是涪州，都未肯定，可是《涪州图经》所载与当地人十声称，涪州有妃子园荔枝，即是进贡给贵妃吃的。又据蔡君谟《荔子谱》说："天宝中，妃子尤爱嗜涪州，岁命驿致。"又称"洛阳取于岭南，长安来于巴蜀"。于是后人都深信此说，没有争论了。可是又有人证明其非，据说襄州人鲍防，天宝末举进士，那时明皇恰下诏飞骑递进南海荔枝，以七日七夜到达京师，鲍因作《杂感》诗云："五月荔枝初破颜，朝离象郡夕函关。雁飞不到桂阳岭，马走皆从林邑山。"这就说贵妃所吃的荔枝是从南海去的，涪州之说又不可靠。

《唐史·礼乐志》称明皇临幸骊山时，逢杨贵妃生日，命小部在长生殿张乐，奏新曲上寿，一时还没有名称。恰巧南方进贡荔枝，因此就定名《荔枝香》。天宝中正月十五夜，明皇在常春殿撒闽江红锦荔枝，命宫人争相拾取以为戏，那么这又是贡自闽中的荔枝了。

关于杨贵妃吃荔枝的诗，自以唐杜牧《华清宫》一首最为传诵人口，诗云："长安回望绣成堆，山顶千门次第开。一骑红尘妃子笑，无人知是荔枝来。"最近岭南荔枝有妃子笑一种，即因此定名的。宋曾巩《荔枝》云："玉润冰清不受尘，仙衣裁剪绛纱新。千门万户谁曾得，只有昭阳第一人。"明张燮《荔枝词》云："长生殿上紫烟开，妃子红妆映酒杯。小部新声歌未了，岭南飞骑带香来。"这是咏及《荔枝香》新曲的。

杨贵妃病齿，据说就为了多吃荔枝内热太重之故，宋黄庭坚《题杨贵妃病齿》云："多食侧生，损其左车。"侧生就是指荔枝。又元杨维桢《宫词》云："薰风殿角日初长，南贡新来荔子香。西邸阿环方病齿，金笼分赐雪衣娘。"这是诗中有画，分明是一幅杨妃病齿图了。荔枝生于炎方，多吃确是太热，据说蜜浆可解，或以荔壳浸水饮之亦可。

清代洪昉思的《长生殿》传奇中，有《进果》一出，写贡使的劳苦，和一路上伤害人命、摧残庄稼的种种扰民之举，足见统治阶级的罪恶。《舞盘》一出，就是写明皇在杨贵妃生日寿宴初开进献荔枝，与梨园子弟歌舞祝寿情形，中有【杯底庆长生】【倾杯序】【换头】唱词云："盈筐，佳果香，幸黄封远敕来川广。爱他浓染红绡，薄裹晶丸，入手清芬，沁齿甘凉。【长生导引】便火枣交梨应让。只合来万岁台前，千秋筵上，伴瑶池阿母进琼浆。"这是杨贵妃的全盛时期，不料后来却有马嵬之变，"六军不发无奈何，蛾眉宛转马前死"，那沁齿甘凉的荔枝，可就永永吃不成了。

关于花的恋爱故事

金代泰和中，直隶大名府地方，有青年情侣，已订下了白头偕老之约，谁知阻力横生，好事不谐；两人气愤之下，就一同投水殉情。当时家人捞取尸身，没有发现，后来被踏藕的人找到了，面目虽已腐化，而衣服却历历可辨。这一年荷花盛开，红裳翠盖，一水皆香，所开的花，竟全是并蒂，大概是那对情侣的精魂所化吧。

大词章家元遗山氏有感于此，填了一首《迈陂塘》词加以揄扬："问莲根、有丝多少，莲心知为谁苦。双花脉脉娇相向，只见旧家儿女。天已许。甚不教白头，生死鸳鸯浦。夕阳无语。算谢客烟中，湘妃江上，未是断肠处。　香奁梦。好在灵芝瑞露。中间俯仰今古。海枯石烂情缘在，幽恨不埋黄土。相思树。流年度无端，又被西风误。兰舟少住。怕载酒重来，红衣半落，狼籍卧风雨。"李仁卿氏也倚原调填了一首："为多情、和天也老，不应情遽如许。请君试听双蕖怨，方见此情真处。谁点注。香潋滟银塘，对抹胭脂露。藕丝几缕。绊玉骨春心，金沙晓泪，漠漠瑞红吐。　连理树。一样骊山怀古。古今朝暮云雨。六郎夫妇三生梦，幽恨从来间阻。须念取。共鸳鸯翡翠，照影长相聚。秋风不住。怅寂寞芳魂，轻烟北渚，凉月又南浦。"

清代名臣彭玉麟氏，谥刚直，文事武功，各有成就，并且刚介廉明，正直不阿，可说是当时数一数二的人物。中法之战发生后，他以七十多岁的高年，疏调湘军入粤，把守虎门沿海，准备将他带领的两只炮艇，和法国的铁甲舰拚上一拚，后来虽因清廷急于议和，未成事实，也是见他的爱国精神。可惜他先前做了曾国藩的爪牙，和太平天国为敌，这是他一生的污点。

他少年时爱上了邻女梅仙，曾有嫁娶之约，只因为了自己的前途起见，暂与分手，预备等功成名立之后，回来完婚。谁知梅仙终于被家人所迫，含恨别嫁，以致郁郁而死。刚直知道了这回事，无限伤心，于是专画梅花，以纪念梅仙，并将他的心事，一再寄之题咏，曾有"狂写梅花十万枝"之句。每一幅画上，总钤着"英雄肝胆儿女心肠"和"一生知己是梅花"等印章，也足见他的一片痴情了。

近人李宗邺君曾有《彭刚直恋爱事迹考》一书之作，考证极详，并且编成话剧《梅花梦》，由费穆君导演，搬演于红氍毹上，曾赚了我许多眼泪。后来吾友董天野画师也曾画有梅仙像幅，图中正在瑞雪初霁之际，梅仙倚在梅花树上，作凝思状。他要我题诗，我因为是一向同情于刚直这一段恋史的，就欣然胡诌了两绝句："冷香疏影一重重，画里真真绝代容。赢得彭郎长系恋，个侬不是负情侬。""英雄肝胆彭刚直，跌宕情场见性真。狂写梅花盈十万，一花一蕊尽伊人。"

英国大小说家施各德氏（W. Scott）十九岁时，有一天，在礼拜堂前遇见一个女郎，那时大雨倾盆，她却没有带伞，因此一再踌躇，欲行不得。施氏忙将自己的伞借给她，于是两人就有了感情。女名玛格兰，是约翰贝企士男爵的爱女，从此和施氏做了密友，足足有六年之久，月下花前，常相把晤，渐渐达到了热恋的阶段。可是后来玛格兰迫于父命，嫁了一位爵士的儿子，侯门一入深如海，彼此不再相见。施氏万般伤心，只索借笔尖儿来发泄，他的小说名著《罗洛白》、《荷斯托克》两部书中的美人就是影射他的恋人，并以紫罗兰花作为她的象征。

玛格兰嫁后六月，施氏在百无聊赖中，娶了一位法国女子莎绿德沙士娣，虽是琴瑟和谐，但他的心中总还忘不了旧爱，曾赋《紫兰曲》一章歌颂她。十馀年前，袁寒云盟兄正在海上作寓公，我们天天在一起切磋文艺，我将诗意告知了他，他欣然地译成汉诗三首："紫兰垂绿荫，参差杨与榛。窈然居幽谷，丽姿空一群。""碧叶间紫芽，迎露轻娇婵。曾见双明眸，流盼独娓娓。""赤日照清露，弹指消无痕。一转秋水波，久忘别泪昏。"他还写了一个立幅赠给我，作行体，字字道逸，我用紫绫精裱起来，作为紫罗兰盒中的装饰品。

日本的花道

　　明代袁宏道中郎，喜插瓶花，曾有《瓶史》之作，说得头头是道，可算得是吾国一个插花的专家。陈眉公跋其后云："花寄瓶中，与吾曹相对，既不见摧于老雨甚风，又不受侮于钝汉粗婢，可以驻颜色，保令终，岂古之瓶隐者欤。"中郎之爱瓶花，又可于他的诗中见之，如《戏题黄道元瓶花斋》一诗云："朝看一瓶花，暮看一瓶花。花枝虽浅淡，幸可托贫家。一枝两枝正，三枝四枝斜。宜直不宜曲，斗清不斗奢。傍佛杨枝水，入碗酪奴茶。以此颜君斋，一倍添妍华。"第五句至第八句，就是他插花的诀门，三言两语，要言不繁，可给他的《瓶史》作注脚。

　　日本人见了《瓶史》，大为钦佩，就将中郎的插花诀门，广为传布，称为宏道流。日本对于插花，当作专门技术，美其名曰花道，与专研吃茶的茶道并重，凡是姑娘们在出嫁之先，必须进新嫁娘学校，学会花道，要是做新嫁娘而不会插花，那就不成话说了。

　　日本的花道，历史也很悠久，还是开始于江户时代，流派很多，有池坊流、远州流、青山流、未生流、松月堂古流、慈溪流、美笑流、古远州流、古流、千家古流、东山慈照院流、相阿弥流、靖流、竹心流、流源流、庸轩流、一圆流、绍适流、源氏流、春山流、石州流等，这都是他们自己标新立异的派别，而取法于我们中国的，那就是独一无二的宏道流。

　　文化文政时代，有一位远州流插花的专家，名本松斋一得，

127

他九十九岁时，名画家文晁作画一幅给他祝寿，文学家龟田鹏斋在画上题云："本松斋一得老人，以插花之技鸣于世，从游徒弟遍于关左。今兹年九十九矣，颜色如小儿，实地上之仙也，其徒欲启寿筵以祝之。余闻其名者久矣，因赋一绝以贺其寿焉。老人受其技于信松斋一蝶翁，翁受之远州小堀公四世弟子甘古斋一玉子云。插花三昧绝尘缘，一小瓶中一百天。此外不知有何乐，是非花圣即花仙。"时为文政十三年，而这九十九岁老人之上，还有老师太老师，也足见日本花道传世之久了。

　　花道各有各派，各有信徒，世世传授，竟有传至六十五世的。即如那位远州流本松斋，也传至十四世。他们著书立说时，都得把这些头衔抬出来，引以为荣。宏道流传自我国明代，所以已传至二十四世，是一位女专家，名望月义耀，这一派的插花似乎参考《瓶史》，大抵是上中下三枝，或则增为五枝，插法较为简单，但也较为自然。有一种叫做池坊立华的，矫揉造作，用足功夫，瞧上去最不自然，据说是在国家举行大典时用的。他们插花的器具，不但用瓶用坛，并用特制的竹器铜器，或瓷制陶制的长方形水盘，甚至有用木槽木桶竹篓竹篮的，而最可笑的，无过于利用我们作扫垃圾用的畚箕了。他们所用材料，并不限于各种花草，竟不惜工本，把数十年老本的梅树和松柏等也砍断，插在瓶中盘中，供数日的观赏，那未免暴殄天物哩。

花木的神话

我性爱花木，终年为花木颠倒，为花木服务。服务之暇，还要向故纸堆中找寻有关花木的文献，偶有所得，便晨钞暝写，积累起来，作为枕中秘笈。曾于旧籍中发现许多花木的神话，虽是无稽之谈，却也可以作为爱好花木者的谈助。

三代时，安期生于喝醉了酒之后，和酒泼墨洒石上，一朵朵都成桃花。汉代有徐登、赵炳二人，各有仙术，有一天彼此相遇，各献身手，赵能禁止流水不流，徐口中含酒，喷到树上去，都会开出花来。三国时，樊夫人和她的丈夫刘纲，都能使法，各有本领，庭心有桃树二株，夫妇俩各咒其一，两桃树便斗争起来，刘纲所咒的那一株，竟会走到篱外去，好像生了脚一样。

晋代佛图澄初次访石勒时，石知道他有道术，请他一试。佛取一钵盛了水，烧香念咒，不多一会，钵中生青莲花，鲜艳夺目。唐代元和中，有书生苏昌远住在苏州，邻近有小庄，距离官道约十里，中有池塘，莲花盛开。一天，他在池边看莲，忽见一个红脸素服的女郎，貌美如花，迎面而来。苏一见倾心，就和她逗搭起来，女郎并不拒绝，表示好感。从此他们俩常到庄中来幽会，苏赠以玉环，亲自给她结在身上，十分殷勤。有一天，苏见阑槛前有一朵白莲花开了，似乎特别的动目，他低下头去抚弄一下，却见花房中有一件东西，就是他所赠的那只玉环。大惊之下，忙把那白莲花拗断，从此女郎也绝迹不来了。又唐代冀国夫人任氏女，少时信奉释教，一天，有僧人拿法衣来请她洗涤，女很高兴地在溪边洗着，每漂一次，就有一朵莲花应手而出。女于惊异之馀，忙回头看那僧人，却已不知所往，因给这条溪起了个名字，叫做浣花溪。

唐上都安业坊唐昌观，旧有玉兰多株，在开花的时节，好似瑶林琼树一样。元和中，春光正好，赏花的人们纷至沓来，车马络绎。有一天，忽有一位十七八岁的女郎，身穿绣花的绿衣，骑着马到来，梳双鬟，并无首饰，而美貌出众。后有二女尼和三女仆跟随，女仆都穿黄衣，也生得很美。女郎下马后，将白角扇遮面，直到玉兰花下，一时异香四散，闻于数十步外。附近的群众都以为是皇家宫眷，不敢走近去看。那女郎在花下立了好久，命女仆取花数十枝而出。一时烟雾蒙蒙，鹤鸣九天，上马之后，就有轻风拂起了尘埃。少停尘灭，大家见那女郎们已在半天之上，方知是神仙下凡，这一带馀香不散，足有一个多月之久。

润州鹤林寺，有杜鹃花高一丈馀，相传五代正元中有僧人从天台山移植而来，用钵盂药养它的根，种在寺中。曾有人见两位红裳艳妆的女郎游于花下，倏忽不见，疑是花神。周宝镇守浙西时，有一天对道人殷七七说："鹤林的杜鹃花，天下所无，听说道人能使花不照时令开放，现在重阳将近，可能使杜鹃开花么？"七七便到寺中去，当夜那两位女郎就对他说："我们替上帝司此花，现在且给道长开放一下，可是它不久就要回到阆苑去了。"到了重阳那天，杜鹃花果然开得烂漫如春。周宝等欣赏了整整一天，花就不见了。后来鹤林寺毁于兵火，花也遭劫，料想就如二女郎所说的回到阆苑去了。

杨彭年所制的花盆

经过了一重重的国难家难，心如槁木，百念灰冷，既勘破了名利关头，也勘破了生死关头。我本来是幻想着一个真善真美的世界的，而现在这世界偏偏如此丑恶，那么活着既无足恋，死了又何足悲？当时我在《新闻报》上发表了一篇提倡火葬的文字，结尾归纳到自己的身后问题，说是要把我的骨灰装在一只平日最爱的杨彭年手制的竹根形紫砂花盆里，倒像是立了遗嘱似的。恰恰被一位七十五岁的前辈先生读到了，就责备我道："你才过五十，如日方中，为甚么如此衰飒，这是万万要不得的。做人总是这么一回事，不如提起兴致来，过一天算一天，千万不要想到死的问题，就是我年逾古稀，还是生趣盎然，从没有给自己身后打算过呢。至于火葬的话，我也并不赞成，与其碎骨扬灰，何妨薄殓薄葬，况且这也是下一代的责任，何必自己操心，且待死了之后，让下一代给你作主吧。"我因前辈先生的规劝，原是一片好意，未便和他老人家争辩，只得唯唯称是。

过了一天，又有一位爱好花木的同志赶到我家里来。他倒并不反对火葬，却要瞧瞧我将来安放骨灰的那只最爱的花盆。对日抗战期间，我住在上海，人家正在投机囤货，忙着发国难财，我却甚么都不囤，只是节衣缩食，向骨董铺子里搜罗宜兴陶质的古花盆，这其间倒也含有些抗日意义的。原来日本人爱好盆栽，而他们自己却做不出好盆，据说先前曾把宜兴蜀山的陶泥装运回去，尽力仿制，而成绩不良，因此专在吾国搜买古盆。凡是如皋、扬州、淮安、泰县各地，都有他们骨董商人的足迹。那边有多许旧家，祖上都是癖爱花木的，而子孙却并不爱花，就把传下来的古盆一起卖给他们，数十年来，几乎都被收买完了。上海的骨董商人投其所好，也往往以古盆卖给日本人，可得善价。我以为这也是吾国国粹之一，自己要种花木，而没有一个好好的古盆，岂不可耻！所以在太平洋战争爆发以前的几年间，我专和日本人竞买，尽我力之所及，不肯退让，在广东路的两个骨董市场中，倒也薄负微名。我每到那里，他们就纷纷把古盆向我兜揽，一连几年，大大小小的买了不少，连同战前在苏州买到的，不下百数，蔚为大观。就中有明代的铁砂盆，有清代萧韶明、杨彭年、陈文卿、陈用卿、爱闲老人、钱炳文、陈贯栗、陈文居、子林诸名家的作品，盆底都有他们的钤印，盆质紫砂红砂白砂什么都有，这就算是我的传家之宝了。

现在那位爱花同志来问我打算把哪一只最爱的花盆安放骨灰，一时倒回答不出来。记得苏州一位创办火葬场的戎老先生说，火葬时倘不穿衣服，约重三磅之谱。而我所最爱的花盆，有很大的，也有很小的，似乎都不相称，末了才想起那只杨彭年手制的竹根形紫砂盆来，不大不小，恰好容纳得下三磅的骨灰。杨氏是乾嘉年间专替陈曼生制砂茶壶的名手，这一个盆子确是他的得意之作，里胎指痕宛然，表面有浮雕的竹节和竹叶，并刻着一首七言律诗，笔致遒逸可喜。我本来对它有偏爱，平日陈列在玻璃橱中，不肯动用，这时拿出来给那位同志仔细观赏。他也觉得给我一个花迷作饰终之用，再合适也没有了。我想将来安放了骨灰之后，还得加以装饰，在盆面上插几枝云朵形的灵芝，再把一块灵璧石作为陪衬，就供在梅屋中那只洛阳出土的人马图案的大汉砖上，日常有鲜花作供，好鸟作伴，断然不会寂寞。到了梅花时节，更包围在香雪丛中，香生不断，这真是一个最理想的归宿。要不是火葬，你能把灵柩供在家里么？所成为问题的，却是亡妇凤君已长眠在灵岩下的绣谷公墓中，我的墓穴也预备了，将来要是不去和她同葬一起，她就得永永地孤眠下去，怕要永永抱恨的。唉！活着既有问题，死了还有问题，且待将来再说吧。

解放以来，我看到了祖国的奋发有为，突飞猛进，我的心情也顿时一变，由消极变为积极，由悲哀变为愉快。我要好好地活下去，至少要活到一百岁，我要把我一切的力量贡献与祖国，我要看到社会主义新中国的实现，和全国人民熙熙然如登春台，同享幸福。到那时我即使死了，也不必再借那只心爱的花盆来作归宿之所，愿意把我的骨灰撒遍祖国的大地，使膏腴的土壤中开出千百万朵美丽的花来！装点这如锦如绣的大好河山，向我可爱的祖国献礼致敬！

可是"天有不测风云，人有旦夕祸福"，万一我不幸而像老友洪深兄一样害了不治之症，看不到社会主义的实现就撒手人世了，这……这……这怎么办呢？但是想到了祖国有希望，有办法，社会主义终于会来，也就死而无憾。我愉快地先来把南宋爱国大诗人陆放翁先生那首临终的名作改上十个字，以示我的子女：

"死去元知万事空，我生幸见九州同。他年大业完成后，家祭毋忘告乃翁。"

133

第四辑

邓尉探梅

立春节届，一般爱花爱游的人们，已在安排出门去探梅了。到哪里去探梅呢？超山也好，孤山也好，灵峰也好，梅园也好，这几处梅花或多成少，都可以看看，而最著名的探梅胜处，莫如苏州的邓尉。这些年来，邓尉的梅花还是大有可观，所以每年春初，仍能吸引各地游人纷纷前去探梅，因为除了剩馀的梅花散在各处，仍可饱看外，那边的明山媚水，也是值得游赏一下的。

邓尉在吴县西南六十里，在光福镇之南，相传汉代有邓尉隐居此山，故名。西南有元墓，彼此连接，实是一山，晋代有青州刺史郁泰元葬在这里，因以为名。现在这一带山以邓尉、元墓并称。山中人从前多以种梅为业，因此梅花独多，而"邓尉探梅"，也就成为初春游赏的一个节目了。但在清代道光年间，时人都以元墓看梅花为言，顾铁卿《清嘉录》有云："暖风入林，元墓梅花吐蕊，迤逦至香雪海，红英绿萼，相间万重。郡人舣舟虎山桥畔，襆被邀游，夜以继日。"当时探梅的盛况，可见一斑。

元墓山上有圣恩寺，是光福最著名的古寺，寺后有小山峦，仿佛用湖石堆成，其实是天然的，因有"真假山"之称。这一带原有好多株老梅树，香雪重重，蔚为大观。寺中有还元阁，藏有《一蒲团外万梅花》长卷，出清代名画师手，并有题跋很多，十分名贵。抗战胜利后，只剩了一半，仍有可观，我还作了两绝句赠与寺僧："劫馀重到还元阁，举目湖山百种宽。欲寄身心何处寄，万梅花里一蒲团。""万梅花里一蒲团，打坐千年便涅槃。佛雨缤纷花雨乱，如来弥勒共盘桓。"

马驾山一名吾家山，在光福镇之西，山并不高，只因山上种着很多的梅树，洋洋大观。清代康熙中叶，巡抚宋荦在崖壁上题了"香雪海"三字，并且在高处筑亭，以作看梅之所。据说后来乾隆下江南时，曾到此一游，于是香雪海名满海内。二十馀年前，我也曾和上海的朋友们结队登临，只见山上山下，以至远处，白茫茫的一片雪白，全是梅花，真是一个不折不扣名实相副的香雪海。可是经过了"八一三"抗日战争的大劫，梅树多被砍伐，而山中人又因种梅之利不如种桑，所以补种的不是梅而是桑了。一九五五年，我与苏州市园林整修委员会同人来此视察，见那座梅花形的亭子和半山的轩屋，都已破败，就设计修复，早已焕然一新，但是全山梅树不多，我建议必须补种五百株。那么梅花时节，在山上可以望见远处的梅林，"香雪海"这个名称，才当之无愧。

清代金恭有《邓尉探梅小记》云："小雪初晴，馀寒送腊，具鹤氅浩然巾，入邓尉山，看红梅绿萼，十步一坐，坐浮一大白，花香枝影，迎送数十里。虽文君要饮，玉环奉盏，其乐不是过也。"这一段文字，写探梅之乐，十分隽永。一九五七年三月中旬，我和老友程小青兄同往邓尉探梅，却见邓尉山一带，梅树仍多，红梅绿萼，也随处可见。从光福崦西起，一路到石楼、石壁，所见的全是白梅，正在开得最烂漫的时候，一眼望去，只见到处是皑皑如雪，也许有千株万株之多，倘不拘拘于号称"香雪海"的马驾山一角，那么就是称之为"香雪洋"，也未为不可。

探梅的时期，必须适当，去得太早，梅花还没有开放，去得太迟，却又落英缤纷，那就不免要乘兴而来，败兴而返了。古人曾说"梅花以惊蛰为候"，大约是在农历二月之初，正恰到好处。探梅的人们，最好能与山中人先作联系，探问梅花消息，开到七八分时，就可以前去，领略那暗香疏影的一番妙趣了。

萼绿华

　　梅花开在百花之先，生性耐寒，独标高格，《群芳谱》里，推它居第一位，自可当之无愧。旧的梅花种类很多，有墨梅、官城梅、照水梅、九英梅、同心梅、丽枝梅、品字梅、台阁梅、百叶缃梅诸称，现在都已断种。我于花中最爱梅，并且偏爱老干的盆梅，年来尽力罗致，得江梅、绿梅、红梅、送春梅、玉蝶梅、硃砂红梅、胭脂红梅，和日本种的花条梅、乙女梅、芦岛红梅、单瓣深红的枝垂梅等。以花品论，自该推绿梅为第一，古人称之为萼绿华，绿萼青枝，花瓣也作淡绿色，好像淡妆美人，亭立月明中，最有幽致，诗人词客，甚至以九嶷仙人相比。宋孝宗时，宫中有萼绿华堂，堂前全种绿梅。

　　我园紫兰台上，有绿梅一株，古干虬枝，树龄足有二百年，十馀年前，从邓尉移来，至今年年着花，繁密非常，伴以奇峰怪石，更觉古雅。盆梅中也有好多株老干的绿梅，而以"鹤舞"一株为魁首，树龄已在一百岁外。先前原为苏州名画师顾鹤逸先生所手植，先生去世后，传之令子公雄，不幸公雄也于五年前去世，他的夫人知我爱梅如命，就托公雄介弟公硕移赠于我。我小心培养，爱如拱璧，五年来老而弥健，枯干上着花如故，因干形如鹤，两大枝很似鹤翅，仿佛要蹲蹲起舞，因此名之为"鹤舞"。一九五六年春节，拙政园远香堂中举行梅花展览会，我以此梅种在一只椭圆形的白沙古盆中，陈列中央最高处，自有睥睨一世之概。

明代小简中，有道及绿梅的，如王世贞与周公瑕云："梅花屋雨日当甚佳，翠禽啁啾，恼足下清梦，莫更以为萼绿华否？"史启元报友云："想兄拥双荷叶，歌八卿之曲，芙蓉帐暖，金谷风生。若弟兀坐寓斋，枯禅行径，朝来浓雪披绿萼，稍有晋人肠肺。"清代诗中，如范玑《绿萼梅》云："细波展谷弥弥远，芳草欺裙缓缓鲜。怕向江头吹玉笛，夜寒愁绝九嶷仙。"吴嵩梁《坐月》云："林塘幽绝似山家，坐转阑阴月未斜。仙鹤一双都睡着，冷香吹遍绿梅花。"邵曾鉴《拗春》云："拗春天气酒难赊，微雪初晴日易斜。今夜瓦罐停药帖，细君教煮绿梅花。"这三首诗，都像萼绿华一样的清隽，不着一些烟火气。

我为什么爱梅花

这些年来，大家都知道我于百花中最爱紫罗兰，所以我从前所编的杂志，有《紫罗兰》，有《紫兰花片》，我的住宅命名紫兰小筑，我的书室命名紫罗兰盦，足见我对于紫罗兰的热爱。其实我不但热爱紫罗兰，也热爱梅花，所以我的家里有寒香阁，有梅屋，有梅丘，种了不少的梅树，也培养了不少的盆梅。爱紫罗兰为什么？为了爱我的挚友。爱梅花为什么？为了爱我的祖国。这是并行不悖，而一样刻骨倾心的。

梅花不怕寒冷，能在严风雪霰中开放，开在百花之先，足以代表我国强劲耐苦的国民性，因此我把它当作我国的国花。况且梅树最为耐久，古代的梅树，至今还活着而仍在开花的，据我所知，浙江省临平附近一个庙宇中，有一株唐梅；超山有一株宋梅。以我国之大，料想深山绝壑中，一定还有不少老当益壮的古梅，可惜没有人表彰罢了。我中央现在还没有想到要国花，如果想到了的话，那么以梅花为国花，似乎是很合适的。

古人曾说，梅具四德，初生蕊为元，开花为亨，结子为利，成熟为贞。后来又有人说，梅花五瓣，是五福的象征，一是快乐，二是幸运，三是长寿，四是顺利，五是我们所最最希望的和平。古代诗人墨客，称颂梅花的，更是举不胜举。诗如唐代崔道融句云："香中别有韵，清极不知寒。"宋代陆游句云："坐收国士无双价，独立东皇太乙前。"戴复古句云："孤标粲粲压群葩，独占春风管岁华。"元代杨维桢句云："万花敢向雪中出，一树独先天下

140

春。"王冕句云："不要人夸好颜色，只留清气满乾坤。"历代诗人墨客，都一致的推重梅花，给与最高的评价。有人问我为什么爱梅花，我就以此为答。

山茶花

　　苏州拙政园中有十八曼陀罗花馆，庭前有山茶花十馀株，曼陀罗花是山茶的别名，因以名馆。一九五六年春节，就在馆中举行山茶盆栽展览十天，庭前的山茶，还在含苞，而这几十个盆栽是放在温室中将花烘开的，种类有二乔、四面观音、东方亮、雪塔、槟榔、宝珠、六角银红、六角大红等等，只因时间较早，花开不多，不过给爱好山茶的人尝鼎一脔罢了。

　　云南所产山茶，居全国第一，称为滇茶。去春上海人民公园曾开过一个滇茶展览会，我没有看到，却在南京玄武湖公园里一餍馋眼。最使我念念不忘的，是鹤顶红一种，花瓣很像莲瓣，中心全都塞满，其大如碗，作深红色。可惜是盆栽，着花较少，如果上云南去看到一株大树，那么盛开时，定然如《滇中茶花记》所谓"一望若火齐云锦，烁日蒸霞"了。

　　欧洲也有山茶，大都是单瓣，而作红色和白色的。法国名作家小仲马所作小说《茶花女》，传诵全世界，女主角马克格妮儿，就是爱茶花成癖而经常把它作为襟饰的。英国一九一四年间，有少年作家贾洛业氏，任《少年报》记者，著小说《理想之妻》一部，披露报端，大受读者欢迎，尤其是一般女子，分外爱读，都想和他结识。有一位空军大佐朱曼高的爱女丽甘娟，更倾心于他，却没有机会和他接近。有一天大佐特地唤女儿在海滨作驾驶飞机的表演，遍请各报记者前去参观，贾洛业也在其内，一见之下，大为叹赏。大佐笑问："你那篇《理想之妻》中的对象是一个女飞

142

行家，你瞧她可能中选么？"贾洛业大喜过望，从此就和丽甘娟结为爱侣，不久成婚。二人都爱山茶花，常在花市徘徊欣赏。逾年，丽因所乘飞机失事，堕机而死。贾不胜痛悼，作《山茶曲》以寄意云："庭前山茶花，红白映窗纱。思君肠欲断，心绪乱如麻。山茶花！山茶花！去年花发时，人与花争春。今年花发时，不见去年人。花谢又花开，君去实堪哀。君与花同命，如何不再来。吁嗟乎！我所思兮在君侧，出门车马皆华饰。不见君兮我心悲，山茶为汝无颜色。"

但有一枝堪比玉

"但有一枝堪比玉，何须九畹始征兰"，这是明代诗人张茂吴咏玉兰花的诗句，嵌上了玉兰二字，而也抬高了玉兰的身价。春分节近，气候转暖，一经春阳烘晒，春风嘘拂，玉兰的花蕾儿顿时露了白，不上二三天，就一朵朵地开放起来。我们搞园艺的，往往把玉兰当作寒暑表，每年春初一见玉兰花开，就知道不会再有冰冻，凡是安放在室内的盆树盆花，都可移出来了。

玉兰是落叶亚乔木，有高达数丈的，都是数百年物。枝条短而樛曲，很有风致，一枝一朵花，都着在枝梢，花九瓣，洁白如玉，有微香，与兰蕙相似。今年是玉兰的丰年，我园子里的一株，高不过丈馀，着花数百朵，烂漫可观，可惜不能耐久，十天以后，就落英满地了。要是趁它开到五六分时，摘下花瓣来，洗净施以面糊，用麻油煎食，别有风味。

苏州拙政园中部，有玉兰堂，榜额为明代大书画家文徵明手笔，遒逸不凡。庭前有老干玉兰，开花时一白如雪，映照得堂奥也觉得亮了起来。文氏也是爱好玉兰的，曾有七律一首加以咏叹："绰约新妆玉有辉，素娥千队雪成围。我知姑射真仙子，天遣霓裳试羽衣。影落空阶初月冷，香生别院晚风微。玉环飞燕原相敌，笑比江梅不恨肥。"他的诗友沈周，也有同好，曾有句云："韵友自知人意好，隔帘轻解白霓裳。"他简直把玉兰作为韵友了。

玉兰宜于种在厅堂之前，昔人喜把它和海棠、牡丹同植一庭，取玉堂富贵之意，在新社会中看来，实在是封建气味十足的。可是玉兰花盛开的时候，确也好看，甚至比作玉圃琼林，雪山瑶岛。明代诗人丁雄飞曾有《邀六羽叔赏玉兰》一简云："玉兰雪为胚胎，香为脂髓，当是玉卮飞琼辈偶离上界，为青帝点缀春光耳。皓月在怀，和风在袖，夜悄无人时，发宝瑟声。侄瀹茗柳下，候我叔父，凭阑听之。"他将玉兰当作天上的所谓仙子，竟给与一个最高的评价。

洞庭东山紫金院里，有一株数百年的老玉兰，上半截早已断了，只剩几尺高，干已枯朽，只有一张皮还有生机，年年着花十馀朵，多数是白色的，少数是紫色的，大概是把玉兰和辛夷接在一起之故。可惜树龄太老，树身太大，再也不能移植，如果能移植在盆子里的话，那是盆栽之王，盆栽之宝了。每年春初，这株老玉兰吸引不少人前去观赏，我祝颂它老而弥健，益寿延年！

神仙庙前看花去

农历四月十四日，俗称神仙生日，神仙是谁？就是所谓八仙中的一仙吕纯阳。吕实有其人，名岩，字洞宾，一名岩客，河中府永乐县人，唐代贞元十四年四月十四日生，咸通中赴进士试不第，游长安，买醉酒家，遇见了锺离权得道，不知所往。吕还是一位诗人，有诗四卷，我很爱他的绝句，如《牧童》云："草铺横野六七里，笛弄晚风三四声。归来饱饭黄昏后，不脱蓑衣卧月明。"《绝句》云："朝游北越暮苍梧，袖里青蛇胆气粗。三入岳阳人不识，朗吟飞过洞庭湖。"《洞庭湖君山顶》云："午夜君山玩月回，西邻小圃碧莲开。天香风露苍华冷，云在青霄鹤未来。"这些诗倒也很有一些仙气的。

福济观，俗称神仙庙，又称吕祖庙，在苏州市阊门内皋桥东，就是供奉吕纯阳的所在。旧时每逢四月十四日，观中必打醮，香客都来膜拜顶礼。相传吕化为衣衫褴褛的乞食儿，混在观中，凡是害有疑难杂症的人，这一天倘来烧香，往往不药而愈，据说是仙人可怜见他而给他治愈的。这天到神仙庙来烧香或凑热闹的，叫做轧神仙。糕团店里特制了五色米粉糕出卖，称为神仙糕；有卖龟的，把大龟小龟和绿毛龟放在竹篓或水盆中求售，称为神仙龟；还有一般花农，纷纷挑了草本花和木本花来出卖，称为神仙花。总之无一不与神仙勾搭上了。

我们一般爱花的朋友，年年四月十四日，总得前去走一遭，并不是轧神仙，全是为了看花去的。因为从十二日到十四日，神仙庙前的西中市、东中市一带，成了一个盛大的花市，凡是城乡的花贩花农都将盆花集中于此。我们可以饱看姹紫嫣红，百花齐放，见有合意的，就买一些回去，不管它是神仙花不是神仙花，只要是自己心爱的花就得了。

旧时不但人民大众要来轧神仙，娼妓们也非来不可，一面烧香，一面买花，而尤其要买千年蒀，称为交好运，因为"蒀"、"运"两字是同音的。清代沈朝初有《忆江南》词云："苏州好，生日庆纯阳。玉洞神仙天上度，青楼脂粉庙中香。花市绕回廊。"解放以后，妓女也都解放了。学习技术，从事生产，真的是交了好运。每年农历四月十四日，不废旧俗，大家仍去轧神仙，我们也仍到神仙庙前看花去。

枣

　　已是二十馀年的老朋友了，一朝死别，从此不能再见，又哪得不痛惜，哪得不悼念呢！这老朋友是谁？原来是我家后园西北角上的一株老枣树，它的树龄，大约像我一样，已到了花甲之年，而身子还是很好，年年开花结实，老而弥健。谁知一九五六年八月二日的夜晚，竟牺牲于台风袭击之下，第二天早上，就发见它倒在西面的围墙上，早已回生无术了。

　　我自二十馀年前住到这园子里来时，它早就先我而至。只因它站在后园的一角，地位并不显著，凡是到我家里来的贵宾们和朋友们从不注意到它。可是我每天往后门出入，总看到它直挺挺地站在那里，尤其是我傍晚回来的时候，刚走进巷口，先就瞧见了它，柔条细叶，在晚风中微微飘拂，似乎向我招呼道："好！您回来了。"这几天我每晚回来，可就不见了它，眼底顿觉空虚，心底也顿觉空虚，真的是怅然若有所失！

　　老朋友是从此永别了。幸而我在前三年早就把它的儿子移植到前园紫藤架的东面，日长夜大，现在早已成立，英挺劲直，绰有父风，年年也一样的开花结实，勤于生产，去年还生了个儿子，随侍在侧，将来也定有成就。我那老朋友有了这第二代第三代，也可死而无憾了。

　　枣别名木蜜，是落叶亚乔木，干直皮粗，刺多叶小，入春发芽很迟，五月间开小淡黄花，作清香，花落随即结实，满缀枝头，实作椭圆形，初青后白，尚未成熟，一熟就泛成红色，自行落下，

148

鲜甜可口，是孩子们的恩物。枣的种类很多，据旧籍所载，不下八十种，有羊枣、壶枣、丹枣、棠枣、无核枣、鹤珠枣、密云枣诸称，甚至有出在外国的千年枣、万岁枣，和带有神话意味的仙人枣、西王母枣等，怪怪奇奇，不胜枚举。一九五一年夏，我因嫁女上北京去，在泰安车站上吃到一种芽枣，实小而味甜，可惜其貌不扬。我所最最爱吃的，还是北京加工制过的金丝大蜜枣，上口津津有味，腴美极了。

古代关于枣的神话很多，说什么吃了大枣异枣，竟羽化登仙而去，只能作为谈助，不可凭信。而枣的文献，魏晋时代早就有了，唐代大诗人白乐天也有长诗加以赞美，结尾有云："寄言游春客，乞君一回视。君爱绕指柔，从君怜柳杞。君求悦目艳，不敢争挑李。君若作大车，轮轴材须此。"这就说出了枣树的朴素，不足以供欣赏，而它的木质很坚实，倒是材堪大用的。他如宋代赵扲有"枣熟房栊暝，花妍院落明"，黄庭坚有"日颗曝干红玉软，风枝牵动绿罗鲜"之句，而最有风致的，要推明代揭轨的一首《枣亭春晚》："昨日花始开，今日花已满。倚树听嘤嘤，折花歌纂纂。美人浩无期，青春忽已晚。写尽锦笺长，烧残红烛短。日夕望江南，彩云天际远。"他的看法，又与白乐天不同，不过他是别有寄托，而借枣花来抒情的。

鲁迅先生在《秋夜》中曾对枣树加以描写："枣树，他们简直落尽了叶子。先前，还有一两个孩子来打他们别人打剩的枣子，现在是一个也不剩了，连叶子也落尽了。他知道小粉红花的梦，秋后要有春；他也知道落叶的梦，春后还是秋。他简直落尽叶子，单剩干子，（中略）而最直最长的几枝，却已默默地铁似的直刺着奇怪而高的天空，使天空闪闪地鬼睐眼；直刺着天空中圆满的月亮，使月亮窘得发白。"这一节是描写得很美的。我后园里的老枣树，也有这样的景象。可是从此以后，它不会再默默地铁似的直刺着奇怪而高的天空。

149

说也奇怪！我满以为这株老枣树已被台风杀死了。谁知到了今春，忽又复活，尽管大部分的根已经拔起，而小部分还在地下；尽管倒在墙上，分明已没了生机，而不知怎的，经过了杏花春雨，那梢上的枝条，竟发起叶来，依然是青翠可爱。这就足见我这位老朋友是如何的有力量，台风任是怎样凶狠，也杀不了它，它竟复活了，将顽强地活下去，无限期地活下去。

霜叶红于二月花

"远上寒山石径斜，白云深处有人家。停车坐爱枫林晚，霜叶红于二月花。"这是唐代大诗人杜牧之的一首《山行》诗，凡是爱好枫叶的人，都能琅琅上口的。"霜叶红于二月花"这七个字的名句，给与枫叶一个很高的评价。

枫别名灵枫、香枫，又称摄摄，据《尔雅》说，"枫摄摄"，因枫叶遇风则鸣，摄摄作声之故。树身高大，自一二丈达三四丈，叶小而秀，有三角、五角、七角之分，也有状如鸡脚、鸭掌或蓑衣的。据说枫的种类很多，计五六十种，山枫的叶子是三角的，称为粗种，可以利用它的干，接以其他细种，易活易长。农历二月间，开小白花，结实作元宝形，掉在地上过冬，明春就长出一株株小枫来。我往往在园子里掘取十多株，合种在长方形的紫砂盆里或沙积石上，作枫林模样，很可爱玩。

枫叶入秋之后，渐渐地由绿色泛作黄色，一经霜打，便泛作红色，到了初冬，愈泛愈红，因此红叶就变成了枫叶的代名词。"红叶为媒"，是唐代的一段佳话，至今还传诵人口，那故事是这样的："唐僖宗时，学士于祐，晚步禁衢，于御沟得一红叶，有女子题诗其上。祐拾叶题句，置沟上流，宫人韩翠苹得之。后帝放宫女三千，出宫遣嫁。翠苹嫁祐，出红叶相示，惊为良缘前定。"这件事不知道是不是实有其事，如果是事实，可说是再巧也没有了。

古人爱好枫叶，纷纷歌颂，除杜牧之一首最著名外，宋代赵

151

成德也有一首："黄红紫绿岩峦上，远近高低松竹间。山色未应秋后老，灵枫方为驻童颜。"它把枫叶夏绿秋黄以至入冬红紫各种色彩，全都写了出来。此外历代诗人散句如"独叹枫香林，春时好颜色"，"一坞藏深林，枫叶翻蜀锦"，"遥看一树凌霜叶，好似衰颜醉里红"，"只言春色能娇物，不道秋霜更媚人"，"万片作霞延日丽，几株含露苦霜吟"。从这些诗句中，都可看出霜后的枫叶，真是如翻蜀锦，美艳已极。

日本种植枫树，有独到处，种类之多，胜于我国。他们的枫，春天里就红了，称为春红枫，据说一年四季，红色始终不变。有一种春天红了，入夏泛绿，到秋深再泛为红。我家有盆栽老干枫树一株，高一尺馀，露根如龙爪，姿态极美，春间发叶，鲜妍如晓霞，日本人称为静涯枫，最为难得。又有一株作悬崖形的，春夏叶作绿色，而叶尖却作浅红，并且是透明的，也可爱得很。

苏州天平山，以石著，也以枫著，高义园、童子门一带，全是高大的枫树，入冬经霜之后，云蒸霞蔚，灿烂如锦绣。去年老友张晋、余彤甫二画师都去写生，画成了大幅，堪称一时瑜亮。今秋我虽常在探问"天平枫叶红了没有"？可是为了参加上海和苏州的菊展，手忙脚乱，不能抽身前去观赏一下。十一月下旬，中央文化部郑振铎同志来访，据说刚从天平山看枫归来，满山如火如荼，漂亮极了。我听了，羡慕他的眼福不浅。

南京的栖霞山，也以枫著称，每年深秋，前去看枫的人，络绎于途，因此俗有"春牛首，夏莫愁，秋栖霞"之说。这两年来我常往南京，总想念着栖霞。今秋因出席省文联代表大会之便，与程小青兄游兴勃发，都想一赏栖霞红叶，偿此宿愿，谁知一连好几天，都抽不出时间来，大呼负负。后来听费新我画师说，他已去过了，红叶都已凋谢，虚此一行。那么我们虽去不成，也不用后悔了。

从南京回得家来，却见我家爱莲堂前的那株大枫树，吃饱了霜，正在大红大紫的时期，千片万片的五角形叶子，烂烂漫漫地好像披着一件红锦衣裳，把半条廊也映照得红了。一连几天，朝朝观赏，吟味着"霜叶红于二月花"的妙处，虽没有看到天平和栖霞的红叶，也差足一餍馋眼了。

秋菊有佳色

　　"秋菊有佳色，挹露掇其英"，这是晋代高士陶渊明诗中的名句，与"采菊东篱下，悠然见南山"两句，同为千古所传诵。陶渊明爱菊，也爱酒，常常对菊饮酒，悠闲自得。有一年重阳佳节，他恰好没有酒，坐在宅边菊花丛里，采了一把菊花赏玩着，忽见白衣人到，原来是江州刺史王弘送酒来了，于是一面赏菊，一面浅斟低酌起来。后人因渊明偏爱菊花之故，就在十二月花神中，尊渊明为九月菊花之神。凡有人特别爱菊的，就称为"渊明癖"。

　　我国之有菊花，历史最为悠久，算来已有二三千年了。《礼记·月令》曾有"季秋之月，菊有黄华"之句，大概那时只有黄菊一种，不像现在这样五光十色，应有尽有。到了战国时代，爱国诗人屈原的《楚辞》中，曾有"夕餐秋菊之落英"的名句。为了这一句，后人聚讼纷纭，以为菊花只会干，不会落，怎么说是落英？其实屈大夫并没有错，落，始也，落英就是说初开的花，色香味都好，确实可吃。

　　一般人都以为重阳可以赏菊，古人诗文中，也常有重阳赏菊的记载。其实据我的经验，每年逢到重阳节，往往无菊可赏，总要延迟到十月。宋代诗人苏东坡也曾经说，岭南气候不常，我以为菊花开时即重阳，因此在海南种菊九畹，不料到了仲冬方才开放，于是只得挨到十一月十五日，方置酒宴客，补作"重九会"。

　　明太祖朱元璋，曾有一首《菊花诗》："百花发，我不发。我若发，都骇煞。要与西风战一场，遍身穿就黄金甲。"就咏菊来说，那倒把菊花坚强的斗争精神，全都表达了出来。

明代名儒陆平泉初入史馆时，因事和同馆诸人去见宰相严嵩，大家争先恐后，挤上前去献媚，陆却退让在后面，不屑和他们争竞，那时恰见庭中陈列着许多盆菊，就冷冷地说道："诸君且从容一些，不要挤坏了陶渊明！"语中有刺，十分隽妙，大家听了，都面有愧色。

宋高宗时，宫庭中有一位善歌善舞的菊夫人，号"菊部头"，后来不知怎的，称病告归。太监陈源将厚礼聘请了去，把她留在西湖的别墅里，以供耳目之娱。有一天宫庭有歌舞，表演不称帝旨，提举官开礼启奏道："这个非菊部头不可。"于是重新把菊夫人召了进去，从此不出。陈源伤感之馀，几乎病例。有人作了曲献给他，名《菊花新》，陈大喜，将田宅金帛相报。后来陈每听此曲，总是感动得落泪，不久就死了。"菊部头"三字，现在往往用作京剧名艺人的代名词。

菊花中香气最可爱的，要算梨香菊，要是把手掌复在花朵上嗅一嗅，就可闻到一种甜香，活像是天津的雅梨。据说最初发现时，还在清代同光年间，不知由哪一个大官，进贡于西太后。太后大为爱赏，后来赏了一本给南通张謇，张家的园丁偷偷地分种出卖，就流传出去，几乎到处都有了。花作白色，品种并不高贵，所可爱的，就是那一股雅梨般的甜香罢了。

在菊花时节，我怀念一位北京种菊的专家刘犟园先生。他正在孜孜不倦地保存旧种，培养新种，获得了莫大的成就。近年来他又采用了短日照培植法，使菊花提前一个月到两个月开放，人家的菊花正在含蕊，而他的园地上已有一部分盆菊早就怒放了。

我与刘先生虽未识面，却是神交已久。去年他托苏州老诗人张松身前辈向我征诗，我胡诌了七绝两首寄去，有"松菊为朋心似月，悬知彭泽是前身"，"黄金万镒何须计，菊有黄花便不贫"

等句。刘先生得诗之后，很为高兴，回信说倘有机会，要把他的菊种相报。我对于他老人家的种种名菊，早就心向往之了，只是从未见过，真是时切相思，如今听说要将菊种见赐，怎么不大喜过望呢？可是地北天南，寄递不便，只好望眼欲穿地期待着。今夏苏州公园的花工濮根福同志，恰好到首都去出席全国先进生产者代表大会，我就写了封信托他带去，向刘先生道候，并婉转地说我老是在想望他的"老圃秋容"。

大会结束后，濮同志回到苏州来了，说曾见过了刘老先生，并带来了菊种六十个，共三十种，分作两份，一份赠与苏州市园林管理处，一份是赠与我的。我拜领之下，欣喜已极，就托濮同志代为培植。刘先生还开了一个名单给我，有"碧蕊玲珑"、"金凤含珠"、"霜里婵娟"、"杏花春雨"、"天孙织锦"、"银河长泻"、"霓裳仙舞"、"武陵春色"、"紫龙卧雪"等等，都是富有诗意的名称，我一个个吟味着，又瞧着那六十个绿油油的脚芽，恨不得立刻看它们开出五色缤纷的好花来。经了濮同志几个月的辛苦培养，六十个芽全都发了叶，含了蕊，到现在已完全开放，五光十色，应有尽有，真是丰富多采，使小园中生色不少。我为了急于参加上海中山公园的菊展，就先取一本半开的黄菊，翻种在一只古铜的三元鼎里，加上一块英石，姿态入画，大书特书道"北京来的客"。

刘先生不但是个艺菊专家，也是一位诗人，虽已年逾古稀，却老而弥健，一面艺菊，一面赋诗，曾先后寄了两张诗笺给我，不论一诗一词，都以菊为题材。他那契园中的室名斋名，如"寒荣室"、"守澹斋"、"晚香簃"、"延龄馆"、"寄傲轩"等，全都离不了菊，也足见他对于菊花的热爱。

刘先生艺菊，并不墨守成规，专重老种，每年还用人工传粉杂交，因此新奇的品种，层出不穷，真是富于创造性的。他除了采用短日照培植法催使菊花早开外，还想利用原子能，曾赋诗言志云："原子云何可示踪，内含同位素相冲。叶中放射添营养，根外追肥易吸溶。利用驱虫如喷药，预期增产慰劳农。我思推进秋华上，一样更新喜改容。"我预祝他老人家成功。

菊　展

在解放以前和解放以后，我参观与参加菊展，已不知多少次了，而规模之大，布置之美，菊花品种之多，要推这三年来上海的菊展独占鳌头，一时无敌。每年菊展开幕时，我总得专诚到上海来参观一下。我所最最欣赏，不能忘怀的，却是一九五五年菊展中那只用白菊花搭成的和平鸽和那幅第一个五年计划的建设大地图，也全用白菊花精制而成，富有教育意义。至于名菊廊中的许多名菊，以及图案般的许多大立菊，如火如荼，如锦如绣，更使我好像《红楼梦》中刘姥姥初进大观园，直看得眼花缭乱口难言了。

说起菊展，还只有近百年的历史，从前却让富绅巨贾和士大夫之流，在家园里置酒赏菊，只供少数人享受。明代张岱，作《陶庵梦忆》，记"菊海"云："兖州张氏期余看菊，去城五里。余至其园，尽其所为园者而折旋之，又尽其所不尽为园者而周旋之，绝不见一菊，异之。移时，主人导至一苍莽空地，有苇厂三间，肃余入，遍观之，不敢以菊言，真菊海也。厂三面，砌坛三层，以菊之高下高下之。花大如瓷瓯，无不球，无不甲，无不金银荷花瓣，色鲜艳异凡本，而翠叶层层，无一叶早脱者。此是天道，是土力，是人工，缺一不可焉。兖州缙绅家，风气袭王府，赏菊之日，其桌、其炕、其灯、其炉、其盘、其盒、其看器、其杯盘大觥、其壶、其帏、其褥、其酒、其面食、其衣服花样，无不菊者，夜烧烛照之，蒸蒸烘染，较日色更浮出数层。席散，撤苇帘以受繁露。"这种单供少数人享受的菊展，却如此奢侈，是不足为训的。

清代王韬，是太平天国时代的一位才子，曾在他所作的《瀛壖杂志》中记当时上海城隍庙里的菊花会。他说，菊花会多在九月中旬，近来设在萃秀堂门外，绕过了湖石，到东北角上，境地开朗，远远地就瞧见菊影婆娑，全呈眼底。沿着回阑前去，便见无数的菊花，高低疏密，罗列堂前，真的是争奇斗胜，尽态极妍。所有的花，先经识者品评，分作甲等乙等，并划为三类，一是新巧，二是高贵，三是珍异，只因名目繁多，记不胜记。这样的菊展，总算粗具规模，并且是供群众欣赏，与众同乐的了。

亡友王一之兄，生前曾客荷兰，说起荷兰人善于莳花，一九四六年秋，曾在莱汀市会堂举行菊展，会期七日，观众一万多人。他们的大种小种菊花，多数是从我国移去的。清乾隆十五年，有一位远游亚洲的荷兰植物学家贞干，将小种的菊花带了回去，花作黄色，大概是满天星之类。清道光二十八年，英国人福均，又把我国的大种菊花带去，后由法国传入荷兰。清光绪六年，荷兰人就举行了第一次的菊展。在百馀年前，欧洲所有中国的菊花，不过四五十种，后来用了嫁接的方法，巧夺天工，新品种便日多一日，变成多种多样。可是所用的名称俗不可耐，往往将王后、王子、公主和达官贵人的名字移用在花上，不像我国的菊花名称，是富有诗意的。

日本的菊种本来大半也由我国传入，因为他们的园艺家善于培养，精于研究，新种之多，几乎超过我国。往年他们有许多研究种菊的集团，如秋英会、重九会、长生会等都是颇颇有名的。每年秋季，在日比谷公园中举行菊展。他们的菊花，分大型、中型、小型三种，名称也由自题，并无根据。花瓣阔大的，称之为"荷"；花瓣围簇而成球形的，称之为"厚物"；管瓣而作旋形的，称之为"抱"。花瓣分作管瓣、平瓣、匙瓣三种。每一盆菊花，至少为三枝，成三角形，三朵花头，也高低相等，三枝以上的，便作五角形或六角形，从没有独本的。批评的标准，分颜色、光泽、花体、花形、瓣质、品格、才、力、花梗、叶和未来等，共十一点，十分细致。凡入选的，奖以金杯、银杯和奖状等，得奖的引为殊荣。

一九五六年秋的上海菊展，注重菊花的品种，提高观众的欣赏力。园林管理处领导并且谬采虚声，特邀我参加，指定要有诗意的盆景，我不能藏拙，只得勉为其难，制就了"陶渊明松菊犹存"等十馀点滥竽充数，至于有没有诗意，那要请观众们不吝指教了。

我爱菊花

　　我是一个花迷，对于万紫千红，几乎无所不爱，而尤其热爱的，春天是紫罗兰，夏天是莲，秋天是菊，冬天是梅。我在解放以前，眼见得国事日非，国将不国，自知回天无力，万念俱灰，因此隐居苏州，想学做陶渊明，渊明爱菊，我就大种菊花，简直是像渊明高隐栗里，作黄花主人。菊花最多的一年，达一千二百馀盆，共一百四十馀种，扬州的名种如"虎须"、"巧色"、"柳线"、"飞轮"、"翡翠林"、"枫叶芦花"，常熟的名种"小狮黄"等，全都搜罗了来，小园秋色，真说得上是丰富多采的。解放以后，我忙于社会活动，便种得少了。我想陶渊明如果生于今天，瞧到祖国的欣欣向荣，也该走出栗里，不再作隐士了吧。

　　我爱菊花，不但爱它的五光十色，多种多样，更爱它那种坚强不屈的精神，象征我国的民族性，它和寒霜作斗争，和西风作斗争，还是倔强如故，即使花残了，枝条仍然挺拔，脚芽仍然茁生。古诗人的名句"菊残犹有傲霜枝"，就给与它很高的赞颂。

　　我爱菊花，爱它那种自然的姿态，所以我所种的菊花，不喜欢把花枝全都扎得齐齐整整，除了一二枝必须挺直的以外，其他枝条，就让它欹斜起伏，然后翻种在瓷盆或紫砂盆里，配上一块拳石或一根石笋，作案头清供，看上去就好像一幅活色生香的菊石图。

　　像这样的菊花盆供，不但白天可以欣赏，到了夜晚上灯之后，还可在灯光下欣赏墙上的菊影，黑白分明，自然入画。明代文学家冒辟疆的《影梅庵忆语》中，也曾有与董小宛一同欣赏菊影的叙述。他说："秋来犹耽晚菊，即去秋病中，客贻我翦桃红，花繁而厚，叶碧如染，浓条婀娜，枝枝具云翚风斜之态。姬扶病三月，犹半梳洗，见之甚爱，遂留榻右。每晚高烧翠蜡，以白团回屏六曲，围三面，设小座于花间，位置菊影，极其参横妙丽。始以身入，人在菊中，菊与人俱在影中，回视屏上，顾余曰：'菊之意态尽矣，其如人瘦何！'至今思之，淡秀如画。"赏菊而兼赏菊影，这才算得是菊花的知己。

在一般菊展中，有名菊廊和品种廊，每一盆菊花都是独本，一般人称之为"标本菊"，就是菊花的标本，因为一本只有一花，所以花朵特大，花瓣花须，花蒂花心，都看得清清楚楚，可供园艺家研究，也可供画家写生，这是未可厚非的。可是我们做盆景的，却以三枝或五枝为合适，花朵不必太大，也不必一样大小，一样高低，让它参差一些，才显得出自然的姿态。要做菊花的盆景，还有一个必要条件，就是要选择矮种，叶子也不可太大，种在盆子里，才可入画。如果是高枝大叶，再加上碗口般大的花朵，那就不配做盆景了。

盆栽盆景一席谈

这些年来，不知以何因缘，我家的花草树木，居然引起了广大群众的注意，一年四季，来客络绎不绝，识与不识，闻风而来，甚至有十二个国家的国际友人，也先后光临，真使我既觉得荣幸，也觉得惭愧！

一般人对于种在盆子里的花草树木，统称为盆景，其实是有分别的。凡是普通的花草树木，随便地种在盆子里的，例如菊、月季、杜鹃等等，只能称为盆植。如果是盆栽，那就要树干苍老，枝条经过整理，形成了美的姿态，方才合格。至于盆景，那么除了将树木作为主体外，还要配以拳石或石笋，和广东石湾制的屋、亭、桥、船、塔与人物等等，作为点缀，大小比例，都要正确，布置得好像一幅画一样。此外还有一种，就是水石，以石为主体，或横峰，或竖峰，用水盘盛了水来供着，也要点缀几件石湾制的小玩意，如能种些小树在适当的地方，那就更好了。我家的园子里和屋子里，便经常陈列着盆植、盆栽、盆景和水石，供人观赏，仿佛一年到头地在开展览会。

我家的盆栽，有好多株是一二百年的老干和枯干的花木，如一株单瓣白梅，二株柏树，二株榆树，有的枯干长满苔藓，有的干已中空，成了一个大窟窿，来客们见了都啧啧称怪，以为像这样一二百年的老树，怎么能在盆子里活着呢。至于数十年和一二十年的，那是太多了，中如一株会结桃子的桃树，二株满开小白花的李树，二株垂丝海棠，一株紫藤，一株红薇，二株紫薇，一株蜡梅，二株鸟不宿，一株银杏，一株罗汉松，三株三角枫，一株石榴，一株四季桂，都是比较名贵，而为我所喜爱的。还有树干不易粗壮而树龄已在一百年以上的，如一株枝叶纷披结子累累的枸杞，曾参加上海菊展，并且已由科学教育电影制片厂用彩色片收入了镜头。又如一株名叫"雪塔"的山茶，开花时一白如雪。还有一株三干展开的紫杜鹃，这是清代相国潘祖荫家的故物，年来每逢暮春时节，开满了上千朵的花，如火如荼，鲜艳夺目，朋友们见了，都欢喜赞叹不置。盆梅中也有不少树龄已达数十年的，如一株半悬崖形的玉蝶梅，一株开花最迟的送春梅，二株老干屈曲的硃砂梅、一株干粗如壮夫双臂的大绿梅，一株干已半枯而欹斜作势的单瓣白梅，而最最名贵的，是苏州已故名画家顾鹤逸先生手植的一株树龄一百馀年枯干虬枝的绿萼梅。这许多老干枯干的盆树，都是树木中的"古董"，我把多种多样的旧陶盆栽种着，古色古香，自然脱俗。它是我家的至宝，也是一切盆栽中的至宝，我希望它们老当益壮，一年年地活下去。

我对于盆景，也有特别的爱好，恨不得每天都有一种新作品，因为这与画家作画一样，可以表现自己的艺术性的。我的盆景，一方面是自出心裁的创作，一方面是取法乎上，仿照古人的名画来做，先后做成的，有明代唐伯虎的"蕉石图"、沈石田的"鹤听琴图"、夏仲昭的"竹趣图"和"半窗晴翠图"、清代王烟客的"新蒲寿石图"等，这与国画家临摹古画同一意味，而是我所独创的。仿照近人名画来做的，有张大千的"松岩高士图"，因为这是一个小型的盆景，岩石不大，那一前一后两株悬崖的松，是用草类中的松形半支莲来替代的。自己创作的，有"听松图"、"梅月图"、"紫竹林"、"竹林七贤"、"枯木竹石"、"田家小景"、"孤山放鹤图"、"枫林雅集图"、"归樵图"、"散牧图"、"陶渊明松菊犹存"等，这些盆景，除了把各种树与竹作为主体外，再配以广东石湾与佛山制的陶质人物与亭、台、楼、阁、塔、船、桥梁、茅屋等小玩意，大小比例，必须正确，才能算是盆景中的上品。水石有仿宋代大画家范宽的"长江万里图"一角、元代大画家倪云林的"江岸望山图"，自己创作的有"桃花源"、"观瀑图"、"香雪海"、"独秀峰"、"赤壁夜游图"、"欸乃归舟图"、"严子陵钓台"、"雁荡大龙湫"等，全用白端石、玛瑙石和矾石、紫砂、白瓷等水盘来装置，并且也与盆景一样，适当地配以小树和石湾制的陶质人物、茅亭、船只、屋宇等等，瞧上去便更觉生动。这一批水石盆供，曾一度展出于拙政园，取毛主席《沁园春》名句"江山如此多娇"作为总题，曾博得观众不少的好评。

把我的花和瓜种到苏联去

今年四月十四日，曾在上海一张报上看到苏联一位退休老人艾依斯蒙特同志的来信，希望得到一些中国花子，使他的窗前开放出远道而来的花朵。当时我曾怦然心动，想把我去年所收的几种花子送给他。但是转念一想，苏联的土壤和气候跟苏州不一样，我把花子送去播种，不知道能不能开出花来呢？何况他老人家说是使他的窗前开出远道而来的花朵，分明是没有园地的，种在盆子里，又比较的难一些。这么一想，我就把这意思打消了。

谁知不上几天，却接到了报纸编辑部的来信，说我研究花卉，历有年所，花子品种，数量必多，对于苏联爱花人的热望，想能予以满足云云。这封信的力量很大，立刻鼓动了我，忙把今年清明节边播种后剩馀的几种花子检出来，这些花子，本来是打算送与其他爱花人的。

我那剩馀的花子中，就有三种凤仙花的名种，一种是五色复瓣的，在一株上开出几种颜色的花朵来，十分娇艳；一种叫做"喷砂"，也是复瓣的，在白色或浅红色的花瓣上，透出许多鲜红的细点，有如喷上硃砂一般；另一种是粉红色的复瓣，花心是浅绿色的，也很名贵。凤仙的花形很像飞凤，因此又名金凤花，宋代词人晏殊赞美它，曾有"九苞颜色春霞萃，丹穴威仪秀气攒"之句，足见它在草花中，可说是佼佼者。此外我又检出火黄色的矮种鸡冠花子和红色叠瓣的夜繁花子多粒，一并送去，它们像凤仙花一样，都是容易栽种，容易开花的。

166

把这五种花子送与苏联朋友，觉得太少了些，因此我又检出了几种瓜子。一种是前年从狮子林得来的双景瓜，是观赏瓜中的异种，瓜形很小，上圆下尖，上半作绿色，下半作黄色，因名"双景"，种在盆子里，插一根竹子，让瓜蔓爬上去，可作案头清供。一种是甘肃的白兰瓜，我在去夏出席江苏人民代表会议时吃到，其甜如蜜，把瓜子带回来试种，今夏能不能尝新，尚未可必。另三种是我国旧有的红色和白色的北瓜，有浑圆、有椭圆、有扁圆而三鼎足的，种在盆里，可以让瓜蔓爬到窗上或墙上去。我把这五种花子五种瓜子，奉送给苏联朋友，含有十全十美之意，祝颂他老人家栽花得花，种瓜得瓜。并附小诗二首，以表寸心：

"中苏携手欢情畅，同气连枝似一家。愿祝莫斯科下土，年年开遍凤仙花。"

"玲珑娇小态夭斜，金碧交辉双景瓜。瓜瓞绵绵团结紧，中苏盟好恰如它。"

夏天的瓶供

　　凡是爱好花木的人，总想经常有花可看，尤其是供在案头，可以朝夕坐对，而使一室之内，也增加了生气。供在案头的，当然最好是盆栽和盆景，如果条件不够，或佳品难得，那么有了瓶供，也可以过过花瘾。对于瓶供的爱好，古已有之，如宋代诗人张道洽《瓶梅》云："寒水一瓶春数枝，清香不减小溪时。横斜竹底无人见，莫与微云澹月知。"徐献可《书斋》云："十日书斋九日扃，春晴何处不闲行。瓶花落尽无人管，留得残枝叶自生。"方回《惜研中花》云："花担移来锦绣丛，小窗瓶水浸春风。朝来不忍轻磨墨，落研香粘数点红。"这与我的情况恰恰相同，紫罗兰盦南窗下的书桌上，四时不断地供着一瓶花，瓶下恰有一方端砚，花瓣往往落在砚上，我也往往不忍磨墨，生怕玷污了它，足见惜花人的心理，是约略相同的。

　　说到夏天的瓶供，我是与盆供并重的。从园子里的细种莲花开放之后，就陆续采来供在爱莲堂中央的桌子土，如洒金、层台、大绿、粉千叶等，都是难得的名种。我轮替地用一只古铜大圆瓶，一只雍正黄瓷大胆瓶和一只紫红瓷窑变的扁方瓶来插供，以花的颜色来配瓶的颜色，务求其调和悦目。单单插了莲花还不够，更要采三片小样的莲叶来搭配着，花二朵或三朵，配上了三片叶子，插得有高有低，有直有欹，必须像画家笔下画出来的一样。倘有一朵花先谢了，剩下一只小莲蓬，仍然留在瓶里，再去采一朵半开的花来补缺，这样要连续插供到细种莲花全部开完后为止。在这一个多月的时间里，我把这一大瓶高花大叶的莲花，用树根几或红木几高供中央，总算不辜负了"爱莲堂"这块老招牌，而上面挂着的，恰又是林伯希老画师所画的一幅《爱莲图》，更觉相映成趣。

除了瓶供的莲花之外，还有瓶供的菖兰，菖兰的色彩是多种多样的，有白、红、淡黄、深黄、洒金、茄紫诸色，而我园有一种深紫而有绒光的，更为富丽。我也将花与瓶的颜色互相配合，互相衬托，花以三枝五枝或七枝为规律，再插上几片叶，高低疏密，都须插得适当，看上去自有画意。有时瓶用得腻了，便改用一只明代欧瓷的长方形小型水盘，插上三五枝小样的菖兰，衬以绿叶，配上大小拳石两块，更觉幽雅入画了。

我爱用水盘插花，觉得比用瓶来插花，更有趣味。除了菖兰，无论大丽、月季、蜀葵等，都是夏天常见的，都可用水盘来插，不过叶子也需要，再用拳石或书带草来一衬托，那是更富于诗情画意了。爱莲堂里有一只长方形的白石大水盘，下有红木几座，落地安放着，我在盘的右边竖了一块二尺高的英石奇峰，像个独秀峰模样，盘中盛满了水，散满了碧绿的小浮萍。清早到园子里，采了大石缸中刚开放的大红色睡莲二三朵，和小样的莲叶三五张，回来放在水盘里，就好像把一个小小的莲塘，搬到了屋子里来，徘徊观赏，真的是"心上莲花朵朵开"了。每天傍晚，只要把闭拢了的花朵撩起来，放在露天的浅水盆中过夜，明天早上，花依然开放，依然放到水盘里，天天这样做，可以持续三四天。

明代小品文专家袁宏道中郎，对于插花很有研究，曾作《瓶史》一书，传诵至今，并曾流入日本。日本人也擅长插花，称为"花道"，得中郎《瓶史》，当作枕中秘宝，并且学习他的插花方法，自成一派，叫做"宏道流"。他们对于夏天的瓶供，如插菖兰、蝴蝶花、莲花等，都很自然，可是对于国家大典中所用以装饰的瓶供或水盘，却矫揉造作，一无足取了。谱嫂俞碧如，曾从日本花道女专家学插花，取长舍短，青出于蓝，每到我家来时，总要给我在瓶子里或水盘里一显身手，和她那位精于审美的爱人反复商讨，一丝不苟。可惜她已于去年暮春落花时节，一病不起。我如今见了她给我插过花的瓶尊水盘，如过黄公之垆，为之腹痛！

上海花店中，折枝花四季不断，倘要作瓶供，真是取之不尽，用之不竭，并且有不少插花的专家，可作顾问，家庭中明窗净几，倘有二三瓶供作点缀，也可以一餍馋眼，一洗尘襟了。

清凉味

苏州市园林管理处从今年八月十五日起在拙政园举行盆桩展览会。早在半月以前，就来要我参加展出，我当下一口答应了。因为这些年来，拙政园每有展览会，我原是有求必应，无役不与的。但我想到那种枯干老桩的盆树，拙政园有的是，并且多得很，那么我拿些什么东西去展出呢？于是大动脑筋，想啊想的想了一天，终于想出一个避重就轻的新花样来。

配合着这个乍凉还热的新秋天气，我决计准备一些含有清凉味的竹子、芭蕉、芦荻、菖蒲、杨柳、爬山虎和水石等，作为出品。一连忙了几天，共得十九点，请几位写得一手好字的朋友，在各种彩笺上写了标签，注明名称和含有诗意的题句，又请林伯希老画师画了一小幅竹子、芭蕉、菖蒲三清图，在一旁题上"清凉味"三字，就作为我这次出品的总称。我希望观众看了之后，凉在眼底，更凉到心头，真能享受到一些清凉味。

"清凉味"展出的所在，是拙政园西部三十六鸳鸯馆，面临池塘，有一对对鸳鸯拍浮其中，这场合是挺美的。一只红木长台上，居中供着一大盆"紫竹林"，拳石的一旁，立着一尊佛山窑的观音像，手捧杨枝水瓶，好一副庄严宝相。左旁是一盆五株合种的芭蕉，有人小步蕉阴，神态悠闲得很，题名"小绿天"。右旁高供着一盆垂柳，长条临风披拂，使人想起"杨柳岸晓风残月"的名句。

长台前的贡桌上，中央一个长方形浅盆中，种着二十馀枝芦荻，就题名"芦荻岸"，岸上芦荻丛中，有两只白鹅，正在低头刷翎；岸边有小池，铺满着浮萍，全是水乡风物。此外盆景，有仿明代沈石田的"鹤听琴图"，山洞的两旁，种着三枝文竹，洞口有老者正在鼓琴，一头白鹤在旁听着，似是知音。一只不等边形的歙石浅盆中，斜立着一座峭壁，顶上有爬山虎一株，枝叶纷披；壁下石坡上，正有渔夫持竿垂钓，活画出一幅"渔家乐图"。一只长方形汉砖浅盆中，有英石壁立，坐着一尊无量寿佛，座前满种菖蒲，题名"蒲石延年"。其他如"枯木竹石"、"新蒲寿石"、"空山高隐图"等，都是尽力求其入画，而又带着清凉味的。

我这次展出的盆竹，如果排队点起名来，共有十种，如紫竹、斑竹、文竹、棕竹、观音竹、寿星竹、凤尾竹、飞白竹、佛肚竹，而以金镶碧玉嵌竿最为别致，每根黄色的竹竿上每隔一节都嵌着一条粗绿纹，如嵌碧玉一样。古人说："宁可食无肉，不可居无竹。"我也有同感，并且爱它一年四季，都带着清凉味。

留听阁一带地区，全是本园出品，林林总总，美不胜收，枯干的红薇多盆，正在烂漫地开着花，如锦如绣。最特出的是那株树龄五百馀年的老榆桩，好像是一座冠云峰模样，使人叹为观止。这是该园组长于智通和技工朱子安两同志，今春从广福深山中掘来培养而成，不知费却了多少心力，才得此成果。会期共十六天，吸引了不少观众，上海、无锡的一般盆栽专家都来观赏，大有宾至如归之概。

农村小景放牧图

我生长在城市里，几十年来又居住在城市里，很有些儿像井底之蛙，只看到井栏圈那么大的一片天，实在是所见不广。偶然到农村里去走走，顿觉视野拓宽了，胸襟也拓宽了。见了农民兄弟，跟他们谈谈说说，又获得了一些农作物上的新知识，并且体会到一粥一饭，真是来处不易。凡是住在城里的人，吃饭不要忘了种田人啊。

这两年来，曾经到过几次农村，苏州枫桥的曙光合作社，给与我一个最深刻的印象，蓬蓬勃勃，充满了朝气。我于视察之馀，更流连光景，最爱看的，便是牧童放牛，孩子们各自骑在牛背上，安闲地唱着山歌，在田坡上缓缓蹀去，构成一幅挺美的画面。回家以后，就做了一个盆景，在一只浅浅的小长方红砂盆里，栽了一高一矮两株小榆树，配上几块小阳山石，而在树阴下的草坪上，放着两只广东石湾窑的小牛。牛背上各有一个牧童，一个背着笠子，双手撑在牛背上，翘起了一只脚；一个伏着牛背，像要泻落下去似的。他们的身上都穿着红衣，衬托了那榆树上的绿叶，分外好看。我给这盆景题了个名儿，叫做"放牧图"，曾展出于上海中山公园的展览会，最近在北京出版的俄文版《人民中国》刊物上，刊登了我的一篇论中国盆景艺术的文章，也就把这"放牧图"的摄影作为插图。此外，我又做过一个"农村小景"的盆景，在一丛小笋子下，有几个农民在种田，而在一片塘的旁边，有一个牧童坐在牛背上，那只牛正蹲在地上休息，模样儿安闲得很。我爱好这两个盆景，因为我爱好农村里的牛，爱好农村里的牧童。

农村里的牛和牧童，是活生生的画，当然可受。就是画到了画里去，也觉得非常可爱。记得前两年曾在苏州一位收藏家那里，见到一个手卷《风雨奔犊图》，据说是梁代一位高僧所画的，画中雨横风斜，烟雾迷濛，一头牛正迎着风雨向前狂奔，脖子里还带着一根挣断了的绳子，后面有一个牧童在没命地追赶，满面现出紧张和恐慌的神情，画面既十分生动，笔触也十分高逸，至今深印在我的心头眼底，不能忘怀。

不但是画，就是昔人诗里的牛和牧童，也觉得可爱。如宋代陆游《买牛》云："老子倾囊得万钱，石帆上下买乌犍。牧童避雨归来晚，一笛春风草满川。"又无名氏《牧童》云："草铺横野六七里，笛弄晚风三四声。归来饱饭黄昏后，不脱蓑衣卧月明。"清代的周镐《牧童》云："草原一路草抽芽，新学吴讴唱浣纱。晚笛数声牛背滑，满村红雨落桃花。"这三首诗中都有"笛"，足见从前的牧童都会吹笛。我想现在新农村里的牧童，搞过了多种多样的文娱活动，吹笛是不算一回事了。

又清代顾绍敏《牧牛词》云："秧针短短湖水白，场头打麦声拍拍。绿杨影里系乌犍，双角弯环卧溪碧。晚来驱向东阡行，踢角上牛鞭两声。牧童腰笛唱歌去，草深扑扑飞牛蚊。但愿我牛养黄犊，更筑牛官伴牛宿。年丰不用多苦辛，陇上一犁春雨足。"这一首诗真所谓"诗中有画"，借着牛和牧童作主题，写出农村景物，简直像一幅画那么生动。不但是写出种种动态，还写出种种音响，末四句更写出了对于增产和丰收的期望，表达出农民们的乐观主义精神。

现在有许多知识分子，为了要实现农业发展纲要四十条，纷纷到农村去参加体力劳动了。愿他们于工作馀暇，尽量地欣赏农村里的一切景物，会作画的可以从事写生，会作诗的可以多写些歌颂新农村的诗歌文章，那么不但在农作物上得到丰收，在文艺上也可争取丰收了。

第五辑

湖山胜处看梅花

一年之计在于春，一春出游之计最先在于探梅，而探梅的去处总说是苏州的邓尉，因为邓尉探梅，古已有之，非同超山探梅之以今日始了。邓尉山在吴县西南六十里，相传汉代有邓尉隐居于此，因以为名，一名光福山，因为山下有光福镇，而旧时是称为光福里的。作邓尉的附庸的，有龟山、虎山、至理山、茆冈山、石帆山等八九座小山，人家搅也搅不清，只知道主山是邓尉罢了。明代诗人吴宽有《登邓尉》诗云：

"昔年曾学登山法，纵步不忧山石滑。舍舆径上凤冈头，趁此凉风当晚发。远山朝士抱牙笏，近山美人盘髻发。我身如在巨海中，青浪低昂出复没。山下人家起市廛，家家炊烟起曲突。梅林屋宇遥复见，一似野鸟巢木末。山僧见山如等闲，翻怪群山竞排闼。偶凭高阁发长笑，笑我胡为躐石钵。夕阳满目波洋洋，西望平湖更空阔。山灵为我报水仙，豫役清泠供酒渴。吴人非不好登山，一宿山中便愁绝。扁舟连夜泊湖口，舟子长篙未须刺。懒游已笑斯人唱骙，狂游不学前辈达。若耶云门在於越，何必青鞋共布袜。"

诗中除了"梅林屋宇遥复见"一句外，对于梅花并没详细的描写，原来看梅并不限于邓尉山上，而梅树也散在四周的山野之间，即如和邓尉相连不断而坐落在东南六里的玄墓山就是一例，那边也可看梅，并且山上也是有不少梅树的。玄墓之得名，因东晋青州刺史郁泰玄葬在山上的缘故。现在此墓依然存在，位在圣恩寺后面的山坡上，向右过去不多路，就是颇有名的"真假山"，嵌空玲珑，仿佛是用太湖石堆砌而成，正如人家园林中的假山一样，其实是出于天然，因山泉冲激所致，所以称之为"真假山"。这里一带，至今还有好几十株老梅树；而圣恩寺前，本来也种有不少梅树，不幸在暴日入寇时砍伐都尽。我在十馀年前到此看梅，还不愧为大观，回来以后，曾怀之以诗：

"玄墓梅花锦作堆，千枝万朵满山隈。几时修得山中住，朝夕吹嚼香蕊来。"

寺中还元阁上，原藏有《一蒲团外万梅花》长卷，也足见当年山中梅花之盛。自明清以至民国，都有骚人墨客的题咏，而经过了这一次浩劫，前半早已散失，后半只剩胡三桥的一幅画，和易实甫、樊云门以及近人所题的诗词，并且不知怎样，纸上沾染了许多黑斑，有几处竟连字也瞧不出来了。后来我上山看梅，也看过了这一个残馀的卷子，曾题了两首七绝：

"劫馀重到还元阁，举目河山百种宽。欲寄身心何处寄，万梅花里一蒲团。"

"万梅花里一蒲团，打坐千年便涅槃。佛雨缤纷花雨乱，如来弥勒共盘桓。"

我虽仍然沿用着"一蒲团外万梅花"原意，其实哪里还有万树梅花之盛，只能说是万朵梅花吧。玄墓之西有弹山、蟠螭山，以石楼、石壁吸引了无数游屐，那边也有梅树，可是散漫而并不簇聚，只是疏疏落落地点缀在山径两旁罢了。弹山的西北有西碛山，其南有查山，旧时梅花最盛，宋代淳祐年间，高士查莘曾隐居于此，筑有梅隐庵。庵东有一个挺大的潭，在梅林交错中，虽亢旱并不干涸，查氏就在上面的崖壁上题了"梅花潭"三字，可是这些古迹，已无馀迹可寻。不过唐寅诗有"十里梅花雪如磨"句，而李流芳文有"余买一小丘于铁山之下，登陟不十步而尽揽湖山之胜，尤于看梅为宜，盖踞花之上，千村万落，一望而收之"

云云，那就足见这里一带，在明代是一个观赏梅花的胜处。

在光福镇之西，与铜井山并峙的，有马驾山，俗称吾家山。山并不很高，而四面全是梅树，花开时一白如雪，蔚为大观。清康熙中巡抚宋牧仲荦在崖壁上题了"香雪海"三字，复筑亭其旁，以便看梅。据说乾隆下江南时，也曾到此一游，于是"香雪海"之名藉其人口，游人络绎而至。诗人汪琬曾有《游马驾山记》，兹摘其中段云：

"……前后梅花多至百许树，芳气蓊勃，落英缤纷，入其中者，迷不知出。稍北折而上，望见山半累石数十，或偃或仰，小者可几，大者可席，盖《尔雅》所谓磐也。于是遂往，列坐其地，俯窥旁瞩，濛然暍然，曳若长练，凝若积雪，绵谷跨岭，无一非梅者。加又有微云弄白，轻烟缭青，左澄湖以为镜，右崇嶂以为屏，水天浩漾，苍翠错互，然则极邓尉、玄墓之观，孰有尚于兹山者耶？……"

读了这一段文字，就可知道这马驾山香雪海亭一带，确是看梅最好的所在，不过"百许树"疑为"万许树"之误。因为二十馀年前我到此看梅，也决不止百许树，但见山下四周茫茫一白，确有曳若长练、凝若积雪的奇观，至少也该有千许树呢。后来乡人因种梅利薄，不及种桑利厚，于是多有砍梅以种桑的。如今梅花时节，您要是上马驾山去向四下一看，怕就要大失所望，觉得香雪海已越缩越小，早变成香雪河、香雪溪了。清代画师作探梅图，多以香雪海为题材，吾家藏有横幅一帧，出吴清卿大澂手，点染极精。我曾请吴氏裔孙湖帆兄鉴定一下，确是真迹，特地转请故王胜之先生题端，而由湖兄检出愙斋旧笺，钞了他老人家的遗作《邓尉探梅诗七律二章》殿其后，更有锦上添花之妙，我于登临之馀，欣赏着这画中的香雪海，觉得更有意味了。

明代高士归庄，字玄恭，江苏昆山人，国亡以后，便遁入山林中，佯狂玩世，与顾亭林同享盛名，一时有"归奇顾怪"之称。

178

遗作《观梅日记》，详记邓尉探梅事，劈头就说："邓尉山梅花，吴中之盛观也。崇祯间尝来游，乱后二十年中凡三至……"他最后一次探梅，历时十日。从昆山乘船出发，先到虎丘，寓梅花楼，赋诗二绝句，第一首：

"邓尉山梅是胜游，东风百里送扁舟。更爱虎丘花市好，月明先醉梅花楼。"

这首诗可算是发凡。第二天仍以舟行，过木渎，取道观音山而于第三天到上崦，记中说："遥望山麓梅花村，斜阳照之，皑皑如积雪。"这是邓尉探梅之始。第四天到士墟访友人葛瑞五，记云："其居面骑龙山，四望皆梅花，在香雪丛中。余辛丑年看梅花，有'门前白到青峰麓'之句，即其地也。庭中累石为丘，前临小池，梅三五株，红白绿萼相间。酌罢坐月下，芳气袭人不止，花影零乱，如水中荇藻交横也。后庭有白梅一株，花甚繁，其实至十月始熟，盖是异种。"他在这里探梅，是远望与近看，兼而有之的。第五天登马驾山，他说："山有平石，踞坐眺瞩，梅花万树，环绕山麓。"这平石附近的崖壁上，就是后来宋牧仲题"香雪海"三字的所在。要看大块文章式的梅花，这里确是惟一胜处，我当年也就在这一块平石上，酣畅淋漓地领略了香雪海之胜。第六天游弹山之西的石楼，记云："石楼前临潭山，潭山之东西村坞皆梅花，千层万叠，如霰雪纷集，白云不飞。"这里的梅花也可使人看一个饱，可是现在登石楼，就不足以餍馋眼了。第七天游茶山，他说："茶山之景，梅花则胜马驾山，远望湖山，则亚于石楼。盖马驾梅花，惟左右前三面，茶山则梅花四面环匝。"这所谓茶山，为志书所不载，大概就是宋代高士查莘所隐居的查山吧？他既说梅花四面环匝，胜过马驾山，将来倒要登临其上，对证古本哩。随后他又游了铜井山，记云："铜井绝高，振衣山巅，四面湖山皆在目，而村坞梅花参差，逗露于青松翠竹之间，亦胜观也。"他这里所见，只是村坞间参差的梅花，已自绚烂归于平淡了。第八天上朱华岭，

179

记云："回望山麓梅花，其胜不减马驾山。过岭至惊鱼洞，洞水潺潺有声，入山来初见也。道旁一古梅，苔藓斑驳，殆百馀年物，而花甚繁，婆娑其下者久之。路出花林中，早梅之将残者，以杖微扣之，落英缤纷，惹人襟袖。复前，则梅杏相半，杏素后于梅，春寒积雨，梅信迟，遂同时发花，红白间杂如绣。"因看梅而看到杏花，倒是双重收获，眼福不浅。原来他记中所记时日，已是古历的二月十九日了。第九天他才游玄墓山，这是一般人看梅必到的所在，圣恩寺游侣如云，直到梅花残了才冷落下来。他记中只说："途中所见，无非梅花林也。"又说："遥望五云洞一带，梅花亦可观。"对于真假山一带梅花，不着一字，大约那时还没有种梅吧？第十天上蟠螭，至石壁，经七十二峰阁，至潭东，记云："蟠螭者，在诸山之极端，梅杏千林，白云紫霞，一时蒸蔚。"又云："潭东梅杏杂糅，山头遥望，则如云霞，至近观之，玉骨冰肌，固是仙姝神女，灼灼红妆，亦一时之国色也。"他在这里都是由梅花而看到杏花，杏花正在烂漫，而梅花已有迟暮之感了。第十一天他就出士墟而至光福，结束了他的邓尉探梅之行。归氏此行历十天之久，又遍游诸山，对于梅花细细领略，真是梅花知己。今人探梅邓尉，总是坐了小汽车风驰电掣而去，夕阳未下，就又风驰电掣而返，这样的探梅，正像乱嚼江瑶柱一样，还有什么味儿？来春有兴，打算也照归氏那么办法，趁梅花开到八九分时，作十日之游，要把邓尉四周的山和梅花，仔仔细细地领略一下，也许香雪海依然是香雪海呢。

对于邓尉梅花能细细领略如归玄恭者，还有三人，其一是清代名画师恽南田，他的画跋中有云："泛舟邓尉，看梅半月而返，兴甚高逸，归时乃作看梅图。江山阻阔，别久会稀，瘟寂心期，千里无间。春风杨柳，青雀烟帆，室迩人遐，空悬梦想。"其二是名画师兼金石名家金冬心，他的画跋中有云："小雪初晴，馀寒送腊，具鹤氅浩然巾，入邓尉山，看红梅绿萼，十步一坐，坐浮一大白，花香枝影，迎送数十里。虽文君要饮，玉环奉盏，其乐不是过也。”一个是“看梅半月而返”，而尚有馀恋；一个是“十步一坐，坐浮一大白”，而以梅花比之古美人要饮奉盏，他们都是善于看梅而领略到个中至味的。其三是清末名词人郑叔问，晚年自署大鹤山人，卜居苏州鹤园，日常以作画填词自遣。他的词集《樵风乐府》中，不少邓尉探梅之作，他自己曾说往来邓尉山中廿馀年，并因爱梅之故，与王半塘有西崦卜邻之约。他的看梅也与归玄恭一样，遍历诸山而一无遗漏的，但读他的八阕《卜算子》，可见一斑，其一云：

“低唱暗香人，旧识凌波路。行尽江南梦里春，老兴天悭与。　桥上弄珠来，烟水空寒处。万顷颇黎弄玉盘，月好无人赋。”

这是为常年看梅旧泊地虎山桥而作。其二云：

“瑶步起仙尘，钿额添宫样。一闭松风水月中，寂寞空山赏。　诗版旧题香，盛迹成追想。花下曾闻玉辇过，夜夜青禽唱。”

这是为追忆玄墓山圣恩寺旧游而作。其三云：

“数点岁寒心，百尺苍云覆。落尽高花有好枝，玉骨如诗瘦。　卧影近池看，露坐移尊就。竹外何人倚暮寒，香雪和衣透。”

这是因司徒庙柏因社清奇古怪由古柏联想到庙中梅花而作。其四云：

“枝亚野桥斜，香暗岩扉迥。瘦出花南几尺山，一坞苍苔静。　梦老石生芝，开眼皆奇景。大好青山玉树埋，明月前身影。”

这是为青芝坞面西碛一小丘宜于看梅而作。其五云：

“一棹过湖西，曾载双崦雪。蹋叶寻花到几峰，古寺诗声彻。　林卧共僧吟，树老无花折。何必桃源别有春，心境成孤绝。”

这是为安山东坳里古寺中寻古梅而作。其六云：

“刻翠竹声寒，扫绿苔文细。四壁花藏一寺山，香国闲中味。　对镜两蛾颦，想像西施醉。欲唤鸱夷载拍浮，可解伤春意。”

这是为常年看梅信宿蟠螭山而作。其七云：

"云叠玉棱棱，琴筑流澌咽。漫把南枝赠北人，陇上伤今别。　秀簏梦重寻，泉石空高洁。台上看谁卧雪来，独共寒香说。"

这是为弹山石楼看梅兼以赠别知友而作。其八云：

"初月散林烟，近水明篱落。昨夜东风犯雪来，梦地春抛却。　最负五湖心，不为风波恶。笑看青山也白头，一醉花应觉。"

这是为冲雪泛舟，看梅于法华渔洋两山邻近的白浮而作。原词每阕都有小注，十分隽永，为节约篇幅故，不录。但看每一阕中，都咏及梅花，而极其蕴藉之致，三复诵之，仿佛有幽香冷馥，拂拂透纸背出。邓尉的梅花，大抵以结实的白梅为多，一称野梅，浅红色和绿萼的较少，透骨红已绝无而仅有。盆梅向来盛于潭东天井上一带，往年我曾两度前去，物色枯干虬枝的老梅，可是所得不多，苏州沦陷期间已先后病死。硕果仅存的只有一株浅红色的大劈梅，十年前曾在那老干的平面上刻了一首龚定盦的绝句：

"玉树坚牢不病身，耻为娇喘与轻颦。天花那用铃幡护，活色生香五百春。"

这二十八字和题款，还是从龚氏真迹上勾下来的。以这株老梅的本干看来，也许已有了五百年的高寿了。每年梅花盛开时，大抵总在农历惊蛰节以后，所以探梅必须及时，早去时梅犹含蕊，迟去时梅已谢落，最好山中有熟人，报道梅花消息，那么决不致虚此一行。

苏州盆景一席谈

"三尺宣州白狭盆。吴人偏不把、种兰荪。钗松拳石叠成村。茶烟里、浑似冷云昏。　丘壑望中存。依然溪曲折、护柴门。秋霖长为洗苔痕。丹青叟、见也定销魂。"

这是清代词人龚翔麟咏苏州盆景的一阕《小重山》词,他说的把一株小松种在一只狭长的宣石盆中,配以拳石,富有画意,成为一个上好的盆景,因此老画师也一见销魂了。

盆景是什么?盆景的构成,是将老干或枯干的花树、果树、常绿树、落叶树等一株或二株种在盆子里,抑制它们的发育,不使长得太高太野;一面用人工整修它们的姿态,力求美化,好像把山野间的树木缩小了放在盆里一样。其实盆景大部分也就是利用这种野生的树木作为材料,由于艺术加工而制成的。原来那山野、岩谷间所生长的松、柏、榆、枫、雀梅、米叶、冬青等,经过数十年或数百年之久,枯干虬枝,形成了苍老的姿态,只因一年年常经樵夫砍伐,高度只有一二尺左右。这种矮小而苍老的树木,俗称树桩或老桩头,如果掘来上盆,加以整理,一面修剪,一面扎缚,就可成为盆景。要是单独的一株,那么可以依树身原来的形态,种在深的或浅的方形、圆形以及其他长方形、椭圆形、六角形等陶、磁或石盆中,树下树旁可适当地安放一二块拳石或石笋。例如一株悬崖形的树木,种在方形或圆形的深盆里,根旁倘有馀地,可以插上一根石笋。欹斜形的树木,种在长方形的浅盆中,不论一株、二株,倘觉树下馀地太大,显得空虚,那就可

183

以配上一块英石或宣石。像这样的栽种和布置，可称为简单化的盆景。

那么怎样才是复杂化的盆景呢？这就须更进一步，制作比较细致。倘以绘画作比，等于画一幅山水或一幅园林，又等于在盆子里制成一个山水或园林的模型，成为立体的实物了。农村渔庄，都可用作绝妙的题材，并可在配置的人物上，设法将劳动生产的情况表现出来。凡是山岩、坡滩、岛屿、石壁等等，都可用安徽沙积石或广东英石、苏州阳山石等作适当的布局。人如渔、樵、耕、读，物如亭、台、楼、阁、桥、船、寺、塔、水车、茆舍等等，都以广东石湾制的出品最为精致。树木一株、二株，或三五株以至七株、九株，树身不必粗大，务求形态美好，必须有高低、有远近、有疏密，并以叶片细小为必要条件，否则与全景不称。就是人与物配置的远近，也都要有一定的比例，而人与物的形体，为了要与树叶作比例，所以不宜太小，还是要选用较大的较为合适。凡是制作盆景的高手，必须胸有丘壑，腹有诗书，多看古今名画，才能制成一盆富有诗情画意的高品。如果有这么一个水平较高的盆景，供在几案上，朝夕观赏，不知不觉地把一切烦虑完全忘却，仿佛置身于大自然的怀抱里，作神游，作卧游，胸襟为之一畅。

苏州的盆景，已有很悠久的历史，可是过去传统的风格，总是把树木扎成屏风式、扭结式、顺风式和六台三托式等等，加工太多，很不自然，并且千篇一律，也显得呆板而缺少变化。后来由于盆景爱好者观赏的眼光逐渐提高，厌弃旧时那种呆板的风格，于是一般制作盆景的技工，也就推陈出新，提高了艺术水平，在加工整姿时，力求自然。凡是老干或枯干的树木，依据它们原来的形态，栽成种种不同的形式，大致可以分作五种，对于剪片、扎缚等手法，起了显著的变化。

一、直干式：主干直立，只有一本的，称为单干式；主干有二本的，称为双干式，不过双干长短不宜相等，应分高低；主干三本或五本的，称为多干式。本数以单数为宜，不宜双数。

二、悬崖式：此式俗称"挂口"，有全悬崖、小悬崖、半悬崖各式。全悬崖的主干悬出盆外较长，角度较大，枝叶不在盆面，要用深盆栽种，近根处竖一石笋或瘦长的石峰，这树就好像生长在悬崖峭壁上一样。小悬崖的主干悬出盆外较短，少数枝叶布在盆面，但仍需要深盆。半悬崖的主干只有少许斜出盆外，并不向下悬挂，角度更小，大部分的枝叶都在盆面，所以栽种时可用较浅的盆子。

三、合栽式：十多株同一种类的树木，高高低低、疏疏密密地栽在一只浅而狭的长方盆中，树下配以若干块大小高低的英石或宣石，好像是一片山野间的树林，很为自然。

四、垂枝式：盆树有枝条太多太长，无法整形的，可将长条一根根屈曲攀扎下来，形成垂柳的模样，这就叫做垂枝式。例如迎春、怪柳、金雀、枸杞、金银花、金茉莉、紫藤花等，枝条又长又多，都可用此式处理。

五、附石式：把盆树的根株根须附着在易于吸水的沙积石上，因吸收石块的水分而生长，或就石块的窟窿中加泥栽种，更为容易。这种附石式的盆景，既可将浅盆用土栽种，也可安放在瓷质或石质的水盆里，盛以清泉，陪以小块雨花石，分外美观。

总之，盆树的形态变化很多，能够入画的，才可称为上品。枯朽的老干，中空而仍坚实，自觉老气横秋。露根的老干，突起土面，有如龙爪一样。这些树木，都是山野间老树常有的美态，在盆景中也大可增加美观。盆树的整姿定形，一定要有充分的艺术修养和灵巧的手法，才不致因加工过度而成为矫揉造作，落入下乘。春秋佳日，要经常地出外游山玩水，从岩壑、溪滩、山野、村落以及崇山峻岭之间，可以找到不少奇树怪石，都是制作盆景的好材料，要随时随地多多留意，不可轻轻放过。平日还要经常观摩古今名画，可以作为盆景的范本，比自己没根没据想出来的，高明得多。我曾经利用沈周的《鹤听琴图》、唐寅的《蕉石图》、夏昶的《竹趣图》、王烟客的《新蒲寿石图》、齐白石的《独树庵图》等，依样画葫芦似的制成了几个盆景。像这样的取法乎上，不用说是更饶画意了。

农家乐

五六竿高高低低的凤尾竹下面，有两头牛和两个小牧童。一个已坐在牛背上了，翘起一只脚叩着牛角；一个正爬上牛背去。活泼泼地，面目如画。在相去不远的所在，有一片小小池塘，塘边有石块、有小草，似乎在等两头牛过去饮水、去吃草。这一幅农家乐图，并不是画家的丹青妙笔，而是我新制的一个盆景。

此外还有"松寿图"、"百乐图"、"蒲石延年"等盆景，都是祝颂长寿和快乐的。而另一盆"翠竹重重大有年"，在两块一大一小的沙积石上，全种着密密层层的凤尾竹，有两个老翁在茅屋前闲话，似乎在庆幸竹子的丰产。另一盆"蕉下横琴"，一个穿蓝袍的白头老翁，在两株青翠欲滴的芭蕉下趺坐操琴，悠然自得。他老人家也许是敬老院里的一老吧？

为了配合西郊公园向负盛名的动物，又准备了六个象形的树桩盆景。一盆黄杨，很像走鹿；另一盆黄杨，却像曲蚓；一盆榆，像跽象；一盆雀梅，像蟠龙；一盆银杏，像游蛇；一盆三角枫，像眠蚕。当然，这所谓象形，不过略略有些儿相像，可当不上惟妙惟肖的评价，如果要把动物院中的象兄鹿弟对照起来，那就差得远了。

除了这些盆景之外，又添上一个玩意儿，在一只彩色的荷叶形浅盆里，放着一个红绿相间的长形北瓜和一个圆形的青皮北瓜，再配上一块拳石和几只紫色的灵芝，这不过是作为一件装饰品，使满台清一色的绿油油盆树之间，增加一些儿色彩，以免单调。

南通盆景正翻新

这些年来，我的园艺工作以盆景作为重点，因此凡是国内有盆景的地方，总想前去观摩一下，当作我的研究之助。一九五九年初夏，先到了广州，觉得广州的盆景，多半取法自然，自有独到之处。一九六一年春节又在南通看到了优美的盆景。

过去我在上海曾经见过不少南通来的盆景，每一盆的树姿，都像是鞠躬如也的谦谦君子，我以为天然的树偶或有之，决不会株株都是这样刻板式的。这次我到了南通之后，先后参观了南郊公园、五山公园、人民公园的许多盆景，大半仍然保持着旧时的风格，不过人民公园的技工，已受了苏州的影响，开始打破陈规了。

感谢南通的友人们特地为我举行了一个小型展览会，把他们手制的几十件盆景，分室陈列，供我观赏。只因有几位作者是画家和诗人，盆面上就有了画意诗情，不同凡俗，使我眼界为之一新。虽然品种不多，而每一株雀舌松，每一株绒针柏，每一株六月雪，都剪裁得楚楚有致，连树边树下的石笋和拳石，也布置得恰到好处。老诗人孙蔚滨先生即席赋诗见赠：

"雅望俊才海内倾，晚工园艺寄高情。等闲范水模山意，盆盎收来分外清。"

"东风花事到江城（阮亭句），小局呈粗待剪芟。喜迓高轩凭指点，争荣齐放浴朝晴。"

我于受宠若惊之馀，跟大家交流了经验，以推陈出新互相勖勉，并向旁听的各园技工提供我的一得之见。以为盆景的制作，必须六成自然，四成加工，而在这四成之中，又必须以剪裁占二成半，扎缚占一成半。如果加工过多，那就是矫揉造作，取法乎下了。

我还得感谢技工朱宝祥，他也鼓足了干劲，忽促地为我展出了他个人的作品，十之七八已改变了旧作风，换上了新面貌。就中一大盆老干的罗汉松，更觉得气势磅礴，睥睨一切，仿佛关西大汉，打铁绰板，唱大江东去，豪放得很！

恰夏果杨梅万紫稠

　　当我在琢磨那首咏长沙的《沁园春》词时，一时不知该怎样着手？穷思极想之馀，却给我抓住了末一句"浪遏飞舟"四个字，得到了启发，可就联想到那三万六千顷浪遏飞舟的太湖，又联想到那太湖上花果烂漫的洞庭山。当下就把洞庭山作为主题，费了大半天的工夫，好容易总算写成了。上半首写的是山上景物和动态，下半首写的是前几年游山的回忆，抚今思昔，真是别有一番滋味上心头。

　　那时我游的是洞庭西山，恰值是杨梅成熟的季节，因此我那下半首的头二句用"游"字韵和"稠"字韵，凑巧地写成了"年时曾此遨游，恰夏果杨梅万紫稠"。真的，当时在山上所见到的，记忆犹新。在那漫山遍野无数的杨梅树上，密密麻麻地结着无数红红紫紫的杨梅，别说数也数不清，简直连看也看不清了。我跟着那位导游的朋友在山径上走走停停，欣赏着那许多杨梅树上的累累硕果。一路走去，常常听得路旁杨梅树上响起一片清脆的笑声，从密密的绿叶丛中透将出来。原来是山农家的姑娘们正在那里摘取她们劳动的果实，一会儿就三三两两地下了树，把摘到的杨梅从小篮子里放到大竹筐里，用扁担挑着竹筐回家去。我从旁瞧着，觉得这情景倒是挺有诗意的，于是口占了二十八字："摘来嘉果出深丛，三两吴娃笑语同。拂柳分花归去缓，一肩红紫夕阳中。"所谓"一肩红紫"，当然是指她们肩挑着的满筐杨梅了。

　　杨梅毕竟是果中大家，不同凡品，因此植物学家给它所定的科属，就是杨梅科和杨梅属。李时珍给它释名，说是"其形如水杨子而味似梅，故名"。段氏（公路）《北户录》名朹子；扬州人呼白杨梅为圣僧，以圣僧作为白杨梅的别名，不知是何所取义？我总觉得太怪了。杨梅树是常绿乔木，叶形狭长而尖，很像夹竹桃，可是形态较短而较厚，一簇一簇的光泽可喜。我曾从西山带回来一株矮矮的老树，模样儿很美，栽在盆子里作为盆景，想看它开花结果。可是山野之性，不惯于局处盆子，不满两年，就与世长辞了。杨梅在春天开出黄白小花来，有雌有雄。雄花不能结实，雌花结成小球似的果实，周身是坚硬的小颗粒，到小暑节边成熟。为了种子的不同，因有红、紫、白、黄、浅红等色彩，自以紫、白二种为上品。味儿有酸有甜，但是甜中带一些酸，倒也别有风味，正如宋代诗人方岳《咏杨梅》诗所说的，"众口但便甜似蜜，宁知奇处是微酸"，可算是知味的了。

杨梅的品种，因地而异，据旧籍《群芳谱》载："杨梅，会稽产者为天下冠，吴中杨梅种类甚多，名大叶者最早熟，味甚佳；次则卞山，本出苕溪，移植光福山中尤胜；又次为青蒂、白蒂及大小松子，此外味皆不及。"不错，我们苏州光福镇原是一个花果之乡，潭东一带的杨梅，至今还是果类中颇颇有名的产品，与色紫而刺圆的洞庭山所产的杨梅，可以分庭抗礼。浙江的杨梅，会稽当然包括在内，大叶青种就产在萧山，果形椭圆，刺尖，作紫色，甘美可口。不可多得的白杨梅，就产在上虞，果形不大，而颗颗扁圆，很为别致。明代诗人瞿佑咏白杨梅诗，曾有"乃祖杨朱族最奇，诸孙清白又分枝。炎风不解消冰骨，寒粟偏能上玉肌"之句，有力地把个"白"字衬托了出来。

杨梅供人食用，大概已有一千多年的历史，梁代江淹就有一篇《杨梅赞》："宝跨荔枝，芳轶木兰。怀蕊挺实，涵黄糅丹。镜日绣壑，照霞绮峦。为我羽翼，委君玉盘。"说它跨荔枝而轶木兰，真是尽其赞之能事了。汉代东方朔作《林邑记》有云："林邑山杨梅，其大如杯碗，青时极酸，既红，味如崖蜜，以酿酒，号梅香酹，非贵人重客，不得饮之。"杨梅竟大如杯碗，闻所未闻；至于用杨梅酿酒，至今还在流行，并且还有杨梅果汁和杨梅果酱等等，供广大群众享受了。

杨梅又有一个别名，叫做"君家果"，据《世说》载，梁国杨氏子修九岁，甚聪慧，孔君平指其父，父不在，乃呼儿出，为设果，果有杨梅，孔指以示儿曰："此是君家果。"儿应声答曰："未闻孔雀是夫子家禽。"自从有了这个故事以后，姓杨的人就是往往跟杨梅认起亲来。例如宋代杨万里诗："故人解寄吾家果，未变蓬莱阁下香。"明代杨循古诗："杨梅本是我家果，归来相对叹先作。"只因这两位诗人都是姓杨，所以就称杨梅为吾家果了。此外还有把唐明皇的爱宠杨贵妃拉扯在一起的，如宋代方岳的一首咏杨梅诗："五月梅晴暑正袢，杨家亦有果堪攀。雪融火齐骊珠冷，粟起丹砂鹅顶殷。并与文园消午渴，不禁越女靥春山。略如荔子仍同姓，直恐前身是阿环。"这位诗人竟把杨梅当作杨玉环的后身，真是想入非非。

栽杨梅宜山土，以砂质而混合一些细石子的，最为合适，所以栽在山地上就易于成长，并且最好是在山坡的东面和北面，西北二面还要有一带常绿树，给它们挡住西北风，才可安稳过冬。栽种和移植时期，宜在农历三四月间，每株距离约二丈见方，不可太近。地形要高，但是地土要湿润，因此梅雨时节，就发育得很快，自有欣欣向荣之象。一到炎夏，烈日整天的晒着，枝叶就容易焦黄，影响了它的发育。新种的苗木，必须注意它的干湿，即使经过二三年，要是遇到天旱，仍须好好浇水，不可懈怠。浇水之外，还要注意施肥，用豆粕、草木灰、人粪尿等和水，先在春初一二月间施一次，到得结了果摘去以后，再施一次。树性较强，病虫害较少。枝条如果并不太密，也就不必常加修剪。

三年以来，我们苏州洞庭东西山的杨梅，年年获得大丰收。

一九六一年五月下旬，有一位诗友从洞庭山来，说起今年杨梅时节，踏遍了东西二山，他所看到的，正如陆游诗所谓"绿阴翳翳连山市，丹实累累照路隅"，到处是一片丰收景象，千千万万颗的杨梅，仿佛显得分外的鲜艳。

柿叶满庭红颗秋

　　我家庭园正中偏东一口井的旁边，有一株年过花甲的柿树，高高的挺立着，虬枝粗壮，过于壮夫的臂膀，为了枝条特多，大叶四层，因此布荫很广。到了秋季，柿子由绿转黄，更由黄转为深红，一颗颗鲜艳夺目，真如苏东坡诗所谓"柿叶满庭红颗秋"了。

　　柿是落叶乔木，高可达二三丈。每年春末发叶，作卵形，色淡绿，有毛，叶柄很短。夏初开黄花，花瓣作冠状，有雌性和雄性的区别。雌性的花落后结实，大型而作扁圆形的，叫做铜盆柿；较小而作浑圆形的，叫做金钵柿。我家的那株柿树，就是结的铜盆柿，今秋产量共有五百多只。可惜未成熟时，就被大风吹落了不少，成熟以后，又被白头翁先来尝新，又损失了一部分，然而把剩馀的采摘下来，除了分赠亲友外，也尽够我们一家大快朵颐了。在柿子未成熟的时候，皮色尚未转黄，而孩子们食指已动，那么我们就先摘下一二十颗，浸在盛着鸳鸯水（把沸水和冷水混合起来，叫做鸳鸯水）的钵子中，四面用棉絮包裹，过了十天至半月取出，扦了皮吃，甘美爽脆，十分可口。至于皮色转黄而尚未转红的柿子，味涩不堪入口，必须用楝树叶焐熟，或放在米桶里过几天，也会成熟。柿子成熟之后，又酥又甜，实在是果中俊物。

　　古人对于柿树有很高的评价，说是有七绝：一长寿，二多荫，三无鸟巢，四无虫蛀，五霜叶可玩，六嘉实，七落叶肥大。这七点确是柿树兼而有之，为他树所不及。只因落叶肥大，曾有人利用它来练字。据说唐代郑虔任广文博士，工诗善画，家贫，学书而苦于没有纸张，因慈恩寺有大柿树，柿叶可布满几间屋子，他就借了僧房住下，天天取柿叶来写字，一年间几乎把整株树上的叶片全都写遍了。他的书法终于大有成就，被夸为"郑虔三绝"的一绝。

　　成熟的柿子称为烘柿，晒干而皮上生霜的称为白柿。据李时珍说，烘柿并不是用火烘熟的，只须将青绿的柿子收放在容器中，自然红熟，好像烘过一样，涩味尽去，其甜如蜜。白柿就是生霜的干柿，其法将大柿压扁，日晒夜露，等它干了之后，藏在陶瓮里，到得皮上生了白霜才取出来，这就是柿饼，那白霜称为柿霜。据说患痔病的常吃柿饼，可以轻减；将柿子和米粉作糕饼，可治小儿秋痢，那么食物也可作药用了。

最是橙黄橘绿时

"一年好景君须记，最是橙黄橘绿时"，读了苏东坡这两句诗，不禁神往于三万六千顷太湖上的洞庭山，又不禁神往于洞庭山的名橘洞庭红。其实橙黄橘绿虽然好看，而一经霜打、满山红酣时，那才真的是一年好景哩。前几天孩子们从市上买来了几斤洞庭橘，争着尝新，皆大欢喜。我见橘色还是绿多红少，以为味儿一定很酸，谁知上口一尝，却没有酸味而有甜味，足见洞庭橘之所以会流芳千古了。

我说它流芳千古，倒并非夸张，原来远在唐代，洞庭橘就颇为有名，每年秋收之后，照例要进贡皇家，给独夫去尝新。当时曾有善于趋奉的近臣，写了两篇《洞庭献新橘赋》，歌颂一番。至于诗人们专咏洞庭橘的诗，那就更多了。例如韦应物的"书后欲题三百颗，洞庭须待满林霜"；皮日休的"个个和枝叶捧鲜，彩疑犹带洞庭烟"；顾况的"洞庭橘树笼烟碧，洞庭波月连沙白，待取天公放恩赦，侬家定作湖上客"。这一位诗人，为了热爱洞庭橘，竟想乞得天公恩赦，让他住到太湖上去了。

我园东部百花坡下有两株橘树，十馀年前从洞庭西山移来，就是著名的洞庭红，可是因为不常施肥，结实不多；而盆植的一株，每年总结十多颗，经霜泛红之后，与绿叶相映，鲜艳可爱。橘树的好处，不但能结美果，而又好在叶片常绿，并且有香，用沸水加糖冲饮，香沁心脾。叶作长卵形，柄上有节，枝上有刺。夏季开白花，每朵五瓣，也带着清香。入秋结实，初绿后黄，经霜渐红，那就完全成熟了。橘皮香更浓郁，当你剥开皮来时，会喷出香雾沾在手指上，老是香喷喷的。

中国地大物博，产橘的地方多得很，并且橘的质量也有超过洞庭红的。过去我就爱吃汕头、厦门的大蜜橘，漳州的福橘，新会的广橘，天台山和黄岩的蜜橘。还有一种娇小玲珑的南丰橘，妙在无核，而肉细味甜，清代也是进贡皇家给少数人享受的，而现在早就像洞庭橘一样，颗颗都是归大众享受的了。

橘的繁殖方法，以嫁接为主，可用普通的枸橘作为砧木，于农历四月前后施行切接；倘用芽接，那么要在九月初施行。苗木生长很慢，必须在苗圃里培养二三年，才能露地定植。要用黏质壤土，而排水须良好，不需肥土，以免树势陡长，结实推迟。冬季不可施肥，入春施以腐熟的菜粕，帮助它发育成长。

橘的全身样样有用，肉多丙种维生素，可浸酒、榨汁、制果酱。橘皮、橘核、橘络都可作药笼中物，有治病救人之功。屈原作《橘颂》，可也颂不胜颂了。

浆甜蔗节调

晋代大画家顾恺之，每吃甘蔗，往往从蔗尾吃到蔗根，人以为怪，他却说是"渐入佳境"。原来越吃到根，味儿越甜，因此俗谚也有"甘蔗老头甜"之说。

甘蔗是多年生草木，高达六七尺至一丈外，茎直很像竹子，粗可数寸，每茎五六节、八九节不等。叶狭而尖，形似芦叶，长二三尺，纷披四垂。茎顶抽出花来，花序作圆锥形，要是不到蔗田里去实地观察，是不容易看到的。中国江浙闽广各地都有广大的蔗田，以广东的青皮蔗和红皮蔗为最著，个子粗壮，汁多而味甜。浙江塘栖的青皮蔗，个子较细，而汁特多，最宜于榨浆，过去我们在苏州市上所喝到的蔗浆，全是取给于塘栖甘蔗的。

中国在唐代以前，就有喝蔗浆的习惯，蔗浆见于文字的是宋玉的《招魂篇》，所谓"胹鳖炮羔，有柘浆些"，这柘浆就是说的蔗浆。后来历代诗人的诗歌中，咏及蔗浆的，更数见不鲜，例如白居易的"浆甜蔗节调"，陆游的"蔗浆那解破馀酲"，庞铸的"蔗蜜浆寒冰皎皎"，顾瑛的"蔗浆玉碗冷冰冰"等。而晋代张协的《都蔗赋》中，曾有"挫斯蔗而疗渴，共漱醴而含蜜，清津滋于紫梨，流液丰于朱橘"之句，对于蔗浆更大加歌颂，说它是超过梨汁和橘汁了。有人以为喝蔗浆虽好，却不如咀嚼蔗肉，其味隽永。但我们上了年纪而齿牙不耐咀嚼的，那么一盏入口，甘美凉爽，觉得比汽水果露更胜筹一。

甘蔗对我们最大的贡献，还不是浆而是糖。考之旧籍，利用甘蔗来制糖，是从唐代开始的。唐太宗派专使到摩揭陀国取熬糖法，就诏令扬州上诸蔗如法榨汁，制成糖后，色味超过西域，然而只是后来的沙糖，并非糖霜。糖霜的制作，大约开始于唐代大历年间，这里有一段神话，可作谈助。据说，那时有一个号称邹和尚的僧人，跨白驴登伞山，结茅住了下来，日常需要盐米薪菜时，总写在纸上，系着钱币，差遣白驴送到市上去。市人知是邹和尚所指使的，就按价将各物挂在鞍上，由它带回山去。有一天，白驴踏坏了山下黄家蔗田中的蔗苗，黄家要和尚赔偿。和尚说："你不知道用蔗来制成糖霜，利市千倍。我这样启发了你，就作为赔偿可好？"后来试制以后，果然大获其利，从此就流传开去了。王灼作《糖霜谱》，说杜蔗即竹蔗，薄皮绿嫩，味极醇厚，是专门用来制作糖霜的。

迎新清供

今年快过完了，我们将怎样来迎接这新的一年来临呢？除了在精神上思想上要作迎新的准备外，在物质上也有点缀一下的必要。我爱园艺，就得借重那些盆供瓶供来迎新了。

入冬以来，各地的菊花展览会早已结束了，而我家的爱莲堂、紫罗兰盦、寒香阁、且住各处，仍还供满着多种多样的盆菊，内中有好多盆经我整理加工以后，尽可维持到元旦，并且还有几盆迟开的黄菊和绿菊，含苞未放，可以参加迎新的行列。晚节黄花，居然也作了迎新清供的生力军，使这新年的元旦，更丰富多采。

今冬气候比较温暖，爱莲堂前东面廊下的那株双丁老蜡梅，已陆续开放；更有一株盆栽的，磬口素心，也已开了几朵。这株蜡梅虽已年过花甲，而枯干虬枝，还是充满着生命力，今年着花特多，胜于往年，大概它也在作跃进的表示吧。我已准备在元旦那天，把它移到爱莲堂上来作供，预料那时花蕊儿定可齐放，发出那种檀香似的妙香来，我又少不得要吟哦着元人"枝横碧玉天然瘦，蕊破黄金分外香"的诗句儿，和朋友们共同欣赏了。

提起了蜡梅，就自然而然地会想到天竹，它们俩真是像管鲍一般的好朋友，每逢岁寒时节，人家用作过年的装饰品，相偎相依的，厮守在一起。我小园子里地植的天竹，足有一二百枝，多半是结子累累，霜降后早就猩红照眼了。盆栽的天竹，共有大小四盆，可是内中三盆所结的子，都给贪嘴的鸟作了点心；最小的一盆今年得天独厚，三枝上共结了五串子，衬托着纤小的绿叶，分外可爱。我怕再给鸟儿瞧上了当点心吃，先就抢救了进来，现在正高供在爱莲堂上，等候它的老朋友来作伴。在迎新的行列中，要算它们俩是主角了。

常年老例，蜡梅花开放之后，迎春花情不自禁，总是急着要赶上来的。迎春是一种灌木性的植物，每一本可发好多干，而以单干为贵。枝条伸展像绶带模样，所以别称腰金带。花型较小，共有六瓣，色作嫩黄，也有两花叠在一起的，较为名贵。我有好几个盆景，大小不等，有作悬崖形的，有欹斜而吊根的，有种在石上的。悬崖的一本，姿态最美，着花也最多，年年总是独占鳌头，从不使我失望。为了它的许多枝条都纷披四垂，因此种在一只白釉方形的深盆中，高高地供在一个枣木树根几上，自有雍容华贵之致。每年迎新清供，总少不了它，要迎接新年的元旦，当然也非借重它不可。

红色是大吉祥的象征，迎新当然要多用红色，单是天竹子还嫌不够，于是准备请两位朋友来作陪客。一位是原产西方的象牙红，又名一品红，它是年年耶稣圣诞节的座上客，因此俗称圣诞花，花色鲜艳，红如火齐，最好是用大型的白色瓷胆瓶来作供，娇滴滴越显红白，生色不少。一位是常住在中国各地高山上的鸟不宿，它与天竹一样，不以花显而是以子显的。它于初夏开小白花，结子初作青色，入冬泛红；叶形略似定胜，共有七角，角尖很为尖锐，所以连鸟也不敢投宿，而就获得了鸟不宿的名称。我有盆栽的几本，今冬结子不多，而在园南紫兰台上种着的一大株，却是丰收，全株分作十馀片，每片结子无数，猩红夺目，来宾们见了，都啧啧称赏，叹为观止。我从中剪下了几枝，插在一个圆形的豆青色古瓷盆中，注以清泉，和那盆栽天竹供在一起，相映成趣。

除了这些红子的天竹和鸟不宿外，还有一位佳宾，在迎新清供中崭露头角，那是一株盆栽的橘树，今冬结了十多个橘子，皮色已由绿泛红，一到元旦，就得供在爱莲堂上，与其他供品分庭抗礼。橘的谐音是吉祥的吉，元旦供橘，就是取"吉祥止止"的意义，况且我们的爱国大诗人屈原，曾有《橘颂》之作，早就大加歌颂了。

此外如万年青、吉祥草，苏沪人家旧时结婚行聘以至过年贺岁，都要利用它们作为装饰品，就为它们的名称太好之故。再加上苍松、翠柏、绿竹等许多盆景，分外热闹。松与柏向有松柏长春的美名，而竹子又有节节高的俗称，如今一并请它们来迎接新年，也可算得是善颂善祷的了。

迎新清供所需用的瓶花盆树，大致如此，我已做好了准备，兴奋地期待着这幸福的一天。

仙卉发琼英

"仙卉发琼英，娟娟不染尘。月明江上望，疑是弄珠人。"

这是明朝画家王毅祥的一首题水仙花诗，虽只寥寥二十字，却把它的清姿幽态和高洁的风格，衬托了出来。因为它的芳名中有一个"仙"字，又因它挺立于清泉白石之间，诗人们又尊之为凌波仙子。

水仙原产在武当山谷间，土人称为天葱，因它茎干中空如大葱。近年来福建漳州、厦门和江苏崇明都盛产水仙。福建的球根特大，叶片多而着花也多。崇明的则球根很小，好像一个大型的蒜头。

水仙花六瓣，作白色，黄色的花心形似酒盏，因有金盏银台之称。花以单瓣为贵，可以入画。复瓣的花瓣折皱，不及单瓣挺拔，别名玉玲珑，其实并不玲珑。据唐朝《开元遗事》载，明皇以红水仙十二盆赐虢国夫人。那么水仙也有红色的了，可是谁也没有见过，无从证实。

水仙恰在春节边开花，因此人家往往把它跟松、竹、梅同作清供。岁寒三友之外，再添一友，自是春节绝妙的点缀。

我于水仙开过之后，从不将球根抛弃，先把花叶和根须全部剪去，放在肥料缸中浸过一夜，然后取出晒干，拌上湿润的肥土，挂在通风的地方。到八月里，就种在向阳的墙边篱角，壅以猪窠灰。入冬用白酒糟和水浇灌，自然茂盛，如有霜雪，必须遮盖，那么到了春节，开花有望。古人曾有《种水仙诀》云："六月不在土，七月不在房。栽向东篱下，寒花朵朵香。"又旧法在初起叶时，将砖块压住，不使它立时抽出，据说将来开花时花出叶上，自多风致。不管它是否正确，可作参考。

水仙花茎如果抽得太长，可剪下来用花瓶和水盘插供，配以绿叶三五片，也很美观。插供时在水中加一些食盐，可以延长观赏的时间。不料凌波仙子，却与梅花有同癖，都是喜欢喝盐汤的。

三春花木事

无名英雄蒲公英

春初我们不论到哪一处的园地里去溜达一下，总可以看见篱边阶下或石罅砖隙挺生着一种野草，几乎到处都是，大家对它太熟悉了，一望而知这就是蒲公英。只因它出身太低贱了，虽也会开黄色的花，而《群芳谱》一类花草图籍却藐视它，不给它一个小小的位置，而它不管人家藐视不藐视，还是尽其所能，发挥它治病救人的作用。

蒲公英别名很多，共有十多个，因它贴地而生，开出黄花来，又名黄花地丁，南方也有称为黄花郎的。它是多年生草本，叶从根部抽出，有些儿像鸟羽，叶边有大锯齿，齿形向下。早春时节，叶丛中间抽一茎，顶上生花，色作深黄，形如金簪头，因此又称金簪草。花谢飞絮，絮中有子，这些子落在哪里，就生在那里，所以繁殖极快。倘将花茎折断，就有白汁渗出，可治恶疮，涂之即愈，此外如治乳癣也有特效。

据李时珍说，蒲公英还可以制成擦牙乌须还少丹，从前越王曾遇异人得此方，极能固齿牙、壮筋骨、生肾水，凡是年近八十的人服了之后，须牙还黑，齿落更生；少壮的人服了，就可长葆青春，到老不变。不知现代医学家们有没作过实验？

蒲公英不但入药，也可作菜蔬吃。早春叶苗初生，十分鲜嫩，即可尽量采取，上锅煠熟，用盐花酱麻油拌和，倒是绝妙的粥菜，并且有消滞健胃的效能。

古人曾有"十步之内必有芳草"之说，蒲公英即是一例。当此政府大力提倡中医中药之际，我们该拥护这位无名英雄，使它发挥更大的作用，为人们服务。

易开易谢是樱花

樱花属蔷薇科的樱属，是落叶乔木，叶作卵形，有尖端，叶边有锯齿，它和樱桃叶很相像，花有单瓣，有复瓣。单瓣五出，也和樱桃花很相像，但是樱桃花会结实，而樱花是不结实的。樱花在日本种类很多，单瓣、复瓣和枝垂性的，足有四五十种，可是大同小异，不易区别。就是颜色也只有红、白、浅红几种，而以绿色复瓣的较为名贵。樱花含蕊未放时，作红色，开放后就淡下来，而远望上去，却是一白如雪了。花梗细长，有细毛，每一茎上总有几朵花簇聚一起，这也像樱桃花一样。木质坚实而细密，可作器具，有许多精美的木质手工艺品，都是利用樱木制成的。

单瓣的樱花，培植比较容易，复瓣的难以生长，并且枝条卜挺，挤在一起，发展也就难了。入夏枝叶生长很旺，不可修剪，因为修剪之后，失去了蒸发、呼吸等营养作用，而有日就萎缩之虞。繁殖的方法，压条或扦插较为迟缓，还是以嫁接为速成，可用樱桃树作砧木，而将各种樱花强有力的枝条嫁接上去，不过接口要低，那么成活后移植的时候，可将接口埋在土中，接处易于生根，而寿命也可延长了。我家有盆栽的复瓣红樱花二株，作半悬崖形，花时鲜妍可爱，就是用樱桃树嫁接而成的。

国色天香说牡丹

不知从前是哪个人，主观地妄称牡丹为"花王"、为"富贵花"，其实它本来是我国北方山地上一种野生的落叶灌木，连名称都没有，只因是木本而花似芍药，就被称为"木芍药"。它的历史倒是很古老的，晋朝谢康乐曾说："永嘉水际竹间多牡丹。"北齐画家杨子华，曾作牡丹图。到了唐朝开元年间，长安牡丹大盛，明皇和杨妃在沉香亭前赏牡丹，李白进《清平调辞》三章，要算是牡丹诗中的代表作。到了宋朝，洛阳牡丹甲天下，甚至称为"洛阳花"，品种多至一百七十馀，有黄、紫、红、白、绿诸色。黄色的有姚黄、缕金衣等二十四种，紫色的有魏家紫、墨葵等三十种，桃色的有洗妆红、醉西施等九十种，白色的有无瑕玉、万叠雪峰等二十九种，绿色的有欧碧、萼绿华等三种。后来品种一年年地减少，最近山东菏泽县所产牡丹，不过几十种，但是智慧的花农，正在努力培植新种，将来牡丹的品种一定会大大超过往昔的。

牡丹的花型，的确雍容华贵，并且有色有香，可是经不起风雨和烈日的考验。若说它真是花王、是富贵花，那么王运不长而富贵也是短暂的。在旧时代里，只有大户人家才种得起牡丹，而现在各地园林中几乎都有牡丹台，广大群众也可以尽情欣赏了。

牡丹喜燥喜凉，秋分后可以移植，根部留一些宿土，而在新土内拌以白芨末，有杀虫的功效，然后用细土松松地覆满，使根茎直向地下，容易舒展，勿用脚踏筑实，种好之后，浇以河水或雨水，再添盖细土，过了三四天再浇水。每本相隔三尺，使叶子相接，而枝条互不磨擦，主要是使它们通风透气，并且不使阳光直射根部。开花结子之后，收子晒干，用湿土拌和放在瓦器里。到秋分后，把它们分畦播种，等到来春发了芽，必须加意养护，再隔一年，才可移植。这样的播种比较迟缓，不如分取根上幼苗栽种来得快。夏季浇水宜在清早或傍晚，秋季可隔几天浇一次，冬季不须再浇，而在近根处壅以猪窠灰，再用稻草将枝干全部包裹，等来年大地春回时解开，那么到了谷雨节，就可欣赏古诗人所夸张的"国色天香"了。

梨花如雪送春归

梨花开时，正是春尽江南的季节，看了庭园里梨花如雪，想起古人"梨花院落溶溶月"的诗句，雪白的月色，映照着雪白的花光，这真是人间清绝之景，最足以耐人寻味。可是一想到"雨打梨花深闭门"、"夜来风雨送梨花"，那又不免引起不愉快的感觉。

梨花属蔷薇科的梨属，是落叶乔木，性喜高燥，不怕寒冷，它有快果、果宗、玉乳、蜜父等几个别名，都见《本草纲目》。树身高达二三丈，木质坚实，枝叶四张，亭亭如盖。叶作卵形，与杏叶很相像而较大较厚。叶柄根长，叶端是尖的，边缘有小小的锯齿。农历三月开花，同时发叶，花五瓣，作纯白色，也有作红色的，或香或不香，当然是以香为贵。到了夏秋之间，结实已成熟，作球形或卵形，因种类的不同，形态也就有异，而表皮上都有细小的点子，这是个个相同的。我最爱北方的雅梨、莱阳梨、烟台洋梨、北京小白梨，全都甘美可口。南方的梨以砀山为美，甜甜的没有一些酸，可是肉质稍粗，未免美中不足。据说安徽休宁歙县交界处的一个村子里，出产一种蜜汁梨，果形很小，只像枇杷般大，刚从树上摘下来时，很为坚硬，必须藏在瓦器中密密加封，经过了好多天开封取食，只须在皮上吮吸一下，肉和汁全都入口而化，似是玉液琼浆，美不可言。然而这是几十年前的事，不知现在还有出产否？梨也有野生的，形小而味酸，经过了嫁接，方能改善。嫁接可用野生的杜梨作为砧木，接以名种，有枝接和芽接两种方法。枝接宜在农历三四月间，芽接宜在农历八月上旬和八月下旬。

梨于医疗上也有它的特长。梨熬了膏，用开水冲饮，可以止咳。李时珍也说它润肺凉心，消痰降火，解疮酒毒。它的花和叶各有效用，把它的根和皮煎汁洗疮疥，也有效。

晋朝孔融让梨，千古传为佳话。据说他四岁时，与他的几个哥哥一同分梨，梨大小不一，而他却独取小的，有人问故，他说："我是小弟弟，应该取小的。"个人主义者听了这个故事，不知作何感想？

西府海棠

　　我的园子里有西府海棠两株，春来着花茂美，而经雨之后，花瓣湿润，似乎分外鲜艳。

　　"只恐夜深花睡去，高烧银烛照红妆"，这是苏东坡咏海棠诗中的名句，把海棠的娇柔之态活画了出来。海棠原不止一种，以木本来说，计有西府、垂丝、木瓜、贴梗四种，而以西府为尽态极妍，最配得上这两句诗。清朝的园艺家，也认为海棠以西府为美，而西府之名"紫绵"者更美，因为它的色泽最浓重而花瓣也最多。这名称未之前闻，不知道现在仍还有这个品种否？

　　西府海棠又名海红，属蔷薇科的棠梨类，树身高达一二丈不等，是用梨树嫁接而成。木质坚实而多节，枝密而条畅。花期在农历二三月间，花五瓣，未开时花蕾像胭脂般鲜红，开放后像晓霞般明艳，而色彩似乎淡了一些。花型特大，朵朵上向，三五朵合成一簇，花蒂长约一寸馀，作淡紫色，花须也是紫色的，微微透出清香。这是西府的特点，而为他种海棠所不及。到了秋天，结成果实，味酸，大如樱桃，这大概就是所谓海棠果吧？如果不让它结实，花谢后一见有子，立时剪去，那么明春花更茂美。

　　海棠也可插瓶作供，如用小胆瓶插西府一枝，自觉妖娆有致。据说折枝的根部，可用薄荷包裹，或竟在瓶中满注薄荷水，可以延长花的寿命，让你多看几天，岂不很好。

含笑看"含笑"

农历五月正是含笑花盛放的季节，天天开出许多小白莲似的花朵儿来，似乎含笑向人；一面还散发出香蕉味、酥瓜味的香气，逗人喜爱。

广东南海是含笑花的产地，因它开放时并不满开，好像微微含着笑，才得此名。含笑属木兰科，常绿木本，可以盆栽，也可以地植。如果植在向阳的暖地，高达一二丈。叶互生，作椭圆形，有光泽，很像小型的白兰花叶。花单生，一花六瓣，卵形，初开作白色，后渐泛为黄色。花有大小两种，也有白紫两色，而紫色的绝少，宋代陆游曾有"日长无奈清愁处，醉里来寻紫笑香"之句。苏州、上海一带，从没有见过紫含笑，大概要寻紫含笑，非到五羊城去不可。

关于含笑花的艺文，始于宋代，李纲曾有《含笑花赋》，而明代王佐的一诗："尧草原能指佞臣，逢花休问笑何人。君看青史千年笑，奚止山花笑一春。"借题发挥，足供吟味。

含笑花因为产在南方热地，生性怕冷，所以地植必须向阳，盆栽入冬必须移入温室。它的木质很坚，而根部却多肉根，所以栽在盆子里，应该用较松的砂土或腐植土，施肥可用人粪尿，但是不可太浓，以免伤根。如果培养得法，那么花开不绝，甚至四季都有，但以初夏为最盛。繁殖的方法，可将新条扦插，生长较慢，倘欲速成，还是用辛夷作砧木，从事嫁接，一二年后，也就大有可观了。

我于花木如韩信将兵，多多益善，而含笑却只有一株，可是在我家已有二十馀年的历史。干粗如小儿臂，部分已脱皮露骨，五根突起，略如龙爪，作为盆景是够格的了。我把它栽在一只六角形的红砂盆中，作攲斜形，整理它的枝条，使其美化。

金花银蕊鹭鸶藤

三年以前，我从小园南部的梅丘上掘了一株直本的金银花，移植在爱莲堂廊下的方砖柱旁。三年来亭亭直上，高达屋檐，枝叶四散低垂，好像是挂着一条条的流苏，年年繁花怒放，幽香四溢。

金银花是藤本植物，一名鹭鸶藤，金代诗人段克己曾作长诗歌颂它，有"有藤名鹭鸶，天生非人育，金花间银蕊，翠蔓自成簇"之句，就把金银花这名称点了出来。李时珍说："三四月开花，长寸许，一蒂两花，二瓣，一大一小，初开者蕊瓣俱色白，二三日则色变黄，黄白相映，故呼金银花，气甚芬芳。"因为它藤性坚韧，专向左缠，自有一定规律，因此又名"左缠藤"。柔蔓四袅，作紫色，叶对生，作卵形，新叶初发时，正面深绿，背面暗红，到了冬间，老叶败而新叶生，并不凋落，因此又名"忍冬"。此外又有一个别名最为别致，叫做"金钗股"，大概是为了它的花形略似古代妇女插戴的金钗之故。

农历四月，枝梢的叶腋间就抽出两个花蕾，也像叶片一样是对生的。初作紫红色，开足后分作大小两瓣，大瓣上端裂而为四，小瓣特小，只等于大瓣的四分之一，花须多为六根，长长的伸出花外。花色由紫红渐渐泛白，再变为黄，发香恬静，使人闻之意远。另一种蔓生于山野间的，花蕾全白，开足时才变作黄色。花落之后，结实如小黑豆，可以播种。

我家还有盆栽的金银花老干五六本，都作悬崖形，这几天也正满开着花，迎风送香。

夹竹桃

　　我爱竹，爱它的高逸；我爱桃，爱它的鲜艳。夹竹桃花似桃而叶似竹，兼有二美，所以我更爱夹竹桃。夏秋之交，庭园中要是有几丛夹竹桃点缀着，就可以给你饱看红花绿叶，一直看到秋天。

　　夹竹桃属夹竹桃科，是常绿灌木，一丛多干，高达七八尺以至一二丈。据古籍中载，夹竹桃从南方来，名拘那夷，又名拘拿儿，后来流行于福建，称为拘那卫，就是夹竹桃的别名。据近人记录，原产于东印度，有的说是伊朗，不知到底哪个对。

　　夹竹桃叶尖而长，很像竹叶，但不如竹叶之有劲性，入夏就在枝梢生出花来，花瓣多重，有白、黄、桃红诸色，以黄色为最名贵，而以桃红色为最普通，也最鲜艳。花发异香，带着杏仁味。根部有毒，如果折枝作瓶供，须防瓶水含毒，切忌入口。只因它来自热带地区，生性怕冷，所以盆植应于冬季移入温室。不过它的抵抗力相当强，江浙一带尽可地植，只要及时包裹稻草，以免冰冻就得了。它喜燥而恶湿，因此地植必须选定一个向阳而高燥的地方。它也喜肥，任何肥料都很欢迎，肥施得足，来年着花更为茂美。

　　前人诗词中，几乎不见有歌颂夹竹桃的，只见宋人梅圣俞有"桃花夭红竹净绿，春风相间连溪谷"句，明人王世懋有"布叶疏疑竹，分花嫩似桃"句。清人叶申芗有《如梦令》一词云："道是桃花竹倚。道是竹枝桃媚。相并笑东风，别具此君风致。何似。何似。佳士美人同醉。"那是以佳士比竹，而以美人比桃了。

栀子花开白如银

栀子花是一种平凡的花，也是大众所喜爱的花。我在童年时听唱山歌，就有"栀子花开白如银"的句儿。当石榴红酣的时节，那白如银的栀子花也凑起热闹来，双方并列一起，真显得娇红妍白。

栀子有木丹、越桃、鲜支几个别名。据李时珍说，卮是酒器，栀子的模样很相像，因以为名。栀子是常绿灌木，小的高不过一二尺，可以栽在盆里；地植的，高度可达丈馀。叶片厚实，有光，作椭圆形，终年常绿，老叶萎黄时，新叶已发。花白六出，野生的共只六瓣，有一种花朵较大的荷花栀子，每重六瓣，多至三重，共十八瓣，最为可爱。花香很浓郁，宜远闻，不宜近嗅，因花瓣上常有不少细小的黑虫，易入鼻窍。野生的叫做山栀子，花后结实，初作青色，熟后变黄，中仁作深红色，可作染料，也可入药。福建和安徽都有矮种的栀子，高度不满一尺，花小叶小，我们称之为丁香栀子，可作盆景之用。从前四川有红栀子，初冬开花，色香也与一般栀子不同。据古书中载称："蜀主孟昶，十月宴于芳林园，赏红栀子花，其花六出而红，清香如梅。"又云："蜀主甚爱重之，或令写于团扇，或绣入衣服，或以绢素鹅毛作首饰，谓之红栀子花。"不知四川现在还有否这个种子，如果有的话，那真是珍品了。

栀子总是栽在盆里的居多，地植而成林的，可说是绝无仅有，而四川铜梁县东北六十里的白上坪地方所种栀子，多至万株，望如积雪，香闻十里。

栀子花的文献，始自齐梁，历史很为悠久，后来杜甫、朱熹都有题咏。汉代司马相如作《上林赋》，有"鲜支黄砾"句，鲜支就是指栀子。但我最爱宋代女词人朱淑真的一诗："一根曾寄小峰峦，蓓蕾清香水影寒。玉质自然无暑意，更宜移就月中看。"

　　我家有几个栀子花盆景，有单瓣六出的山栀子，树干苍老可喜，也有双株合栽的荷花栀子，今夏着花无数，一白如银，供在爱莲堂中，香达户外。梅雨期间，摘取嫩枝，扦插在肥土里，第二年就可开花。

红英动日华

在红五月里，各处园林中往往可以看到一树树的红花，鲜艳夺目，就是唐代元稹诗所谓"绿叶裁烟翠，红英动日华"的石榴花了。石榴花期特长，延续一二个月，不足为奇，因此从五月起，尽可开过农历端阳，又成了端阳节的点缀品。

石榴属安石榴科，是一种落叶亚乔木，旧有安石榴、渥丹、丹若、天浆、金罂等几个别名，据说这种子还是当初张骞出使西域时带回来的。树身高达一二丈，叶片狭长而有光泽，鲜绿可爱。花有单瓣，有复瓣，色有红、白、黄、粉红，也有红花白边、白花红边的，另有红白相杂的一种，俗称玛瑙石榴，最可爱玩。结实的都为单瓣，复瓣不能结实，中秋节边，果实成熟，外皮自会绽裂，露出一粒粒猩红的子肉，肉薄而核大，味甜而略略含酸。旧时河阴地方有一异种，结实每颗只有核三十八粒，因名"三十八"，不知现在还有这种子没有？

石榴花的色彩特别鲜艳，红若火齐，所以古来诗文中曾有"榴火"之称，而唐代以下歌颂石榴的诗句，就有不少是以火作比喻的，如"园红榴火炼"，"风翻一树火"，"火齐满枝烧夜月"，"蕊珠如火一时开"，"日烘丽尊红蒸火"，"红玉烧枝拂露华"等，都是写得火辣辣的，强调了它的红艳。元代张弘范也有这么一首《榴花》诗："猩血谁教染绛囊，绿云堆里润生香。游蜂错认枝头火，忙驾薰风过短墙。"借游蜂来渲染一下，那就更觉得夸张了。

看来今年是石榴花的所谓"大年"吧？我的几个中型和小型

的石榴盆景，花蕊儿都多于去年，连那株向来不大开花的枯干玛瑙石榴，也先后开了十几朵花，并且开得分外的大，供在爱莲堂上，生色不少。还有一盆单瓣石榴，去年曾结实十五颗，今年也着花累累，竟在百数以外，我料想结实也不会少。此外几盆小石榴，也在陆续透出花蕾，有的已经开放，作为案头清供。而那盆粉红色的重台石榴，也不甘寂寞，透出了一朵朵的蕊儿，赶上来凑热闹了。看了我家的这些石榴盆景，不由得想起拙政园的那几十盆老干枯干的大石榴来。前三年由洞庭东山移植而来，据说大半是清代乾隆年间的产物，真是石榴中的元老，料知它们老当益壮，今年也要蓬蓬勃勃地开花结实了。我曾经建议把这一大批大石榴，脱盆地栽，适当地集合在东园一角，配以湖石和石笋，布置得像画一样。年年五月，年年开出如火如荼的大红花来，岂不很好。

石榴繁殖极易，或取子播种，或折条扦插，土质要肥，杂以砂砾，随时浇水，不久自然生根发芽。性喜燥怕湿，也喜肥，可施浓粪，在午时灌水或施肥，着花更为茂美。单瓣石榴例可结实，要是种了多年，仍然不见结实，那么可用石块压在根部，使细根扎实，风来树身不致摇动，那么花谢以后，自会结出硕果来了。

五色缤纷大丽花

开到荼蘼花事了，庭园中顿觉寂寞起来，除了蕊珠如火的榴花以外，就要仰仗那五色缤纷的大丽花来点缀仲夏风光了。这时节大丽花正在怒放，各地的每个园林里几乎都可看到，单色的有红、紫、黄、白、桃红、火黄等，复色的有紫白相间和各种洒金等。并且花期很长，从农历五六月可以开到十月，连绵不断，使园林中烂烂漫漫，生色不少。我不禁要把《牡丹亭》传奇的名句改一下来歌颂它们："原来姹紫嫣红开遍，似这般都付与琅苑瑶圃。"可不是吗？旧时的颓井断垣，现在都已变做挺好的园林了。

大丽花是从海外来的，所以俗称洋菊，因花形如菊，又称大丽菊。此外另有一个别名，叫做天竺牡丹，那么又把它比作牡丹了。它是多年生草木，根大成块，活像一只番薯。农历三四月间，根上抽出茎来，矮种的茎高不过二三尺，长种的高至四五尺，茎空如管，茎上发出羽状复生的叶片，片形如蛋。五六月间开始开花，有单瓣的，也有重瓣的，自以重瓣为贵。瓣形略如菊花，有匙形、筒形、舌形之别。如果培养得法，每一朵花轮的直径可以大至一尺外，自有雍容华贵之致。

一九五八年夏游庐山，到花径公园去访问老友杨守仁，园中正在举行大丽花展览会，饱看了生平从未见过的许多名种，真是大开眼界，快慰平生。他所培植的共有一百五十馀种之多，分作茶花型、菊花型、芍药型、小球型等四个类型，最大的花轮超过一市尺，而最小的却不到一寸半，娇小玲珑，可爱极了。展览会上所陈列的和园地上所种植的，花茎长短适中，而花轮都很硕大，五色缤纷，赏心悦目。花轮直径八寸以上到一市尺的，计有浅黄色的黄金冠、黄钟大吕、黄鹤展翅等三种，深黄色的计有古金殿、金字塔、金碧辉煌三种，血牙色的计有霞辉、霓裳舞、洞庭初夏三种，大红色的计有红穗、霸王、高堂明烛三种，粉红色的计有丽云、大粉桃二种，桃红色的有人面桃花一种，纯白色的有泰山积雪一种，紫色的计有昆仑、老松二种，黑紫色的计有烟涛、黑旋风二种，洒金的计有彩衣、胭脂雪、万紫千红、石破天惊、黄海红雨、乌云盖雪、紫电青霜、金边碌砂、雪地猩猩、桃山挂雪等十种。

我先后观赏了三遍，还是舍不得离开，真的是如入宝山，目迷五色。尤其是洒金的最为欣赏，有特大的，也有极小的，单说它们是丰富多采，还觉不够，以文章来作比，简直是一篇篇清丽的散文。可是杨守仁并不满足于已得的成绩，因它无香，正在设法用桂花来交配，使它有香；因它没有绿色的，正在设法把各种绿色的花来交配，使它变绿。

大丽花的繁殖方法，有播子、扦插、分根三种，以分根为最容易，而播子和扦插可就难了。土壤和肥料很关重要，土质最好是用腐熟的牛马粪、草木灰等配制而成的腐植土，肥料以陈宿的人粪水或菜饼水、豆饼水为最妙。要观赏丰富多采的大丽花，非在这两点上痛下功夫不可。

仙客来

记得三十馀年前我在上海工作时，江湾小观园新到一种西方来的好花，花色鲜艳，花形活像兔子的耳朵。当时给它起了个仙客来的名字，一则和它的学名译音相近，二则它的花形像兔子，而中国神话有月宫仙兔之说，那末对它尊为仙客也未为不可。

仙客来属樱草科，原产波斯，是多年生的球根草本，球茎多作扁圆形，顶上抽叶，形似心脏，绿色中略带红褐色，叶厚而光滑，背面有毛。在冬春之间，一片片的叶子从花茎中抽出来，顶上就开了花。花只四瓣，有红、白、黑紫、玫瑰紫诸色，花瓣上卷，花心下向，活生生地像是兔耳。另有一种所谓欧洲仙客来，却是在夏秋之间开花的，花作鲜红色，妙在有香，比普通的仙客来更胜一筹。

仙客来是热带产物，怕冷，所以要在温室中培植。繁殖的方法，可于秋后采子，播在肥土或黄砂中，深度在二分左右。播种后浇足了水，等它稍稍干燥时再浇一些，以滋润为度。到了九月里，子已发芽，不过只抽一叶，至于开花之期，那更遥远得很，急躁的朋友是要等得不耐烦的。如果要想早见花，还是在立秋后用宿球根种在肥土里，放在通风而阳光照射不到的地方，浇一些清水，等它叶芽抽出，渐抽渐长，才可移放到阳光下去，那就要多浇些水，以免干燥。大约在九月下旬就须施肥，并须经常放在温室中，以免霜打。十一月里，花朵儿就开放起来。春节前后，花就结了子。一到夏季，它停止了发育，叶片也都枯死。从此不必多用水浇，只须将盆子放在地面上，使它吸收地气，一面仍须遮以芦帘，以避阳光，让它充分休息几个月，到了秋风送爽的时候，这才是它重新活跃的季节。

殿春芍药花

你如果到苏州网师园中去溜达一下，走进一间精室，见中间高挂着一块横额，大书"殿春簃"三字，就知道这一带是栽种芍药的所在。宋人诗云："过眼一春春又夏，开残芍药更无花。"原来芍药是春花的殿军，殿春之说，就是由此而起的。

《本草》说："芍药，犹绰约也，美好貌，此草花容绰约，故以为名，处处有之，扬州为上。"不错，扬州的芍药，久已名闻天下，苏东坡曾说"扬州芍药为天下冠"，此外古人诗中，也有"千叶扬州种，春深霸众芳"，"扬州帘卷春风里，曾惜名花第一娇"等句，足见扬州的芍药，确是出类拔萃，不同寻常的。前年我到扬州去，听说现存名种只有十多种，而最名贵的"金带围"尚在人间，这是一个可喜的消息。至于整个扬州由花农们培植出来的芍药，共有一千多墩，都已归公家收买，从事繁殖。我因此建议在瘦西湖公园中辟一广大的芍药田，集体栽种，再设法搞些新品种出来，使扬州芍药发扬光大，在现代仍能争取第一，与年来崭露头角的丰台芍药，来一个友谊竞赛。

芍药的花期，比牡丹迟一些，红五月中，才是它盛放的季节。花分黄、紫、红、白、浅红、洒金诸色，据旧时《芍药谱》所载，共有八十馀品。我家爱莲堂前牡丹坛下，只有红、白、浅红三种芍药，这几天正在次第开放，可是天不作美，常受雨师风伯的欺凌。一枝方挺秀，风雨中立即倒伏，索性把它剪下来作瓶插，倒有好几天可以欣赏。另有黄色的一种，种了三年，还是不见一花，真是一件憾事！

种芍药应该挑选向阳而排水良好的地方，土壤要肥要松。种定之后，不可移种，过了几年，根株发展太大，那就要分株重栽。分株以秋季为宜，须挖成尺馀深穴，多施猪、牛、羊、马粪等堆肥，然后铺土，把每株有三四个嫩芽的根株种下，根须定要垂直，上盖细土，切忌踏实。一春逐日浇水，发芽前和花落后，都须浇粪水一次。生了花蕾，每茎只留一个，花开必大。开残后立即将花剪去，不要让它结子。天寒地冻时，须在根上铺盖稻草，切忌浇水。春季因芽得春气而长，不可分株，俗有"春分分芍药，到老不开花"之说，虽然说得夸张一些，未必正确，但是轻举妄动，怕要等上好几年，才能看到花开。

芭蕉开绿扇

　　炎夏众卉中，最富于清凉味的，要算是芭蕉了。它有芭苴、天苴、甘蕉等几个别名，而以绿天、扇仙为最雅。唐代诗人李商隐曾有"芭蕉开绿扇"之句，就为它翠绿的叶片，可以制扇，而风来叶动，也很像拂扇的模样。清代李笠翁曾说："幽斋但有隙地，即宜种蕉，一二月即可成荫。坐其下者，男女皆入画图。且能使台榭轩窗尽染碧色。绿天之号，洵不诬也。"这些话说得很对，近年来我们正在大搞绿化，芭蕉高茎大叶，布阴极广，实在是绿化最适用的材料。它经雨之后，阴更布得快，陆放翁所谓"茅斋三日潇潇雨，又展芭蕉数尺阴"，这是一个很好的说明，足资吟味。

　　芭蕉高丈馀，茎粗而软，裹着一层又一层的皮，里白外青，一剥就会出水。叶片又长又大，一端稍尖，老叶刚焦，新叶就慢慢地舒展开来。凡是种了三年以上的芭蕉，就会生花，花茎从中心抽出，萼大而倒垂，多至十数层。每层都长花瓣，作鹅黄色，花苞中有汁，香甜可啜，这就是所谓"甘露"，而甘露也就成了苏州娘儿们口中对芭蕉的俗称。

　　芭蕉叶片特大，下雨时雨点滴在叶上，清越可听，因此古今诗人词客，往往把芭蕉和雨联系在一起，词调有"芭蕉雨"，曲调有"雨打芭蕉"。诗词中更触处都是，如唐白乐天句："隔窗知夜雨，芭蕉先有声。"王遒句："秋宵睡足芭蕉雨，又是江湖入梦来。"宋贺方回句："隔窗赖有芭蕉叶，未负潇湘夜雨声。"我的园子里种有不少芭蕉，可是离开内室太远，听不到雨打芭蕉的清响，真是一件憾事！记得某一年杨梅时节，游洞庭西山的包山寺，下榻大云堂，因连夜有雨，却听了个饱，自以为耳福不浅。当时诗兴大发，曾有"只因贪听芭蕉雨，误我虚堂半夕眠"，"芭蕉叶上潇潇雨，梦里犹闻碎玉声"等句，说它声如碎玉，倒也有些儿相像的。至于古诗中专咏雨打芭蕉而得其三昧的，要算宋代杨万里的那首《芭蕉雨》："芭蕉得雨便欣然，终夜作声清更妍。细声巧学蝇触纸，大声铿若山落泉。三点五点俱可听，万籁不生秋夕静。芭蕉自喜人自愁，不如西风收却雨即休。"听雨打芭蕉而还分出细声大声来，并且定量定时，分外周到，真可说是一位听雨专家了。

古籍中说："芭蕉之小者，以油簪横穿其根二眼，则不长大，可作盆景，书窗左右，不可无此君。"不错，这十多年来，我每夏一定要把芭蕉作盆景，也不一定用那油簪穿眼的方法，例如那盆"蕉下横琴"，两株小芭蕉种在盆里已三年了，并没有施过手术，而年年发芽抽叶，并不长大。这几天供在爱莲堂上，我简直是当它宝贝一样，曾有诗云："盆里芭蕉高一尺，抽心展叶自鲜妍。不容怀素来题污，净几明窗小绿天。""案头亦自有清阴，掩映书窗绿影沉。寸寸蕉心含露展，一般舒展是侬心。"这就足见我的踌躇满志了。

芭蕉不但可供观赏，也可作药用，李时珍曾说它可除小儿客热，压丹石毒。肿毒初发，将叶研末，和生姜汁涂抹；将根捣烂，可治发背；花存性研盐汤点服二钱，可治心脾痛。每年大热天，让孩子们躺在芭蕉叶上作午睡，清凉解暑，也是舒服不过的。

扬芬吐馥白兰花

从小儿女的衣襟上闻到了一阵阵的白兰花香，引起了我一个甜津津的回忆。那时是一九五九年的初夏，我访问了珠江畔的一颗明珠——广州市。在所住友谊宾馆附近的农林路上，瞧见两旁种着的行道树，都是白兰花，不觉欢喜赞叹。后来又在中山纪念堂前，看到两株二人合抱的老干白兰花树，更诧为见所未见。可惜我来得太早了，树上虽已缀满了花蕾，但还没有开放。料想到了盛开的时候，千百朵好花吐馥扬芬，这儿真成为一片香世界哩。

白兰花是南国之花，所以广东、广西、福建、云南等地，都是它的家乡。它最初的出生之地，据说是在马来半岛一带，经过引种培育，它的子子孙孙就分布到中国来了。南方四时皆春，尽可作为地植，且易于长成大树，绿叶扶疏，终年不凋。不像苏沪一带，只能种在盆子里，娇生惯养，见不得冰霜，入冬就得躲在温室里，不敢露面了。

白兰花是一种属于木兰科的常绿亚乔木，木质又细又松，表皮作白色。叶大如掌，作椭圆形，长达五六寸。到了五六月里，叶腋间就抽出花蕾，嫩绿色的苞，有如一只只翡翠簪头，玲珑可爱。到得花蕾长大，苞就脱落而开出洁白的花朵来了。每一朵花约有十一二瓣，瓣狭长，作披针形，长一寸左右。花心作绿色，散发出兰蕙一般的芳香，还比较的浓一些。但还有比这香得更浓的，那就是白兰花的姊妹行——黄兰花。它穿着一身鹅黄色的衫子，打扮得很漂亮，和白兰合在一起，自觉得别有风韵。黄兰的树干和叶形、花型，跟白兰没有什么分别。可是种子不多，分布面不广，物以稀为贵，就抬高了它的身价。

苏州虎丘山的花农，很早就在培植白兰花了。它们跟玳玳、茉莉、珠兰等共同生活，成为形影不离的好朋友。这些花都是怕寒的，入冬同处温室，真是意气相投。过去在白兰花怒放的季节，花农们除了把大部分卖给茶叶店作窨茶之用外，小部分总是叫女孩子们盛在竹篮里入市叫卖。那时的卖花女，都过着艰苦的生活，借白兰花来博取一些蝇头之利，那卖花声中是含着眼泪的。近年来花农们生活大大改善了。白兰和其他香花的产量突飞猛进，不仅用来窨茶，并且大量炼成香精、香油，连白兰叶也可提炼，给轻工业和医药上提供了不少必要的原料。

香草香花遍地香

"香草香花遍地香，众香国里万花香。香精香料皆财富，努力栽花朵朵香。"

这是我于一九六〇年七月听了号召各地多种香花而作的《香花颂》。香精香料是轻工业和食品工业所需要的原料，用途很广，过去大半由国外输入，漏卮极大，现在可要自己来搞，为国家增加财富了。

我怀着兴奋的心情准备大种香花。原来我种的几盆建兰已开了花，每盆都有十几茎，每茎都有七八朵，于是幽香四溢，直熏得一室都香了。建兰原产福建，叶阔而长，达一二尺，四散披拂，很有风致。夏秋间开花，花心有荤有素，红的是荤，白的是素，而以素心为上。产于龙岩的更名贵，称为"龙岩素"，有一种"十八学士"，每茎着花十八朵，香远益清。我家另有两盆叫做"秋素"的，叶长只五六寸，白茎白花，一茎五六朵，高出叶上，仿佛缟衣仙子，玉立亭亭，确是不凡。世称"玉魫"白干而花上出，为建兰第一名种，不知道是不是"秋素"的别名。

建兰之外，我又有四盆白珠兰，也同时开了花，粒粒如小珍珠；另一种初绿后黄的，别名"金粟兰"，花品较差。珠兰原产闽粤二省，灌木性，枝干成丛，每枝有节。叶从节间抽出，作椭圆形，盆光如蜡。夏秋间枝梢萌发花穗，一穗四茎，每茎长只二寸许，花粒攒聚四周，如珍珠，又如鱼子，因此又名"鱼子兰"。白珠兰初作绿色，后转为白，就发出阵阵浓香来，一时虽开一穗，也可香闻远近。取花窨茶，在茉莉、玳玳之上。珠兰喜阴喜肥，经常用鱼腥水浇灌，花开必茂。我家的那四盆，就是专喝鱼腥水，作为营养品的。

与建兰、珠兰分庭抗礼不甘示弱的，要推茉莉了。茉莉花期特长，陆续开花，可由初夏开到深秋。它是常绿亚灌木，叶圆而尖，有光泽。花从叶腋间抽出，莹白如雪，有单瓣、复瓣之别。复瓣香浓而不见心的，名"宝珠茉莉"，最为名贵。茉莉可制香，可浸酒，可窨茶，北方流行的香片茶，就是用茉莉窨的，而制成了香精，更有极大的经济价值。

崖林红破美人蕉

芭蕉湛然一碧，当得上一个清字，可是清而不艳，未免美中不足。清与艳兼而有之的，那要推它同族中的美人蕉。

美人蕉属芭蕉科的芭蕉属，是多年生的宿根草本，产生在南方闽粤一带，因花色殷红，原名红蕉，明人诗中，曾有"崖林红破美人蕉"之句。茎有高矮，矮的不过一尺上下，高的竟达四五尺。茎上先抽一叶，作长椭圆形，先卷后放，叶中再抽新叶，就这样一片又一片地抽出来。叶色有翠绿的，也有带一些深紫色的，中脉粗大，与芭蕉相似，两侧支脉较细，是平行的。到了初夏，叶的中心就抽出花茎，外面有许多花苞，一层层地包住，苞脱落后，就开出花来，好像一只红蝴蝶模样。从此花朵便自下而上，陆陆续续地开放。一面又有新叶抽出，叶心又抽出新花，叶叶花花，次第抽放，一直到深秋不断。花开过之后，也会结子，明春播植，常可发见新种，比分根更好。

古人对这种红花的美人蕉有很高的评价，如唐代柳宗元诗，曾有"晚英值穷节，绿润含珠光，以兹正阳色，窈窕凌清霜"之句。韩偓一赋，说得更为夸张："在物无双，于情可溺，横波映红脸之艳，含贝发朱唇之色。"倒是宋代宋祁的《红蕉花赞》，说得老老实实："蕉无中干，花产叶间，绿叶外敷，绛质凝殷。"可是说得太老实了，并没有赞的意味。

据《群芳谱》说，美人蕉从东粤来的，其花开似莲花，红似丹砂，产在福建福州府的，四季都会开花，深红照眼，经月不谢，那中心的一朵花，晓生甘露，其甜如蜜。产在广西的，茎不很高，花瓣尖大，像莲花模样，红艳可爱。又有一种，叶与其他蕉类相同，而中心抽出红叶一片，也叫做美人蕉。又有一种，叫瘦如芦箸，花正红如石榴花，每天展放一二叶片，顶上的一叶，鲜绿如滴，花从春季开到秋季，还是开得很好。据《岭南日记》称："红蕉，中抽一花，如莲蕊，叶叶递开，红鲜夺目，久而不谢，名百日红。"这个别名，恰与红薇、紫薇相同，就为它们花期很长，可以开到一百天的缘故。

只因美人蕉原产两广和福建一带，所以唐人诗中如李绅云："红蕉花样炎方识，漳水溪边色最深。叶满丛殷深如火，不惟烧眼更烧身。"这首诗火辣辣的，简直是要烧起来了。他如宋朱熹诗："弱植不自持，芳恨为谁好。虽非九秋干，丹心中自保。"明皇甫汸诗："带雨红妆湿，迎风举袖翻。欲知心不卷，迟暮独无言。"又无名氏诗云："芭蕉叶叶扬瑶空，丹萼高擎映日红。一似美人春睡起，绛唇翠袖舞东风。"后两诗都以蕉叶比翠袖，倒是很妙肖的。

现在江浙各地盛开的，是美人蕉科美人蕉属的美人蕉，与芭蕉科的美人蕉不同，叶阔带椭圆作披针形，叶脉欹而斜平行，花苞两片，直到盛开也不会脱落下来。花色不单是红的一种，还有黄、白、粉红诸色，而以红色镶黄边的最为娇艳，倒像美人的红衫子上镶上了一条金色的花边一样，临风微飐，似乎要舞起来了。

木槿与槿篱

木槿花朝开暮落，只有一天的寿命。所以《本草纲目》中的"日及"、"朝开暮落花"，都是它的别名。还有《诗经》中的"有女同车，颜如舜华"，"舜华"非别，也就是木槿。

木槿是落叶灌木，高达七八尺至一丈外。枝条柔韧，不易折断。内皮多纤维，可作造纸之用。叶互生作卵形，很像桑叶而较小，尖端有桠齿。入夏开花不绝，有单瓣，有复瓣，分红、白、浅紫、粉红诸色，鲜艳可喜。繁殖的方法，只须于梅雨期间，将粗枝截断，每段尺许，插在肥土中，经常浇水，成活率很高。不过第二年分株移植时，根上必须带泥，如果泥垛散落，那就不容易活了。

木槿可以编篱，湖南、湖北一带，盛行槿篱，也就是扦插而成。苏州农村中，也以槿篱作宅基和场地的围墙，年深月久，枝条纠结得非常紧密，任是猫狗也钻不进去，效果是特别大的。槿篱之作，古代早就有了，唐五代时，曾见之于孙光宪词，有"茅舍槿篱溪曲，鸡犬自南自北"之句；他如宋、元、明人诗中，也有"夹路疏篱锦作堆，朝开暮落复朝开"等句。可见槿篱的历史是很悠久的了。我以为现在各地城市绿化，到处少不了绿篱，大可利用红色复瓣的木槿来编制。入夏红花绿叶，相映成趣，那么真所谓"夹路疏篱锦作堆"了。

木槿有姊妹花，花叶枝条和性能都很相像，也一样的朝开暮落，倒像是孪生似的。它的花以红色为主，比木槿更为娇艳，花型也比木槿更为美观，名叫"扶桑"。李时珍说，东海日出处有扶桑树，此花光艳照日，其叶似桑，因以比之，后人讹为"佛桑"，乃木槿别种。花有红、黄、白三色，红者尤贵，呼为朱槿。唐代李商隐诗，称它"才飞建章火，又落赤城霞"，宋代蔡襄诗，说它"野人家家焰，烧红有扶桑"，足见它的红艳，是与众不同的。

初放玉簪花

我于花原是无所不爱的，只因近年来偏爱了盆景，未免忽视了盆花，因此我家园子东墙脚下的两盆玉簪，也就受到冷待，我几乎连正眼儿也不看它一看。说也奇怪，前几天清早正在东墙边察看石桌上新翻种的几个"六月雪"小盆景时，瞥见桌下有一簇莹白如玉的花朵，在晓风中微微颤动，原来墙脚边那两盆玉簪，却有一盆意外地开了一枝花。我即忙蹲下去细看时，见一枝上共有六朵花，一朵已萎，一朵刚开，闻到一阵淡淡的清香，不觉喜出望外，于是每天早上总要去观赏一下，流连一会，正如元代画家赵雍诗中所谓"淡然相对玉簪香"了。

玉簪花属百合科，是多年生的宿根草木，它有白鹤仙、季女、内消花、间道花等几个别名，而以玉簪象形为最妙。就为了花形如簪的缘故，就成了诗人们绝好的题材，例如宋代黄庭坚诗云："宴罢瑶池阿母家，嫩琼飞上紫云车。玉簪堕地无人拾，化作江南第一花。"明代李东阳诗云："昨夜花神出蕊宫，绿云袅袅不禁风。妆成试照池边影，只恐搔头落水中。"以玉簪花来假想仙女和花神的遗簪，自然更觉得美了。

玉簪丛生，农历二月间抽芽，高达一尺馀，柔茎圆叶，大如手掌，叶端是尖尖的，从中心的叶脉分出齐整的支脉来，到了六七月里，就有圆茎从叶片中间抽出，茎上更有细叶，中生玉一般洁白的花朵，少则五六朵，每朵长二三寸，开放时花头微绽，六瓣连在一起，中心吐出淡黄色的花蕊，四周共有细须七根，头中一根特长。香淡而清，并不散发，必须近嗅，花瓣朝放夜合，第二天就萎了。所结的子，好像豌豆模样，生时作青色，熟后变作黑色，可以播种。另有一种紫色的叫做紫鹤花，花型较小，并且没有香气，比了玉簪，未免相形见绌。

玉簪可作药用，据李时珍说，把它的根捣汁服，解一切毒，下骨鲠，涂痛肿。

合欢花放合家欢

花中有合欢，看了这名称，就觉得欢喜，何况看到了它的花。记得三四年前，我在一家花圃中买到一株盆栽的矮合欢树，枯干长条，婀娜可喜，可是头二年却不见开花。这两年来，才年年有花，尤其是今夏，更开得欢。一个多月前，它那几根长条上的叶片中间，开出一朵朵红绒似的花。这些花开过之后，隔不多久，枝桠间又长出一簇簇的花蕾，一朵又一朵地开放，引得我们合家老小，皆大欢喜。我于朝夕欣赏之馀，曾记以诗，有"枝缀纤茸红簇簇，合欢花放合家欢"之句，是抒情，也是写实。

合欢是属于豆科的乔木，原产埃塞俄比亚，后来亚洲各地，也有发现。地植高达二三丈，而枝条很柔弱，四散纷披，叶片作羽状，高下对生，每枝五六对到十多对，到了傍晚，每一片就对合起来，因此别名"夜合"。五六月间开花，作粉红色，丝丝如红茸，有些像马铃上的红缨，因此又有"马缨花"的别名。据《植物名实图考》说，京师呼为"绒树"，以其花似绒线而得名。"合欢"、"夜合"见之于诗的，如明代王野云："远游消息断天涯，燕子空能到妾家。春色不知人独自，庭前开遍合欢花。"叶小鸾云："可是初逢萼绿华，琼楼烟月几仙家。座中听彻凉州曲，笑指窗前夜合花。"只因花名美好，写入诗中，也就觉得好句欲仙了。

合欢是一种可爱的花，除观赏外，可作药用，据说把它的木皮煎膏，可以消痛肿，续筋骨，所以李时珍也有和血、消肿、止痛的说法。至于《本草经》所载"安五脏，合心志，令人欢乐无忧，久服轻身明目、得所欲"，那又是因合欢这个名称而言之过甚了。

繁殖的方法，可以取子播种。花谢结荚，荚中有子，很细小，种在肥土中，经常喷水使它湿润，便可逐渐萌芽。此外也可在根侧分条栽种，生长更快。我那盆栽的一株，有两枝一长尺半，一长二尺，我想利用压条的方法，尝试一下，如果成功，那么明年今日，一株就可变作三株了。

蜀葵花开一丈红

不知是怎么一回事？我家小园东部的百花坡下，入夏忽地生长出好几十株单瓣和复瓣的各色蜀葵花来，高高低低，密密层层，倒像结成了一面大锦屏一样，顿觉生色不少。就中有十多株桃红色和紫红色的，竟高至一丈以上，这就难怪浙江人要称蜀葵花为一丈红了。

蜀葵原产西蜀，别名戎葵、吴葵，又名卫足葵，因它的叶片倾向太阳，遮住了根部，所以称为卫足。叶片很大，像梧桐又像芙蓉，而花朵很像木槿。茎高五六尺至一丈外。据一本笔记上载，明代成化甲午年间，有倭人前来进贡，见阑干前有奇花不识，问明之后，才知是蜀葵，就题了一首诗："花如木槿花相似，叶比芙蓉叶一般。五尺阑干遮不尽，尚留一半与人看。"这就把蜀葵的花型、叶型以至花茎的高度，全都写出来了。花茎有白色和紫色的，以白色为上品。花从根部到顶部陆续开放，花期很长，从农历五月到七月，约有两个月之久。花色除白、红、紫红、粉红外，还有墨紫和茄子蓝的，较为名贵。据说如果种在肥地上，勤于灌溉和施肥，可以变出五六十种来，其实是由于风和蜂蝶的媒介，花粉杂交之故。

蜀葵易于繁殖，子落在地，第二年就会发芽生长，并且开出花来，因此园林中到处都有，并不稀罕，而历代诗文中，却给以很高的评价。梁代王筠作《蜀葵花赋》，曾说："迈众芳而秀出，冠杂卉而当闱，扶疏而云蔓，亦灼烁而星微。"宋代颜延之作《蜀

239

葵赞》，也说："渝艳众葩，冠冕群英。"这样的说法，似乎太夸张一些。唐代诗人咏及蜀葵花的，颇有佳作，如陈陶《蜀葵咏》云："绿衣宛地红倡倡，薰风似舞诸女郎。南邻荡子妇无赖，锦机春夜成文章。"岑参《蜀葵花歌》云："昨日一花开，今日一花开。今日花正好，昨日花已老。人生不得长少年，莫惜床头沽酒钱。请君有钱向酒家，君不见蜀葵花。"此君大概是个爱酒成癖的人，所以借蜀葵花的盛衰来劝人饮酒。其实花开花落，原是常事，又岂止蜀葵如此？

种植的方法，很为简易，花谢之后，子可多收一些，在农历八九月间种在肥地上，让它过冬。到明年春初发了芽，长了茎，就将细小无力的剪去，留下粗壮的，经常浇水施肥，一过端阳，自会欣欣向荣，一株株开出无数的花来。花以千瓣五心、剪绒锯口为上，单瓣就不足贵。据说从前洛阳有九心剪稜蜀葵，自是贵种，不知现在还有种子否？折枝插瓶，可作案头清供，瓶中须用沸水灌满，再用硬纸塞口；或将花枝蘸石灰，等干燥后才插，那么满枝的花蕊全可开放，而叶片也可维持原状。

蜀葵也有经济价值，苗、根、茎、花、子，都可入药，嫩苗可当菜吃。花干放入炭盘内，可引火耐烧。取六七尺长的茎，剥去了皮，可缉布，可作绳索。取叶片研汁，用布揩抹竹纸上，等它稍干，就用石压平，这种纸称为葵笺。唐代判司许远曾制此笺分赠白乐天、元微之，彼此作诗唱和。据说纸色绿而光泽，入墨觉有精彩，可惜这种葵笺，后代早已失传了。

莲花世界

《华严经》中曾有"莲花世界"之说。农历六七月间，几乎到处都看到莲花，每一个园林，红红白白，烂烂漫漫，真的是一片莲花世界。

花花草草，形形色色，一方面要有观赏的价值，一方面也要有实用的价值。花草中兼备观赏价值和实用价值，而且价值最高的，只有莲花当之无愧。说到莲花的实用，不论是花瓣、花须、花房、叶、叶梗、藕、藕节、莲子等，或供食用，或供药用，简直没有一种是废物。莲花莲花，实在太可爱了。

莲花属睡莲科的莲属，是多年生宿根草本。原产印度，早就在中国落了户，子孙繁衍，已有千馀年的历史。它本名蘁，又有芰荷、芙蕖、菡萏、芙蓉、泽芝、水芝、水华等好几个别名，而以莲与荷为通称。旧时种类很多，有什么分香莲、夜舒莲、低光莲、四边莲、朝日莲、金莲、衣钵莲、锦边莲、十丈莲、藕合莲、碧台莲等二十馀种，现在大半断种，或已换了名称。我家现有层台、佛座、洒金、绿荷、粉千叶、四面观音等几种，已算是稀有的了。至于红十八、白十八，那是种在池子里的普通种，是不足为奇的。

莲花都是生在浅水中的，它的根就是藕，埋在肥土中生长，一年可繁殖好多节，每节形圆而扁，内有空洞很多。节间生出根茎，抽出叶片，叶形略圆，由小而大，好像一柄柄小伞撑在水面。到了农历六七月间，有的藕节间就挺生出花梗来，开花高出叶上。

普通的是单瓣，但也有十七八瓣，有粉红、纯白、桃红等色，朝开夜合，可以持续三天之久。花有清香，闻之意远。花谢后，就结成莲蓬，内有子十馀颗，可生啖，也可熟食，这就是莲子。

细种的莲花，我们大都是种在缸里的，每年清明节前几天，总得翻种一下，将枯死的老藕除去，把多馀的分出来另种，一缸可分作二三缸。缸底先铺野苜蓿或其他野草，上盖田泥一层，然后再加河泥，将藕匀称地种下去，必须留意新芽不可触损，并须使其上仰，以便日后挺出水面，发叶生花。种妥之后，须经阳光充分曝晒，晒得泥土龟裂，然后施以人粪尿，次日加水。一个月后，更在泥中放下小鱼几尾，作为肥料的生力军，有促使生花的效能。这是我种莲花的经验，何妨一试。

"笑向玉山佳处行，东亭风月共相迎。嘉莲惠及苏州市，遗泽休忘顾阿瑛。"这一首小诗，是为了两年前拙政园分种昆山正仪镇的千叶莲花而作的。原来正仪镇上有一座顾园，是元代名士顾瑛"玉山佳处"的遗址，园中有一个莲池，种着天竺珍种千叶莲花，冠绝江南。这一池莲花，已经饱阅了六百多年的沧桑，传说还是当时顾阿瑛所手植的。我找到了顾阿瑛的几首七言绝句，却找不到关于千叶莲花的资料，就中有一首《观荷值雨》："湖山堂上看荷花，乱舞红妆万髻丫。细雨沾衣凉似水，画船五月客思家。"不知湖山堂是不是"玉山佳处"的一座堂，而他所看的荷花是不是千叶莲花呢？可是玩味了末句"客思家"三字，料知他那时正客居在外；况且对千叶莲花，也决不会单单称为荷花的，足见他所看的也不是他自己的千叶莲花了。

抗日战争以前的某一年，有一位老诗人发起在顾园莲池旁造了一个亭子，仍用赵松雪旧题，榜曰"君子"，跟他二十多位朋友和顾阿瑛遗族一同举行落成典礼。从此可以坐在君子亭中，饱看"花中君子"了。过了一年，我和朋友们也闻风前去，可惜去得迟了一些，只看到了最后一朵千叶莲花，的确是不同凡艳。欣赏之馀，曾为赋诗，有"红妆艳裹迎风舞，润色湖山赖此花"，"玉山佳处撩人处，千叶莲花发古香"等句，也足见我对它之倾倒备至了。

一九五九年春初，有人到正仪去将千叶莲分根引种到拙政园远香堂前的大莲塘中。当年就开了不少的花，妙在不单是并蒂并头，甚至一花中有四五蕊、六七蕊的，每一朵花多至一千四百多瓣，称为千叶莲花，真是当之无愧的了。现在广州也已从正仪引种过去，栽在缸里，陈列在越秀公园，观众云集。我以为像这样的好花，不要局限于一市一地，以独占花魁而沾沾自喜，应该分布到全国各地去，供人们欣赏，我可又要唱起来了："嘉莲香泽公天下，告慰重泉顾阿瑛。"

玉立竹森森

在千里冰封的北国地区，大家以为不容易栽活竹子，因此成为植物中稀罕的珍品，而在南方，竹子却是不足为奇的。听说北京过去也以种竹为难事，温室里连盆栽的竹子也没有。当年郑振铎两度南下，光临苏州，见了我家许多竹子的小盆景，大为欣赏，说是有了盆栽一竿，就不需渭川千亩了。一九五八年秋，我赴京参观园林，就带了一小盆观音竹和一盆悬崖形的小枸杞去送给他。他立时供在案头，高兴得什么似的。不料过了二十天，他不幸于访问阿富汗时在旅途中遇难。至今看到竹子，我还会想起那最后的会见。

我在京期间，有一天曾往安儿胡同拜访黄任之先生。刚跨进门去，就瞧到庭中有两大丛竹子，分栽左右，干挺叶茂，一碧如洗，白香山诗中所谓"玉立竹森森"，自是当之无愧。黄老也很得意地指着竹子对我说："你瞧，你瞧，我已栽活了这些竹子。你以为长得还算好吗？"我惊异之馀，连说："好极好极！北京不能种竹的迷信思想，从此打破了。"后来我又在北京西郊动物园里看见许多竹子，虽长得并不高大苗壮，然而竹叶也很苍翠，据说是专供熊猫吃的。现在有了这两个活生生的例子，足见北方任是怎样天寒地冻，栽活竹子是不成问题的。因此，我曾建议新辟的公园紫竹院中，应该广栽紫竹，让它们处处成林，才可以名副其实。

竹子种类繁多，举不胜举，我的园子里就有哺鸡竹、佛肚竹、观音竹、凤尾竹、寿星竹、慈孝竹、斑竹、紫竹、金镶碧玉竹等十一种之多。除了一部分出笋可供食用外，多半是供观赏用的。我以为还须顾到经济价值，如粗大的毛竹可作器材，可供建筑之用，有的竹子可作药用，有治病救人之功。首都如果大量种竹，应该在这方面着眼。

秋兰风送一堂香

八月中旬，正是我家那几盆建兰的全盛时期，每一盆中，开放了十多茎以至二十多茎芬芳馥郁的好花，陈列在爱莲堂长窗外的廊下，香满了一廊，也香满了一堂，因了好风的吹送，竟又香满了一庭。

建兰产于福建，因名建兰。农历六七月间开花，花心作紫红色的，是普通种；花心作白色的，称为素心，此较名贵。每一茎着花六七朵或八九朵，而龙岩素心兰每茎竟有着花十七八朵的，因有"十八学士"的名称，那是建兰中的魁首了。建兰叶阔而长，纷披四散，好像一条条的绿罗带。

凡是兰蕙，都在春天开花，只有建兰开花于夏秋之交，古人诗文中的所谓秋兰，大概就是指建兰吧？例如屈原《离骚》中的"纫秋兰以为佩"，《九歌》中的"秋兰兮蘼芜，纵生兮堂下，绿叶兮素枝，芳菲菲兮袭予"。又如汉代张衡的《怨篇》："猗猗秋兰，植彼中阿。有馥其芳，有黄其葩。虽曰幽深，厥美弥嘉。之子云远，我劳如何。"此外唐、宋、元、明的诗人词客，也有不少咏及秋兰的。至于专以建兰为题的，我却只见明代大书画家文徵明的一首律诗，有"灵根珍重自瓯东，绀碧吹香玉两丛，和露纫为湘水佩，临风如到蕊珠宫"等句，然而对于建兰的产地和开花的时期等，还是说得不够明确。

建兰的好处，就是伺候比较容易，不像春兰那么娇贵，单单看它一两朵花，却要费却不少的人力物力，真像千金买笑一样。每一盆建兰，如果培养得当，自夏入秋，可以陆续开花，多至二三十茎，香生不断，使人饱享鼻福，而看着花花叶叶，眼福也正不浅。别有一种叶较短而花较小，花心作白色的，叫做秋素，开花较迟，恰好给建兰接班，每茎开花六七朵，娇小玲珑，可以比作《桃花扇》里诨号"香扇坠"的李香君。

据说建兰的根是肥而甜的，因此引起了蚁的觊觎，成群结队而来，在根部的土壤中开辟殖民地，根就大受其害，甚至奄奄欲绝。要防止这个可恶的侵略者，必须在盆底垫上一个大水盘，使蚁群望洋兴叹，没法飞渡，那么虽欲染指而不可得了。

丹桂飘香时节

　　每年农历八九月，是丹桂飘香的时节。丹桂飘香已成了一句成语，其实丹桂并不普遍，一般多的是金桂和银桂。

　　桂是常绿乔木，一名岩桂，又号木犀。树身高达丈馀，皮薄而质坚，叶尖，作椭圆形，边有锯齿，终年不凋。花朵很小，合瓣四裂，密密地生在叶腋之间。色黄的名金桂，色白的名银桂，但也略带黄色。花香都很浓烈，可作香精香料，也可点茶浸酒，如拌入糖果糕饼，更觉甘芳可口。花有每月开的，称为月桂；四季开的，称为四季桂。其实也并不一定按月按季都开，不过经常开花，疏疏落落地略资点缀，到了仲秋，这才烂烂漫漫地开满一树了。

　　丹桂，花作红色，并不太香，据说是用石榴树嫁接的。叶形狭小，并没锯齿。说也惭愧，我虽爱花成癖，却从没有见过丹桂，直到一九五八年去北京，才在北海公园和颐和园中看到了它，不觉欢喜赞叹。那株丹桂树身不高，只三四尺，种在木桶里，花作暗红色，不很鲜艳，听说是从青岛移植过来的。古人曾有咏丹桂诗云："秋入幽岩桂影圆，香深粟粟照林丹。应随王母瑶池宴，染得朝霞下广寒。"这首诗雍容华贵，可以移赠北海和颐和园中的丹桂。

　　清代李笠翁曾说："秋花之香者，莫能如桂，树乃月中之树，香亦天上之香也。但其缺陷处，则在满树齐开，不留馀地。"这些话说得不错，自是对于桂花的评。不见桂花开放时，总是在一日夜间开满了一树，一经风雨，就要狼籍满地。如果能慢慢地逐渐开放，多留几天色香，岂不很好！然而它有一个特点，却可弥补这个缺陷，那就是隔了十天半月，还能开第二次或第三次，并且是一样的繁茂。即如我家一株盆栽的枯干老桂，在国庆节盛开了一次，半月之后，当它二度花开时，就又是金粟累累、妙香馥馥了。

卓为霜中英

菊花是众香国中的硬骨头，它不怕霜而反傲霜，偏要在肃肃霜飞的时节，烂漫地开起花来，并且开得分外鲜妍，因此古诗人对它的评价很高，宋代苏洵咏菊诗，曾有"粲粲秋菊早，卓为霜中英"之句。菊花既被称为霜中的英雄，那么每年秋季中国各地纷纷举行菊展，就可算得是菊花的群英大会了。

中国菊花的历史，真是太悠久了。远在晋代的陶渊明，已在吟哦着"采菊东篱下"的诗篇。不过古时的菊花，大概只有黄色一种，所以"菊有黄华"啊，"黄花晚节香"啊，都把黄花来作为菊花的代名词。后来仗着园艺工人的智慧，搞出了许多新品种来，由宋代的七八十种，增加到明代的二百馀种，而近年来，据说已多至一千馀种，真的是陆离光怪，五色缤纷。

可是菊花的名称不能统一，是莫大的遗憾。同是一个品种，而各地有各地的名称，各不相同，并且有些是怪怪奇奇，很使人费解的。一九六○年七月我曾经建议统一菊花名称，料知不久的将来，定可如愿以偿。菊花的名称统一以后，那么现在中国究有多少品种，就可有一个比较正确的统计了。

从十一月起，全国各地凡是有菊花的地方，差不多都举行菊花展览会，五光十色，如火如荼。苏州现有大小型的菊花，约在二百种左右，曾在葑门内网师园举行菊展，以大公园为最多，共一百多种，每种一盆，云蒸霞蔚，大有可观。我的出品共二十种，在面水而筑的"濯缨水阁"中展出，有高几，有长案，有方桌，有琴桌，分列这些盆菊，高低参差，位置不恶。所用盆盎，有瓷质的，有陶质的，有铜质的，色彩和式样也种种不一，几座有红木的，有用树根雕成的，一一和盆盎相配合。每一种花，我标上一个别出心裁的名称，如两盆是北京刘甓园先生所赠的名种，标以"北京来的客"；一盆是二色相间的小型乔种，标以"小乔初嫁"；一盆是"帘外桃花"，配着修竹一枝，标以"帘外桃花花外竹"；一盆"绿牡丹"，种在一只古铜三元鼎中，标以"在魏紫姚黄之外"；一盆"织女"，三朵花作悬崖形，标以"牛郎的爱侣"。这些盆菊，除了有必要的用一二枝细竹竿支撑外，大半不用竹竿，也不加扎缚，姿态悉取自然，好像是长在篱下墙角一般。

这展出的二十盆菊花中，有三盆作为主体，中央一只长方形的浅灰色大陶盆中，种着三种菊花，一种名"黄龙"，一种名"红线"，一种名"帅旗"，一高一低一欹斜。右首一盆百年老枸杞，朱实累累，绿叶纷披，下配白菊三朵，斜出盆外，标以"杞菊延年"。左首一盆，是五枝下垂的红黄二色相间的菊花，种在一只长圆形的乾隆窑浅蓝色瓷盆中，标以"炼铁炼钢发火花"。这三盆菊花的题名，都是意义深长的。

到得各地的菊展，逐渐结束之后，而我家的小型菊展，却还在继续下去。有的经过整理，仍然楚楚可观，有的花大叶茂，还是鲜艳如故。我有决心要使这些东篱秋色，跟随着新时代的步伐一齐前进。

莫道花开不入时

年年十一月，秋高气爽，许多大城市都举行菊花展览会。走进这些展览会，但见粉红骇绿，霞蔚云蒸，一下子总是几百盆几千盆，甚至几万盆，目之所接，无非菊花，真的可说是菊花的天下了。

年年十一月，我家也总有一个小型的菊展，至少要持续一个半月，甚至开到明年。因此曾记之以诗："菊残纵有傲霜枝，那及清秋绰约姿。我为琼葩添寿算，看它开到岁朝时。""看它开到岁朝时，雪压霜欺总不知。柏悦松欢梅竹笑，春风吹上菊花枝。"这两首诗，自以为是颇有点乐观主义精神的。

一九五九年十一月十日起，我的小型菊展也开幕了。爱莲堂上，除了大丽花的瓶供和盆植的乌桕、一串红外，就让菊花占有了几案，形成了菊花的小天下。在那中间供着一只"碧玉如意"的长案上，两端有成对的道光窑蓝地描金方瓷盆，盆中是两株黄色名菊"金缕衣"。下面的贡桌上，有一对乾嘉制陶名手杨彭年的白陶冰梅纹斗方盆，盆中是两株暗红色的"古铜盘"。在那两个方桌上，有"紫光带"、"二乔"、"秋江"、"金钩挂月"、"粉妆楼"、"凤舞"、"虬龙须"、"绿衣红裳"等名种，以及各色小型的文菊，都是经过艺术加工，而用各种形形色色的瓷盆、陶盆翻种的。此外再配以大小枸杞、北瓜、灵芝、石供和山水盆景等，作为陪宾，并且在那六扇刻着全部《西厢记》的红木长窗之前，还陈列着一大盆红子累累的百年老树"鸟不宿"，就觉得万紫千红，灿烂如锦，使东篱秋色，更显得丰富多采了。

紫罗兰盦也是我这小型菊展的一部分，内中陈列着"东风"、"秋江夜月"、"夕阳古寺"、"绿心托桂"、"梨香菊"等名种，再配以盆植或瓶插的各色文菊以及北瓜、大竹、石供、大灵芝等作为陪宾，而以小品为主。就中有一盆比较特出的，是在一只乾隆窑白瓷蓝脚的长方浅水盘中，放着一块满长青苔的悬崖形沙积石，石上挂下一株丁香菊，玫瑰紫的小花，碧绿的小叶，娇小玲珑，煞是可爱。

我的盆菊，一般都取自然的姿态，不用竹枝呆板地支撑着，所用盆盎，或瓷或陶，并且利用铜鼎铜盘，更觉古色古香。有的花叶和枝条还须加工，用棕丝、铅丝等给它们整姿，但仍以不背自然为原则。花以三朵至五朵为限，或直或斜，不落呆诠，并且配上了拳石、石笋或枯木，更觉相得益彰。

那些小型的文菊，年来尽力搜罗，已有十多种，有浅黄、深黄、浅红、深红、浅紫、玫瑰紫、白瓣绿心、白瓣黄心等各种色彩。花瓣有粗有细，有作松针形的，有作盘子形的，叶片有大有小，枝条有长有短，虽说是菊中小品，却也蔚为大观。我在紫罗兰盦外的一角，把好多盆小黄花的野菊，堆成了一座小小的菊花山。至于单株的各色文菊，那就用各色各样的陶、瓷、砖、石等盆盎配合翻种，最小的盆子不过二三寸。菊花的枝条，用细铅丝屈曲使短，或欹斜，或下悬，构成各种姿态，别具情趣，安放在那些大型的盆菊之间，倒像是小鸟依人似的。除了用盆盎翻种之外，更利用雀梅、野杜鹃等死了的树桩，将文菊的枝条扎在上面，就好像在枯木上开出花来，更觉古雅，朋友们见了，以为匠心独运，别开生面，其实是一种标新立异的玩意儿罢了。

节气已过大雪，我这里——素有天堂之称的苏州，水缸也结过薄冰了。气象预报常说气温下降到摄氏零下二度三度，冬天早就无情地占领了自然界。菊花虽说枝能傲霜，毕竟也令人觉得花开不入时了。苏沪一带的菊花展览会，都已偃旗息鼓，先后闭幕。我因去年自己的小小菊展，曾经欢度春节，和梅花会面。因此今年我仍然搞了个小菊展，使它依然红紫缤纷，热闹得很。

　　一个月来，我家几百个大、中、小的盆景，已做好了必要的防寒工作，大型、中型的连盆埋在地下，以防冰冻；小型的和一部分怕冷的，都挤在一间面南的小屋子里，大半已落了叶，瑟缩堪怜。有时国内外的来宾光临，简直没有什么可以观赏的，所可看看的，就全仗我这小菊展中的许多菊花盆供。为了这个光荣任务，我就尽可能地一直维持下去，让它们开到明年，然后请松啊，柏啊，梅啊，竹啊，一同上来接班。

　　维持这一个多月的小菊展，可不是简单的事情，朝朝暮暮，我曾付出辛勤劳动的代价。就这小小的局面，也并不是一成不变的，二三天中，就有一番变动，新陈代谢，当然是在所不免。譬如那两盆白色的"粉妆楼"和"懒梳妆"，开得最早，花心有些儿黄了，大有"告老还乡"之意，我就请它们"光荣退休"，换上了朝气蓬勃的两盆"金丝雨珠"和"玻璃绿"。那一株种在不等边形石盆里而高高供着的"天红地白"，花叶支离，好像是"我倦欲眠"，我即忙连连浇水，一连两天，总算把它唤醒过来。一盆居高临下的"秋江夜月"，外围的花瓣有些焦了，脚叶脱了，我就剪下了三朵，修去焦瓣，改作瓶插，再配上一些叶子，现在正安居在一只道光窑的粉彩瓷胆瓶里，风韵犹存，嫣然欲笑，已度过了一星期。此外新加入的，有一株娇小玲珑的"旧朝衣"，不加扎缚，自然地作悬崖形，种在一只青花的方形深瓷盆里，四朵花开得鲜妍欲滴。一盆"绿衣红裳"，本是三朵，欹斜作态，不料内中一朵忽的焦了一半，我就去芜存菁，剪去了一朵，仍然可观。其他的几十盆，不管是大型的、小型的，似乎都了解我尽力维持的一片苦心，还是不屈不挠地坚持下去，似乎都有跨进一九六一年的雄心大志。

近几天来，朋友们来看了我这硕果仅存的小菊展，都表示惊异。老友蒋吟秋口占了一首诗见赠："莫道花开不入时，诗人情味我深知。爱它风骨经秋炼，美意殷勤护好枝。"

能把柔枝独拒霜

　　在江南十月飞霜的时节，木叶摇落，百花凋零，各地气象报告中常说，明晨有严霜，农作业须防霜冻。然而有两种花，却偏偏不怕霜冻。一种是傲霜的菊花，所以古人诗中曾有"菊残犹有傲霜枝"之句。还有一种就是拒霜的芙蓉，所以古人诗中也有"能把柔枝独拒霜"之句，而芙蓉的别名，也就叫做"拒霜花"。

　　芙蓉是一种落叶灌木，又称木芙蓉，茎高五六尺以至一丈。入秋，梢头抽出花蕾，初冬开放，有单瓣复瓣之别。花色有红有白，有桃红，据说也有黄色的，却很少见。最名贵的，是醉芙蓉，一日之间三变其色，早上作白色，午刻泛作浅红，傍晚转为深红，因此又称"三醉芙蓉"。吾园梅屋下的荷花池边，全是种的三醉芙蓉，虽受严霜侵袭，却仍鲜妍如故，称它为拒霜花，确是当之无愧。

　　芙蓉性喜近水，种在池旁溪边，最为适宜，花开时水影花光，互相掩映，自觉潇洒有致，因有照水芙蓉之称。古代诗人每咏芙蓉，往往和水相配合，如"艳质偏临水，幽姿独拒霜"，"袅袅芙蓉风，池光弄花影"，"芙蓉发靓妆，艳艳秋江边"，"半临秋水照新妆，淡静丰神冷艳裳"，"江边谁种木芙蓉，寂寞芳姿照水红"等，全是说着那些种在水边的芙蓉花。

　　四川成都，别名锦城，相传蜀后主孟昶，在成都城上遍种芙蓉，每年深秋，四十里花团锦簇，因此名为锦城。不知现在的成都城上，是不是还种着芙蓉，倘有机会，很想去观赏一下。

芙蓉繁殖很容易，可用扦插和分株两法，入冬在土壤上用牛马粪或人粪尿施肥，向阳埋下枝条，明春再行扦插，没有不活的。芙蓉的叶和花，都可治病，据李时珍说，气平而不寒不热，清肺凉血，散热解毒，治一切大小痈疽，肿毒恶疮，可以消肿排脓止痛。它的干皮柔软而有韧性，可纺线或编作蓑衣，自有它一定的经济价值。

乌桕犹争夕照红

这真是一个意外的收获！不知从哪一年起，我园南面遥对爱莲堂的一条花径旁边，有一株小小的乌桕树，依傍着那株高大的垂丝海棠成长了起来。当初我并不注意，两年前的霜降时节，忽见那边有几片猩红的树叶，被阳光照映着，分外鲜艳。走过去仔细一看，却见那叶片作心脏形，每一片都是红如渥丹，原来是一株野生的乌桕，已长到三尺多高。我热爱它的一片丹心，见它长在这里，太不合适，即忙把它掘起，种在一只六角形的深陶盆里，把树梢剪断了一尺，用棕绳扎住，弯曲向下，作悬崖形，再将其他枝条进行整姿，居然形成了一个挺好的盆景。第二年秋天，叶子红了，很为可爱。谁知过了一年，下垂的主枝枯死了一截，不成其为悬崖形了，于是又移植在一只白欧瓷的长方盆中，重行整姿，把根部吊起，更觉美观。秋来并没重霜，而叶子先就一片片地红了起来，鲜艳得简直胜于二月花。我不敢怠慢，即忙郑重地捧到爱莲堂上，和许多盆菊供在一起，夕阳照到叶上，如火如荼，真如陆放翁诗所谓"乌桕犹争夕照红"了。

乌桕属大戟科，是落叶乔木，浙东一带河边溪畔和田岸上，多种此树，有粗可合抱，高达二三丈的。心脏形的叶片上，含有蜡质，光泽可喜。入夏开小黄花，有雌有雄，雌花到了深秋，就会结子，表皮作浅褐色，外层的白穰可榨成白油，内仁也作白色，可榨成清油，可点灯，可制烛，也可入漆，可造纸。近代利用科学炼油的方法，又可炼成机器用油，用途更广。据旧籍中载称，每收桕子一石，可得白油十斤，清油二十斤。用油之外，它的渣可作壅田的肥料。树干的木质细而坚实，可刻书，可制造器物，经久不坏。它的根和叶，都可治病，油甘凉无毒，据李时珍说，可涂一切肿毒疮疥。乌桕的经济价值，真可说是不同寻常的了。

观赏桕叶，不必等候重霜渲染，它比枫叶红得早，也落得早，所以古人诗中都咏及这个特点。如宋代林逋句："巾子峰头乌桕树，微霜未落已先红。"明代刘基句："霜与秋林作锦帏，一朝霜重却全稀。"某一年深秋我和程小青兄特地到硤石和尖山一带去看乌桕，就为了迷信重霜之故，去得迟了，树上大半都结满了子，虽还看到一些红叶，却已错过了它的全盛时期，未免有美中不足之感。

野生的乌桕，不易结子，必须用结子的树枝嫁接上去，很易成活，种在高燥的地上，多施肥料，生长极快。乌桕经过嫁接，结子必多，每株少则数十斤，多则竟在百斤以上，榨成了油，真是一本万利。又据旧籍中说，乌桕不必嫁接，只须于春间将枝条一一扭转，碎其心勿伤其皮，就可以结子，与嫁接同。我准备把园中地植的两株，如法尝试一下。

晓霜枫叶丹

一清早起身，抬眼见屋瓦上一片雪白，却并不是雪，而是厚厚的霜。我家堂前的一株老枫，被晓霜润湿了，红得分外鲜艳，正合着南朝宋代谢灵运的诗句"晓霜枫叶丹"了。我的园子里，枫树虽有好几株，都是早红早脱叶，独有这一株，好像演出压轴戏一般，红得最晚，也最耐观赏，凡是我经常过从的朋友们，没一个不是偏爱它的。有一天来了一位老诗人，对着树击节叹赏，微吟着古人诗句道："遥看一树凌霜叶，好似衰颜醉里红。"这个譬喻，倒是很确切的。

枫是落叶乔木，树干高达一二丈外，木质很坚，有作红色的，也有作白色的。叶片有三角的，有五角的，有七角的，以五角与七角为细种。山林中的枫树，大半都是三角，例如苏州天平山和南京栖霞山的枫，就是三角的，经霜之后，一样的红酣可爱。

枫的品种很多，不下百馀，除了吾国自产的以外，也有从日本和西方来的。名贵的品种，可用三角枫和普通的青枫作砧木，从事嫁接。五角枫和七角枫的子，形如元宝，随风飘落地上，明春发芽生根，生殖力很强，不过长大不快，十年生的干儿，也不过粗如拇指罢了。枫的细种，以葡萄绿为最，次为襄衣、鸭掌、猩猩红等，一经秋后霜打，都能泛红。日本有一种静涯枫，却在阳春三月就红了，吾家有盆栽的一株，婀娜多姿，的是此中尤物。

说起天平的枫树，当初共有二三百株，又高又大，分布在高义园和范坟一带。相传明代万历年末，范仲淹的第十七世孙范允

260

临，作福建某地的布政使，衣锦荣归时，到天平山来修建祖坟，并在"万笏朝天"下造一别墅，就把从福建带回来的一批三角枫种在那里。到了秋季，枫叶由青转黄，由黄转橙，由橙转紫，一经严霜，那就转为深红，于是朝霞一片，蔚为大观，几乎照红了半爿天。现在虽只剩了数十株，却仍然是堆锦列绣，足供观赏。

芦花白雪飞

芦是长在水乡的多年生草，据说初生时名葭，未秀时名芦，长成时名苇，《诗经》所咏的"蒹葭苍苍"，就是指新芦而说的。芦的同族和别名共有十多种，而通常总叫做芦苇和芦荻，就以形象来说，也是大同小异的。芦因生在水际，成长极快，茎高可达一二丈，中空如管，有节，并没分枝，叶片又细又长，两边锋利，倘用手勒，就会割破皮肤。入秋从叶丛中抽出花茎开白色细花，十分繁密。每枝长尺馀，花穗对生，分作两排，每排各有十馀穗以至二十馀穗，顶端却只有一穗，作为结顶。

芦花有细茸毛，可以作絮代棉花，因此古代曾用来翻衣，元代还有芦花被、芦花褥，诗人们曾咏之以诗，有"采得芦花不浣尘，翠蓑聊复借为茵"，"软铺香絮清无比，醉压晴霜夜不融"等句，给与很高的评价。而以芦花作枕芯，温软也不亚于木棉。

我家紫兰台下靠近金鱼池的一角，有一大丛白边绿地的芦，每茎长达一丈以外，是芦族异种，抽了穗子似花，其白如雪，摇曳生姿。另有一丛矮种的绿芦，种在一只长方形的紫陶浅盆里，配上了几块拳石，盆面空出一半地位，堵住了盆孔盛水，作为芦荡，水边石矶上，坐着一个老叟把竿垂钓，意境很为清幽。国画馆的一位画师见了，点点头说道："好一幅寒江独钓图！"

鸟不宿

正在百卉凋零的季节，我家廊下，却有异军突起，那就是一大株盆栽的鸟不宿。

这株鸟不宿原为苏州老园艺家徐明之先生手植，在我家已有二十馀年。它的树龄，足足在百岁以上，根部中空，更见苍老。枝条屈曲粗壮，分作三大片。种在一只白釉的明代大圆盆中，碧绿的叶、朱红的子、雪白的干和枝条互相映带，绮丽夺目，可以算得盆树中的尤物。

鸟不宿的名称很别致，只为它那光泽的长方形叶片，上下共有五角，每角都有尖刺，致使飞鸟不敢投宿其间，因此得名。可是鸟虽不宿，而偏喜啄食红子，尤其是白头翁，把它们当作佳肴美点，经常要来一快朵颐，即使被那叶上的尖刺，刺伤了嘴和眼，也在所不顾。

鸟不宿一名"十大功劳"，是属于木犀科的一种常绿乔木，产于山地，山民又称为"枸骨"。据明代李时珍说，枸骨树如女贞，肌理很白，叶长二三寸，青翠而厚硬，有五刺角，四时不凋；五月开细白花，结实如女贞，九月熟时作绯红色，皮薄味甘，核有四瓣，人采其木皮煎膏，可黏鸟雀，称为黏稠。但他并未说明它和鸟不宿、十大功劳同为一物，不知何故？又据《本草》说，枸骨又名猫儿刺，因为它肌白好似狗骨，叶有五刺，其形如猫。那么猫儿刺又是鸟不宿的别名了。

装点严冬一品红

一品红是什么？原来就是冬至节边煊赫一时的象牙红。它有一个别名，叫做猩猩木，属大戟科。虽名为木，其实是多年生的草木，茎梢是草质，不过近根的部分是木质化的。它的产地是北美的墨西哥，不知什么时候输入中国，现则到处都在栽种了。

一品红的叶片，绿得像翡翠一样，模样儿好似梭子，又像箭镞，叶面上有很细的茸毛，又络着红丝，很为别致。

到了初冬，顶叶就从翠绿色转变为黄，也有变作浅红或深红的，因种类不同，转变的色彩也各异，而以深红的一种为最美，简直像硃砂那么鲜艳。一般人以为这就是花，其实是叶，也正像雁来红的顶叶一样，往往会被人认作花瓣的。顶叶的中心有一簇鹅黄色的花蕊，一个个像小型的杯子，这是给蜂蝶作授粉之用的。

一九六二春我曾在北京中山公园唐花坞中，看到顶叶浅红色的一品红，茎干很矮，比长干的好。时在三月，并不是顶叶变色的时期，原来也是用催延花期的方法把它延迟的。听说青岛有一种顶叶作白色的，自是此中异种，可是与一品红的名称未免不符了。

一品红的繁殖，都用扦插的方法，到了清明节后，把老本上的茎干剪为若干段，剪断处流出乳状的白汁，须等它干了之后，才一段段斜插在田泥和糠灰的盆里，随时灌水，力求湿润，过了一个多月，就会生出根须来，这时便可分株翻盆，一盆一株。到了夏季大伏天里，应将每株剪短，剪下来的新枝，再行扦插，愈插愈多，这时也必须经常灌溉，不可怠忽。农历九月中，开始施肥，先淡后浓，一个月后须施浓肥，一面就得把盆子移到温室里去培养，入冬以后，切忌受寒，非保持华氏五六十度的温度不可。记得某年仲冬曾有两大盆，每盆五六枝，猩红的顶叶与翠绿的脚叶，相映成趣；不料突然来了个冷讯，仅仅在一夜之间，叶片全都萎了，第二天任是喷水曝日，再也挺不起来。这个一品红竟好像是千金小姐养成的一品夫人，实在是不容易伺候的。

岁寒独秀蜡梅花

当这严冬的岁寒时节，园子里的那些梅树，花蕾还是小小的，好像一粒粒的粟米，大约非过春节，不会开放，除了借重松、柏、杉、女贞、鸟不宿等常绿树外，实在没有什么花可看了。看来看去，只有那黄如蜜蜡的蜡梅花，可说是岁寒独秀，作为严冬园林惟一的点缀。

蜡梅属蜡梅科，原为国产。宋代元祐以前，本名黄梅，后来苏东坡、黄山谷诗中给它命名蜡梅，说它"香气似梅，类女工捻蜡所成，因谓蜡梅"。明代李时珍说："此物本非梅类，因其与梅同时，香又相近，色似蜜蜡，故得此名。"又说花气味辛温无毒，可解暑生津，因此可作药笼中物，自有它的经济价值。它的树身有丛生的，也有独干的，抵抗力极强，多可长寿。干高达一丈外，粗可合抱，木质坚实，像香樟般含着香气。树叶对生，作卵形，长三四寸。农历四月间，花蕾就从叶腋间抽出，渐长渐大，到了冬至左右，就烂漫开放，花期可延至两三个月之久。花以素心为贵，所有花瓣花心全作黄色，如果一有杂色，那就是荤心的了，并不稀罕。花型以磬口为贵，花蕾浑圆，逐渐绽开，仍是半开半含，好像一个个乐器中的铜磬，因称磬口。花经久不蔫，浓香馥郁，有的花心中还现着蜡光，最为难得。

蜡梅品种不多，除磬口外，又有檀香梅，色作深黄，花密香浓，结实如垂铃，尖而长，约一寸左右，其中就包着子。剥下树皮来，浸水磨墨，光彩焕发，可供作书作画之用。虎丘致爽阁下，有深黄色的蜡梅一株，光艳悦目，疑即檀香梅。次为原产松江的荷花梅，素心圆瓣，花型略似荷花。再次为来自扬州的早黄梅，多用狗蝇梅作砧木嫁接而成，农历十月间就开花，也是素心，不算太差。最差的那就是狗蝇梅了，它原是野生的，外瓣虽作黄色，而内瓣和花心却带着紫色。花型既小，花香也淡，花谢之后，结实可以播种，长大后只能作为嫁接其他佳种的砧木，它本身是不足以供观赏的。宋代韩驹蜡梅云："路入君家百步香，隔帘初试汉宫妆。只疑梦到昭阳殿，一簇轻红绕淡黄。"诗是好诗，可是他所歌颂的，却似乎就是卑不足道的狗蝇梅吧！

　　蜡梅繁殖的方法，除嫁接外，以分株为妙，分株脱离了母株，只要带着少数根须，栽在肥土里，也容易成活。它喜肥，冬间施以淡肥，豆粕最好，人粪尿也可用，先淡后浓，两三年后便可开好。它又喜阳光，如果种在高燥的地方，年年都可开花，例如我家爱莲堂外廊下的那株双干老蜡梅，树顶虽已被台风吹断，而下方枝条四张，仍然着花茂美。每年除夕那天，我欣然摘了几枝，配上红天竹插瓶，作为岁朝的清供。

天竹红鲜伴蜡梅

我家有一只明代欧瓷的长方形浅水盘，右角有一块绿油油地长着苔藓的小石峰，后面插着两枝素心磬口蜡梅花，一枝昂头挺立，一枝折腰微欹。那疏疏落落的黄花，看起来有寂寞之感，而色彩也似乎单调了一些，不够耀眼。于是我忙到园子里去剪了一株天竹，插在那两枝蜡梅的中间，鲜红的子，嫩绿的叶，可就把鹅黄色的花衬托了出来，顿觉灿烂夺目。

天竹是一种属于小蘖科的常绿灌木，原产在南方地区，因此又称南天竹。此外又有南烛、大椿、男续、阑天竹等好几个别名，连专家李时珍也说南烛诸名多不可解，我们也不必求其甚解了。它性喜丛生，总是一二十株簇聚一起。枝干挺直，质坚而细，高三四尺至丈馀不等。叶复生作羽片状，经冬不凋。农历四五月间，花穗从枝梢抽出，开单瓣小白花，无色无香，不足观赏。花谢之后，就满穗结子，初作绿色，经霜渐变为红，鲜艳如颗颗火珠，一串串挂在枝头，十分悦目。它不但为人们所喜爱，连鸟类如白头翁，也见了垂涎，所以子儿一红，非将纱布或硬纸包裹起来不可，否则到了春节前后就颗粒无馀了。

天竹品种，计有十馀个。着子的有狐尾、狮尾、满天星三种。以狐尾为最美，产于常熟，所结的子茂密均匀，每穗长尺馀，真像狐尾一样。狮尾穗短而子大，顾名思义，可知其不如狐尾。满天星徒长枝叶，结子不多。这三种都结红子，也有结黄子的，产于苏州，比较少见。有长短二种，结子较难，穗也较短，色彩当然也不如红子那么鲜艳。看叶的有五色南天竹、琴丝南天竹，还有红叶、黄叶和枝干屈曲的几种。就中以五色为最美，干矮叶密，四季变色，忽青忽白，忽黄忽紫，忽又一变而为红，可作盆玩，以供四时观赏。所谓琴丝天竹，是形容它的叶细如琴丝，而枝干也是矮矮的，栽在盆子里，可作案头清供。老干的天竹形成树桩的，是盆景上品，我有大小四株，有结子的，也有不结子的，其中一株来自天平山，虽结子不多，而红叶扶疏，大可观玩。

中国天竹散布各处，有的不知从何而来，多数是子落在地自行繁殖的。如用人工繁殖，那么有播种、分株、扦插三个方法。播种当然慢一些，自以分株为最快，也最易成长。天竹喜阴而不喜阳，所以种在竹林旁或大树下，都很适宜，但以稍见阳光、多受雨露为原则。它也喜肥，每年冬季，必须在根的四周壅以河泥和豆粕；如果在大伏天里，把红蜡烛油拌和草木灰壅上去，结子更觉红艳鲜明。

第六辑

献花迎新

一

我要向一九六一年献花。以一片至诚欢迎它的光临！欢迎前途光明、大有希望的新的一年！

我要献的第一种花是蜡梅。因为它开得最早，这几天已绽开了那黄蜡似的花瓣，吐出了那兰麝似的花香，倒像是故意抢先来迎接新年似的。

纤秾娇小的迎春花，是我所要奉献的第二种花。借重迎春花来迎接新年，实在是最合适的。迎春是一种落叶小灌木，枝条柔软，略作方形，长可达二二尺，像垂柳般迎风飘拂，袅娜多姿。它从枝节间发叶，每三小片合为一组，组组对生。入冬含苞，春前先放，花朵单瓣六裂，一朵朵好像小喇叭，含苞时略带红晕，开放后作鹅黄色，长条上开着黄花，因此别名"金腰带"。宋人赵师侠的《清平乐》说："乞与黄金腰带，压持红紫纷纷。"就是由此而来的。

红色原为我国传统的吉祥颜色，为人人所喜爱，岁时令节的一切装饰，非红不可。而十一年来，全国高高举起红旗，万物欣欣向荣，国运蒸蒸日上，更觉得红色真是一种大吉祥的好颜色了。我要献与一九六一年的第三种花是什么花呢？想呀想的，我想非红艳夺目的一品红不可。一品红别名猩猩木，俗称象牙红，原产在热带地区，因此必须在温室中栽培。叶作碧绿色，花瓣先作绿色，然后渐渐泛红，非常鲜艳。花型十分特殊，与叶片一般无二，是叶是花，迷离莫辨。枝条易长，种在盆子里不太美观，还是等到那花朵开到八九分时，剪下来作为瓶供，用白瓷长形胆瓶，娇滴滴越显红白。枝条剪断时，见有白色的乳汁分泌出来，必须放在火上烧焦二三寸，方可插瓶。只因它生于热带，天性怕冷，所以供养案头时，室内要保持相当温度，如果一受冰冻，花叶立刻萎缩，那就大为不美了。于是我不由得想到珠江之畔的羊城，山温水暖，四时皆春，真是一品红的一个大好乐园。羊城啊，我连带为您祝福，祝您不断地前进！

献上了红的花，就又想起了许多红的子，它们都可作新年献礼之用。譬如那几个和我的菊花盆供作伴两月的枸杞盆景，旧时早就有"杞菊延年"的美称，那一颗颗红玛瑙似的杞子，是多么的鲜艳！还有那两盆老而弥健的百年老干鸟不宿，正有无数缀在绿叶丛中的红子，每一颗都像是精圆的珊瑚珠，又是多么的美妙！说起了红色的果实，我又怎能忘情于那株盆植的老橘树，年年总要结十多个滚圆的橘子，由青衣而换上黄衣，最后才换上了漂亮的红衣，喜孜孜地来迎接新年！这一回当然也少不了它。这个献礼的阵容业已形成。此外，我还要召集千年红啊，万年青啊，吉祥草啊，这班卉族弟兄，它们都是吉祥的象征。

二

崭新的一九六二年又来临了。我一面掬着一片至诚，欢迎它的光降；一面又怀着无穷的希望，要看它这一年间更好更大的成就。不用说，这又是奋勇前进的一年，只见红旗招展大地，更显得光彩焕发。我爱花如命，当然要把花来迎接这新的一年。

梅花虽说开在百花之先，但还含蕊未放，赶不上来。只有蜡梅开得较早，倒像是有意抢先来迎接新年。这半个月来，已绽开了那片片黄蜡似的花瓣，吐出了一阵阵兰麝似的花香，真讨人欢喜。我家有一个年过花甲的蜡梅盆景，树干已枯到脱皮露骨，而生命力还是很强，年年着花，磬口素心，自是此中名种。元代诗人耶律楚材咏蜡梅诗，曾有"枝横碧玉天然瘦，蕾破黄金分外香"之句，移赠于它，当之无愧。今冬着花更多，正可借重它来迎新。爱莲堂外走廊之下，又有地植的双干老蜡梅一株，着花满树，这几天已陆续开放，也是磬口素心，清香四溢。我特地挖了旁生的一小株种在一个椭圆形的白陶盆里，再加上一株小松，一丛细竹，等不及春梅开放，就先让它们结成岁寒三友，而作为迎新清供。

可是蜡梅却另有一位亲密的朋友，岁尾年头总是厮守在一起的，那就是天竹。绿叶青枝，离披有致，再加上一串串鲜艳的红子，更觉得丰神楚楚。我家所有天竹，像是散兵线般分植在园中各处，共有一百多株，就中以号称"狐尾"的一种，最为美观，红子茂密，下悬如狐尾，长达尺许。老干的盆景，也有好几个，有一盆结了三串，正可跟那老干的蜡梅盆景携手合作，一同作为迎新的代表。此外还有紫色的灵芝、红子的枸杞、满身通红的北瓜，也可参加迎新的行列，作为吉祥的象征。

除了这些大红大紫的伙伴以外，可又有一个朝气蓬勃的小伙子赶上来了，那就是别号"金腰带"的迎春花，它倒是年年老例，从不落后，总要凑凑热闹，挤进迎新的行列。它那美好的名字，比谁都有带头迎新的资格，何况它那身鹅黄色的新装，又恰好跟蜡梅花那一套蜡黄的道袍互相辉映。

单单看了这么一个迎新的行列，似乎已算得上丰富多采的了，然而还有好多种迟开的菊花，也不肯示弱，年年总要参加迎新，依然是老当益壮的样子。我曾经有过这样一首夸奖它们的诗："菊残犹有傲霜枝，未减清秋绰约姿。我为琼葩添寿算，看它开到岁朝时。"因此在这欢迎一九六二年元旦的花木行列中，我家仍有十多盆精神抖擞的菊花，形形色色，缤缤纷纷，开着斑斑斓斓的花朵，不让蜡梅、天竹、迎春它们专美于前，就中如"草上霜"、"绿托桂"、"紫玉盘"、"御袍黄"、"梨香菊"、"金波涌翠"、"二乔"、"墨荷"、"白玉钩"、"秋光夜月"、"四海飘香"、"八宝珠环"、"搓脂滴粉",还加上了那些红、白、黄各色的小菊花,都展开笑靥,争妍斗艳地迎接这崭新的一九六二年哩。

欢迎,欢迎,一九六二年!我们这里打扮就绪,万事齐备,只恭候着您大驾光临了。

园门长此为君开

"蟠胸五岳存三亩，照眼千株灿一门。永日晤言陪木石，深堂呼吸接乾坤。"

这是广西诗人吕集义同志一九六〇年春到苏州来光降小园时，见赠的一首律诗中的两联，不但对仗工整，而且言之有物。可不是吗？在这三亩多的小小园地里，两年以前又新堆了一座假山，"五岳起方寸"，以五个石峰来象征泰、嵩、衡、华、恒五大名山；而花木盆景，大大小小已超过千数。我这闲不住的身子，整天忙忙碌碌的，老是与木石为缘。我还接待了来自祖国各地以至国外的无数嘉宾，跟他们握手言欢。那么，我虽躲在这小天地里，也可以说是和普天下人呼吸相通了。

近年以来，我尽力搜集合用的材料，先后制成了上百个大小盆景。制作盆景是一件很费心力的工作，先要找一株好样的树，修剪扎缚，然后配一个合适的盆，加上一二件陪衬的附属品，要它有诗情，有画意。大型的须用双手捧起，小型的却是一指可托。我又十分性急，每一盆都要它速成，因此格外要多动一些脑筋了。然而费力虽多，收获也大，除了"聊以自娱"外，不知供给多少人来观赏。例如上海科学教育电影制片厂摄制的那本彩色纪录片《盆景》，十之七八是我的作品，早已映上了国内外许多地方的银幕，至今还有人看了之后，特地赶上门来"对证古本"呢！

一九六一年元旦，我在欢欣歌舞之下，心想将怎样来欢迎它的光降呢？就在前几天已开始把我的小小园地打扮好了。爱莲堂

276

上和紫罗兰盦中的那些菊花盆供，经过了一番整理，还可以继续供下去；一面又添上几盆迟开的"玻璃绿"、"杨妃出浴"等，加强了阵容。蜡梅、天竹和松、柏、竹子，可以结为岁寒五友，一同登场。那两盆百年老干鸟不宿，供在廊下，把它们一颗颗鲜艳的红子来作为喜庆的象征；而几盆大型和小型的迎春花，也开放了嫩黄色的花朵，带头来迎接新年。其他有画意的盆景，有仿齐白石的"独树庵图"，有"枯木竹石"，有"竹深留客处"，聊备一格，可以当作图画来看。至于山水盆景，除了八千米以上的部分珠穆朗玛峰外，有毛主席的故乡韶山一角，有革命圣地延安的宝塔山，有苏州香雪海，有黄山石笋矼，这当然都是想象中的产物，不过借此表示我的一片向往之情罢了。

我这小小园地，一切都因陋就简，实在不够园林的条件。要感谢苏州市人民政府的支援，最近整修了梅屋和荷轩，可供来宾小坐休憩之用。所引为遗憾的，盆梅尚在含苞，所有好几百个大小盆景，为了越冬防止冰冻，大半已移入室内或连盆埋在地下。只有长青的松、柏、黄杨、冬青和罗汉松等，尚可观赏。我的园门是长年敞开着的，欢迎一般看花不问主人的游客，如果假日来到苏州，不妨光临小园，作一二小时的勾留。末了我要把两句唐诗略改一下，以代请柬：

"花径已曾缘客扫，园门长此为君开。"

万千盆景出苏州

　　无论男女老少，可说是没有一个不爱美的。花草树木，各有各的美的形象，所以也博得人们的爱好。地上种植的花草树木，果然是够美的了，而种到了盆子里，加以修剪和布置，瞧去更为美观。

　　一般人对于种在盆子里的花草树木，统称为盆景，其实是大有区别的。凡是随随便便地种着而没有经过艺术加工的，例如兰、蕙、月季、菊、菖蒲、万年青等等，只能称为盆花盆草，不能称为盆景。如果是盆景的话，那就要挑选矮矮的老干的树木枝叶，经过修剪和整理，形成了美的姿态，方为合格。倘这一株树是枯干虬枝，那就更饶古意，而称得上是上品的盆景了。要知盆景的树木，就是山野间老树古树的缩影，把大自然的美，浓缩到小小的盆子里去，抑制它的发育，不使它长得太高太野，随时用人工加以美化，成为一种艺术品。凡是像这种老干枯干的树木单独种在盆子里的，就称之为简单化的盆景。

　　至于复杂化的盆景，那么除了将树木作为主体外，还要适当地配以若干大小不等的拳石或石笋，和广东石湾制的陶质屋、亭、塔、桥、船与人物等等，作为点缀，大小比例，都要十分正确，布置得好像一幅画一样。此外还有一种，也可包括在盆景一类里的，那就是以石为主体，选取安徽的沙积石、广东的英石、苏州的阳山石、昆山的昆石等，或横峰，或竖峰，供在没有眼的水盆里，这种水盆愈浅愈妙，才可使山石更见突出。在这些石上，也要点缀几件石湾制的陶质小玩意，无论屋宇人物，必须有正确的比例，倘再补种一些小树小草在适当的地方，那就更觉生动了。布置这种盆景，等于画家画一幅山水画，因此称之为山水盆景，如果要做得好，非胸有丘壑不可。

中国的盆景，古代即已有之，足足有一千年以上的历史。唐代大诗人、大画家王维用黄瓷斗贮兰蕙，养以绮石，这可说是盆景的原始。宋代大文学家苏东坡，曾有咏盆石的诗，大概就是现代的山水盆景。到了明代，盆景大兴，文学家文震亨曾在他所作的《长物志》中说到盆玩，他说："最古者以天目松为第一，高不过二尺，短不过尺许，其本如臂，其针若簇，结为马远之欹斜诘曲，郭熙之露顶张拳，刘松年之偃亚层叠，盛子昭之拖曳轩翥等状（按马、郭、刘、盛四人均为前代大画家），栽以佳器，槎牙可观。又有古梅，苍藓鳞皱，苔须垂满，含花吐叶，历久不败者，亦古。""又有枸杞及水冬青、野榆、桧柏之属，根若龙蛇，不露束缚锯截痕者，俱高品也。"又屠隆《盆景笺》有云，天目松"有一株两三梗者，或栽三五窠，结为山林排匝，高下参差，更以透漏窈窕奇古石古石笋安插得体，置诸中庭，对独本者。若坐冈岭之巅，与孤松盘桓对双本者，似入松林深处，令人六月忘暑"。"又如水竹，产闽中，高五六寸许，极则盈尺，细叶老干，潇疏可人，盆植数竿，便生渭川之想"。读了这两节文字，便可知道明代的盆景已大有可观了。到了清代康熙年间，陈淏子（扶摇）作《花镜》中有"种盆取景法"一节，有云："近日吴下出一种，仿倪云林山树画意，用长大白石盆，或紫砂宜兴盆，将最小柏桧或枫榆、六月雪或虎刺、黄杨、梅桩等，择取十馀株，细视其体态，参差高下，倚山靠石而栽之。或用昆山白石，或用广东英石，随意叠成山林佳景……诚雅人清供也。"读了这一节，可知那时我们苏州已有做盆景的高手了。

我爱好花草树木。早年在上海忙于文事，整日孜孜兀兀，而一放下笔，就以培植花草树木为消遣，为娱乐。不过那时没有园而只有庭，一切条件都不够。直至一九三五年移居故乡苏州之后，有了一片小小园地，这才大规模地玩起盆景来。先在本城的各园圃里百方搜求，再扩展到山林中去，日积月累，愈聚愈多。除了在抗日战争时期损失一部分外，到现在大、中、小和最小的盆景，共有五六百盆之多。日常除了写作和社会活动之外，就是忙于园艺，剪栽整姿，灌溉培养，都当作日课，乐而忘倦。这些年来，我的花草树木，居然引起了广大群众的注意，一年四季，来宾络绎不绝，识与不识闻风而来，甚至有二十个国家的贵宾也先后光临，真使我觉得荣幸。

我家的盆景，有不少是一二百年的老树，并且有开花结实的。有的老干脱皮露骨，长满了苔藓，有的干已中空，形成了一个窟窿，来宾们见了，都啧啧称怪，以为像这样一二百年的老树，怎么能在盆子里活着，并且生命力还是很强呢。至于数十年和一二十年树龄的，那是太多了，不足为奇。这许多老干枯干的盆树，都是树木中的"古董"，我把多种多样的旧陶盆栽种着，古色古香，相得益彰。此外，我对于复杂化的盆景和山水盆景，也有特别的爱好，恨不得每天都有一种新作品。因为这好像是画家作画一样，可以表现自己艺术上的技巧的。我的盆景，一方面是自出心裁的创作，一方面是取法乎上，仿照古今人的名画来做，这就与临画同一意味，而变做立体的和有生机的东西了。在做山水盆景时，也把古人的山水画作参考，求其有诗情，有画意。我曾取毛主席《沁园春》词名句"江山如此多娇"作为总题，要在一个浅浅盆子里，表现祖国的伟大和美丽。

我的盆景微不足道，不足以代表苏州的盆景，只有看了拙政园里洋洋大观的盆景，才是集其大成而代表了苏州。近三年来，每年初冬和春初，园林管理处领导上特地集中了力量，分组上山去挖掘树桩，竟达二万馀个之多。园工们能解放思想，革新技术，成活率很高，并且有速成的方法，只须半年的工夫，就整姿定形，已觉得楚楚可观了。一九六〇年春间，曾有一批精品，光荣地供应了首都迎宾馆、人民大会堂江苏馆和其他兄弟城市；一部分运销国外，以供国际友人和侨胞欣赏。我个人和拙政园的若干盆景，又曾由上海科学教育电影制片厂摄成了彩色纪录片，映上国内外的银幕，于是人在几千百里外，也能看到苏州的盆景了。全国十多个省市如北京、天津、济南、太原、武汉、杭州、合肥、沈阳、西安、桂林、景德镇、马鞍山等园林管理处，都派了干部和园工，到苏州来学习盆景的制作，已先后学成回去，将来定有不少盆景高手，分布到全国去，这真是"百花齐放才是春"了。政府重视苏州盆景，曾特地派来了一个工作组，先行调查研究，然后从事发展。一九六一年国庆节在拙政园还举行了规模较大的展览会，上海、扬州、南通等市园林专家们都以精品参加展出，彼此交流经验，互相学习，取得了良好的成绩。最近，园林管理处领导上特地招收了三十名学徒，请老师傅传授技术，培养新生力量。又决定在人民路太平天国慕王府的园地上，建立一个设备完美的盆景场，定名"慕园"，将建造盆景展览厅、休息厅、门市部等，准备把园林中精美的盆景集中在这里，经常展出，以供广大群众和国内外贵宾前来观赏，提出宝贵的意见，以便精益求精，为发展苏州盆景事业打下基础。

盆景上银幕

　　这真是梦想不到的事！我的一些花花草草的盆景，居然摄制电影，映上银幕了。记得是一九五八年暮春三月，上海科学教育电影制片厂派了两位工作同志来到苏州，参观我那上千盆大大小小的盆景，随即跟我商量摄制电影的问题。我一时真有受宠若惊之感，当下只是唯唯诺诺，不知怎样表达我一片感激的心情！过了大约一个月的光景，科影又派了一位编剧同志来，把彩色纪录片《盆景》的剧本初稿送给我看。这可又使我怔住了。我想拍摄盆景，等于拍摄活动的照片，又没有什么悲欢离合的情节，干么要个剧本呢？到得翻开来看了几页，这才觉得大有学问，所有前后布局，都细细致致清清楚楚地给编排好了，内中有诗情，有画意，形成了一个文学和艺术的结晶体。

　　到了开工拍摄的那天，科影来了八位工作同志，有导演，有摄影师，有美工……真是众人拾柴火焰高，不过一天工夫，我那一座小小爱莲堂变做了一个临时摄影场。所有几案椅凳、字画镜框几乎搬运一空，走廊的檐下，张了一块挺大的浅蓝色幕布，好多架几千支光的水银灯都亮了起来，照耀得如同白昼一样。那股强大的热力，透过了胸腔，直热到我的心窝里。导演兼摄影的费俊庠同志劲头真大，帮同大家做好了一切准备，于是就请"主角"登场露脸了。我跟花工老张先把一张琴桌和一座十景古董架，安放在一个适当的位置上，这才把早就挑选好了的十二个小盆景，一个个布置起来。内中有小松、小柏、小桁、小枫、小雀梅、小六月雪等，也还有两盆水石，配上了各式各样的几座。盆盎有陶质的，有瓷质的，也有石质的，色彩有红，有白，有蓝，有黄，有紫。盆景安放好之后，见有空间，还须加上一些小石供，作为点缀。把那些东西东挪西移，安放得四平八稳，色彩调和耀目。最后还觉得背景单调，要挂上一轴古画，才更见生色。于是我又忙着去打开画橱，挑选了清代内廷供奉的画师俞榕的一幅工笔山水，在十景架左旁挂了起来。这才听得费导演一声令下，所有两旁的水银灯全都开亮，照耀得我几乎睁不开眼。一会儿，摄影机嚓嚓有声地摇动了，那一架五光十色的十二个小盆景就收进了镜头。

像这样每拍一个镜头，前后要费二三小时工夫。我是个像《水浒传》里"霹雳火秦明"似的急性子人，在旁边熬得心痒痒的，恨不得速战速决。其实要把工作做好，是不得不细致地下一番水磨工夫的。

如此一连四天，所有开花的大小十几个盆景都已上了镜头。后来又要拍摄我和拙政园的大型盆景，我那小小的爱莲堂，就真像螺蛳壳里做道场，实在不够人回旋了。于是来了个"乔迁之喜"，把我那个大石盆中的"听松图"啊，百年老干的紫杜鹃啊，高寿二百年以上的"枯干老榆桩"啊，全都搬运到苏州新苏饭店的大礼堂，在那里完成了摄制工作。这部纪录片在银幕上与观众相见时，虽只短短的二十多分钟，科影的同志却付出了不少辛勤劳动的代价。而我因为贡献了自己一份小小力量，尤其是因为银幕上的盆景，经过电影艺术的加工而显得更有精神，更觉多彩，因此也自有一种欣然自得之感。

一九六〇年初夏，我被邀出席在山海关外兴城县举行的全国花卉科学技术会议。开幕那天的晚会上，《盆景》纪录片一连放映了两遍，引起了不少代表的兴趣。远在一千六百多公里外，竟在银幕上瞧到家园的那些盆景，就像异乡客地见到亲生儿女一样，真的是心上莲花朵朵开了。

盆景本是我国一千多年来的传统艺术，原始于唐代，流行于明清两代以至民国，不过当时都是作为高斋清供，专给所谓士大夫欣赏的。直到解放以后，才经常供劳动大众欣赏了。近几年来，大家对盆景更有认识，以为可以丰富人民的日常生活，欣赏之下，心旷神怡。田汉同志曾在我的《嘉宾题名录》上写下他的感想。他说："……使祖国特有的文化传统，高雅的生活趣味，普及到一般家庭，成为吾人所追求的美好生活的基调之一。"其实我的盆景艺术还是大大不够，不过表示我力争上游的干劲罢了。正如有一位领导同志说过，"不要以为盆景是小道，如果能为社会主义建设服务，就是做一个盆景也好"。这几句话，对我起了很大的鼓励作用。可不是吗？就在这三年之间，全国各地已有十七个省市的园艺工作者，专诚来苏州学习盆景的制作，他们的目的，也就是要为社会主义建设服务啊！

盆盎纷陈些子景

"盆盎纷陈些子景，裁红剪绿出新栽。一花一木都如画，装点河山好取材。"

这是我最近为赞美盆景而作的一首诗。所谓"些子景"，是元代高僧韫上人对于盆景的别称，"些子"就是一些些，形容它的小，因此"些子景"三字，正像我们口头上说惯的"小景致"。

这些年来，我那几百个大大小小的盆景，曾吸引了国内外不少贵宾前来观赏，以为把那些二三十年以至一二百年的老干、枯干的树木，压缩在小小盆子里，居然欣欣向荣，是一个不可思议的奇迹，因此大加称许，真使我且感且愧！叶剑英同志年来曾三次光降苏州，也三次光降小园，在我那本《嘉宾题名录》上题了两句诗："三到苏州三拜访，周园盆景更新妍。"他是个诗人，也爱好花木，似乎欣赏我那些平凡的盆景，才下了"更新妍"三字的评语。后来我就用他的"妍"字韵来赋诗答谢："元戎三度降云軿，花笑鸟歌大有年。不是寒家盆景好，江南风物本清妍。"可不是吗？江南一带的风物本来是美丽的，而我们苏州水秀山明，更是得天独厚，到处见得绿油油、红喷喷，长满着奇花异草，嘉树美果，这些都是制作盆景的大好材料。所以如果说我的盆景尚有可取，那是要归功于江南大自然的赐与的。

一个盆景的构成，主要是依靠那株老干或枯干的树木，有观花的，有观叶的，而以老气横秋为必要条件。这种老树桩长期在山中扎根，樵夫们年年砍伐枝条，树身就一年年粗大起来。由于经受了风霜雨雪的侵袭和虫蚁的蛀蚀，于是满身百孔千疮，形成了老树桩。给盆景的作手发现了，就小心翼翼地把它们连根挖起，如获至宝。如果觅到了一个称心如意的老树桩，认为千好万好，那真好像夺得了什么锦标一样的高兴。

挖到树桩后，先得整理枝条和根株，把不必要的部分剪去锯去，大型的暂时种在地上，中小型的就种在泥盆子里，随时喷水，促使它们发芽抽叶。过了几个月，枝叶渐渐茁壮，显得很有生命力的样子，经过一冬一夏，就再也不怕风吹日晒了。然后把它们分头移植在精细古雅的陶盆里整姿定形，这样，那"顾盼生姿"的盆景就可完成了。如果要使它更美观一些，可以适当地在树下配上一块拳石，或于树旁插下一根石笋，石和树原是可以结为良伴而相得益彰的。如要使它更见生动一些，配上一个陶质的人像，如广东石湾出品的屈原、苏东坡或酒醉的李太白等，不过那要看树下树旁有没有馀地，人像的大小高低跟树叶的比例怎么样。我以为要是一定要配置一个人像的话，那么树叶要愈小愈好，人像要适当大一些。

窗明几净，供上一个富有诗情画意的盆景，朝夕坐对，真可以悦目赏心，怡情养性，而在紧张劳动之后，更可调剂精神，乐而忘倦。要把盆景供在几案上供人观赏，有几个必要的条件，一则树的姿态要美；二则盆盎要力求古雅，并且大小要配合得好；三则盆盎下要衬以合适的几座；四则陈列时必须高低参差，前后错综，切忌成双作对，左右并列，像从前公堂上衙役站班一样。每一几或一案上，陈列三件至五件已足，而前后高低与盆盎的色彩，都要好好配置，求其得当。倘于一二个盆景之外，配上一瓶花、一盆菖蒲或一座石供，亦无不可。石供不论灵璧、昆石，或英石，不论竖峰或横峰，总须与盆景的高低大小相配。如果是一个长方盆的低矮盆景，那就配上一座竖峰的石供；如果是一个悬崖式的盆景供在高几上的，那就配上一座横峰的石供，放在下面，再加上一小盆菖蒲作为陪衬。用这样的方法陈列起来，可就合着古人所说的"五雀六燕，铢两悉称"了。

带着时代气息的盆景

　　这些年来，劳心劳力，制作了不少大大小小的盆景，每逢岁时令节，在苏沪两地展出，供群众观赏。盆景的最高要求，就是要富于诗情画意，与诗画一样的美，才能使人悦目赏心。然而在这新时代里，觉得盆景单单是富于诗情画意，还嫌不足，一定要带着时代气息。

　　一九五九年，为了庆祝建国十周年，苏州拙政园里，举行了一个盛大的盆景展览会，我也准备了十多个盆景参加展出。作为主体的是一盆"想象中的毛主席故乡韶山一角"。在一只长方形的宜兴白釉浅盆中，左边安放着一块高耸的沙积石，绿油油地长着苔藓。石顶种着一株苍松，作悬崖形；石下有一株翠柏，微微欹斜，与苍松若即若离；石下左角，有一丛矮矮的紫竹，森然一碧。松、柏、竹结为三友，互相映带，自觉生意盎然。我从没有瞻仰过毛主席的故乡，所以只能说是想象，只因江苏国画院傅抱石画师曾往韶山写生，写了一篇文章，说那边有松有柏也有竹子，风景绝胜。我读了之后，得到启发，才构成了这个盆景。为了表示敬意起见，又题上一首小诗："凭将吉语祝人豪，松柏长春节节高。如此江山千万好，愧无彩笔颂勋劳。"

　　人民公社的敬老院，供养着一般失去了劳动力而没有子女的老年人，使他们安度晚年，衣食无忧。我因此也做了一个盆景，用一只长方形的紫砂浅盆，种上一株老干的雀梅，恰紧贴在一块磐石的左旁，绿叶扶疏，亭亭如盖。绿阴之下，有两个老人在那里谈笑，似乎正在畅话他们的幸福生活。我给这盆景题上了一个名，就叫做"敬老院里人"。

记得往年上海科学教育电影制片厂来我家拍摄盆景的彩色纪录片，我曾制作了一盆"劳动人民同乐图"。在一只狭长形的紫砂盆中，种有九株五角枫，树身有直有斜，有高低也有疏密，树下前前后后，布置着九个广东石湾所制的陶人，衣服有长有短，也有各种色彩，人有老年的，有中年的，也有少壮的。他们有的在对坐饮酒，有的在并肩谈笑，有的抱琴而来，将要作文娱活动。通过摄影师的手法，把他们一一摄入镜头，作了特写，自觉得眉目如画，栩栩欲活了。

具体而微的宝塔山

"妙算神机举世惊，驰骤陕北任纵横。擎天一柱杨家岭，长系千秋万古情。"

"自有胸中百万兵，盘根错节更坚贞。停辛伫苦劬劳甚，救国何曾计死生。"

"灰条黑豆兼藜藋，一日三餐作大烹。食苦茹荼磨炼惯，终凭赤手拯苍生。"

记得那年蜡梅花开的时节，苏州市一部分人民代表和政协委员共三十馀人，特地去参观延安时代革命生活展览会，大家好像上了一堂大课，深受教育。我于俯仰兴感之馀，就口占了这么三首诗。接着我就在那座塑造延安全貌的大模型前站住了，贪婪地把两眼扫来扫去，找枣园，找杨家岭，找那一排排一座座的窑洞。就中不需要找而最为突出的，便是那矗立着一座塔的宝塔山。我想这宝塔要是通灵而会开口的话，它一定会告诉我们当年毛主席跟他的战友们艰苦奋斗、杀敌致果的一大段可泣可歌的史实，它在那里是看得最最清楚的。当下我被这宝塔山吸引住了，横看竖看地看个不了，只为了伙伴们一再催促，才依依不舍地离开。

我为什么这样神往于宝塔山而老是看个不了呢？原来我想把这宝塔山的形象深深地印在心版上，以便回去制成一个盆景，天天供在座右，借着这革命圣地的特殊标志，想想过去，看看现在而知所奋发。

我原是个急性子人，一回到家里，就忙不迭地动起手来。只因单凭在展览会中模型上所看到的宝塔山形象，还觉得不够，因此又参考了报刊上所发表的几张摄影，总算胸有成竹了。于是把历年所搜罗到的好多块沙积石排起队来，看有没有可造之材。谁知挑来挑去，竟没一块是合适的，要改造一下吧，就得大费手脚。

整整苦闷了三天，还是束手无策，而宝塔山老是萦绕心头，撇不开去。无意中瞥见廊下汉砖上供着的一块大沙积石，模样儿有些呆板，非让峰头欹斜一些不可。于是决计施一施"手术"，用小钢锯锯去了那石根的一部分。到得拿起来看时，不由得手舞足蹈起来，原来这锯下来的片石，竟略具宝塔山的轮廓，右端虽短了一些，尽可移花接木，不成问题。当下我就对照着报刊上的摄影，进行加工。该去的一一凿去，该补的一一补上，好在手头有万能胶，可把零星石块胶合起来。

这样修修补补，忙了半天，居然把那宝塔山的雏形搞出来了。然而不能算是全貌，只是小小的一角。接着在那山头的前沿，安放了一只火黄色的铅质小塔，后面稍稍隆起，作为最高的山尖。山坡下面的凹处，安放三个石刻的小亭，作为象征性的窑洞。凡是低洼的所在，插上一些细叶的柏枝作为象征性的树木，绿油油的，顿觉生气盎然。这么一来，那具体而微的宝塔山，好不容易地总算形成了。可是还需要一个水盘来衬托，盛了水，就可作为山下长流不息的延河。只因我这宝塔山又低又小，那水盘也该愈浅愈妙。如果盘子一深，那么山就不能突出了。找了好久，才找到了一个旧藏的大理石椭圆形水盘，深度只有三分左右，托着山很为合适。但是盘面太大，山只偏在一角。为补救起见，就在山的斜对面，布置一块小型的沙积石，又在中间加上一只石湾陶制的小船，船头张帆，船尾有人，似正放乎中流，从山下驶到对岸去，而那一条条黑白相间的屈曲石纹，活像是左右流水，加以盘中又盛了真的水，那形象更见得生动了。

入秋以来，这个雏形宝塔山已长满了青苔，一片葱茏，陈列在廊下的小圆桌上，让我朝夕相对，顾而乐之。凡是光临小园的来宾，看过了其他盆景之后，我总要郑重其事地请他们来看一看。尤其是对那些曾经在延安追随过毛主席的革命老前辈，定要请他们指示一下，有没有相似之处？有人说是十之八九，也有人说是十之七八。那么这个宝塔山盆景，似乎可以说得上是一个具体而微的宝塔山了。

宝塔山啊，我总有一天要来拜访您这个革命的圣地！我要怀着十分崇敬十分虔诚的心情，一步步走近您！

千红万紫盈花市

"千红万紫盈花市，尽是新春跃进花。修到年年花里活，白云山下好为家。"

这一首诗，是我为了怀念广州一年一度的花市而作的。原来每年农历年终，广州总有一个迎接春节的花市，家家户户，都要上花市买些心爱的花草果树回去，作新春的点缀。一时万头攒动，熙熙攘攘，真的是如登春台一般。

听说一九六〇年的花市，从小除夕午后二时开始，分别在越秀区、海珠区、东山区几条大路上举行，集中了全国各地的花草树木，例如山东菏泽的牡丹，福建漳州的水仙，上海的菖兰、仙客来、康乃馨等等，而郊区和各县人民公社的花农们，也大量供应梅花、碧桃、海棠、玫瑰、芍药、桂花，以及金橘、四季橘等果树，而为群众所喜爱的吊钟花，更有数千枝之多。这是一种南国特有的好花，花形像吊着的小钟一样，作粉红色，够多么的美啊！尤其使我艳羡的，要算是大丽菊，我们在这里好容易要盼望到谷雨节过牡丹谢后，才能看到它的娇姿，而广州花市上，竟有金黄、大红、五彩、鸡蛋黄等二十余名种，已在那里争妍斗艳了。

除了广州的春节花市外，四川成都的花会，也是颇颇有名的。每年农历二月，在城西南的青羊宫举行，是一个群众游春和展出花木物产的盛会，相传为唐宋二代以来花市的遗风。花农们在会上展出他们辛勤种植的各种花草，并交换品种，交流经验，是很有意义的。

我们苏州也有花市，每年总在农历四月十四日所谓吕纯阳生日举行。这一天有不少人都要到神仙庙所在的中市一带去买花，俗称"轧神仙"。过去所有郊区和城市中的花农花贩，先二日就忙着把花草树木挑运前去，夹道陈列，任人选购，凡是春夏二季的花花草草，应有尽有。可惜近二年来，这花市已不大兴盛，我们要把它恢复起米才好。

垂直绿化

垂直绿化是上海绿化运动中创造出来的一个新名词，换一句说，就是要多多种植蔓性的植物。俗说做事不爽快，叫做"牵丝攀藤"，而种植蔓性植物，恰好是尽其牵丝攀藤的能事。丝要牵得越多越好，藤要攀得越长越好。这才完成了垂直绿化的任务。

大都市中，鳞次栉比的全是房屋，很少有空地给你种树，那就适用垂直绿化了。如果有楼，楼外如果有阳台，那么就可在阳台的两角，安放两只中型的泥花盆，要是没有花盆，那么漏水的缸甏和废弃的木箱、木桶，装进了八九成泥土，就可作种植蔓性植物之用。朋友们，你们不要以为太寒酸，这就是废物利用，这就叫做节约。然而你要是有现成的陶瓷花盆搁置不用的，那么何妨搬到阳台上来露露脸，紫陶红陶，或青花粉彩，五色缤纷，那更足以壮观瞻了。

种植这些蔓性植物的盆子，不必太大，也不宜太小，无论是泥盆、陶盆、瓷盆，无论是圆的、方的，只要直径一市尺，深一尺馀，就可应用；缸甏和木箱、木桶，也是如此。就中如蔷薇、木香、月季、十姊妹、金银花、紫藤、凌霄、葡萄等，一盆可种一二株，但还要看泥垛的大小和根须的多少而定。至于容易成长的茑、薜荔、常春藤和子出的牵牛、茑萝、南瓜、北瓜、丝瓜、扁豆、锦荔枝等，那么一盆可种三四株，还要好好地培养，灌水施肥，都须恰到好处，过与不及，就不能使它们欣欣向荣了。

凡是蔓性植物，都有向上爬的特性，但你一定要帮助它们，攀缘在墙头屋角上的，可用麻线钉住，将藤蔓牵引上去，见一条藤蔓就需要一根麻线，才可分头向上攀爬，将来分散在四面八方，才可使墙头屋角形成一个个活色生香的画屏。不然的话，许多藤蔓纠缠在一起，弄得难解难分，即使开花结果，也杂乱无章地一无足观，怎么比得上画屏那样丰富多采呢！至于牵引要用麻线，因为它有韧性，并且比较细致。如果用了草绳，一则太粗，二则经不起风吹日晒，容易折断，折断之后，再要把藤蔓牵引上去，那就自找麻烦了。瓜类可以攀缘在晒台或屋顶上，除了用麻线牵引外，最好用竹竿在晒台上搭架，或用细竹扎成许多方格，盖在屋顶上，让瓜藤在方格里自己爬开去，倘有不爬在格子里的，那么也得施行手术，帮助它一下。

茑，俗称爬山虎，与薜荔、常春藤同样是蔓性植物中没有倚赖性的好汉，不需要人家帮助牵引，自己会向上爬，并且会像行军中的散兵线般，逐渐四散开去。茑的成长最快，最好是爬在空白的墙上，不上几年，就会变成一堵绿油油的绿墙。所可惜的，所开的花比桂花更小，成串，作白色，一些儿观赏的价值也没有。但它会结成一串串的绿子，像野葡萄一样。叶片很像三角枫而较大，深秋经霜之后，变作赭红色，却很美观；可是不多几天，就纷纷地掉落了。常春藤和茑有虎贲中郎之似，叶片作心形，经冬不脱，名为常春，确是当之无愧，不过成长较缓，美中不足。薜荔也是四季常青的蔓性植物，叶片很小，作腰圆形，开花也很细小，不为人们所注意，而结实特大，俗称"鬼馒头"，不知道它为什么获得这个可怕的名称。我很爱那一片片的小叶，因为它们蔓延极快，无论树木、墙壁、假山石，都是它们的殖民地。国画家山水画中所画的藤萝，就是给它们写照，一登画面，身价十倍，这就使那两位老大哥茑和常春藤自叹不如了。

茑的生殖力极强，随处生根，随处蔓延，而向上爬的本领也特别大，有墙爬墙，有树爬树，有石爬石，简直是无所不爬，任是三四层楼的高墙，也会逐渐逐渐地爬了上去。但看从前上海西藏路上的慕尔堂，苏州宫巷中的乐群社，都是高高在上的高楼，竟全被茑爬满了，风来叶动，如翻碧浪，在大热天里看上去，自然而然地给人感受到一种清凉味。好在它无须播种，无须培养，灌水施肥，也一概豁免，倘要移植开去，又易如反掌。至于薜荔，生殖力和向上爬的本领，虽也不在茑下，可是移植难活，并且为了它叶片太小，要爬满一堵高墙，实在是不容易的。

要使"墙头屋角画屏开"，单单是绿化还不够，一定要彩化香化，才当得上画屏的美称。那么用什么来把墙头屋角绿化彩化香化呢？这就要求助于那些蔷薇类的蔓性植物了。说到绿化吧，它们的叶片终年常绿。说到彩化吧，它们的花朵儿有白色的，有黄色的，有浅红色的，有深红色的，可以算得上丰富多采的了。说到香化吧，那么香水花、月季花、木香花和野蔷薇花，都是香喷喷地使人陶醉的。

蔷薇类中最够得上绿化、彩化的条件而可以形成画屏的，要算是十姊妹或七姊妹，因为它一小簇上就放出十朵花或七朵花，是植物中最最爱好集体和团结的。正为了这样，花朵儿就分外地见得密集，而叶片也就分外地见得多了。花型虽然小一些，却是复瓣的，因此也就不觉其小。花有深红、浅红、紫、白各色，很为娇艳，真像是一群娇滴滴的小姊妹，玲珑可爱得很！明代散文作家张大复曾说："十姊妹花之小品，而貌特媚，嫣红古白，袅袅欲笑，如双环邂逅，娇痴篱落间。……"又清代吴蓉斋诗云："袅袅亭亭倚粉墙，花花叶叶映斜阳。谁家姊妹天生就，嫁得东风一样妆。"足见前人对于此花都以娇女作比，而篱落粉墙之句，也就写出它的蔓性，可以攀缘在篱上和墙上的。像它们那么花繁叶密，如果把那一条条的蔓分头在墙头屋角用麻线牵引开去，不就是很快地可以构成一个画屏了吗！至于繁殖的方法，可于梅雨期间剪取二三寸长的花枝，扦插在泥盆里，是未有不活的。一说可于农历八九月间扦插，正月间移植，两个扦插的时期虽有不同，都可一试。

勿忘我花

"勿忘我"的花名是富有诗意的，它产在西方各国，英国名字叫做"Forget me not"（旧时译作"毋忘侬"花），连普通的中英字典中也有这个名称。它一名琉璃草，是一种淡蓝色的小花，每一朵花有五个单瓣，并没有香味。然而它却是花中情种，男女相爱，往往把它扎成花束互相赠送，以表示双方的深恋蜜爱。

有这样一种传说，"勿忘我"花是白色的，丛生水边。欧洲古代有一骑士，带着他的恋人到海滨游览，乐而忘返。那恋人瞥见一丛花挺生水上，要采来插戴。骑士为了要博她欢心，涉水去采。不料怒潮汹涌而来，把他卷去。他忙将那丛花用力抛到岸上，放声嚷道："不要忘了我！"因此这种花传到后代，就叫做"勿忘我"花了。女词人陈小翠，曾赋《声声慢》一阕，从赵长卿体，专咏其事云："问谁曾识，恨叶情根，神光如此光洁。开到高秋，不似芦花飘忽。死死生生哀怨，共江潮、夜深呜咽。向月下、悄归来化作，蛮菷幽绝。　往事渔娃能说。认凄馨、几点泪痕凝结。抱柱千年，守到相思重活。长忆一枝遥赠，拚为尔、形消影灭。肠断了、待从今忘也，怎生忘得。"末了把"勿忘我"的含意点了出来，隽妙有味。

因了这多情的"勿忘我"花，联想到西方另一种多情的花"紫罗兰"。据希腊神话说，司爱司美的女神维纳斯Venus，因爱人远行，依依惜别，在分手时，止不住掉下泪来。泪珠儿滴在地上，第二年就发芽生枝，开出一朵朵又美又香的花来，这就是紫罗兰。

曾有人咏之以诗，有"灵均底事悲香草，情种应归维纳司"之句。

紫罗兰小花五瓣，萼突出，好像一个小袋，色作深紫，花心橙黄，有奇香，可制香水、香皂。叶圆，茎细而柔，虽是草本，而隆冬不凋，与松柏一样耐寒，并且春秋二季都会开花，西方士女把它当作恩物。四十年来，我也深爱此花，曾赋"馥馥紫罗兰"五言古诗五十首以寄意，一唱三叹，情见乎词，可知我爱好之深了。

暗香疏影共钻研

"手提一盆景，骑鹤上京华"，看了我这两句歪诗，就可知道这是从"腰缠十万贯，骑鹤上扬州"那两句古诗蜕化而来的。这是什么一回事呢？原来一九六一年十二月下旬，我应中国园艺学会和北京市园艺学会的邀请，出席梅花学术讨论会，把苏州家园里两株官粉小梅桩，合栽在一个雕着梅花的长方形紫砂古盆中，提着它赶往上海而搭了飞机上北京去，这不就是好像"骑鹤上京华"吗？

我爱梅成癖，家有"梅屋"、"梅丘"、"寒香阁"，展出了许多有关梅花的工艺美术品和梅花古书画，园子里有十多株地栽的梅树，还有大小几十盆梅桩的盆景，红红白白，共有近十个品种，蔚为一个梅花专区。我在解放以前，蒿目时艰，痛心疾首，隐居苏州小园里，大种梅花，自比为当年孤山上妻梅子鹤的林和靖，因此所作《梅屋即景》诗中，曾有"冷艳寒香入梦闲，红苞绿萼簇回环，我家亦有巢居阁，堪比逋仙一角山"之句。原来孤山上旧有"巢居阁"，是林逋赏梅的所在，我就把"梅屋"跟它作比了。解放以后，我的园地公开，年年梅花时节，吸引不少赏梅人，而我这在旧社会以林和靖自许的人，也不再想做林和靖，要面向群众了。

十二月二十六日上午，梅花学术讨论会开幕了。北京林学院、植物园、园林局等工作人员以及我和武汉、沈阳、杭州的四个外客，聚集在市科协礼堂上，济济一堂，共有一百馀人，听取林学院陈俊愉教授作"中国梅花品种及其栽培"的报告，壁上张挂着好多幅梅花分类分组的特制图片，加以扼要的说明。堂上虽没有真的梅花，而我这梅迷却仿佛闻到了暗香，看到了疏影，不由得有些儿陶醉了。据陈教授二十年来调查研究所得，我国有十八个省都种梅花，品种多至二百多个，川鄂山区是野梅分布的地区，经过整理了一百多个品种的结果，构成了包括十二类三十组品种分类的新体系。那十二类是主要观赏梅花的变种，如江梅、宫粉梅、大红梅、玉蝶梅、绿萼梅、硃砂梅、洒金梅、黄香梅、早梅、杏梅、照水梅、龙游梅等，也算得上是花国中的大族了。

我国梅花已有两千多年的历史，"梅花小寿一千年"，算不得是诗人的夸张。《诗经》"摽有梅"篇，是最早的文献。西汉初年，上林苑中就开始种梅，已有胭脂红梅等各种，争妍斗艳地点缀春光了。到南北朝时代，又有发展，梅花更丰富多采。十六世纪时，由我国传种到朝鲜，再传到日本，园艺家们热心地做媒，把中国梅花和日本梅花交配起来，于是子孙繁衍，发展到四百多种，比我国多了一半，连我们早已断了种的黄香梅，也一枝独秀，烂开于富士山下了。这个报告会整整举行了一天，为了材料太多，只注重于分类引种和驯化繁殖方面，还有"桩景制作"和"催延花期"两项来不及报告，要待下回分解了。

二十七日一整天，在科协礼堂第一会议室中举行讨论会，出席代表共二十馀人。我把所有在苏、沪两地搜集来的图文和实物全都带了去，互相传观，例如那本定名《暗香疏影谱》的册子，是我二十多年来手植盆梅的几十种摄影，还有清末苏州种梅专家胡焕章三十八幅盆梅的遗像，老干虬枝，早就成了陈迹了。此外文献有宋代范成大的《梅谱》、张功甫的《梅品》和我的旧作《梅花杂札》等，而实物则有苏州怡园和我家的十八个品种的枝条，是陈教授要我带来给他在林学院扦插繁殖的。此外就是我那两株小梅桩合栽的一个盆景，这是宫粉梅的一种，花蕾儿已渐渐地大了。我在梅边梅下配上了石笋、石块和书带草，又标上了"双梅献瑞"四字的题名，供在会议桌的正中，表示向这次会议献礼，一方面也迎接那万象更新的一九六二年。

讨论的重点，仍是在分类、分组方面，有些同志提出了一二不同的意见，而由陈教授自行订正或加以说明补充，百家争鸣的精神，也具体而微地在这里表现出来。对于制作新品种一点，我提出了一个不成熟的建议，说黄香梅在我国已断了种，能不能试把古称黄梅的蜡梅，用花粉交配的方法，跟白色单瓣的野梅搞出黄香梅来呢？不过蜡梅一定要选用磬口素心的名种，那种"品斯下矣"的九英（俗称狗蝇）蜡梅是要不得的。

昨天报告会上没有讲到的"桩景制作"一项，大家要我讲一讲。北京植物园俞德浚主任风趣地说："这是一个精彩的压轴戏，要周老来表演一下了。"这些年来我本来偏重于梅桩盆景的制作，也就义不容辞地把培育、整姿、嫁接各个要点，拉拉杂杂地讲了一遍，并且把日本制作盆景的方法作了参考。我这次带来的资料有的是，可是限于时间，只得草草终场了。最后我又站起来说："这里还有一个小小节目，就是献花。我要把那远迢迢地从苏州带来的两株小梅桩，献给我们研究梅花的专家陈教授，也算是双梅献瑞吧！"于是双手捧起了那个双梅盆景，笑吟吟地献上去，陈教授也就在一片掌声中欣然接受了。

俗谚说得好，"麻雀虽小，五脏俱全"。我们这个会虽是小型的，而报告、讨论以至参观访问，一应俱全。二十八日早上，我们一行二十馀众和几位新闻记者，先就到了林学院。刚踏进了二层楼上那间精致的客厅，猛觉得这里已春满一堂，顿时忘却了窗外一片萧索的冬景。原来陈教授他们早已把好多盆在温室中催开的梅桩，陈列四周，绿萼红苞，姹娅欲笑，而在一角更把黑松、凤尾竹和宫粉梅三盆，布成了"岁寒三友"的画面，而一旁更加上了墨兰和绿菊，都挺有精神，那么梅、兰、竹、菊也是四美兼

303

有了。我很欣赏一盆老气横秋的红梅，干粗如小儿臂，而姿态自然，据说是从苏州来的，使我有"他乡遇故知"之感。随后又参观了正在温室中举行的梅花展览会，品种更多了，并且有好多盆蜡梅和迎春作陪，愈觉相得益彰，春意盎然。末了陈教授又带我们去探看露地培植的三株照水梅，一株是绿萼重瓣，二株是浅红单瓣，繁枝纷披，直垂到地上，枝条上的花蕾虽不太多，也已像绿豆那么大了。

出了林学院，就上植物园去。客厅中也陈列着好多盆不同品种的盆梅，全已盛放，带来了无边春色。就中有一本老干的硃砂红梅，花色最为鲜艳，只要略加剪裁，就可成为一个古色古香的上好盆景。尤其使我见所未见，流连欣赏的，是那三盆从长沙来的龙游梅，花如玉蝶，枝条自然地形成曲线，有如游龙天矫。树龄虽不大，个子也不高，而干儿上却长满了瘤，就显出了一种美妙的老态。我欣赏了一会，发现这三株上都有枯死的枝条，就自告奋勇，要了大小两把剪子，给逐一修剪了一下，总算给它们整了容、结了缘哩。随后又参观了几株子出而露地栽培了四年的小梅树，过去人家迷信北方不能种梅树，而这几株不是早就在风霜雨雪中安家落户，以长以大了吗？据俞主任和陈教授说，当他们发现了冬来枝条上抽出了几个花蕾的时候，真的是如获至宝，喜心翻倒哩。

我们兴奋地辞别了植物园，就由黄土岗人民公社的张清泉队长陪同我们上丰台樊家村去，参观他们培植的盆梅。他们的温室很为低矮，叫做洞子，有热洞、冷洞之别。热洞里生着火，温度很高，要梅花早开，就放在这里催。较粗的枝条，用人工拗曲，拗断的称为"死弯"，不断的称为"活弯"，这与扬州的疙瘩梅、安徽的蛇游梅和苏州的屏风梅，都是地方传统的风格，而跟我们力求自然的说法是有矛盾的。探过了梅，又参观了他们培育韭菜和黄瓜的两个热洞，韭菜已长到七八寸高，黄瓜已有小指那么粗，料知春节喝屠苏酒时，都可登盘供人尝新了。

最后的一个节目，就是参观中山公园的唐花坞，这里不单有梅花，还有好多盆残菊，正在挣扎着越冬。此外有蜡梅、天竹、迎春、山茶，还有一品红、一品白、君子兰，以及柑橘、金橘、佛手，妙香袭人。并且有两盆高与檐齐的玳玳，结得很多，这是苏州的产物，而是我的同乡了。大家巡回参观了一遍，恰是五时正，植物园俞主任就宣告梅花学术讨论会圆满结束，皆大欢喜。我们边鼓掌边走出唐花坞去，而暗香疏影，似乎还萦绕于我的心目之间。

羊城花木四时春

"莺啼彻晓。客梦醒来早。花地花天春不老。茉莉珠兰都好。 白云缭绕高峰。分明管领南溟。信是得天独厚。四时长见青葱。"

这是我于一九五九年游广州市后，用毛主席原韵写就的一首《清平乐》词，表达我热爱广州的一片微忱。

我对于羊城一向有特殊的好感，数十年来，简直是梦寐系之。这一年春间，前市长朱光同志光临苏州，也光临了小园，握手言欢，一见如故，并承以一游羊城见邀，热情得很！于是我就在四月里蔷薇处处开的时节，独个儿欢天喜地赶去了。到了羊城之后，徜徉六天，收获不小，游踪所至，遍及园林和有名的"花地"，到处是绿油油的树木，仿佛掉入了绿色的海洋。在黄花岗、红花岗烈士陵园里，追念先烈们可歌可泣的业绩，不觉油然而生"生的伟大，死的光荣"的感想。其他如越秀公园的秀色，文化公园的情调，都给与我一个轻松愉快的印象。除了游园之外，我又访问了花地的鹤岗人民公社，在这个茉莉、白兰、珠兰的家乡，到处是香喷喷的花卉，更使我悦目赏心，流连忘返。

寝馈盆景三十年，如醉如痴，又怎能忘情于羊城夙有盛名的盆景呢？感谢那十多位制作盆景的专家，特地在文化公园为我举行了一个小型展览会，给我欣赏了他们的好多精品，彼此又交流了经验。在这里几案上所展出的，全都取法自然，师承造化，看了别处那种矫揉造作的盆景，就觉得卑卑不足道了。就中有一位七十多岁的陈彦名医师，老而弥健，伴同我到他府上去观光，上百个盆景，分列在两个晒台上，满目琳琅，我最爱那几盆老干的野杜鹃，红花灼灼，灿烂照眼，自有一种吸引人的魅力。

正在那"鞠有黄华"的时节，喜见新雁过天际，带得尺一书来，原来是陈老医师给我报道羊城花讯来了。在他老人家的信中，得知羊城的菊花，以每年十一月中旬至十二月上旬为全盛时期，但是迟植的，仍可继续开花，一直推迟到农历四月最后一种叫做"四月黄"为止。一年之间，大约有半年以上的时间，都有菊花可赏，并不局限于秋季。陶渊明一灵不昧，也该慨叹着古不如今了。

我平日虽是迷恋盆景，可是对于一般花草果木，也无所不爱，那么我又怎能忘情于年年除夕盛极一时的羊城花市呢？据说这一晚万人空巷，都要一游花市，直到次晨二时才散。他们不吝解囊，买些心爱的花草回去，作为岁朝清供。冬季应时的梅花、水仙等，花市上当然应有尽有，而春、夏、秋三季的名花，如碧桃、海棠、牡丹、芍药、大丽、鸡冠、桂、菊等，也联翩上市。果子如柑、橘、橙、金橘等，也满树硕果累累，使人垂涎。这正证实了我这一句"羊城花木四时春"的歌颂，确是不折不扣的。南望羊城，神驰千里。羊城，羊城，您真是一个园艺工作者的乐园啊！我于健羡之馀，禁不住要手舞足蹈地高唱起来道："信是得天独厚，四时长见青葱！"

花一般美好的会议

——全国花卉科学技术会议散记

　　年年国庆节，我年年总要写一些诗文，说说自己的感想。现在一九六〇年国庆又到了，我想起七月间参加过一个花一般美好的会议，是大可纪念的一件事。

　　说也惭愧，虚度了六十多年的人间岁月，却从没有出过山海关，从没有见过万里长城。恰恰农业科学院在辽宁省兴城县召开全国花卉科学技术会议，邀我出席，这才使我生平第一次出山海关，看见了万里长城。真是多么快幸的事呀！

　　七月三日清晨，晓风残月，伴送着我独个儿踏上了生平第一次最遥远的旅程。先到南京待了半天，上玄武湖公园去参观江苏省花卉展览会，在百花园中看到了四季的好花，一时齐放，争妍斗艳地欢聚一堂。在盆景馆里，看到了无锡、扬州、南通和我们苏州的许多盆景，风格虽各有不同，却一样的富于诗情画意，有的也带着时代气息。在综合利用室中，看到了结合生产的各种芳香植物和芳香精油，既可观赏而又可治病的各种药用植物。这一个绿化、彩化、香化的展览会，使我这一千六百多公里的旅程，一开始就有了丰富的收获。

　　四日早上，渡江到了浦口，就搭了浦沈直达快车北上。由江南以至塞北，看不尽的气象万千，终于在五日下午一时二十分分秒不误地到达兴城。我当下被接待到了温泉区果树研究所——一个绿阴翳画、海风送凉、暑天无暑意的好地方。就在这里，将以七天的时间，举行一个花一般美好的会议。这一次我匆匆地赶来，自以为已经落后，谁知走上大楼，踏进那个花枝招展的会场，恰恰赶上了大会开幕式，真的是心花怒放了。

农业科学院党委书记的报告，给与我莫大的鼓励。他说花卉是美化环境、美化生活为人们所喜爱的观赏植物，又是经济价值很高的芳香作物。解放以后，我国花卉事业得到了迅速的发展，特别是各地由于密切结合了生产，发动群众，就地建立香料基地，大办香料工业，为国家增加了不少财富。他说，我国广大的花农和花卉技术工作者，在总路线的鼓舞下，大胆地采用新技术，催延花期，改变了花卉原有的习性，创造了百花齐放、千卉争艳的新纪录。为了了解各地花卉生产栽培情况，总结交流经验，明确花卉种植的意义，确定今后花卉发展的方针，向着生产化、大众化、多样化和科学化的方向前进，所以召开了这次花卉科学技术会议。这一番话，使来自二十七个省市的九十位代表，个个听得眉飞色舞，准备在这次大会上尽量地传经取经，回去大搞一下。尤其是有关国计民生的芳香植物，更引起了普遍的重视，非大搞特搞不可。我倾听之下，似乎看见了朵朵照眼的香花，闻到了阵阵扑鼻的花香，因此口占了一首《香花颂》："香草香花遍地香，众香国里万花香。香精香料关生计，努力栽花更种香。"

当晚有一个晚会，露天放映彩色电影纪录片《菊花》和《盆景》。在《盆景》一片里，所有开花的盆树和一批小盆景，全是我亲手培养起来的，料不到竟在这里的银幕上重又看到它们。后来我在大会上作"关于盆景的种种"的报告，又在小组里讨论盆景生产化、大众化的问题时，充分发表了自己的意见。

连续两天的大会发言，有北京、武汉、成都、南京、太原、银川、内蒙古等省市的代表，各各汇报他们当地花卉事业发展的情况，尤其是北京和苏州代表关于香花的报告，南京和上海代表关于催延花期、百花齐放的报告，主题最为突出，娓娓动听。

此外也有专家、教授和人民公社的代表，拈出一种花或果来作专题报告的，如山东菏泽的牡丹，广东花地的金柑，苏州光福的桂花，杭州的菊花，湖南、云南的山茶，南宁、吉林的大丽等等，口讲指划，历历如数家珍，使听众好似到了众香国里，兀自应接不暇。

小组讨论也连续了两天，分作华北、华中、华东、华南等四组，是传经取经的最好场合，每一组的每一代表，个个发言，交流种植花卉的种种经验，无论扦插、嫁接以至用土、施肥，无所不谈，力求详尽，甚至用实物来当场表演一下。我在小组里也听到了两件花中奇迹，我一向以为，杜鹃、海棠，美是美的，可惜不香；据说福建永安却有香的杜鹃，四川某地却有香的海棠。在今天技术革命的新时代里，到处都有奇迹出现，不单是海棠有香而已。

在会议进行期间，大会场中还附设了一个小型展览会，展出各地代表带来的图片画册，名花异卉，五色缤纷，可作参考的资料。我的两套盆栽小画片、菊花盆供小画片以及中外画报刊物上所载我的盆景的图文，也一并展出，只是聊备一格罢了。

会议在七月十二日闭幕。为了纪念这个花一般美好的会议，我特献诗二首：

"江山如此多娇好，姹紫嫣红万象新。愿祝年年春不老，年年长作散花人。"

"祖国真成花世界，芬芳绰约万花团。东风浩荡花长好，花地花天唱不完。"

探梅香雪海

"万树梅花玉作堆，皑皑一白满山隈。几时修得山中住，朝夕吹香嚼蕊来。"

这一首诗是我为了热爱邓尉香雪海一带的梅花而作的。每年梅花时节，一见我家梅丘上下的梅花开了，就得魂牵梦萦地怀念香雪海，恨不得插翅飞去，看它一个饱。一九六一年三月八日早上，我正在给那盆百年老绿梅"鹤舞"整姿，蓦见我的一位五十年前老同学翁老，泼风似地跑进门来，兴高采烈地嚷道："我刚从香雪海来，那边的梅花全都开了，枝儿上密密麻麻地开足了花，简直连花蕊儿也瞧不出来了。您要是想探梅，非赶快去不可！"我一听他传来了这梅花消息，心花怒放，仿佛望见那万树梅花正在向我含笑招手，于是毅然决然地答道："好啊，谢谢您给了我这个梅花情报，明儿一清早就走！"

真是幸运得很！九日恰好是一个日暖风和的晴天，我就邀约了一位爱花的老友老刘和一位种花的花工老张，搭了八时四十五分的长途汽车，向光福镇进发，十时左右已到了光福。我们下车之后，决定沿着那公路信步走去，好边走边看梅花，尽情地享受。走不多远，就看到了疏疏落落的梅树，偶有一二株开着红的花或绿的花，而大半都是白的，被阳光照着，简直白得像雪一样耀眼，不由得想到了王安石的两句诗："遥知不是雪，为有暗香来。"真的，要不是有一阵阵的暗香因风送来，可要错疑是雪了。

走了大约三刻钟光景，就到了马驾山。据《苏州府志》说，马驾山向未有名，四面全都种着梅树，清康熙中，巡抚宋荦题"香雪海"三字于崖壁，才著名起来。清帝康熙、乾隆先后南巡时，曾到过这里，住过这里，料想也曾看过梅花的了。汪琬《游马驾山记》云："马驾山在光福镇西，与铜井并峙。山中人率树梅、艺茶、条桑为业，梅五之，茶三之，桑视茶而又减其一，号为光福幽丽奇绝处也。……前后梅花多至百许树，芳香菴菊，落英缤纷，入其中者，迷不知出。稍北折而上，望见山半累石数十，或偃或仰，小者可几，大者可席，盖《尔雅》所谓岩也。于是遂往，列坐其地，俯窥旁瞩，濛然竭然，曳若长练，凝若积雪，绵谷跨岭无一非梅者。……"这篇文章对于马驾山的评价是很高的。当下我们走上山径，拾级而登，山腰有轩有亭，解放前破败不堪，前几年已经过一番整修。我们在轩里小憩一会，就走上了山顶的梅花亭。亭作梅花形，所有藻井的装饰全嵌着一朵朵的小梅花，围着中央一朵大梅花，连亭柱和柱础也是作梅花形的，真是名副其实的梅花亭了。从亭中下望，见崦西一带远远近近全是白皑皑的梅花，活像是一片雪海，不禁抲掌叫绝，朗诵起昔人"遥看一片白，雪海波千顷"的诗句来。我想，三五月明之夜，疏影横斜，暗香浮动，梅花映月，月笼梅花，漫山遍野都是晶莹朗彻，真所谓玉山照夜哩。下了山，就在夹道梅花丛里行进，一阵又一阵的清香缭绕在口鼻之间，直把我们送到了柏因社。

柏因社俗称司徒庙，这是我一向梦寐系之的所在。苏州的宝树"清"、"奇"、"古"、"怪"四古柏就在这里，枯干虬枝，陆离光怪，可说是造物之主的杰作。有人说是汉光武时代的遗物，虽无从考据，至少也有一千年以上的高寿了。我三脚两步赶进去瞧时，不觉喜出望外，前几年的一次台风，只把那株"奇"刮断了一大根旁枝，搁住在下面的虬枝上；其他三株，依然老而弥健，苍翠欲滴。还有那较小的两株，也仍是好好的，倒像是它们的一双儿女，依依膝下似的。客堂中有两副楹联，都是歌颂四古柏的，其一是清同治年间吴云所作："清奇古怪画难状，风火雷霆劫不磨。"其二是光绪年间潘遵祁所作："此中只许鸾凤宿，其上应有蛟螭蟠。"我以为这些歌颂的语句并不过分，四株古柏确可当之无愧，但看那十二级的台风也奈何它们不得，不就是"风火雷霆劫不磨"的明证吗？

出了柏因社，仍由公路向石嵝进发。一路上随时随地都有一丛丛的白梅花，供我们闻香观赏。红、绿梅却不多见，据说在含蕊未放时，就把花苞摘下来，卖给收购站支援社会主义建设了。那么我们何必一定要看红、绿梅，还是欣赏那香雪丛丛的白梅花为妙。况且结了梅子，又是公社中一种有用的产品，经济价值很高，比那不结实而虚有其表的红、绿梅好得多了。

在石嵝住了一夜，第二天早上，又游了太湖边的石壁，领略那三万六千顷的一角。这一天半到处看到梅花，也随时闻到梅香，简直好像是掉在一片香雪海里，乐而忘返。在那石嵝西面不远的地方，有几座红瓦鳞鳞的建筑物矗立在梅花丛中，遥对太湖，风景绝胜，那是劳动人民的疗养院。石嵝精舍住持脱尘和尚，在山上种茶、种竹、种梅、种桃，是个生产能手，毛竹几百竿，直挺挺地高矗云霄，蔚为大观，全是他十多年来一手培植起来的。万峰台在石嵝高处，从这里四望山下的梅花，白茫茫一片，真是洋洋大观。下午二时半，我们就从潭东站搭车回去，身边带着四株小梅桩，当作新的旅伴，原来是昨天傍晚从光福公社的花田里像觅宝一般选购来的。还有那公社天井小队送给我的一大束折枝红、绿梅，安放在车窗边，倒也有色有香，似诗似画。于是我仍然一路看着梅花，看呀看的，一直看到了家里。

香雪海探梅必须算准时期，不要忘了日历。古人曾说"梅花以惊蛰为候"，大概每年惊蛰前后一星期内前去，才恰到好处，如果太早或太迟，那么梅花自开自落，是不会迁就你的。探梅的人们，最好能与山中人先作联系，探问梅花消息，开到七八分时，就可以前去，领略那暗香疏影的一番妙趣了。

第七辑

遍地黄花分外香

瑛儿:

这正是遍地黄花分外香的季节，一年一度，我又照例忙了起来，忙什么？为的是赏菊啊！我虽不是陶渊明的后身，却也有渊明之癖，看到了东篱秋色，就心花怒放，乐不可支。这一个月来，天天黎明即起，在那一盆盆大大小小的菊花中间穿来穿去，倒也活像是穿花蝴蝶似的。看到了那花蕊儿一天大一天，我的心也一天轻快一天，终于看它们抽出斑斑斓斓的花瓣来。但见形形色色，缤缤纷纷，真当得上"丰富多采"四个字的好评，早就不止是当初所谓"鞠有黄华"的一种黄菊花。如果渊明再生，也一定要看得眼花缭乱了。

古人总以菊花和重阳联系在一起，把重阳作为赏菊的佳节。可是现在每逢重阳，往往无菊可赏，大概要推迟一个月光景，菊花才陆续开放起来，不知你们那里，是不是也是这样？以阳历来说，我们总以十一月为菊花盛开的时期，全国各地园林中，都要举行菊花展览会，以供群众欣赏。

上海菊花的大本营是龙华苗圃，你大哥正在那里工作，当然消息灵通，十月中旬先就来了一封信，不是平安家报而是菊花情报，报道菊花已订定十一月三日起在人民公园举行，一共有"东篱赏菊"、"名菊争妍"、"玉盘呈珠"、"枫林留影"、"珠联璧合"等八个项目，分头展出大小菊花四万多盆，大可一观。这封信的诱惑力倒也不小，菊展开幕后三日，我终于被它吸引到上海去了。

316

一下火车，什么都不管，先就泼风似的赶到人民公园去。一进了公园的大门先就三脚两步忙不迭地赶往菊展所在地，投身到五色缤纷的菊花丛中去。

　　"东篱赏菊"是一种自然式的小小庭园的布置，曲曲折折的花畦，点缀着高高低低的假山石，畦边石下，埋着一盆盆形形色色的菊花，大有古人诗中"三径黄花"的意味。这里还有盆景协会业馀爱好者手制的一百多个菊花盆景，颇有画意，就中有松菊、杞菊、竹菊三盆，硕大无朋，是集体的创作。去此不远，有一带枫林，青枫和红枫，相映成趣，枫下伴着三三两两的菊花，这就是所谓"枫林留影"，所留的影，当然是掩映有致的菊影了。信步所之，忽地瞧见了好多盆洁白如玉的大立菊，最大的一盆"白莲"，多至一千二百馀朵，齐齐整整地形成了一个挺大的白玉盘，而那些花就好像一颗颗晶莹的大珍珠。我一瞧之下，不由得作会心的微笑，知道这就是所谓"玉盘呈珠"了。上海的菊花，听说有二千馀种之多，真的是洋洋大观，走进那标着"名菊争妍"的一室，就可窥见一斑。但见明窗净几之间，排列着一盆盆的名菊，有一朵的，有二三朵的，正在那里斗艳争妍，无怪陶渊明要把"秋菊有佳色"的诗句来赞美它们了。

　　回到了苏州，第一关心的还是菊花，早知网师园已在举行菊展，于是扔下了旅行包，就急不及待地赶去赏菊了。展出的菊花共四五千盆，并不算多，好在网师园的面积也并不算大，一经点缀，倒也显得十分热闹，不见冷落。看松读画轩一带，秋色最浓，轩内的几个桌子上，全供着品种菊，依娅欲笑。轩外的松下是菊，桥边是菊，亭中是菊，廊角是菊，以至遥遥相对的水阁里，假山上，也到处是菊，使人目迷五色，应接不暇。记得明代作家张岱，看了兖州人家的菊花会，就少见多怪，啧啧称欢道："真菊海也。"要是看了网师园的菊展，怕要大吃一惊，欢为"菊洋"哩。此外簃啊，馆啊，厅啊，堂啊，以至树根石脚，墙角篱边，也随处有菊花装点着，总数虽只四五千盆，居然像模像样地做了个大场面，谁说"巧妇难为无米之炊"啊！

看过了上海和苏州的菊展，意有未足，总想趁这持螯赏菊的时节，再到什么地方去看看。可巧得了个集体去无锡游览参观的机会，我就欣然上道，料知道几天里无锡一定也有菊展，我又可以领略到一片大好秋色了。第一个好去处就是梅园，随处溜达，随处看到菊花，我尤其欣赏花圃附近的一带曲径两旁，点缀着五光十色的小菊花，并不是密密层层地连接起来，只是二三株合为一组，疏疏落落的，时断时续，只因培植得好，花朵特别茂盛，也特别鲜妍，真是花团锦簇，美不胜收。第二个好去处是鼋头渚，这里的菊花并不很多，而澄澜堂中却陈列着上百盆名菊，顿时把我的两脚两眼都吸引住了。在这里我看到了一株阔别已久时切相思的扬州名种"春水绿波"，五朵花正在开放，花瓣儿碧绿碧绿的，倒像大自然的巨匠匠心别运，用翡翠精雕细琢而成，可是活色生香更胜过了翡翠。我看了一次还不过瘾，临行时回过身来，再去多看几眼，恋恋不忍舍去。第二天我们游了寄畅园、愚公谷和锡惠公园，这里也在举行菊展，让我欣赏了更多的菊花，饱领了更多的色香。看了两天的菊花，不由不佩服无锡园林中的花工，都是培植菊花的能手，并且好像是由一个师傅传授的，每一处的菊花，干儿都是矮矮的，花和叶都很茁壮，脚叶也多半完好，绿油油的似乎要渗出油来。

瑛儿，我想你侨居海外，怕已好久没有看到这样的菊花展览会了。祖国自解放以来，一切的一切都在不断地进步，连菊展也并不例外，像从前那么堆一座菊花山，搭一个菊花塔，已不算希罕了。这些年来，各地花工鼓足干劲，力争上游，想出种种花样来，曾有一株开花二千多朵的大立菊，曾有全用无数菊花扎成的全国生产指标图，和列宁、屈原、李时珍、鲁迅等的全身造像，这都是我历年在沪、宁两地菊展中亲眼看到的。最近读了《羊城晚报》的一篇文章，据说今秋广州文化公园举行菊展，就中最能吸引游人观赏的，是公园中心布置着的一个亭亭玉立的散花仙女。这仙女站在一个以千馀朵菊花砌成的花坛上，而仙女也是以无数形形色色的菊花精心扎成的，据那篇文章中说："那婀娜的身段，轻盈的水袖，宛若翩翩起舞。定睛一看，在她脚下，还有那撒满地上色彩缤纷的落英。"瑛儿，你想这整个儿用菊花装点起来的"仙女散花"，是一个多么美妙的形象啊！我合上了眼想一想，仿佛瞧见一个栩栩欲活的菊花仙女站在那里，笑靥迎人，可就恨不得插翅飞去，向她前后左右饱看一下，满足艺术上的享受呢。

瑛儿，你是一向知道我爱花若命的，一年四季，生活在万花如海中，见了花，几乎无所不爱。可是一到秋季，我就偏爱着菊花，简直把全部心力都放在菊花上了。我为什么这样地偏爱菊花，你总也知道，我就爱它那副傲霜之骨，正可象征我国人民不怕艰苦不畏强暴的一副硬骨头。像我家有些菊花，并不在温室中娇生惯养，却可以开到春节，不单单是傲霜，还能气昂昂地傲雪哩。瑛儿，你不也是爱花的吗？但我劝你不要为了爱上那柔枝袅袅的恋花康乃馨，而忘了这傲骨嶙嶙的国产菊花。你要好好学习菊花而磨炼成一副硬骨头，这才无愧于作为一个祖国的好女儿。到得明年遍地黄花分外香的时节，我希望你带着孩子们一同回来，看看故乡的菊花，看看故园的菊花。

你的父亲写于"梨香菊"盆供之畔。

我家的小菊展

瑛儿：

　　这真使我多么的高兴啊！上一封信报道了今秋在苏、沪、锡三市菊花会中赏菊的情况，遍地黄花分外香，不但是陶醉了我分明也陶醉了你，因此一接到我的信，你就十万火急地写回信来了。信中拉拉杂杂地说了许多话，而最最使我兴奋的是这样几句："明年此时，父亲希望我回来看看故乡的菊花，故园的菊花，如有可能我一定要回来伴您老人家持螯赏菊的。"可不是吗？你原是在故园中成长起来的。在我从上海移家来苏之后，总是年年种菊花，在你出嫁之前，也总是年年看菊花，故园的菊花，当然给你心头眼底留下了一个深刻的印象。你总还记得我们起居的凤来仪室北壁上，至今挂着你老祖母五十馀岁时的遗像，也是笑吟吟地坐在菊花丛中的。她老人家生前挺爱菊花，可惜我现在只能年年看到菊花的佳色，再也看不到她老人家的笑脸了。

　　你问起今秋我家菊花的情况，我可以告诉你。常年老例，各地菊花会全都结束了，而我家的小菊展仍在继续下去。因此节令虽已过了冬至，嘉宾们近悦远来，还要看看晚节黄花，歌颂一番哩。瑛儿，你已好几年没有看到故园的菊花了，现在且把你那双大眼睛跟着我的笔尖，来参观我的小菊展吧。好在地盘不大，只有爱莲堂、紫罗兰盦、寒香阁、且住四个所在，你的眼睛是不会感到劳累的。

　　爱莲堂是我家的心脏，各种名菊，多半集中在这里。那最高处的长台上，有两只彩瓷方盆分列两端，种着两株粉红色的小菊花。下临贡桌，两端有两株蟹爪形的紫菊，分栽在两只蓝地描金的方瓷盆中。紧接着这贡桌的是一前一后的两张八仙桌，高低错综地陈列着十多盆名菊。高高上供在一只枣木树根儿上的，是花篮形大红袍陶盆中种着的一株"松间明月"，花瓣细如松针，花心好像一轮明月。下面是翡翠色六角形瓷盆种着的一株"八宝珠环"，粉红色的花瓣，包围着一个个珠环似的淡绿色花心，娇艳得很。它的前面是一株五朵花的"紫玉盘"，种在一只清代嘉道间名家杨彭年手制的八角形紫黄色陶盆中，深紫色的花瓣形成一片，恰像盘子模样，于是美其名为紫玉盘了。它的近邻，有一只深黄色的瓷盆，种着两株矮矮的"绿衣红裳"，三朵已开足，一朵含苞未放，红色的花瓣，衬托着绿色的花心，自觉富丽堂皇，远看倒像是初放的异种牡丹。和这一盆两相贴接的，是一株短小精悍的"黄波斯"，花朵较小，而色黄似蜡，种在一只白地青花的小长方盆中，相得益彰。

为了要打破布局的公式化，就在中心点上作了个小小变化，不供菊花，而供了一只雕瓷的莲花形浅盆，盛着一块海南岛海滩上拾来的奇石，伴以小葫芦和几个紫色的灵芝，在菊花丛中很为突出。石旁又有一件新作品，就是读了名作《红岩》后的收获。在一只海棠花形白石盆中安放着一块红色的横峰，居中种上一株苍翠的小柏，想象到书中英雄齐晓轩舍生掩护战友时，就是挺立在这株柏树下的。他那种雄姿壮概，真使人心向往之。

在这"红岩"盆景的前面，有一只红木的长方小矮几，安放着一高一低两只青花磁瓶，插着红色和白色的小菊花，那两朵桃红色的"帘外桃花"，配着三枝带叶的枸杞子，就是包含着"杞菊延年"的意思。"红岩"的后面，有一只式样很特别的浅蓝色年窑扁圆形瓷盆，种上一株粉霞色的"织女"，三朵花娇滴滴的，自有一种女性的媚态。它的贴邻的一盆，却又打破了常规，用一株浅紫色的小菊花，分头扎在一个枯了的老树桩上，好像从古木上开出好几十朵花来，自觉别开生面。左面的部分高居在上的，是一只秦代铜器三元鼎，插着一根老干的丝兰，欹斜作态，梢上抽出三簇利箭一般的绿叶。我更在老干后面配上五朵火黄色的大菊花，就添上了耀眼的色彩。在这三元鼎的下面，前后安放着三盆名菊，一盆是绿心细白瓣的"绿窗纱影"，一盆是配着一枝金镶碧玉竹的黄菊"电掣金蛇"，一盆是娇小玲珑的嫣红丁香菊。单是借重这些盆菊作为清供，似乎已尽够热闹了，可是在这爱莲堂前后左右的几个几上，琴桌上和短几上，还是三三两两地陈列着大小名菊，有"二乔"、"梨香菊"、"懒梳妆"、"金缕衣"、"浣纱女"、"绿金带"、"风飘雪浪"、"十丈珠帘"等好几个品种，满堂秋色，相映成趣，可就形成了一个菊花的小天下。

　　瑛儿，你在爱莲堂上赏菊之后，就跟着我走出那窗肚上嵌着黄杨雕刻全部《西厢记》的红木长窗，到了廊下，窗前有一大盆百年老干鸟不宿，结满了一颗颗鲜艳的红子，十年来年年在这时节，总要殷勤地来作菊花的良伴的。沿着廊缓步向右转，可以在好多盆常绿的松柏盆景中间看到疏疏落落的大小菊花，也可看到一盆又一盆有丘有壑的山水盆景。于是不知不觉地走进了那作为书室的紫罗兰盦，再从这里转到那作为餐室的寒香阁和作为客座的且住。这里陈列着许多名菊，有"银光夜月"、"四海飘香"、"金钩挂月"、"红衣金钩"、"金波涌翠"、"夕阳古寺"、"金桃花线"等等，此外就是那些五色缤纷的小菊花了。

　　我的盆菊都取自然的姿态，不像人家菊花会中的一般盆菊，枝枝都用竹子支撑扎得齐齐整整地呆在那里。瑛儿，我以为菊花的姿态，应该在可能范围内听其自然，好像是生在墙边篱角一样这才符合它那清高的品格，而不同凡卉了。可是上了盆要它好看，也不能一味地听其自然，还须像处理盆景中树桩似的，进行艺术加工，用棕丝、细铅丝、细竹子等给它整姿，花至少二朵，最好

322

是三朵或五朵，再配上一块拳石或一根石笋，或一条槎枒的枯木，或适当地和松、竹、枸等种在一起，那就更觉得富有诗情画意了。

我的小菊展，年年总要千方百计地延长下去，由秋而冬，一直开到明春。这一个月来，我老是兢兢业业地伺候着那几十盆大小菊花，不敢松劲，曾在朋友们跟前说过豪语："看我向时间老人挑战，一定要让菊花跨过一九六二年的年关，迎接新的一九六三年，有的还要迎接春节的来临，而和梅花相见，正如女诗人汤国梨先生赠我的诗中所说的'一枝和雪伴梅花'哩。"

瑛儿，你看我这纸上的小菊展，如果不能过瘾，那么明年菊花时节，何妨和你的爱人，你的孩子联袂归来，我和孩子们一定兴奋地扫径以待，三径黄花也一定热烈地欢迎你们！

梅花时节话梅花

瑛儿：

真高兴！这一次你的回信来得特别快，多分也是为了春节第七天上周总理光临我家而感到兴奋吧。你信中说，当年你们住在印尼雅加达的时候，周总理因出席万隆会议而远迢迢地亲临万隆。散居在印尼各地的爱国侨胞，都赶到万隆去欢迎，你们一家也并不例外。至于万隆当地的侨胞，更有万人空巷之盛，都以一见总理为莫大的幸福。有的人因在人山人海中挤不上去看不到总理全貌，那么就是看到总理一个鼻子或一双眼睛也是好的。你说当年的情景，记忆犹新，却不料今年春节，总理竟会光临我家，这真是一件三生有幸的大喜事！你虽身在异乡，不能亲自见一见面，握一握手，但也仿佛分享到这一份幸福了。瑛儿，你的话说得一些儿不错，我的幸福实在太大了，不敢独享，不但是分一份给你，还要分给我家的许多亲友哩。

你真细心！又谈到了献花的问题。你说家园里有好多株红梅、绿梅、白梅和其他种类的梅树，怎说没有鲜花而要在盆景上打主意呢？不错，园子里原有好多株梅树，至今还有九个种类，如果把这傲雪争春象征我国民族性的梅花献给总理，自是合适不过的。可是春节期间，梅花虽已含苞，但还没有开放，直到农历二月初才陆陆续续地开起来了。近年来不知怎的，梅花倒也像《珍珠塔》弹词中陈翠娥小姐下堂楼一样，姗姗来迟，总要挨延到惊蛰节边，才开得蓬蓬勃勃的可算是梅花时节了。

苏州的盆梅，几乎集中在拙政园，大大小小，共有二三百盆之多，云蒸霞蔚似的蔚为大观。今年春节，因广州市文化公园之邀，破题儿第一遭离乡背井，不远千里地到南方去做客，挑选了精品五十多盆，专人护送前去。事先我被邀参加挑选的任务，并且给题了十个名签，其中有一盆老干绿萼梅，我用清代诗人舒铁云的诗句"请谁管领春消息，只有阊门萼绿华"十四字题了上去，自以为最满意，因为阊门是苏州最著名的城门，这么一题，可就把苏州梅花点出来了。同时他们又要我写了一篇短文，给苏州梅花介绍一下：

"古人曾说'水陆草木之花，香而可爱者甚众，梅花独先天下而春，故首及之。'先天下而春，就是梅花的可爱与可贵处。此外又有人说：'梅具四德，初生为元，开花为亨，结子为利，成熟为贞。'而梅花五瓣，又是五福的象征，一是快乐，二是幸福，三是长寿，四是顺利，五是我们所最最想望的和平。况且有的梅花不怕寒冷，还能在冰天雪地中开放，正可象征我国强劲耐苦的民族性。由于这些原因，我国人民自古以来就是爱好梅花的。尤其是我们苏州人对于梅花似乎有特殊的爱好，由来已久。苏州市西面靠近太湖的邓尉山、马驾山一带，号称'香雪海'，是一个观赏梅花的好去处。年年梅花时节，东西南北有人来，都是被那香雪丛丛的梅花吸引来的。苏州的盆景多种多样，可说是十色五光，丰富多采，而老干枯干的梅桩却处于主要地位，如果有其他多种多样的盆景而没有梅桩，认为一个莫大的缺点。梅桩的产地就在'香雪海'一带，花农们把姿态较好的整株老梅树，从地上连根掘起，截去树身的大半部，保留枯干部分，然后上盆培养，一二年后，才觉楚楚可观。本地区和全国各地的园林和园艺爱好者，纷纷前去选购，流传极广，供不应求，因为梅桩不同于一般的花木，不是短期可以生产出来的。这次苏州市应邀前来展出的梅桩，多半是'香雪海'一带的产物，树龄少则二三十年，多则一二百年，品种有绿萼，有硃砂，有玉蝶，有宫粉，有透骨红，有单瓣的红梅、白梅，也有来自日本鹿儿岛而嫁接在野梅上的墨梅，老干虬枝，自成馨逸。就中有少数劈梅，以整株老梅对劈而成，可以成双作对，有如孪生的兄弟姊妹，这是'香雪海'花农们的传统风格，未能免俗，聊备一格而已。附呈小诗一首，藉博一粲：'红苞绿萼锦成堆，盆里群梅着意栽。为向羊城贺春节，遥从香雪海边来。'"

当这几十盆梅桩起运的时候，眼见树树含苞，连一朵花都没有开放。广州毕竟是得天独厚，四时皆春，据说一到春节在文化公园展出时，就烂烂漫漫地开了起来。前后半个月，天天吸引了千千万万的观众，都被那暗香疏影陶醉了。报纸上也给与很高的评价，说是"一树梅花一树诗，一个盆景一幅画，这么多的诗，这么多的画，就够你徜徉吟味的了"。瑛儿，你寄居海外，已好几年没有看到故乡的梅花了，如果知道广州有这么一个苏州梅展，也许要就近赶去看一看，看了之后，也许会想到苏州家园中的老父，也正在对着梅丘、梅屋下的绿萼红苞，不住地徜徉吟味呢。

今年我家的盆梅，开了花的只有十多盆，春节期间花多未放，还是在二月初逐渐开放的。网师园春节盆景展览会，我展出了十八件，内中二件是梅桩，聊作点缀，那盆"林和靖妻梅子鹤"，用一只青陶的浅盆，种着一株二尺多高的宫粉梅，花已开得很好，那是在公园的温室中催开的，梅下安放着一高一低两块楚楚有致的英石，再配上一个石湾陶制的白衣人像，一手抱着琴，似乎要到梅树下去奏一曲《梅花三弄》，这就作为我想象中的高士林和靖，旁边有两只铅质的丹顶白鹤，一俯一仰，那就是他老人家的鹤子了。另一盆是"孟浩然踏雪寻梅"，在一只紫陶的长方形浅盆里，种一株枯干的宫粉梅，因为未进温室，只开了二三朵花，其他都是花蕾。树身欹斜作态，老气横秋，真所谓暗香浮动，疏影横斜。我在干上、石块上、枝条上和土面上，都洒了一些石粉，借此代雪，盆的一角，安放一个戴着风帽披着斗篷的彩陶老叟造像，就作为我想象中的诗人孟浩然了。

瑛儿，提起我家的盆梅，让我来给你说一个笑话。记得十年以前，有人在外宣传说我新得了一件活宝，十分珍贵，是一头高寿一百多岁而会跳舞的仙鹤。于是有好多位好奇的人士，先后大驾光临，说是要看看仙鹤跳舞，开开眼界。一时间可把我闹糊涂了，心想我的园子里从来没有养过鹤，更哪里有什么会跳舞的仙鹤呢？转念一想，才恍然大悟，原来是苏州已故名画师顾鹤逸先生当年手植的一株百年老绿梅桩，他的令子公硕兄因我爱梅，割爱见赠，我因它的枯干形如一鹤，开花时好像展翅起舞，就给它起了个雅号，叫做"鹤舞"。因此之故，就以误传误地传了开去，以为我得了一件活宝了。十年以来，这一株老绿梅在我的园子里安家落户，我真的当它像活宝一般爱护着。它也老而弥健，一年年的欣欣向荣，开出花来不多也不少，恰到好处。它那种绿沉沉的颜色，淡至欲无，越显得清高绝俗。今春农历二月初，它又乖乖地开花了，我看它开到五六分时，就移植在一只乾隆窑竹节蓝瓷大圆盆中，供在爱莲堂上，给嘉宾们共同欣赏，可巧《人民画报》摄影师来，一见倾心，就把它的绝世之姿收入了镜头。

　　今年真巧得很，惊蛰节和花朝只相差一天，来了个碰头会。料知"香雪海"千树万树的梅花，定又满山满谷地怒放起来。两年阔别，时切相思，为了腰脚欠健，未能前去探看，大呼负负。瑛儿，你总还记得，我家梅丘一带出有几株白梅，满开时皑皑一白，曾有人称之为"小香雪海"，我以为这个美称愧不敢当，还是叫它"香雪溪"吧。今年我既无缘探梅"香雪海"，那只得借这"香雪溪"来杀杀馋了。

忽见陌头杨柳色

瑛儿:

　　你可知道唐朝大诗人王昌龄的一首名作《闺怨》吗？诗中有这么两句，"忽见陌头杨柳色，悔教夫婿觅封侯"，写一个思妇忽地瞧见了杨柳青青，分明是春天已来了，而她的丈夫却出外做官去了，以致空房独守，辜负了大好春光，寂寞无聊之馀，就自怨自艾地追悔起来。我是个男子汉，当然没有这种思妇之情，还是把第二句改一改吧，"惊看春已到人间"，原来我一见杨柳青了，也就吃惊地发觉春已到了人间，不禁有感于时光过得太快，而想到自己应该怎样的急起直追，多做一些事情，可不要白白地让春天溜走啊！

　　说也可笑，我家园子里树木虽并不少，却偏偏没有杨柳，东部弄月池畔，原有两株挺大的杨树，干儿粗已合抱，高达四丈以上，记得你当年在家时，经常是和你的兄弟姊妹们在树下盘桓欢笑的。我悔不该在二十多年前傍着树根种下了凌霄和金银藤，它们俩就一搭一档，爬呀爬的尽向上爬，竟爬到了高高的树顶上。虽说每年初夏，可以欣赏树上开满了红艳艳的凌霄花和香馥馥的金银花，可是这两株大杨树，却被那无数的枝条藤蔓像蛇一般紧紧地缠住了树身，终于呜呼哀哉。要是不死的话，那么这些年来，一定长得更大更高，我可要对它们高唱着毛主席《蝶恋花》词的名句"杨柳轻扬，直上重霄九"了。今天傍晚，我觉得身上有些儿寒意，正待加衣，你的蓄妹不知从哪里折来了两枝杨柳条，我才惊异地看到了一片新绿并且还密密麻麻地开着花，足见阳春有脚，确已踏踏实实地到了人间。

那报告我春的消息的，除了杨柳之外，还有玉兰。春分节才到，梅丘下的梅花还没有全谢，而那牡丹台旁的一大株玉兰，被春阳一烘，春风一吹，花蕊儿似乎在一昼夜间就怒放起来，看了那一大片耀眼的光亮，有如堆银积玉，觉得古代诗人称之为"玉照"，确是并不夸张的。紧接着玉兰而出人意外地万花齐放的，是西南部"五岳起方寸"和西部"紫云堆"那边的两株大杏树，春分日那天清早，我照例到园子里去散步，猛抬头瞧见两大抹红润的晓霞，映红了半片天，这才体会到古诗中名句"红杏枝头春意闹"的一个"闹"字，下得再隽妙也没有了。

此外还有给我带来春消息的，那就是俗称"黄金条"的连翘了。它也是突击似的一下子就开出千百朵花来，每一根枝条上，就满缀着一连串的花，每朵花只有四瓣，为了开得多，开得密，就显示出集体的力量，一些儿也不觉得单调。我这小园子里连年分植，因此东一堆西一堆的各据一方，黄澄澄的分外夺目。

呀！杨柳、玉兰、杏花、连翘，欢迎欢迎！一年不见，你们又争先恐后地跟着春天一起赶来了。我仿佛听到了你们无声的催唤："春来了！春来了！冬眠的时间已经过去，一年之计在于春，你难道还想赖在那里，不想动了吗？"这无声的催唤，老是在我的心上响着响着，等于是一声声的大声疾呼，可就把我唤起来了，把我的伙伴老张也唤起来了。

瑛儿，一提起了老张，我想你立刻就会想到这是指我们的老花工张世京了。二十多年来他一直耽在我家，帮同我栽花种树做盆景，成了我的左右手。他曾看你一年年长大起来，看你上学下学，并且也看你出阁做新娘去的，他至今还常在惦念你这位心直口快的六小姐呢。老张身体一向不太好，但他一见玉兰花开了，就着了慌，立时鼓足干劲，在园子里忙了起来。先把几株预定移植的树移植了一下，然后把一冬在温室内避寒的大小盆景二三百件，一件件地移到外边来，露天安放。我的健康情况虽在这一年间打了些折扣，可也不能袖手旁观，就忙着做一些修剪和整理的工作。譬如爱莲堂、紫罗兰龛、寒香阁三处陈列着的梅桩和迎春花盆景，大小十馀盆，都由我包办剪除枝条，让老张去翻盆培养。所有大小十多批栽在盆里种在石上的细叶菖蒲，在室内供得太久了，也一一移了出去，仔细地修去老叶，好让它们长出鲜绿的新叶来。还有各室布置的盆供瓶供等，为了多所移动，就由我包办了补充调整的任务。至于那些在室内安居过冬的几大盆柑橘、玳玳、五针松等，每一盆都重好几十斤，老张却悄没声儿的独自搬运了出去，接着又在忙着把那些连盆埋在地下越冬防冻的大批盆景，一件又一件地挖了起来，一面修剪，一面整理盆面，有的还得翻盆另换新泥，这些工作，实在是十分繁重的。这十多天来，我们这两个老弱残兵，倒像变做了《三国志演义》里的黄忠老将，勇不可当。要是花木有知，也该赞许我们两个老头儿都是好样的吧，呵呵！

　　瑛儿，你上次回来时可曾瞧到吗？我家园子东部和南部一带的围墙，早就砖瓦零落，破败不堪，感谢市园林管理处的领导人，鸠工庀材给我修葺一新，并且重建了一个温室，把原址向南扩展了一些，就大有回旋馀地了。这个温室，不同于一般的温室，我的心中，早已暗暗地画下了一个别开生面的蓝图。在工程进行期间，我经常去和技工们从长计议。面南八扇窗子，每一扇窗上都有三个海棠形的格子，很为美观。屋顶分作前后两个部分，只有前部盖玻璃，后部盖的是瓦。一般温室中，往往像梯田般架起一层层的木架，以作安放盆花盆树之用。我却只在沿窗架起两块活动的木板，另用方、圆和长方形的大理石，配上木座子，以便陈列小型盆景。近窗有一根圆柱，我设计装上三个大小不等的圆形木格，将来打算在每一格上供上四五盆鲜花，形成一根花柱。面南的那堵粉壁上，准备张挂一幅复制的李琦所画《毛主席走遍全国》的名作和陈秋草所画"横眉冷对千夫指，俯首甘为孺子牛"的鲁迅先生造像。我对这两位划时代的巨人，都有永恒的知己之感，因此把这两幅画像供在这一个特殊的温室中，以表示我内心所感受到的温暖。我还想仿黄山谷体亲自写就"仰止"两字，制一个横额，高挂在上，古人所谓"高山仰止，景行行止"，可就概括了我敬仰这两位导师的一片微忱了。为了这温室尚未完工，园地上乱糟糟的，一时无从布置，目前散在各处的盆景，只是苟安一时，将来还得重行调整，因此我和老张即使忙过了一个春天，还是忙不了的。呀！瑛儿，春天来得真快，去得也不会太慢，玉兰花已开始谢了，杏花也已洒下了点点红雨，那一株株的桃花，已微微透出了娇红的颜色，不上几天，怕就要烂烂漫漫地盛开起来，而百六春光，也就像偷儿一般偷偷地溜走了。记得往年我因春天的来去匆匆，没法挽留，曾经填了一首《蝶恋花》词谴责它："正是玉兰初绽候。骀荡春光，便向人间透。十雨五风频挑逗。江城处处花如绣。　恨杀春光留不久。来也偷来，走也偷偷走。绿渐肥时红渐瘦。防他一去难追究。"瑛儿，你瞧，我实在没有错怪春天，"来也偷来，走也偷偷走"，可不是活像偷儿的行径吗？

　　春来了，春又快要去了，还有许许多多的事情等待着我，这封信即便打住。瑛儿，但愿春天肯在你那里多留一会，让你好好地享受一下吧。

诗情画意上盆来

瑛儿：

我爱好盆景，已有三十年的历史，你可以算得是一个亲眼目睹的见证人；说得夸张一些，你还是在盆景堆里长大起来的。这些年来，我曾写过不少有关盆景的文章，发表于《人民日报》、《光明日报》、《新民晚报》和其他各种报刊上，甚至俄文的《人民中国》、英文的《中国建设》，也要我给他们写了文章，译成俄文、英文发表，并且刊登了盆景的照片，以至引起了国外读者的注意，从几个不同的国家来了好几封信，问这问那，有的还向我索取树苗和花种哩。这么一来，大家认为我是一个盆景的专家，不断地来信要我写文章专谈盆景。可是我写来写去，总是这么一套，在上海人口中说来，这叫做"炒冷饭"，我实在有些厌了。

今天我写这封信给你，却要炒一炒冷饭，和你谈谈盆景了。为什么呢？因为这一个星期日——四月二十一日，有一件十分兴奋的事情落在我的身上，原来中央广播电台派了两位年轻朋友，远迢迢地从北京赶到苏州，要我作一个有关盆景的报道，给我录了音，以便回去译成几国的语言，广播到国外去。那么我虽不能周游列国，而我的声音却代表我到海外去作壮游了。这在我的生命史上是破题儿第一遭，觉得好玩得很！大约经过了十五分钟的时间，录下了三段，就算完成任务，其馀的几段，那要用文字来表达了。当下他们把录音立即放给我听，说也奇怪，听那声音很觉陌生，倒像不是从我口中发出来的。而你的妹妹们和继母听了，却说并不觉得异样，明明是我的声音，这可就使我莫名其妙了。

瑛儿，你在家的时候，虽曾天天看我的盆景，但我料知你对于盆景的一切，却是并不了解的。现在趁我在兴奋的时候，和你谈谈，那么你就可明白我三十年来为什么爱好盆景的原因了。

我国的盆景，古已有之，我曾经考据过，足足有一千年以上的历史，自唐代以至宋、元、明、清，几乎没有一个朝代没有盆景。就在民国时代，也还一脉相承而有所进展。到了解放以后，那才蓬蓬勃勃如火如荼地发展起来。

你如果是一个人，你如果有一双眼，不管是男是女是老是少，可说是没一个不爱美的。凡是花草树木，都有它的一种美的形象，看在人们眼里，就引起了心中的爱好。花草树木种在地上，自有它的一种自然美，可是种到了盆子里去，经过了艺术加工，那就于自然美外，增加了人工的美，达到了"诗情画意上盆来"的最高境界。

一般人看了一般花草树木种在盆子里的，就不管三七二十一，笼统地称之为盆景。其实我们心目中的盆景却并不如此，一定要挑选那种老干枯干矮矮的树木，用人工来修剪了它的枝条，美化了它的姿态，才能作为盆景。至于一般花草树木，譬如兰、蕙、菊、月季、山茶、菖蒲、万年青、吉祥草等，并没有经过艺术加工而随随便便地种在盆子里的，那只能称为盆花、盆草和盆树，决不能作盆景来看待。要知盆景的每一株树，就是山野间老树的缩影，把大自然的美浓缩到一个小小的盆子里去，这种树必须随时修剪整姿，不使它长得太高太野，抑制它的发育。如果是枯干虬枝，那就更饶古意，可以算得上是一件盆景中的艺术品了。凡是这种在盆子里的老干或枯干的树木，我称之为简单化的盆景。另一类是复杂化的盆景，除了把树木作为主体外，还要适当地配以若干个大小不等的石块或石笋，和广东省石湾镇制作的陶质屋宇、亭、榭、桥、塔、船只和人物等等，作为点缀，大小高矮，都要和树干、树叶作比例，以正确为目标。一切布局，都要像画家作画一样独运匠心，那么这一个盆景，就等于是一幅活色生香的立体画了。

我盆景中的老树，有好多株已经享寿一二百年以上，并且有的还能开花结实，老当益壮。有的老干脱皮露骨，绿油油地长满了苔藓；有的主干已经中空，形成了一个岩洞似的窟窿。人们看了都啧啧称怪，以为像这样一二百年的老树，怎么能在盆子里活着，并且生命力还是很强呢？人为万物之灵，而跟它们的寿命比起来，可要自愧不如哩。至于那些像龄数十年和二三十年的，那是太多了，不足为奇。我对于那些老干枯干的树木特别重视，以为这是自然界的"老寿星"，一年年在风霜雨雪中奋斗过来，好不容易，因此把多种多样的古旧陶盆来栽种着，古香古色，相得益彰。此外我对于复杂化的盆景和山水盆景，也有特殊的爱好，恨不得每天都有一种新作品，因为这也像画家作画，可以多多表现自己艺术上的技巧。这两种盆景，一方面是自出心裁的创作，一方面是取法乎上，依照古今人的名画来做，求其有诗情，有画意，例如明代沈石田的"鹤听琴图"、唐伯虎的"蕉石图"，近代齐白石的"独树庵图"等，也有参考近人摄影来做的，例如延安的"宝塔山"一角，"珠穆朗玛峰"一角等，我曾取毛主席《沁园春》词名句"江山如此多娇"作为总题。当我做这些山水盆景时，总有一个愿望，就是要在一个小小的浅浅的盆子里，表现祖国的锦绣河山，是多么的伟大，多么的美丽！

凡是制作盆景的高手，必须胸有丘壑，腹有诗书，对于种树栽花，要有丰富的知识和经验。春秋佳日，要经常地出外游山玩水，从岩壑、溪滩、田野、村落以及崇山峻岭之间，像觅宝似的去寻觅奇树怪石，充分地利用或改造，以作制作盆景的好材料。只要你随时随地多多留意，眼明手快，不肯轻易放过，那么一定会有很大收获的。平时还要经常观摩古今名画，以供参考，挑选合适的构图，用作盆景的范本，这比凭自己的想象力没根没据地空想出来的，可高明得多。你要是有一个既饶有画意又富有诗情的好盆景，用作明窗净几间的清供，给你朝夕观赏，就会不知不觉地把一切烦虑、疲劳，全都忘却，仿佛飘飘然置身于大自然的怀抱里，作卧游，作神游，真的是心上莲花朵朵开了。

我因爱好花木而进一步爱好盆景，简直达到了热恋和着迷的地步，以盆景为好朋友，为亲骨肉，真有"不可一日无此君"之感。早年在上海忙于文艺工作，整日地孜孜兀兀，作文字劳工，费却不少心力，可是一放下笔，就以培植花木为消遣，为娱乐，为锻炼身体的工具。不过那时只有庭而没有园，还是英雄无用武之地。直到一九三五年以历年卖文所得，在故乡苏州买到了一片园地之后，这才招兵买马似的大发展起来。先在本城各园圃中百方搜求盆景，更和园工老张一同到山野中去挖掘树桩，自行培育。于是日积月累，愈聚愈多，除了在抗日战争中给日寇盗去一小部分之外，到现在大型、中型、小型和最小的作品，共有五六百盆之多。在一九三九、一九四〇年间四次参加上海中西莳花会的展出，曾有三次获得总锦标杯，在国际扬眉吐气，不亦快哉！我当时曾得意洋洋地写了几首诗，中如："奇葩烂漫出苏州，冠冕群芳第一流。合让黄花居首席，纷红骇绿尽低头。""占得鳌头一笑呵，吴官花草自娥娥。要他海外虬髯客，刮目相看郭橐驼。""百劫馀生路未穷，灌园习静爱芳丛。愿君休薄闲花草，万国衣冠拜下风。"瑛儿，你知道我平时不论对文艺对园艺都很虚心，但这三首诗却骄气逼人，那是为那些一向瞧不起我们中国人的碧眼儿而发，借此表达我这狭隘的爱国主义精神的。

解放以来，我的盆景倒像交了运，居然引起广大群众的注意。先后刊行了彩色小画片，拍了彩色电影纪录片，一再在本市和南京、上海园林中展览，也曾到过北京迎宾馆，今年国庆节，将应邀在广州市文化公园展出。一年四季，我的园地上，参观的来宾络绎不绝，我的文章未必能为工农兵服务，而我的盆景倒真的为工农兵服务了，甚至有二十个国家的贵宾，先后光临，给与太高的评价。尤其觉得荣幸的，国家领导人如董必武副主席，周恩来总理和夫人，陈毅、陆定一、李先念、薄一波、谭震林、乌兰夫六位副总理，班禅副委员长一家以及刘伯承、叶剑英元帅等，也纷纷登门观赏，蓬荜生辉。叶元帅先后来了三次，更为难得，曾在我那《嘉宾题名录》上题句道："三到苏州三拜访，周园盆景更新妍。"我于受宠若惊之下，赋诗答谢道："元戎三度降云軿，花笑鸟歌大有年。不是寒家盆景好，江南风物本清妍。"真的，我的盆景卑卑不足道，这首诗实在是说的老实话。

　　瑛儿，一提起盆景，我的话就多了，你可不要厌烦，就当作回到了阔别多年的家园来，看一下那几百盆光怪陆离的盆景吧。

黄浦江边红五月

瑛儿：

常年老例，一见我家那株紫红色的百年老杜鹃花烂漫怒放的时候，就知道红五月来了。今年五一劳动节，像我这么一个好动不好静的人，合该出去活动一下。可是为了身体不大好，医生要我静养，那就不得不委屈地静止下来，就打算闭门家里坐，观赏这一株开得正好的杜鹃花，聊以自娱。却不料你的大哥伯真和张珍侯谱伯先后来信，说上海方面几位文艺界老朋友盛传我害了重病，严独鹤老伯也去电话殷殷探问，十分关切。他们俩为了惦念得很，问我有没有这回事？我读了信，就奋然而起，决定到上海去走一遭，让他们验明正身，免得传来传去，再来一个东坡海外之谣，一方面也可借此看看黄浦江边红五月的风光。

说走就走，连回信也不写，立刻束装就道，不到两个小时，早就到了上海。你的大哥和张珍侯谱伯先后见到了我，看我安然无恙，突如其来，都大喜过望。苏沪虽近在咫尺，握晤倒也不易，屈指春初一别，忽将三月，两地相思，真有一日三秋之感。珍伯对我一向亲如手足，四十年如一日，据说连夜梦见跟我携手出游，有一次仿佛在西子湖边，同登孤山赏梅，饱领色香，却梦想不到，我竟悄没声儿地赶到黄浦江边来了。当晚他就拉着我同上衡山饭店去吃饭，畅叙了一下。第二天早上，我们又相约作郊游。由你大哥伴同到他所主持的龙华苗圃去。苗圃中心地带，新堆了春、夏、秋、冬四座土包石的假山，山上按着季节分头种植各种矮树，尽态极妍。秋山用湖石，峰峦毕具，春山、夏山和冬山都用黄石，质朴无华，由苏州技工支援堆砌而成，成绩倒也不差。夏山上有瀑布下泄，自多凉意，前临小池，种各色睡莲，与夏山相映成趣。春光虽已老去，而春山花树，还缀着残花，摇曳生姿，秋山多枫槭，春红未褪，料知秋叶经霜，更有如火如荼之美。冬山多松柏，四时常青，而老梅着花时，红苞绿萼，斗艳争妍，那么虽在岁尾年头，也不会寂寞了。我们看过了这四座山，顿觉胸有丘壑，逸兴遄飞，随又观赏那盈千累万的盆景，就中独多松柏，乱绿交织，老气横秋，推为天下第一，当之无愧。我选购了庐山枸子、斑叶鸟不宿、山楂、柳杉和子出的朝鲜石榴等几个小盆景，这些都是我家盆景中所没有的品种，从此案头清供，更多异彩了。

我们在苗圃中盘桓了两小时，乐而忘倦。直挨到中午，才恋恋不舍地驱车而出，同往天鹅阁吃西餐，肴核精美，大快朵颐。珍伯馀兴未尽，又伴着我同游襄阳公园。今天是星期日，文艺界诸老友照例在这里茶叙，我们先就上茶室去，旧雨重逢，真的是乐不可支。我于握手问好之后，即忙向他们道谢对我的关怀，原来我那害病的消息，就是从这里传开去的。这班老友，都已年过花甲，从各个工作岗位上退休下来，每星期日下午，总得在这里来一个碰头会，清茶一杯，谈天说地，白头相对，其乐陶陶，这在我们苏州的一班老友，却久已不弹此调了。

为了庆祝五一劳动节，园中西部一带曲廊中，正在举行一个微型盆景展览会，所谓微型，就是用很小很小的盆子种着植物和布置水石，前面遮着玻璃，通明无障，共有一百多件，高低错落地陈列着，别成一个小天地。所有植物盆景，十之八九是小苗，不够理想；而山水盆景却独具匠心，几十个又浅又小的水盘盛着具体而微的各种山石，又有各各不同的布局，缩龙成寸，足见其小，却能于小中见大，正不知费却作者多少的心力哩。听说这些小玩意，都是一位六十多岁的老技师张文辉先生的创作，矍铄哉

338

是翁，我向他致敬！

为了庆祝五一劳动节，人民公园正在举行春花盆景展览，于是把我吸引到了人民公园。一片用无数大小不等的湖石和黄石堆成的花圃，点缀着无数五色缤纷的花草树木，曲径通幽，潇洒有致，在那夹道的石上和树根上，就错错落落地安放着上百盆大小不一的树桩盆景，好像散兵线般散布各处，倒也各得其所。中如木香、枸杞、黑松、石榴、胡颓子、罗汉松、米叶冬青等，是树龄数十年以至上百年的老桩，枯干虬枝，苍老可喜，所用形形色色的古陶盆，也有不少精品。这些盆景，都是上海市盆景协会会员们的作品，集体的力量毕竟不凡。此外也有几个山水盆景，记得有一盆"龙腾"，是徐志明先生的作品，一块略具龙形的灰白色怪石上，种着一枝小榆树，远远望去，仿佛神龙天矫，衔着什么仙草，快要破壁飞去哩。

为了庆祝五一劳动节，中山公园正在举行一个盆景插花展览会，于是把我吸引到了中山公园。进了会场，劈头就瞧见了老友董叔瑜兄的作品，山水盆景共九点，以"桂林山水甲天下"和"江南春"为主体，重峦叠嶂，气魄自是不小。"红旗漫卷西风"和"红旗插上珠穆朗玛峰"，富有时代气息，使人眼界一新。其他如"观瀑"、"米家山水"、"石梁揽胜"、"海南珊瑚岛"、"渔唱晚烟浮"等，信手拈来，不失天然之趣，等于是一幅幅立体的山水画了。俞寄凡词人看了他的作品，很为佩服，曾谱《苏幕遮》词一阕赠云："运琼思，凭妙手。况是天生，丘壑胸中有。小试经营形势就。叠嶂悬崖，随意驱之走。　若玲珑，还绰瘦。青蚀苔痕，隐约云隐岫。工巧神奇谁与偶。画意诗情，同占风流薮。"在我看来，说得恰到好处，并非过甚其词。植物盆景不是他的特长，而"勤学"、"江村放牧"、"五松图"等，还是可以入画的。

要看《牡丹亭》传奇中所谓"姹紫嫣红开遍"，那就要欣赏费华、赵文洲、陈景珑三位插花专家的大作了。三家出品共三十六点，鼎足三分，各当一面。只因彼此贴邻，又仿佛浑然一体，形成了一个丰富多采如锦如绣的画面。我偏爱费先生的紫芍药、红杜鹃配石笋；赵先生的银藤配黄、红二色月季，红杜鹃配柳杉，都富有盆景趣味，并且保持了我国的民族风格；陈先生的三朵慈姑花、一丛万寿菊，插得十分妥帖，移动不得，但在玻璃洋灯罩中罩一朵黄月季，又在口上插一朵黄月季，虽说标新领异，其实是不足为训的。

为了庆祝五一劳动节，复兴公园正在举行一个杜鹃花展览会，瘦鹃杜鹃，恰似一家眷属，当然又被吸引而去。我冒着雨赶到复兴，在门口先就看到几盆大型的杜鹃，又在图案式的花地上看到四角整齐地放着好多盆中小型的杜鹃，可是为了沐着雨，都作楚楚可怜之色。我在雨中摸索着，问了一个信，才找到一座花房，就是杜鹃花展览的所在。门前放着几盆杜鹃，似乎在那里排队迎客。踏进门去，见中央有一个湖石围成的花坛。右旁种着两株高大的芭蕉，绿叶纷披，下面有三株白杜鹃，倒是素雅得很。三面靠壁架起木盘，铺着草皮，就陈列着上百盆的各种杜鹃，连盆埋在草里，高低错落，并不呆板。花形有紫的，红的，绿心的，粉红双套的，花型有大有小，据说其间有不少新种，是用人工杂交出来的。我在这里穿来穿去观赏着，倒像变做了一只穿花的蛱蝶。

此外我又参观了两个别开生面的雏型展览，饱了眼福。在美术工艺品供应社看到许多绒制的禽鸟和通草制的花木，都是栩栩如生，而色彩的繁复富丽，更超过了自然界的真花真鸟，足见工人兄弟的灵心妙手，巧夺天工。在黄浦花鸟商店看到上百盆的仙人植物，有培养了四十年大如足球的"新天地"，有遍生白毛像扇面般展开的"白毛扇峰"，有绿柱四展柱尖雪白的"笹之雪"，还有"星龙丸"、"龙王丸"、"金扇峰"、"千龙冠"、"青鸾凤柱"等不少名种，全是我先前所没有见过的，今天真使我开了眼界，见所未见了。

为了庆祝五一劳动节而举行的，还有农村新貌画展，博物馆之友文物书画展等，只因我连日沉湎于千花百草之间，都来不及前去观赏，因为我那苏州小园地上的千花百草，已在召唤我回去了。临行的前夕，珍伯在新雅酒楼给我饯别，醉饱之馀，出得门来，却见整条南京路上的灯彩全都亮了，五光十色充满了欢度节日普天同庆的气氛，使我眼花缭乱，心花怒放，似乎钻进了一个光怪陆离的万花筒。呀！瑛儿，你瞧，黄浦江边红五月，是多么的风光旖旎啊！

我怎样庆祝第十四个国庆节

瑛儿：

　　老年人的光阴似乎过得特别快，特别容易，那一年一度普天同庆的国庆节，不知不觉地已度过了十三个，现在又要欢天喜地地庆祝第十四个国庆节了。建国十四年来，我们的伟大国家，好像是一艘飘洋过海的大航船，在险恶的洋面上行驶，不知挨受了多少次的风浪，但我们仗着一位英明的老舵手把住了舵，有好多能干的帮手通力合作，始终是安若泰山，十分平稳，不断地前进、前进，早已望见了光明的前景，幸福的明天。

　　瑛儿，你虽身在海外，但是由于我经常和你通信，经常向你报道国内正确的消息，你早已清清楚楚地知道了这些年来祖国各方面建设的新胜利，新成就，正在日日新，又日新，新新不已。前几年接连三年的自然灾害尽管严重，可是吓不倒我们，我们是久经考验的，从去年起，就闯过了难关，迎来了繁荣，国民经济已一天天好转起来。我国的民族虽多，而紧紧地团结在一起，像在一个大家庭里一样，大家同心同德，热爱祖国，热爱社会主义。各阶层人民的物质生活，年来已普遍改善，文化生活也随之而普遍提高。新社会的新气象，新风尚，新道德，好人好事，层出不穷。这是你们所想象不到，而要当作是"天方夜谭"式的神话的。至于国际形势，也未尝不好，我们的朋友遍天下，全是那些正直而善良的各国人民，他们的心目中已把我们国家看作是一面坚持真理、反抗侵略的旗帜。

在这国内外大好形势之下，我将怎样庆祝这第十四个国庆节呢？常年老例，每逢国庆节，我总要准备一批盆景去参加苏州园林中举行的展览会，今年当然也非去不可；而更有意义的，我那一向在小园地上朝夕作伴的大批盆景，要破题儿第一遭出一次远门，去和广州市广大群众见面了。事情的经过是这样的，我于去秋接到广州文化公园的一封信，说要于今秋给我举行一个"个人"盆景展览会，需要一百件左右的出品，征求我的同意。我考虑了一个多月，心想，如果要去展出盆景，该请苏州市园林处参加，共襄盛举，几经函洽，终于决定了从今年九月十五日起举行二十五天，地点在文化公园花卉馆，园林处出品一百三十点，分二室展出，我的出品一百馀点，独占一室，定名为"苏州盆景展览会"。

说起苏州的盆景，本来久享盛名，远在明代，已有文人学士在诗文中歌颂苏州盆景了。清代诗人庄朝生，曾有《半搪盆景》一诗："吴宫花草想当年，盆盎葳蕤更自妍。尺寸林泉饶曲折，离奇枝干受拘挛。管教矮屋藏春色，始信人工夺化权。位置从兹尘不染，胸中丘壑信堪傅。"这位诗人对苏州盆景倒是很有认识的，所以说得恰到好处，到今天还是适用。

我为了这一次的展出非同小可，一个多月来，已紧张地从事准备，一面和苏州市园林处相约分工，由他们展出大型的盆景，而中型、小型的和含有诗情画意的作品都由我包了下来。为了要展出二十五天之久，打破我们历年盆景展览会的纪录，不得不作一个更替展出的打算。经过了几天的思考，我才订下了自己的计划。前十五天从九月十五日起，作为迎接国庆节的展出，将展出一批最小型的盆景和供品，另有一批小型和中型的树桩盆景。两批共九十四点。后十天从十月一日起，作为庆祝国庆节的展出，就把那些含有诗情画意的盆景接替上去，数量约三十点左右，壁上还打算张挂二十馀幅明清两代姓周的画家和书家所作的书画，以作点缀。

那迎接国庆节的展出，我是这样安排的，一座红木十景橱，分作大小不等的八格，陈列最小型的盆景。以石供和人像作为陪衬，共十八点，称为"苏州小摆设"。那些盆景有松、柏、枫、榆、竹、黄杨、虎刺、茄皮、金茉莉、老叶冬青等十一个品种，最小的可在手掌上安放三盆，足见其玲珑娇小了。小型的盆景，以品种分类来分作五组，计有雀梅小组、山栀小组、冬青小组、榆小组、三角枫小组。另二组是以各个不同品种来组成的，一组是十二品种十二树，计有金雀、郁李、六月雪、雀舌黄杨等十二株；一组是汉砖八器八种树，特点是在于所用盆盘，都用各种形式的汉代砖块来雕成的，上面各各刻着螭、鱼、兽面、年号、古钱币等各各不同的花纹，这些古色古香的古器，配上了青枝绿叶的植物，就觉得生气盎然，自成馨逸了。至于二十二个中小型树桩盆景，组成一个多样化的大集体场面，中如银杏、黄杨、冬青、柽柳、罗汉松、鸟不宿、三角枫等，虽说树干并不太大，却也老气横秋，如果问起它们的年龄来，也许要比你叨长几岁哩。

十月一日起，在庆祝国庆节展出的会场上，我打算在中央面南的大桌子上，铺上一张大红色的桌衣，正中安放一个大型的山水盆景"革命圣地延安宝塔山"，供以瓜果鲜花，作为我向它表示敬意的献礼。左旁是一盆老干轮囷的黑松，以象征我国的坚持真理；右旁一盆是虬枝槎枒的刺柏，以象征我国的奋勇斗争。前面靠近桌沿，是一盆翠叶纷披的万年青，以象征新中国的长生不老，永葆青春。此外在一旁用洒金红笺大书特书道："贞松劲柏万年青，庆祝建国十四周年。"

所谓含有画意诗情的盆景，我也像吟诗作画般一再推敲构思，多半利用了石湾制的陶质人物，配合松、柏、竹、榆等各种植物制成的。我把它们分作了四组，第一组是略仿古今名画的作品，有宋代夏珪"江山佳胜图"、元代倪云林"山林小景"、明代沈石田"鹤听琴图"、归文休"墨竹"、清代恽南田"枯木竹石"、现代齐白石"独树庵图"，这些独创一格的仿画盆景，我曾惨淡经营，力求形似，然而还是做得不够的。第二组是表现古代名人动态的作品，计有"苏东坡南岛寻诗"、"李太白举杯邀月"、"孟浩然拥鼻微吟"、"刘伶抱瓮醉眠"等四点，为了这是出于自我的创作，尽可随心所欲，不受拘束了。第三组是以国画中常用题材为名的一批作品，计有"听松图"、"观瀑图"、"柏乐图"、"琴趣图"、"唱随图"、"秋江独钓图"、"闲话桑麻图"等七点，凡是爱好国画的人们，看了这些题材，也许是似曾相识的。第四组计有"红岩"、"蒲石延年"、"欸乃归舟"、"竹深留客处"、"牧童但知牛背乐"等五点，不以类聚，杂凑在一起，其间"红岩"一景，倒是大家熟悉的新题材。我那为了庆祝国庆节而展出的作品，尽在于此，毕竟有没有诗情画意，那要请广州群众和盆景专家们不吝指教了。

瑛儿，你读了我这篇书简，就可知道我这一次结合了体力和脑力付出了多少辛勤的劳动。不用唠叨了，且以小诗作结："为共羊城庆令节，甘抛心力不辞难。江山如此多娇好，盆景前头带笑看。"

胜游一月意难忘

瑛儿：

国庆节之夜，我站在爱群大厦七层楼上兴奋地观赏着庆祝佳节的万家灯彩，倾听着楼下通街大道上一阵阵歌呼欢笑之声，简直是看出了神，听出了神。

我是于九月十三日到达广州的，真巧得很，我和苏州市园林处的大小二百五十多个盆景恰恰也由那一节五十吨的货车装运来了。这次文化公园给我们举行"苏州盆景展览"定期二十七天，打破了苏沪两地历届盆景展览会的纪录。我们因会期很长，恰在国庆节前后，因此决定分作两期，前期十五天，作为迎接国庆的展出；后期十二天，作为庆祝国庆的展出。

十四日那天，我就在文化公园的花卉馆中忙起来了。我的作品独占了一大间，在高高低低大大小小的红木几案上，分头布置了上百个盆景，以中型为主，以小型为辅，凡是我家可以看得上眼的东西，大半已和盘托出了。二十多个中型盆景是综合性的，共有二十个品种，所有小品分作八个小组，以"十二品种十二树"、"汉砖九器九种树"和"苏州小摆设"三组最为引人注目。尤其是"苏州小摆设"，在一架红木十景橱中陈列了十八件石供、人像和最小型的盆景，往往观者如堵，流连不去。电视广播站的摄影师来了，摄取了几个镜头，内中一个，就是要我把一个手掌托着三个盆景的，可惜我后来没有看到电视，不知清楚不清楚。有一位观众在意见簿上写下了"掌中乐，宇宙观"六个字，这样的评语

346

倒是很隽永的。

十五日展览开始，观众络绎不绝，我那一手可托三个的小盆景和园林处那盆二百多年硕大无朋的石榴树，恰好作了一个有趣的对比，无数好奇的眼睛都被吸引住了。这天晚上，我和广州市盆景艺术研究会的三十多位会员见了面，请他们多多批评，多多指教，"他山之石，可以攻玉"，要进步，要提高，非此不可。

以后三天，我天天总在会场中盘桓着，群众来看盆景，我却看着群众，在他们的眼光中和脸色上探索着有没有喜爱的表示。一方面我又忙着接待一般来访的人士，新闻记者来了，摄影记者来了，诗人、词客和画家来了，文艺工作者和园艺工作者来了。一阵子寒暄，一阵子攀谈，即使口苦舌干，并没觉得，我那本小小签名簿上一个又一个地签上了这些新朋友的尊姓大名，这是多大的收获啊！

瑛儿，你知道我一向是爱好游山玩水的，"江山如此多娇"，我已领略了不少，又怎肯放过那"山水甲天下"的桂林呢？于是十九日那天，就急不及待地搭了飞机飞往南宁，走马观花地参观了两天，就又急不及待地上了南下的快车径往桂林。我在苏州预约同游的程、刘两位老友先就到了，于是共同商定了浏览的日程。第二天早上，先游西北郊的芦笛岩。这个岩洞还是三年前新发现的，洞中石乳、石花、石笋、石桂，五光十色，百怪千奇，使人如入宝山，目不暇给。下午游叠彩山，谒明末民族英雄瞿式耜、张同敞二公成仁处，不觉肃然起敬。穿风洞，登明月峰，下望桂林全市，历历在目。下了峰，再游伏波山，进还珠洞，看了洞口那块试剑石，传说马援曾经在这里试过剑的。最后又回到城中去，探望那个鼎鼎大名的独秀峰，但看它拔地摩天，一空倚傍，真当得上"独秀"这个大名。第三天早上，我们又忙不迭赶到七星岩去，这个洞十分深广，共有六个洞天和两个洞府，一路走，一路看，只觉得气象万千，仿佛走进了神仙宫阙，尤其以南天门一带为奇观，没法加以形容，只得引用李太白那句"别有天地非人间"了。

我们在桂林匆匆游过了南溪山、月牙山和隐山六洞，就搭了船上阳朔去，要好好地欣赏漓江两岸的无穷妙景了。我们在船上生活了两天，船在曲曲弯弯的江面上行进，经过了大象伸鼻饮水似的象鼻山，状如犬帽覆盖似的冠岩，石壁上仿佛画着九匹骏马似的画山，终于到达阳朔碧莲峰下，唐代韩愈诗中所谓"江作青罗带，山如碧玉簪"，在漓江一路上全都领略到了。

桂林的山水虽有吸引人的一种魅力，但我可不能耽下去了。二十八日就又回到了广州，赶到文化公园去看看我那些展出的盆景，总算是别来无恙，不过精神似乎差一些了。挨过了一天，就在三十日早上全都换上了另一批中型的画意盆景，准备当晚作庆祝国庆的展出。这一次由一室扩展为两室，疏朗地陈列了三十件作品，为了观众的爱好，仍然保留了"苏州小摆设"一组，作了一些适当的调整，仍还楚楚可观。主体是"贞松劲柏万年青"一组，簇拥着一座摹仿革命圣地延安宝塔山的山水盆景，铺上红假桌衣，供上瓶花和瓜果，构成了一个喜气洋洋庆祝佳节的场面。

瑛儿，你总也知道国庆的后一日，恰好是农历的中秋节，两个佳节碰在一起，真可说是"双喜临门"。我在文化公园中高兴地参观了花灯展览会，这里展出了北京、上海、苏州、广州、佛山等十九个省市精制的花灯，形形色色，光怪陆离，直看得我眼花缭乱口难言了。三日至六日，承公园杨主任陪同去浏览肇庆的七星岩和鼎湖山，餐幽饱胜，乐而忘倦。这里七星岩的石室洞和双源洞，都以水洞胜，要是以桂林七星岩岩洞相比，只能说是各有千秋，难分轩轾。我生平爱好瀑布，因此欣赏鼎湖山上的飞水潭，真的是"苍崖白练，溅雪奔雷"，简直把俗尘三斗全都洗尽了。

七日早上回到广州，就又赶往越秀公园去出席盆景艺术研究会的欢迎会，与五十多位会员欢聚一堂，交流经验，又参观了他们手制的二十多个盆景，一饱眼福。到得傍晚七时，我又离开了广州，原来是应新会县甘伟光县长之邀，搭了曙光轮赶往新会去了。在新会三天，受到了隆重的款待，参观了劳动大学的玉湖小苑、盆趣园、博物馆、葵业工厂、小鸟天堂等，到处看到了一片欣欣向荣的气象，禁不住和同去的三位书画家和诗人词客，赋诗作画歌颂起来。盘桓到了十日，才恋恋不舍地兴辞而返，而甘县长于握别之际，还热情地邀请我明年再来吃新会橙哩。

苏州盆景展览，忽忽经过了二十七天，近悦远来，吸引了国内外千千万万的观众，省市的党政领导都曾一再光临参观，不胜荣幸！十二日晚上九时，我亲自接待了最后一位新西兰的贵宾，就宣告闭幕了。十三日午晚，先后出席了曾生市长和文化公园的饯别之宴，醉酒饱德，告别了广州，可是这一个月的胜游，又在我生命史添上了绚烂的一页，是永远不会褪色的。

年年香溢爱莲堂

瑛儿：

　　时间老人真性急，老是急匆匆地在那里赶，既送走了形势大好的一九六三年，又急匆匆地把希望无穷的一九六四年送来了。记得去年元旦，你曾寄给我一张美丽的西式贺年片，给与我们一家一个"百凡如意"的祝愿。我想，尽管我和你是爷儿俩，"来而不往非礼也"，因此也寄还了一张，向你们一家贺年祝福。可是今年元旦，你也许是忘了，没有寄贺年片来，而我也没有寄给你，倒像是彼此"划账"似的。其实我并不是为了你不"来"，我也不"往"，只因去冬十二月上旬出席了全国政协会议，从北京回来以后，身体和精神一直不大好，为了害着肺气肿的慢性病，稍一劳动，就觉得有些儿气急，因此影响了情绪，天天懒得动笔，休说长篇大论的文章写不出，连三言两语的短信也不愿写了。

　　瑛儿，说也惭愧，这一个多月来，我是在"怠工"的情况下挨过去的，除了整理一些小型的盆景和先后出席了市人民代表会议、市政协会议以外，简直没有做什么事，夜夜挑灯枯坐，心中苦闷得很！

　　啊，瑛儿，你不要为我担心，这不过是偶然的现象，兴奋剂终于来了，且让我来向你报个喜讯。你道是什么兴奋剂，什么喜讯呢？你听我慢慢道来。料知你听了，也一定会兴奋而认为确是喜讯的。原来一月九日那天傍晚，市园林管理处的张处长派了一位姓徐的秘书来对我说，明天有客登门相访，让我思想上有个准备。我一听，心中先就一喜。

到了十日那天清早，园林处的四位男女工友就带着工具赶来了。经过两小时的劳动，把我的园地打扫得干干净净。我整理了陈列着的盆景和好几个花瓶中的残菊，并由公园中送来了四盆一品红和四盆石蜡红，重新布置，就觉得楚楚有致了。这当儿你继母忽地心血来潮，悄悄地对我说："我猜今天光临的客人，也许是朱德委员长吧？"我点点头，不说什么。

十时半左右，那位提前到来的市人民委员会办公室李主任，在门口嚷着道："周老，来了来了。"我疾忙赶出去迎接，只见我常在报刊上和人民大会堂主席台习见的一张笑吟吟的面庞，已涌现在大门口。这不是当年运筹帷幄跃马疆场的解放军总司令，而今天主持全国人民代表大会的朱德委员长吗？我暗暗佩服你的继母，居然给她猜中了。当下我忙不迭地向委员长握手道好。他老人家立即给我介绍了他的夫人康克清同志，我也急忙向她握手道好。同来的除了我们市委的王书记和交际处周处长外，还有委员长的七八位随行人员。我陪同他们通过园中小径，到了爱莲堂中，分头坐下。我请委员长就座之后，寒暄了一番，就谈起他老人家所爱好的兰蕙。

朱委员长问起苏州市培植兰蕙的情况，我回答说，现在全市培植兰蕙的专家不过三四位，绍兴的名种总数不到一百盆，品种也不过二十余个，其他较多的不过是建兰和秋素罢了。单以我来说，只有绍兴的春兰"西神"一盆，秋素三盆，建兰四盆。建兰和秋兰倒还容易培养，而绍兴的兰蕙却是很难伺候的，往往辛勤了一年，却不见一花。委员长说："兰蕙实在是易于培养的，比你培养树桩盆景容易得多。"我问委员长共有兰蕙多少种？委员长回说共有四百多种，这真是洋洋大观，甲于天下了。

委员长坐了一会，就起身看我几案上所陈列的迎春和宫粉梅等盆景。朱夫人见到了那只享龄百年的大绿毛龟，很感兴趣，问是产在哪里的？我回说："产在苏州专区常熟，年年常有销售到国外去的，很受欢迎。"当下出了爱莲堂，看那走廊下的两盆鸟不宿老桩，一片片定胜形的绿叶和一颗颗浑圆的红籽互相掩映，赢得了委员长的赞赏。随后又看到了一盆桂林山水的小景和上海四位专家所制的山水盆景，就到紫罗兰盦中，看那许多形形色色的石供。我指出了前清潘相国的遗物，一块由南宋贾似道题着"花下琴峰"四个字的大石笋和号称"江南第一"的一块大型昆山石。此外又介绍了一块富有丘壑的柏化石和一块明代名画家居节题有"云迟"二字的灵璧石，这些都是我家长物，不知经过多少上客的欣赏了。

从这里转入寒香阁、且住二室。看那明清两代的几幅梅花书画和点缀着梅花的瓷、铜、陶石、竹、木等十多件供品，又看了画了金龙的乾隆玉磬、《水浒》一百零八将的五彩雕瓷小插屏，以及壁上挂着的乾隆漆画《岁朝图》，明代露香园刺绣和雕瓷梅、莲、牡丹等挂屏，明代万历朝成对的细瓷壁瓶，"道光御玩"用玉石螺甸嵌成的花寒盦岁竹石大挂屏，以及墨松、五针松、代代橘等老干盆景等物。委员长不厌其烦，依着我的口讲指划，一件又一件地都看了一下。

回到紫罗兰盦中，我请委员长在南窗书桌前坐下，就请他在那本曾于去春由周总理和夫人题过名的《嘉宾题名录》上题名留念。他老人家戴上了眼镜，用毛笔写下了"一九六四年一月十日访周瘦老于苏州爱莲堂"，当他写到"周瘦"两字的时候顿了一顿，抬头问我几岁了，我回说六十九岁，他微笑着说："那么可以称得上老了。"于是重又写了下去。我接着说："不老不老，祖国年轻，我也年轻哩。委员长的高寿呢？"委员长答道："七十八了。"我忙道："可也并不见得老呀。"委员长放下了笔，对夫人说："你也来题个名。"夫人说："由你一个人代表得了。"原来夫人爱花，忙不迭地要你继母同到园子里看花去了。

我也陪同委员长到了园里，先看了那些连盆埋在地下防冻过冬的大批树桩盆景，又看了五座湖石竖峰组成的"五岳起方寸"。我笑着说："委员长，我不能周游天下，就把这五个石峰权代五岳，聊作卧游了。"接着就从五级上拾级而登，进了梅屋，看了壁上挂着的元代王冕和刻在银杏木板上的宋代扬补之所画梅的五个挂屏和唐代白乐天手植的一段桧柏枯木。我指着这枯木说："梅花季节，我用竹管插上一枝红梅放在上面，那就好像是枯木逢春了。"委员长听了，点头微笑。

　　出了梅屋，看了梅丘，就经过荷轩，从曲径上走向那间作为温室的仰止轩去。在轩外的小草坪上，看到了在大石盆中种着三株黑松的大盆景，委员长就停住了脚。我说："这是'听松图'，那个石湾窑的红衣达摩正微侧着头，在听松间风涛声，曾经在那部五彩纪录片《盆景》中收入镜头的。"委员长点点头说："不错，我曾在银幕上看到过它了。"在这"听松图"前端详了一会，就转身走进了仰止轩。

　　我先就指着正中壁上挂着的一幅彩色图像，委员长正和毛主席、刘主席、周总理同在一起，笑容可掬，我接着说："委员长，今天您虽是第一次大驾光临，而一年以来，我都是天天在这里仰望风采哩。"委员长微微一笑，不说什么。我请他老人家在大藤椅中坐了下来，指着前面和左右几案上的许多小型盆景说道："这里十分之八的盆景，都曾于今秋送往广州市文化公园中展览过的。"说时，把几个较好的常绿小盆景，一一指给委员长看。委员长兴致勃勃地观赏了半晌，开口问道："在广州拍了电影没有？"我回说："没有，只拍过了两次电视。它和广州市的电视观众见过面了。"委员长又道："你带了徒弟没有？"我说："有一个女儿正在跟着我学，而园林处有十多个青工正由一位朱老师傅教他们做盆景，这就是我们的接班人啊！"说到这里，朱夫人进来了，把一朵紫罗兰花和一簇玉桂叶送到委员长鼻子上说："你闻闻，这花和叶子都是挺香的。"委员长闻了一下，点点头，于是一同走出了仰止轩，回到了爱莲堂中。

委员长初次光临，合该献花致敬，可是蜡梅已在凋谢了，一时无花可献，多亏你继母出了主意，把一盆三株虎刺合栽、两株小棕竹合栽的两盆常绿小盆景，代替了献花。在一株较高的虎刺旁，配上一个陶质的红衣老叟，又铺了青苔，安了拳石，倒也楚楚可观。委员长看了很欢喜，当由一位随行人员送上车去了。

时已近午，委员长和夫人不再就座，向我们夫妇握手兴辞。我们依依惜别，直送出了门，送上车，我目送车儿出了巷，渐渐远去，觉得心中还是很兴奋。瑛儿，试想建国十四年来，我老是感佩着解放军的丰功伟绩，救国救民，今天竟和这位胸罗百万甲兵的大元帅握手言欢，怎么不欢欣鼓舞呢！

第二天早上，忽又来了一个喜讯，原来交际处周处长带同工友捧着两盆兰蕙送入我家来，说是朱委员长临行时嘱咐托他们送给我的。投之以木桃，报我以琼瑶，教我怎么过意得去。这两盆兰蕙的盆面上，插着两个玻璃标签，用红漆写出名称和产地，一盆是产在四川嘉定的"雪兰"，一盆是四川的夏蕙。雪兰已有两个花蕾，夏蕙是要在夏季开花的，因此还没有花蕾。这两盆花都是绿叶丛生，精神抖擞，叶片比绍兴兰蕙为阔，足见它们的茁壮了。我于拜领之下，就写了两首绝句，准备寄给朱委员长致谢："兰蕙争荣压众芳，滋兰树蕙不寻常。元戎心事关天下，要共群黎赏国香。""雪兰夏蕙生巴蜀，喜见分根到我乡。此日拜嘉勤养护，年年香溢爱莲堂。"

这两盆兰蕙的赐予，使我如获至宝，便郑重地安放在仰止轩中，将好生养护，留作永久纪念，如果年年开花，那就可以年年香溢爱莲堂了。过了十天，那两朵雪兰，竟先后开放起来，两花一高一低，花瓣长而尖，作白色，我细看花瓣的背面，有一条条粗细不等的红筋，花舌下卷，有两条并行的红线，舌根上还有许多红点，美得很。我天天在花畔，细领色香，春兰冬放，使我如坐春风，不由得欢喜赞叹。瑛儿，你是一向爱好香花的，明年此日，你如果回来，就可和我同赏国香了。

一生低首紫罗兰

瑛儿：

　　我有一个感觉，每年的春天，总是在我们不知不觉之间，偷偷地来的，而来了不久，就又偷偷地溜走了。今年的春天，似乎来得特别快，我家梅屋、梅丘一带的梅花还没有凋谢，而爱莲堂前、仰止轩旁两个花坛上的紫罗兰先就从经冬不凋的绿叶丛中展开了笑脸，发出了一阵阵非兰非麝的妙香，使我闻到了春的气息。

　　瑛儿，你总该知道，我从十八岁起，就爱上了紫罗兰，经过了漫长的五十二年，直到今年七十岁，仍然是死心塌地地爱着它，正如诗人秦伯未先生赠我的诗中所谓"一生低首紫罗兰"了。为了表示我这特殊的爱，因此当年就把我苏州的园居定名为紫兰小筑，更在园地的南隅，叠石为紫兰台，我的书室定名为紫罗兰盦，在刊物方面，我的杂志定名为《紫罗兰》、《紫兰花片》，我的小品集定名为《紫兰芽》、《紫兰小谱》，我的丛书定名为《紫罗兰盦小丛书》。瑛儿，我为什么这样念念不忘紫罗兰呢？你当然知道是象征着我所刻骨倾心的一个人的。花与人，人与花，早已混为一体，而跟我结成毕生以之的不解缘了。

　　说起紫罗兰这种花，并非国产，原是产在西方的，是多年生的草本，欧美各国，几乎到处可见。因它香气甜美，炼成香精，作为香水、香皂、香粉之用，欧美士女都爱好着，当作恩物。紫罗兰有一个神话，据说司美司爱的女神维纳斯，因丈夫远行，依依惜别，珠泪纷纷，掉落在泥地里，第二年的春天，忽然发叶吐花，色香都美，就称之为紫罗兰。这与我国古代传说秋海棠为思妇眼泪所化，倒是很相像的。

西方诗人受了这神话的影响，往往有借紫罗兰来遣怨寄情的。例如英国名小说家兼诗人司各德，一七九七年间因失恋之后，苦闷已极，作《紫罗兰曲》发泄一下，诗分三节，我曾和故袁寒云盟兄合译为汉诗："紫兰披绿云，参差杨与榛。窈然居空谷，丽姿空一群。""碧叶间紫芽，迎露轻娇婵。曾见双明眸，流盼独媒娬。""赤日照清露，弹指消无痕。一转秋水波，久忘别泪昏。"以花喻人，情见乎词。

紫罗兰的特点，在于叶片常绿，虽在严风雪霰的寒冬，只要盖上一些稻草，就可安然度过，春初只有少数老叶萎黄，而新叶已蓬蓬勃勃地抽了出来。春分以后，花就烂烂漫漫地开放了。花作深紫色，并不是玫瑰紫而是青莲紫，花共五瓣，花心一点作深黄色，妙在那个花萼突出在外，像一个小小的袋子，这是别的花所没有的。一年开花二次，春天开花最盛，十月小阳春，再度开花，色香像春花一样，不过少一些罢了。

瑛儿，这几天来，那天天和我生活在一起的好多案头小摆设，更热闹起来了。在那些具体而微的山水小景和松、柏、榆、女贞、红、白木桃的小盆景旁边，又加上了一个珊瑚红小磁瓶，插上了十多茎鲜艳欲滴的紫罗兰，时时吐出妙香来撩拨着我，使我回忆起了一件件的前尘影事。可惜我跟你相隔太远了，不能寄几朵紫罗兰给你，还是寄一首诗吧："艳阳三月齐舒蕊，吐馥扬芬却胜檀。原向花前多致意，一生低首紫罗兰。"

欢会西茵河畔客

瑛儿：

这真是意外的意外，我的小园地上，忽地来了一位法国西茵河畔客，据说是读了我的文章，慕名而来，真诚拜访的。怎么不使我这个吴下阿蒙，受宠若惊呢。古人诗中说得好，"海内存知己，天涯若比邻"，我今天得了一个外国的文字知己，可要把"海内"两字改为"海外"了。

七月三十一日那天早上，苏州市人委交际处的周副处长兴冲冲地赶来瞧我，说有一位法国朋友到了苏州，慕名要来拜访，他是文学家和研究历史的专家，曾当过大学教授，能说中国话，能读中国文字，能讲出苏州历史人物"吴王阖闾"、"伍子胥"等名字来，听他说此来主要是请教中国的盆景和插花艺术。下午三时左右，派员陪同前来，大约需要二小时的时间。我接到了这一个突如其来的消息，十分兴奋，就立即行动起来，先把有关盆景和插花的文字和图片择要捡在一起，然后把爱莲堂、仰止轩、紫罗兰盦中日常陈列的盆景、瓶花和石供等，重行调整一下。一方面由你继母和三小妹分头在各室中做清洁工作，花工老张打扫园地，整理大小盆景，大家足足忙了两个小时，总算万事齐备了。

钟鸣三下，炎夏的一阵热风送来了这位法国特客，我即忙更衣出迎，握住他的手，连说欢迎欢迎，把他接进了爱莲堂。我瞧他眼不太碧，发不太黄，鼻不太高，不长不短身材，四十多岁年纪。我请他坐定之后，敬过了烟和茶，就亲切地闲谈起来。他说着一口流利的我国普通话，但还略略带一些洋腔。他自称是法国北部人，有一个译音的中国式名字，叫做汪德迈。早年在巴黎大学学文史，毕业后当过历史教授，曾在越南做过博物馆工作，曾在香港大学耽过两年学中文，因此能读中国书，说中国话，而到中国内地来观光，这却是第一次。

我和颜悦色地递过一柄鹰毛扇给他取风，开口说道："我们两国建交以来，您还是第一位到苏州来的友好使者，并且不用通译，可以直接交谈，实在使我兴奋得很，但您怎么会知道我而惠然肯来呢？"汪先生微微一笑道："我先前读过了您的文章，记住了您的大名，最近在广州又读了您新出版的一本《花弄影集》，这才驱使我到苏州来登门拜访了。"

我从茶几上一个银盆里取了一块脆松糕送到他手上，说："这是苏州著名的糖果店采芝斋的出品，请尝尝，风味如何？"汪先生剥去果纸，吃得很快，咂着嘴连连道好，接下去说道："周先生，我要向您请教的，是有关中国盆景和插花的一切。盆景的制作，是不是从陶渊明种菊花开始的？"我摇着头答道："据我所知，陶渊明的菊花是种在篱下而并不是种在盆子里的。他的诗中有'采菊东篱下，悠然见南山'的名句，就是一个旁证。我以为唐代大诗人王维用黄瓷斗装着彩色石子养兰蕙，倒大有盆景的意味。到了明代，文震亨和屠隆二人都有描写盆景的文章，称为'盆玩'。清代康熙年间陈淏子有《花镜》一书，中有'种盆取景法'一节，也就是说的盆景。从此以后，盆景就逐渐发展起来了。盆景从制作到陈列，先要着手给树桩整姿，然后配上古雅的陶盆和黄杨、红木以及雕成树根的几座，才可以供人观赏。"当下我把《花弄影集》中的《苏州盆景一席谈》指给他瞧，说读了这一篇，就可以知道盆景的大概了。

汪先生拈着铅笔，在小册子上记录了一下，我瞧他写的竟是中国字，心中不由一喜。一会儿他抬起头来说道："我为了要给我国研究院写一篇关于插花的文章，请您谈一谈中国的插花艺术。"我忙着问："您曾读过我国明代袁中郎的《瓶史》吗？"汪先生点点头说："我从《美术丛书》中读过了。同时又读到了一位张丑的文章，双方有些雷同的地方，但不知谁先谁后？此外也读过《浮生六记》，书中也有涉及插花的。"我听他竟能读袁中郎的《瓶史》，大为惊异，忙说："袁中郎的文章是相当深奥的，您读了懂得不懂得？"汪先生带笑答道："借助于字典，还可以懂得一些。"

接着，我们谈到了日本人的插花，他们是称为"花道"的。我就问汪先生："您可知道袁中郎的《瓶史》曾经传入日本吗？日本人根据中郎的插花法，创造了'宏道流'，为了中郎名宏道，因有此称。传到现在，大约已有二十余代了。他的插法，就是把花枝修剪成上、中、下三个部分，叫做'天、地、人'。据我瞧来，倒是十分接近自然的。"当下我就从身旁捡起一本日本出版的《花道全集》第二集来，把几幅"宏道流"的插花图片指给他瞧；又把一篇《宏道流生花正体与变体花型》的文章翻开来，让他略一过目，并且看了二十几幅正体和变体花型的插图，这是一篇全面介绍袁中郎插花法的好文章。他十分高兴，忙不迭地把书名和出版社的名称都记在小册子上了。末了我又给他瞧了上海插花专家费华先生的一套彩色图片，他一张张地欣赏着，说："这是中国的插花，和日本的花道不同。"我接口道："是啊！中国有中国的插花，中国有中国的风格，就是插花的道具，也非中国的陶瓷和中国的铜器不可。"说到这里，我又把旧作《花前琐记》中那篇插花的文章指出来，说我一知半解，写得未必对头，也许可以作为参考吧。

谈话告一段落，我就伴同汪先生到园中仰止轩去小坐，开了个西瓜请他吃，说："这是我国浙江省著名的平湖西瓜，今年又获得了大丰收。贵国可也出产西瓜吗？"汪先生回说："西瓜是很少的，我们经常吃的是一种香瓜。"当下他连吃了五大块西瓜，才停下手来笑笑说："吃饱了！"于是我们一同到园地上去，上了梅丘，进了梅屋，看了"五岳起方寸"，这才参观那几百个大大小小的盆景。我把摹仿齐白石《独树庵图》和唐伯虎《蕉石图》的两盆指给他瞧，说我喜欢利用名画来作盆景的范本，这是取法乎上的。汪先生问："您可带了徒弟没有？"我回说："正有一个女儿跟着我学，希望她做我的接班人。"

我们边谈边到紫罗兰盦中，看过了陈列着的许多石供和盆景，汪先生就在《嘉宾题名录》上用法文题了十多行字句，译给我听。我对他过度的夸奖表示了感谢和愧不敢当的意思。于是请他到寒香阁中去吃苏州点心，一种是甜的扁豆泥千层糕，一种是咸的虾仁火腿炒肉团子，少不得又要对他介绍一下。他吃得津津有味，说他平日间是一向爱吃中国菜和中国点心的。我最后对他说："汪先生，您这次来到了中国，看到了中国，对于中国有了充分的认识，可要写一部书来谈谈您的观感吗？"汪先生点着头说："要写！我已到过了广州、上海、杭州和苏州，当然还要上北京去。将来回国之后，准备写一部书，叫做《东游记》。"我立即跟他握手道："很好很好！我祝您成功！"当下我把所著《花前琐记》、《花弄影集》、《行云集》三册和两套盆景图片一套插花图片分别题了上下款送给他，作为这次欢会的纪念。汪先生连连道谢，就在一片"再见、再见"声中，握别兴辞而去。

瑛儿，这一次的欢会，足足花费了我三个小时，打破了十馀年来接待国内外来宾的纪录，然而我并不觉得劳累，只觉得兴奋。

361

朝鲜学子学盆景

瑛儿：

记得一月下旬一个梅花初放的早春天，阔别三年的田汉老友，忽从首都翩然而来，第三度枉顾爱莲堂。握手寒暄之后，他给我说起去冬漫游朝鲜的闲情逸致，说到了金刚山奇峰怪石的一片胜景，不由得眉飞色舞起来。我听着听着，也禁不住神往于这个河山如画的国家和那些千里马般英勇的人民。

三月中旬，我接到你大哥伯真从上海寄来的一封信，说有一位在北京林学院学园艺的朝鲜留学生，不日南下，要到他所主持的龙华苗圃来学做盆景，预定以十天为期，然后再到苏州来实习，要我先行准备一下。我得了这突如其来的消息，好生欢喜，心想近来我正因田老说起朝鲜而神往于朝鲜，却不料事有凑巧，恰有一位朝鲜朋友快要来了。况且这些年来，我虽已接待了二十个国家的朋友，而前来实习盆景的倒还是破题儿第一遭，怎么不使我受宠若惊呢。

于是我跟花工老张就合伙儿忙开了，把那些连盆埋在泥地里过冬的许多大中型树桩盆景一一挖起，分别布置起来。我又亲自地把温室中的百馀个小盆景移了出来，陈列在前廊外的三层木架上，作了一番整理。随又把爱莲堂和紫罗兰盒中的一切供品，重行调整了一下，又在几个竹子和树石的盆景中安放了陶质的人物，使它们增添了画意。

等呀等的等到了三月二十八日，你大哥终于伴着那位朝鲜朋

362

友张在德同志到苏州来了，同来的还有林学院周家琪教授和胡、虞两位同志。据你大哥说，张、胡、虞三位都是林学院应届毕业生，张、虞学做树桩盆景，胡学做山水盆景，回去时都要将这次在沪苏两地实习的心得，写一篇毕业的论文。

他们先以两天的时间，在苏州市园林处盆景集中的慕园，参观了那二千多盆大中型盆景，好多是一二百年的老树桩，又听老技工朱子安演讲老梅桩的培养方法和挖掘山中树桩以至上盆培育的经验，边讲边作表演，对他们三位同学的实习是大有帮助的。第三天上，他们又到拙政园去观摩了一天，最后才光临我家，而我也早就扫径以待了。

周教授原是我的旧相识，他是一位研究牡丹的专家，光看了叶片，就知道它会开出什么花来。我先跟他讨论了一些有关梅花在北京成长的问题，然后转向那位朝鲜朋友谈起盆景来。我问朝鲜有没有盆景？回说没有见过，我说："我先前曾在摄影中见过野梅、山樱、石榴的盆栽，足见贵国肯定是有的，也许您没有留意罢了。"当下他见了几上供着的一盆悬崖式的连翘小树桩，很感兴趣，立即照样画在小册子上，一面说："我国也有连翘，只是种在地上的。"我趁此就对他说："我对于树桩盆景的做法，一向有个主张，六成自然，四成加工，而这四成中又必须以修剪占二成半，扎缚占一成半。要知盆景必须加工，不加工可就不成其为盆景了。这一盆连翘，就是一个例子。"接着我又指点案头一盆凤尾竹说："您瞧，我在竹子下放着这么一个操琴的老人像，就显得生动如画。我对于这种盆景，主张人像要大，叶片要小，彼此在比例上才可接近一些。平时我又很喜欢把古画作范本做成盆景，曾有宋、元、明、清等五个作品，并且另有一盆是摹仿现代齐白石的《独树庵图》的。"说到这里，瞥见一盆种在石上的黄杨，就指着说："这在日本叫做'石附'，我却称之为'附石'，这也是盆景的一种做法。我们在山上常可见到这种景象，可不是更觉得接近自然吗？"

363

朝鲜朋友点点头，把我的话一一记录了下来。

　　谈到了盆景的两个必需品盆和几座，我就像献宝似的让客人观摩了历年珍藏着的大型和中型的古陶盆，形形色色，各各不同，还有好多个紫檀、楠木、红木多种多样的几座和枣木、黄杨木的树根几，跟古陶盆配合起来，相得益彰。接着我又陪着他们到园地上去参观那几百个大、中、小型的盆景，有观叶的，有看花的，有独本的，有几本合种的，有种在石上的，各各作了简单的介绍。我又指着那批小盆景说："这些小家伙，全是我的恩物，既要小，却又要老气横秋，才够得上条件。"最后我对朝鲜朋友说："将来，您回国之后，要向荒山进军，多挖些树桩，多做些盆景。中朝是兄弟之邦，我们的盆景可以交流一下，中国有朝鲜的盆景，朝鲜也有中国的盆景，璧合珠联，岂不很好？"朝鲜朋友连连点头，连连道好，于是紧紧地跟我握手珍重别去。临行时把我那些锯剪等工具和爱莲堂中几个盆景都摄了影，说是作参考之用。末了他走出门去，忽又带笑对我说："这回不算，一个月后再来！"馀音袅袅，留在我的耳边，直到如今。

红五月中喜气盈

瑛儿：

　　常年老例，我家那盆硕大无朋的紫红色百年老杜鹃花，总是安放在爱莲堂廊下，展开了红喷喷的笑脸，欢迎那五月一日国际劳动节的。我在园地上小作劳动之后，总得在花旁小坐休息一会，欣赏那好几百朵烂烂漫漫地一时怒放的花朵。这正可象征着我们全国劳动人民努力工作的豪迈气概，我仿佛还可以瞧到他们一颗颗火热的红心哩。

　　今年劳动节，我并没有多大活动，只在节前准备了十六个中型和小型的盆景，去参加那为了庆祝佳节而由怡园举办的业馀爱好者盆景展览会。我这十六个展品，除了一株开着重瓣白花的老木香和紫红色的三角花，以及老干的银杏，鸟不宿四盆外，其他都是大大小小的附石盆景。怎么叫做附石盆景呢？就是把那些小树种在石上，使它们小中见大，更显得接近自然。树有榆、雀梅、黄杨、络石、五角枫、六月雪等等，或放在水盘里，或用泥种在陶瓷浅盆中，各有各的姿态。像是国画中的山林小景一样，我自以为是取法乎上的。就中有一盆种在白色钟乳石上的几枝细叶凤尾竹，竹下有一个红衣老人正在读书，我就给题上了"毛选朝朝勤展读，誓为红色老年人"十四个字。又有一盆在石上种着一株敧斜作势的小榆树的，我在树旁和石下布置了五个短衣人，就又题上了"劳动人民同乐图"七个字。虽说是巧立名目，也总算带一些时代气息吧。

365

这一次的展览会中，共展出了十八个业余爱好者的作品，以中型的和小型的居多，共有一百馀盆，老干新枝，各有千秋。就中有一位西园的雪相和尚，也参加了展出，在石舫中独据一方。我对他开玩笑，说："您倒像是大观园栊翠庵中的妙玉，总是不肯跟人家混在一起的，不过您是比丘僧而不是比丘尼罢了。"说得和尚张开了笑口，合不拢来，活像是西园寺山门口的弥勒佛哩。

五月十二日早上，我带着你的妹妹——蓉，到了上海，忙不迭地先就赶往人民公园去参观盆景协会同人的盆景展览。近二百个展品中，有山水盆景，也有树桩盆景，盆盎间充满着诗情画意，是大足供我们眼皮儿上供养的。出了公园，我就带着蓉儿一起漫步南京路，她瞧着那些商店的五光十色的橱窗，觉得什么都是新奇的。最后到达黄浦江边，看那来来往往的大小船只，又到黄浦公园中溜达了一下，这才在暮色苍茫中到你大哥家里去。在沪一共五天，我忙着酒食征逐，又曾跟你大哥到龙华苗圃去盘桓了半天，饱看了千百个大小盆景，十分过瘾。蓉儿一向向往于大世界的哈哈镜，就由你大嫂和孩子们伴同前去乐而忘返。最有意义的，她还参加了"上海之春"音乐会，度过了一个愉快的黄昏。

我可忘不了十六日那天晚上，上海文艺界的十八位老友，给我和郑逸梅、陶冷月三个七十老人在新雅酒家举行寿宴，说是三羊开泰，吉祥止止，非称觞上寿不可。东道主中有作家，有画师，有诗人，有新闻记者，十之九都已退休，年事最高的是八十岁，最少的是六十一岁，而六十七岁的竟有六位之多。我听说他们生肖属狗，就笑着说："等你们七十岁时，何妨到苏州来大摆寿宴，评话中曾有五鼠闹东京，你们就来个六狗闹苏州吧。"说得大家都笑了。

诗人朱大可兄用珊瑚笺一笔不苟地写了一首七律给我祝寿："万紫千红绕一庐，是翁奇福问谁如。盛名早轶九流外，佳景常分独乐馀。抱瓮忘机原有契，称觞上寿又成醵。他年重过金阊路，定向芳园驻客车。"程小青兄从苏州赶来做客，也带来了一首寿诗："童心未改是耶非，潇洒周郎庆古稀。彩凤将雏都佼佼，紫兰系梦总依依。文章声价寰中著，花草精神海内希。五十馀年交谊厚，风和日丽共春晖。"自问老大无成，却累他们两位诗人为我浪费笔墨，虽说盛情可感，却也愧不敢当。席散之后，摄影留念，我岸然中坐，独居首席，逸梅冷月，陪坐左右，原来三羊之中，我还是第一头老羊哩。

瑛儿，吃吃寿酒无所谓，而借此得与多年不见的老友们握手话旧，欢聚一堂，这是十分欢喜十分难得的事。红五月，五月红，在这欢欢喜喜的红五月中，怎么不使我喜上加喜呢。

菊山菊海好风光

瑛儿：

说也可笑，我这老头儿七十童心犹未消，半个月来，简直是沉醉于菊山菊海之间了。我以为一年四季，季季有花，春天果然是百花齐放，然而单单是一种花，而要有二千个以上的品种，却绝对没有，这就不得不让秋天的菊花，独擅胜场了。况且菊花盛开的时节，总在农历十月，这时秋深气肃，露结为霜，百卉经受不起风吹霜打，逐渐凋零，休说开花，连叶片儿也保不住了。独有菊，却不怕风吹，不怕霜打，真是经得起考验的硬骨头。因此古代诗人赞美它，说它有傲霜之骨，称之为晚节黄花，如果以人来作比，那就是不屈不挠有气节的高士了。

为了菊花的品种特多，又可以栽在盆里，供之几案，作集会展览之用。我国自明代以来，各地往往要举行菊花会，可是规模不大，只供少数人观赏罢了。大规模的菊花展览，还是解放以后十多年来的事，真的是菊山菊海，成为大观。这些年来，我曾先后参观过北京、南京、杭州、上海各大城市的菊花展览会，每一次都能大过菊瘾，至于苏州当地的菊展，为的是"近水楼台"，更非看不可，有时并将家园栽植的品种参加展出，以襄盛举。

十月下旬，我在慕园盆景场看到了今年的第一批菊花，不觉大喜过望，原来几百盆菊花，大多数每盆都在五朵以上，甚至有八九朵以至十一二朵的，不论是花是叶，模样儿十分茁壮。据老技工朱师傅说，这全是几个青工培植的。我以为年轻人毕竟有朝气，种的花也欣欣向荣，显示出集体力量和时代精神。近年来我在北京和上海看到的，独多每盆一朵的所谓标本菊，据说是单独一本，花朵儿就开得特别大。可是我却不爱看，以为孤单单地挺立在盆面上，一些儿姿态也没有，即使花大，也不足取。其实只要施肥得当，十朵八朵也一样开得很大，比了慕园的菊花，标本菊可就自惭形秽，无地自容哩。

慕园菊花的魅力不小，引起了我莫大的兴趣。十一月十二日，拙政园和留园的菊展同时开幕，我就忙不迭地约同老友刘松岩夫妇前去看菊，你继母有兴，也结伴同行。先到拙政园，见山楼陈列品种菊，卅六鸳鸯馆陈列接菊，这是以各种菊花，用艾茎嫁接在一起的。远香堂上，陈列慕园的出品，三四十个大盆，每盆都是十朵八朵的大型名菊，十分精彩。中有扬州名种"枫叶芦花"，也有六七朵花，红瓣上满是白点，娇滴滴越显红白。另有两大盆白菊，配以朱实离离的老干枸杞和奇峰怪石，很有画意。杞菊延年，善颂善祷，使远香堂生色不少。此外山坡水涘以及一个个花坛，到处是各色大菊小菊，形成了一片菊海。

看过了拙政园的菊展，意犹未尽，兴犹未尽，于是在人民路新聚丰餐馆中酒醉饭饱之后，我们又兴高采烈地投身于留园的菊山菊海之间了。嘿，瑛儿，你前几年回来时，我曾伴你游过留园，那时并非菊花时节，你已赞不绝口，今天你要是来看了这点缀着上万盆菊花，如火如荼的留园，更不知要怎样赞美哩。跨进大门，就一眼瞧见庭前庭后，全是一盆盆大大小小的菊花，布置得妥帖美观，仿佛一幅五光十色的图案画。从这里一步步曲折前进，一步步引人入胜，五步一堆菊花，十步又是一堆菊花，使人左顾右盼，目不暇接。到了涵碧山房前的平台上，放眼四顾，简直到处是菊。原来假山上，假山下，亭角廊曲，水边桥畔，不管你向高处看，低处看，都可看到菊花，说是万紫千红，实在不够，因为红紫之外，还有看不尽的五颜六色，真像打翻了一个大染缸一样。

最特出的，平台上放着六大盆红菊，四周用小黄菊排成一个五角星，十分整齐，十分好看。

我们在涵碧山房前前后后盘桓了好一会，欣赏了好一会，才回身向右转，从曲廊中一面看菊，一面缓步行进，先到五峰仙馆，后到林泉耆硕之馆，贪婪地欣赏那几案上林林总总的品种菊，只因数量太多，看不胜看，况且五色缤纷，也看得眼花缭乱了。冠云峰玉立亭亭，被无数菊花簇拥着，更觉得珠围翠绕，仪态万方。

我们犹有馀恋地离开了留园，却犹有馀兴，于是一鼓作气，直上虎丘山。本来冬山如睡，往往是静悄悄冷清清的，而现在逢到了菊花时节，却精神抖擞起来。从山门口起至山顶上的致爽阁，疏疏落落地到处都有菊花，而以二山门口为重点，形成一个绚烂瑰丽的画面，连那高高在上的千年古塔，也似乎笑逐颜开，正在低头欣赏哩。我们在致爽阁上挑了一个座头，坐下来小憩，啜茶。桌子上正安放着一盆细种绿菊，和我们杯子里的绿茶对比起来，绿得分外可爱。

瑛儿，你来信问起家园里的老圃秋容，我当然要向你报道一下。今夏为了天气太热雨水太少，又加上劳动力不足，因此成绩不很好，并且开得很迟，变做了"落后分子"。于是我一方面向玄妙观里的花木商店买了二十多盆，一方面又得到了慕园和公园的支援，爱莲堂上，仍然花枝招展，秋色很浓。我给它们一一换上了陶瓷细盆，美化了它们的姿态。又利用了一个广东石湾窑的陶渊明抱琴造像和一株小花的紫褐色丁字菊，做了一盆"东篱赏菊图"，来宾们看了，都说是诗情画意兼而有之的。其他各室，也都陈列着盆菊瓶菊，并不寂寞。最近我又创造了一种插菊盆景，把历年收藏的许多水盂、香炉、大口瓶等陶瓷容器，全都集中起来，盛满了泥，浇足了水，剪取盆菊上多余的花枝扦插下去。每枝有二三朵或四五朵花蕾，照处理盆景的方法，修剪整姿，并作适当的扎缚，然后安放在一二块拳石，铺上青苔，既可作插花看，又可作盆景看。好在花枝的高低疏密，可以随心所欲，容器的大小，也不受限制，因此一个手掌上，竟可托起二三件，极玲珑小巧之致。这种插菊盆景，只要经常浇水喷水，维持一二十天，不成问题。我在一星期内，竟一个劲儿做了三十件，分头陈列在紫罗兰盦和凤来仪室中，博得了来宾们的欣赏，以为推陈出新，巧夺天工。有一位诗人李天行先生赋诗见赠云："处处君家见去新，一庭花木四时春。直从盆景开天地，亦是风流命世人。"

今年我家培植出来的小菊花特多，约有六七十盆，共十多个品种。花工老张，挑选了好几株，有的种在石上，有的利用枯树桩，把花枝扎在上面，妩媚苍古，别饶奇趣。这些丰富多采的小菊，全都陈列在仰止轩中，于是这里就成了一个小菊的大本营，与其他陈列大菊的各室分庭抗礼，并驾齐驱。

常言道"知足常乐"，我既看过了苏州各园林中的大小菊展，在家里又有那么多大大小小的菊花，简直是与菊花同卧起，共生活，因此沾沾自喜，已感到十分满足，再也不想舟车跋涉，到别处去看菊了。谁知你大哥两次来信，说今年上海的菊展，在中山公园举行，盛况空前。他们龙华苗圃培植一株三千零一十九朵的大立菊，创造了新纪录，不可不看。珍侯谱伯也来信说："你年年来沪看菊，目前中山公园菊展中的菊花正开得好，为什么不来看看？"我经不起他们俩的一再诱惑，终于从百忙中挤出时间来，急匆匆地应召而去。一到上海，就直奔中山公园，一进园门，禁不住喝一声采说："这里才真的不愧为菊山菊海了。"尤其是东部一带，利用几个不等形的大小花坛，布成了菊花阵，走了进去东转西弯，会迷失方向，几乎找不到出路。更使我欢喜赞叹的，是用各色立菊搭配而成的一组"祖国万岁"，每一种菊花作为一个省，花形和色彩各各不同，这真是一幅花团锦簇活色生香的大地图，江山如此多娇，不由得使我在心窝里欢呼起祖国万岁来了。在立菊廊中看到了好多盆形形色色的大立菊，以三千零一十九朵的一盆"白莲"独占鳌头，一盘又一盘地由下而上，扎成一个大鼓。其次是一千零二十七朵的一盆，扎成一个个圆盘，以黄色的"金茎露"作盘心，此外全用白色的"白莲"团团围住，直径达四公尺，仿佛是个硕大无朋的白玉盘哩。在廊外不远的所在，有一座白菊花搭成的七层宝塔，一白如雪，很为朴素，我以为倘用红色的菊花，那就显得绚烂夺目了。在几个池塘的边沿上，都安放着一盆盆悬崖形的小菊花，五色纷披，倒影入水，真的是美不可言。在名菊馆中看到了不少名菊，中如淡紫色的"锦绣江山"，淡黄色的"山河壮观"，外白内红的"春满京华"，绿色的"草色入帘"和"寒生翠袖"，白色的"铁划银钩"，黄色的"醉金貂"，紫色的"龙韬虎略"，粉红色的"曙色朝霞"和"凤舞云霄"等，都是我所特别爱好的品种，所可惜的大半是孤单单的一朵，只能作标本看，再也看不到它的自然姿态了。在艺菊馆中，看到了一个特大的盆景"女民兵"，一大堆岩石，堆得十分自然，用红色的电灯隐在石背，反映出岩石前端持枪鹄立、英姿飒爽的一位女民兵，这是用石膏塑成而设色的。我流连观赏了好一会，不禁哼起毛主席为女民兵题照的"中华儿女多奇志，不爱红装爱武装"的名句来。馆中陈列着很多菊花盆景，配着山石或树桩，自饶画意。还有插菊一大组，或用磁瓶，或用水盘，或用竹器铜器，插上了各色大小菊花，妩媚多姿。

瑛儿，眼前国内外形势大好，真的是国运亨通，蒸蒸日上，更使我精神百倍，活力满身。老天爷偏又凑趣，把这姹紫嫣红千姿百态的无数菊花，像献花似的来向我们祝贺，料知天南地北以至全国各地，都呈现出一片菊山菊海好风光来了。你瞧，我既看遍了苏州各园林中的菊花，又欣赏了上海中山公园六七万盆的特大菊展，也足见老子婆娑，兴复不浅哩。

爱花总是为花痴

瑛儿：

记得你在童年的时候，也是很爱好花花草草的，每逢春秋佳日，你总得像穿花蛱蝶一般，在花丛里穿来穿去。在春天，你摘了蔷薇花、玫瑰花，甚至木香花；在秋天，你摘了菊花、芙蓉花，甚至红蓼花，要你妈妈给你缀在丫髻上，得意洋洋地在你哥哥姊姊们跟前炫耀一番，他们还笑你是个痴丫头哩。现在你快将四十岁了，不知仍然爱好花花草草像童年时一样吗？如果是以我为例，爱花爱到老的话，那么料知你一定还是爱花的。

"姹紫嫣红花满枝。晨钞暝写百花时。爱花总是为花痴。　晓起不辞花露湿，往来花底拨蛛丝。惜花心事有花知。"

这是我往年所填的一首《浣溪沙》词，描写我怎样的爱花和惜花。其实我之爱花惜花，岂止这些，有时竟达到寝食俱废心力交瘁的地步。譬如夏天常多雷阵雨，夜半梦回，蓦地听得风雨声，我往往跳下床来，打着手电，把那些陈列室内傍晚移在草坪上的盆花和瓶花，抢运到廊下来。有时为了插一瓶花或布置一个盆景，全神贯注着，非搞得尽善尽美不可，于是连吃饭也忘了。最近一个下雨天，雨下得相当大，想起那一盆老桩的千叶石榴正开了花，而园地上好多株各色各样的大丽花也正开得如火如荼，不知能不能顶住这么大的雨。于是戴上一顶大凉帽立即赶到园子里去，把几朵开足了的石榴花和大丽花一一剪了下来，准备作插瓶和布置水盘之用，回到室内时，你继母就嚷了起来，原来我身上一件短夹衫已淋漓尽致，全都湿透了。如果要我参加什么莳花展览会、盆景展览会的话，那么会前的准备，就是一项紧张而细致的工作。尤其是一九六三年为了庆祝国庆节，应广州市文化局之邀，和苏州市园林处合作，到文化公园去举行苏州盆景展览，我的出品是中小型和最小型的盆景一百三十馀点，就足足做了一个月的准备工作，劳心劳力，付出了一笔很大的劳动代价。然而在广州市展出的二十七天中，观众多至十馀万人，那么我虽心力交瘁，也就获得了莫大的报偿。

我之爱花惜花，一向是有始有终的。一开始看到了花蕾，就油然而生爱之之心，从此一天总得要去看一二次，甚至看三次四次，看它们一天又一天地大起来，由微绽而半开，再由半开而全放，而我的心花也像那些花朵一样怒放了。五一劳动节后，园中有几盆小型的朝鲜石榴，尤其是我关心的焦点。只要开始看到枝梢上出现了一个像针头那么小的花蕾，心中先就一喜，花蕾出现越多，心中越喜，一天看上几次，不厌其烦。偶然见有一个焦黑了，立时怅然若失，即忙知照花工老张，随时留意盆中水分，并留意施肥的浓淡，末后眼见它们一一开了花，结了实，那真好像看到子女们的成长一样。那种志得意满兴高采烈的心情，真是难画难描难以形容的。

春天和夏天，当然是开花最多的季节，万紫千红开遍了整个的园地。我有大小好多盆老桩的花树，如梅、迎春、木香、十姊妹、八仙、紫荆、白荆、桃、木桃、紫藤、石榴、七星梅、凌霄、紫薇、红薇等等，秋天和冬天还有两株老气横秋的天竺桂和素心蜡梅，老树着花，分外觉得稀罕。如果看到那一盆老树花枝招展开到七八分时，便郑重其事地移到室内来，配上了树根几或红木几座，高供在其他一些青枝绿叶的盆景之间，顿时添上了一派绚烂的色彩。有些庞然大物，室内容不下的，便安放在廊下正中的大木桩上，例如一株枯干只剩半爿的老紫藤，今年开花四百馀串，打破了历年的纪录，那就非让它来坐镇中枢，领袖群芳不可了。

有些种在地上的花枝，没法移到室内去作供的，我就等它开到八九分时，就剪了下来插在磁瓶里或水盘里，作为几案上的清供，像春天的玉兰、海棠、绣球、牡丹、芍药、蔷薇、月季等，夏天的广玉兰、水葫芦、大丽、菖兰、萱花、莲花等，都是插花的好材料。到得布置就绪供上几案之后，还须天天留意它们的精神面貌，傍晚总得移到室外去过夜，吸收露水。供了二三天，如果发现花瓣上有些焦黄，就把它略略修剪一下，直到花瓣脱落，没法维持下去时，才掉换新花，重行布置起来。有些花像容易脱落的凌霄和美人蕉等，花朵散落在地，十分可惜，我就一朵朵拾起来放在浅水盘里作供，也可观赏二三天之久，一面还可随时轮换，直到原株上花朵开尽为止。就是那些磁瓶和水盘中插供的残花败叶，我也决不随意丢掉，而放到草汁缸中去作为绿肥，一年年地积累着，供百花施肥之用，清代诗人龚定盦诗中所谓"落红不是无情物，化作春泥更护花"，我也有这个想法，可是我并不让它们化作春泥而先就用作绿肥了。瑛儿，像我这样的爱花惜花，可说是"前无古人后无来者"了吧，呵呵！

　　瑛儿，我知道你们一家是住在大厦八楼上的，比"七重天"还要高出一重，真的是高高在上。可是和地面距离太远，一定不会有园地供你培植花草，那么你虽爱花，又待怎样来绿化美化你们的"空中楼阁"呢？现在让我来给你介绍老友花王周的一本《花树情趣》，好在这书恰在你们那里出版，定然是买得到读得到的。他迁就当地环境，给天台、骑楼，甚至窗上作绿化美化的设计，说得头头是道，大可供你们作参考的资料。我这位朋友从前在上海办过刊物，办过花圃，也办过舞厅，一向善放噱头，因此得了一个"周噱头"的外号。就以这本《花树情趣》而论，也在大放噱头，而这些噱头却是切合实际，大有用处的。瑛儿，你家如果也有天台、骑楼的话，何妨照这位噱头伯伯的设计，绿化美化一下。虽说一个人没有花草也一样可以生活，但是在一整天的工作劳动之后，坐下来观赏一下红红绿绿的花花草草，确可陶冶性情，调节精神呢。

我是爱花如命，一日不可无花的，除了有一片万花如海乱绿成围的小园地和千百个大大小小的盆景，欢迎广大群众随时登门观赏外，爱莲堂和紫罗兰盦、仰止轩中还在终年不断地举行瓶供石供和盆景展览会，随着时令经常调换展品，力求美善，务使观众乘兴而来不要败兴而去，我是作为一项重要任务来认真对待的。此外我又利用卧房含英咀华之室的窗槛展出一批小型的盆景，这窗槛是用混凝土构成的，纵深七市寸，横六市尺，面积虽不大，却也大有"英雄用武之地"。我在右角安放一个小小十景橱，陈列仙人球一类的多肉植物十多种，而在中部和左角就陈列着八九件小型的山水盆景和花树盆景，窗槛下面的一张梅花形小桌和另一张小圆桌上，又陈列着几件中型的盆景，花树和水石都有，于是这个窗槛上的展览会就不觉寂寞了。这些盆景也是经常变动的，最近的几天，正在展出好几盆洒金的凤仙花和一盆桂林山水盆景，两块种着细叶菖蒲的小岩石。这些展品每天傍晚总得由我亲自移到园地上去过夜，而早上仍由我亲自搬运回来重行陈列，这是我入夏以来每天的课程，从不耽误的。古代陶侃运甓习劳，传为佳话，像我这样天天忙着搬运盆景，可不让老陶独有千古哩。

此外，我还有一个并不公开的私房展览会，那是在我日常起居之所的凤来仪室中，只有少数观友是可以看到的。瑛儿，你可还记得往年我们每天团坐吃饭的那张红木大圆桌吗？这些年来，这大圆桌不单是供我们一家作就餐之用，也作为我阅读书报和写作的所在。因此我就独自占有了小半张桌子的地位，如果用市尺来量一量，横量最宽处不过三市尺，直量最深处不过一市尺半，这是我个人生活的小天地，一天到晚，在这里差不多要度过一半的时间。于是从去年秋季起，就把这片小天地美化了一下。在我面前一市尺以外，陈列小型的瓶供、石供、植物盆景、山水盆景等十七八件，每件都配上一个精致的树根几座和红木、紫檀的几座，有独块的，有双连的，高低疏密，巧作安排，形成了一个半月形的小型展览会。我闲来没事，就坐在桌旁的藤椅里，独个儿欣赏这些形形色色丰富多采的展品，活像是看到孔雀开屏一样，使我有心旷神怡之感。我每天在这里阅报读书，眼睛花了，就停下来看看这些展品中的蒲石和小竹。写作告一段落时，就放下了笔，看看那几个山水小盆景，神游于明山媚水之间。一日三餐，我也是在这里独个儿吃的，边吃边看那些五色缤纷的瓶花，似乎增加了食欲。在我坐处的右旁，有一座熊猫牌的六灯收音机，我天天收听各地广播电台的文娱节目，边听边看盆景，真所谓"极视听之娱"，心情舒畅极了。在我座后的粉壁上，贴着一张《毛主席在天安门上》的彩色年画；右旁一座电唱机上，供着一架版画的毛主席半身像；左旁的一张旧式书桌上，供着一尊毛主席全身石膏像。我时时左顾右盼，就仿佛时时跟毛主席在一起，觉得我们这位伟大的领袖正在督促着我，鼓励着我，使我在工作时在学习时平添了无穷的热力。

瑛儿，料知你一定要笑我了，说我园子里既有那么多的花草树木，园地上和几个室内又有那么多的大小盆景，为什么贪得无厌，还要在窗槛上餐桌上举行展览会呢？难道老年人龙马精神，竟如此的不惮烦吗？呵呵！让我来答复你，总的说来，就是概括在我往年那首《浣溪沙》词里的七个字，"爱花总是为花痴"，不如此就不足以见其爱、见其痴啊！另一方面，为了我爱花而想到你也爱花，因此要推动你一下，使你的家里也绿化美化起来。为了料知你那里没有园地，所以把我窗槛展览会和餐桌展览会作为例子，这是在没有园子的条件下可以如法炮制的。当然你不会有这么多的盆景，也不需要举行什么展览会，只要在窗槛上、书桌上或妆台上，点缀三瓶鲜花或一二个易于培养的盆景，包管你悦目赏心，而立时觉得一室之内生气盎然了。

两地奔波赏菊花

瑛儿：

年年菊花时节，我总要忙上加忙地大忙一下，这已成为每年我的一项例行公事了。劈头第一件大事，先行布置自己家里的小菊展，把二百多盆大小菊花全部动员起来，分布在各个室内以至廊下阶畔和几个花坛，而假山上下和"五岳起方寸"那里，有往年种下的老本小菊，有各种花型和各种色彩，于是在我这小小园地上，倒也形成了一片大好秋色，对比了当年陶渊明的东篱之菊，可就大足自豪了。这期间我所认为小有可观的，共有四处，一是爱莲堂所陈列的名菊"玻璃绿"、"绿牡丹"、"懒梳妆"、"粉妆楼"、"红云莲钩"、"云中娇凤"、"秋光夜月"、"天红地白"、"枫叶芦花"、"帘外桃花"等，就中一半是慕园的青年花工给我培植的，花肥叶大，每盆多至五六朵，七八朵，充分表现出一派欣欣向荣的气象，可以反映当前祖国各地的大好形势。二是紫罗兰盒外右角里，用红色、粉红色和火黄色的三种小菊数十盆，层层堆叠，以红菊结顶，以粉红菊作中坚，以火黄菊作底盘，由上而下，仿佛是瀑布模样，不过这是一个菊花的瀑布罢了。三是含英咀华之室的窗栏上，有十多个中小型的枸杞桩和插菊盆景，配以形形色色的古磁瓶盘，陶质盆钵。枸杞的朱实离离和插菊的黄花朵朵，给"杞菊延年"这个吉祥名词构成了一个绚烂的画面。四是那座半作温室半作客室的仰止轩中，在毛主席等国家领导人和鲁迅先生画像之前，陈列着几十盆小菊，共有十多个品种，有长在岩石上的，有种在枯木上的，有插在瓶里的，也有吊在梁上的，五色斑斓，赏心悦目，把"云蒸霞蔚"这句成语来形容它，是不算夸张的。

这小菊展费了我一番心力，并不是关起门来自我欣赏，而是敞开着门供之同好的。一个月来，倒也吸引了不少看花人，我虽开阁延宾，应接不暇，却是乐此不疲的。有一位上海来的诗人汪忒翁先生参观之后，特赋七绝三首相赠。诗中警句如"钵现虬龙砖集凤，大千妙景数周家"，"杜鹃啼得春常在，遍地东风放百花"。把这四句结合起来，恰好又是一首绝妙好词。在我家嘉宾中，像这样的诗人墨客，原是数见不鲜的，一言之褒，对我只是一种鼓励罢了。

可是，我是个爱花如命的花迷花痴，平时到处看花，多多益善。当这菊花时节，各大城市都在举行菊展，真的是如锦如绣，如火如荼，我老是看着家里的这些菊花，怎么会感到满足呢。于是忙里偷闲，走出门去，想到苏州市的各园林中去赏菊，一开眼界了。为了拙政园的菊展正在开始，就兴匆匆地赶到了拙政园。远香堂中陈列着慕园的出品，卅六鸳鸯馆中陈列着怡园的出品，都是青年花工培植出来的，一株株高花大叶，茁壮非常，显得精神抖擞，焕发出一种青年的朝气。古人诗中曾有"红杏枝头春意闹"之句，我现在把它改作"丛菊枝头秋意闹"，自以为是十分适当的。留园的出品，陈列在见山楼下，几十盆名菊，争妍斗丽，就中有一株"老麒麟角"，外黄里红，雍容华贵，是"只此一家并无分出"的精品，与慕园那株红地洒满白点的"枫叶芦花"堪称二难。其他山坡上，花坛中也布满了大大小小的菊花，到处都是秋色。莲塘中有一艘木船，全用各色小菊花装点着，构成了一艘绚烂夺目的花船。我老有童心，倒很想跳上船去，容与中流哩。东园茶室左旁的斜坡上，有两头狮子面对面地蹲在那里，全用暗红色的小菊花堆砌而成，妙在十分浑成，活像是浮雕一样。眼中装着灯泡，通以电流，双狮中间还有一个小红菊扎成的绣球，也有灯泡嵌着，入夜发光时，那就更觉有趣了。茶室的右旁，有用黄菊扎成的一朵大葵花，微微地侧向东方，我看了之后，不觉作会心之微笑，这可不是象征着革命歌曲中所谓"花儿朝阳开花朵磨盘大"的向阳花吗？

看过了拙政园的菊展，尚有馀兴，就赶到网师园去看菊花欣赏会，看松读画轩中，陈列着一二十盆特殊的菊花盆景，据说做这种盆景，要费整整一年的工夫，原来是把菊花接在青蒿的茎上，而分作高高低低的片子的，或作三片，或作五片七片，就像树桩盆景那么把枝叶分成片子一样。就中有白菊两盆，花和叶伸展开来，虽分片子而接近自然，最显得楚楚有致，其他的几盆就觉得相形见绌了。此外每个厅，每个堂，每个轩，每个榭，都在几案上放着各式各样的水盘，水盘中插着各种颜色各种类型的菊花，这与拙政园展出的许多盆菊截然不同，倒是煞费经营，别开生面的。

记得去秋留园举行菊展，菊花分布在山坳水涘，遍及亭台楼阁，真是洋洋大观，十分精彩，因此我又赶到了留园。谁知今秋园工所培植的大批名菊，一半儿支援了拙政园的菊展，这里不过是略事点缀罢了。记得去秋虎丘山上，虽并不举行菊展，而从正山门直到云岩塔旁的致爽阁，也分布着不少五光十色的大小菊花，楚楚可观，于是我又赶到了虎丘。谁知今秋也似乎少了一些，不能满足我专诚赏菊的欲望。好在那座岿然独立的古塔，近已开放到第三层，有好多志不在菊的游客，都登高望远去了。

你瞧我的家里设有一个小小菊展，天天与大大小小的菊花共起居，又看过了拙政园的大型菊展、网师园的菊花欣赏会，留园和虎丘的菊花虽不如去秋之盛极一时，也多少看到了一些，在一般人说来，也应该满足了。然而我这爱花如命的花迷花痴，却是贪得无厌，永远不会满足的。你的大哥铮知道我近年来每逢菊花时节，总要赶到上海去赏菊，因此来了一封信，大吹大擂地给中山公园的菊展鼓吹了一下，可就像磁石引针似的把我吸引到上海去了。

这是一个秋高气爽的星期六，我独个儿如饥如渴地赶往中山公园去。在万航渡路口跳上了二十一路无轨电车，拐弯儿向愚园路一路驶去，那中山公园里千株万株的菊花，仿佛已在我眼前式歌且舞地迎上来了。一会儿我已下了车，一会儿我已进了园，连园门前那个大花坛里用黄菊白菊组成的"菊展"二大字和四周的图案，也来不及细细欣赏，就沿着一条通路三脚两步向前走去，路的两旁都点缀着一色的菊花，显得很朴素，也显得很平淡，可是我料知移步换形，平淡终于要入于绚烂的。

走了一段路，蓦见路旁有一个新辟的临时售品部，原来是配合着菊展把大批菊花和许多花草苗木小树桩等供应群众的。我停住了前进的脚步，立时被吸引了过去。先看看那些可作盆景材料的小树桩，并没有合用的东西，只挑选了一株独本的冬珊瑚，一颗颗的红果，鲜妍可喜，可作悬崖形的盆景之用。接着又把那排列在地上的大批盆菊仔细打量了好一会，才挑选了六个家里没有的品种，内中一株有两朵花，细管型的花瓣，作紫罗兰色，另一株也是细管型的花瓣，有三朵色，作浅灰色，都是我从来没有见过的，心中高兴得很！

我正在向中心地区行进中，眼光偶然向左面一扫，突然望见绿树丛中，矗立着一座高高的宝塔，就立即赶了过去，见这座塔共有七层，每一层把一盆盆火黄色的大菊花组成，底盘像一只挺大的圆桌面，是把好多盆淡黄色的大菊花围起来的。看了这座黄色的菊花塔，不由得联想到近郊的那座龙华古塔，不也是黄色的吗？回过身来，抬头一望，就望见了三面挺大的菊花屏，屏上的字，都是用大小菊花组成，而边缘也全是密密层层的菊花。右屏上是"越南必胜，美国必败"，以白菊作字，绿叶作地；左屏上是"加强国防，保卫祖国"，以黄菊作字，粉红菊作地；中屏面积特大，屏上十个特大的字，"全世界人民大团结万岁"，以紫红菊作字，白菊作地，这三个菊屏，色彩搭配得很好，并且很有气魄，我仰着头瞧着，瞧着，耳边似乎隐隐地听得群众高呼这些气壮山河的口号声哩。

啊！立菊廊到了。一大盆一大盆的大立菊，五色缤纷，共有二三十盆，排成一个曲廊。那菊花最多的一盆，是作鼓形的，共有白菊二千七百朵，可惜花朵小了一些。那花头最整齐色彩最鲜妍的有"金茎露"、"芙蓉塔"、"粉红葵"、"白龙带"四盆，每盆都有好几百朵，各自构成一个挺大的圆盘。独有一盆叫做"银绒红"的，却生面别开，不作圆盘形，而扎成一个特大的盾牌模样，看惯了那些圆盘形的大立菊，就觉得它标新立异，特别动目了。在这立菊廊的中心，有一只全用白菊扎成的和平鸽，用红菊装作两眼，我左看右看地多看了几眼，觉得这玩意倒是搞得很不差的。

我刚离开了立菊廊，走不多远，就迷失在菊花阵中。这一带本来是曲折有致的几个牡丹坛，现在种上了千百株形形色色的小菊花，仿佛打翻了颜料缸，使人目迷五色，真的是绚烂极了。我在这菊花阵里团团转地转了好一会，方始转到了另外一个境界。横亘在我眼前的，是一大片清水塘，岸边搭起一个似塔非塔而略似葫芦的庞然大物，上部和下部较大，中部较小，四周一层重重地安放着悬崖形的小菊花，有黄色的，有白色的，有粉红色的，一盆又一盆，不知有多少盆，远远瞧去，就像彩色的流苏，纷披四周，据说这是一个喷泉，这一盆盆倒悬着的小菊花，象征着一道道喷薄出来的飞泉，正和对岸那座绿油油的土山脚一排临水悬垂的小菊花互相衬托，互相呼应。可惜这时喷泉休息，我没有看到它喷水的形象，如果每一盆小菊花上都会喷出水来，那就太美妙，太好看了。

最后我走进了名菊馆和菊艺馆，名菊馆中分隔出好多个展场，每一处展出五六盆或七八盆名菊，也有成排成列地安放在木架上的，有的标上名称，有的标上号码，据说这是尚未定名的新品种。全馆名菊共有二三百盆之多，我不及一一细看，只把最为欣赏、印象最深的几种记了下来。中如粉红色极淡的"芳容"，泥金色匙瓣的"宝马"，紫黑色匙瓣的"黑狮子"，粉红色匙瓣的"桃花水"，淡黄色须瓣的"金缕曲"，白面紫地圆球形的"紫霞环"，黄面红地匙瓣的"罗带回风"，球形白色大瓣的"万众腾欢"，紫色钩瓣的"风云际会"，火黄色大瓣的"英雄气概"。另有"闭月羞花"和"白云满黌"两种，都是绿心白瓣，前一种是细瓣，后一种是大瓣，在那许多姹紫嫣红的伙伴中间，就显得分外的朴素了。菊艺馆中，陈列着一百多个菊花盆景，或配以枯木或配以拳石，菊花有大有小，丰富多采，总的说来，都是饶有画意的。此外又错错落落地展出了好多盆老桩枸杞，结满了一颗颗的红子，活像是红玛瑙一样，与那无数菊花互相掩映，更觉妩媚。此外又有上百个插菊，或用瓶插，或用水盘装，花枝招展，各擅胜场。

星期日那天，我还想赏菊，就由你大哥铮伴同到他主持的龙华苗圃去，参观了菊花田。一畦又一畦的大小菊花，占有好几亩面积。我在这里穿来穿去，左顾右盼，直看得眼花缭乱，这才可说是大饱眼福哩。

瑛儿，你且想一想，解放以前，可曾见过这么多的菊花，这样大的菊展吗？只有在祖国欣欣向荣的今天才会有这种欣欣向荣的场面。可就难怪我这七十老人，抑制不住内心的兴奋，而要两地奔波赏菊花了。

后　记

　　二十年前，我为周瘦鹃先生编了《紫兰忆语》后，一直想为这位乡前辈继续编点什么，与周全女士也谈过设想，主要是想恢复原著的本来面貌。一九八一年，南京金陵书画社出版的两个选本《花木丛中》和《苏州游踪》，编者擅作改动，如"先生"均改"同志"，农家少女挑着杨梅回家去时，"柔腰款摆"，也不见了。这总是让人不满意的。因此，李黎明先生之约，就来得正好了。

　　周瘦鹃先生著作丰厚，翻译、小说、剧本外，还有大量的散文，除已结集的外，更多散见于报刊杂志，面广量大。这一册是"类编"，专选关于花木和盆栽、盆景的，这类文字几乎都写于上世纪五六十年代，且大多已收入自编各集，也就从中选辑。至于散见于《雨花》、《文汇报》、《新闻日报》等报刊上零篇，虽已拾得遗珠数串，但目前也就不想去作深海打捞了，以后若得机缘，再来编他的集外文。

李黎明先生给这本书起了几个书名，其中"人间花木"四字，最合我意。宋人王十朋有《札上人许赠山丹花，且云此花三月尽开，俟蕊成移去，至上巳日以诗索之》一律，咏道："人间花木眼曾经，未识斯花状与名。丹却青山暮春色，续他红树坠时英。梅溪野老栽成癖，莲社高人诺不轻。小小园林绿将暗，早移芳蕊看敷荣。"世上花木之多，不啻恒河沙数，只因生长人间，才被欣赏其美色，熟悉其习性，利用其价值，领略其精神，这自然是花木之幸，难道不也正是人间之幸吗。

　　　　　　王稼句谨识，二〇一七年六月十八日